ein Ullstein Buch

ÜBER DAS BUCH:

Zwei Romane des beliebten österreichischen Kriminalautors in einem Band: *Die Bestie vom Bisamberg* basiert auf dem Drehbuch zum gleichnamigen Fernsehfilm, der im Rahmen der europäischen Kriminalserie *Eurocops* ausgestrahlt wurde. Mit der »Bisambergbestie« sieht sich die Abteilung »Gewaltverbrechen« des Wiener Sicherheitsbüros seit längerem konfrontiert. Da nimmt sich ein frischgebackener Kriminalbeamter des rätselhaften Falles an. Seine unkonventionellen Ideen, die er erfolgreich in die Tat umzusetzen versteht, überzeugen schließlich auch seinen skeptischen Vorgesetzten. In *Igolka* gibt der Autor Einblick in die aufregende Szenerie der internationalen Geheimdienste, für deren Aktivitäten Wien immer wieder als Drehscheibe gedient hat. Wer verbirgt sich hinter dem Decknamen »Igolka«? Leo Frank führt den Leser von Wien aus um die halbe Welt: nach Gran Canaria, Mexiko, in die Vereinigten Staaten, die Sowjetunion und Israel . . .

DER AUTOR:

Leo Frank, 1925 in Wien geboren, arbeitete nach 1945 als Kriminalbeamter bei der österreichischen Polizei. 1961 wurde er als österreichischer Beobachter zum Eichmann-Prozeß nach Jerusalem delegiert. Sieben Jahre war er als leitender Kripo-Chef beim österreichischen UNO-Kontingent auf Zypern tätig. 1984 schied er aus dem aktiven Polizeidienst aus und widmet sich seither verstärkt der schriftstellerischen Tätigkeit, arbeitet für Funk und Fernsehen.

Leo Frank

Die Bestie vom Bisamberg
Igolka

Zwei Romane in einem Band

ein Ullstein Buch

ein Ullstein Buch
Nr. 22407
im Verlag Ullstein GmbH,
Frankfurt/M – Berlin

Ungekürzte Ausgabe

Umschlagentwurf:
Hansbernd Lindemann
Foto: Mall Photodesign

Taschenbuchausgabe mit Genehmigung
der F. A. Herbig Verlagsbuchhandlung,
München · Berlin

Printed in Germany 1991
Gesamtherstellung:
Ebner Ulm
ISBN 3 548 22407 5

März 1991

Vom selben Autor
in der Reihe
der Ullstein Bücher:

Das Archiv (20626)
Operation Johannesburg (20930)
Die Sprechpuppe (20965)
Zikaden singen nicht (22038)
Der programmierte Agent (22073)
Die 13 Stunden der
Christin Maginot (22118)
Ein Fall für das Jüngste Gericht (22160)

CIP-Titelaufnahme
der Deutschen Bibliothek

Frank, Leo:
Die Bestie vom Bisamberg. Igolka.
2 Romane in einem Band / Leo Frank. –
Ungekürzte Ausg. – Frankfurt/M; Berlin:
Ullstein, 1991
(Ullstein-Buch; Nr. 22407)
ISBN 3-548-22407-5
NE: Frank, Leo: [Sammlung]; GT

Die Bestie vom Bisamberg

Vorwort

»Herr Kommissar, was bearbeiten Sie denn gerade für einen Fall?« fragte die alte Dame lüstern, und es wurde totenstill in der Stammtischrunde.

Ich habe solche und ähnliche Fragen oftmals gestellt bekommen. Vierzig Jahre lang war ich Kriminalbeamter, und nie habe ich verstanden, warum viele Zeitgenossen diesen Beruf für besonders interessant halten. Und warum über die Arbeit eines Kriminalbeamten so erschreckend falsche Vorstellungen herrschen.

Doch wie bin ich zu meinem Beruf gekommen?: Ich bin 1925 in Wien geboren, mein Vater war Fabrikarbeiter, meine Mutter Hausfrau, bescheidene Verhältnisse. »Bub, lern was«, hörte ich von meinem Vater immer wieder. »Nur was du im Kopf hast, kann dir niemand wegnehmen.« Unter großen finanziellen Opfern ließ er mich ein Gymnasium besuchen. Noch nicht achtzehn, werde ich großdeutscher Soldat, Gefreiter der Infanterie, nach Rußland geschickt, zweimal verwundet – ein Schicksal wie das so vieler anderer. Nach dem Krieg finde ich die elterliche Wohnung ausgebombt, den Vater in Gefangenschaft, die Mutter in einem Barackenlager. Ich werde Polizist, weil mir sonst nichts einfällt und ich Lebensmittelmarken brauche.

Mein Vater hatte recht: Was man im Schädel hat, kann einem niemand nehmen. Ich spreche englisch und russisch, kann mich also mit den Herren Besatzungsoffizieren verständigen. Und Leute mit diesen Sprachkenntnissen sucht man bei der Kriminalpolizei, also werde ich Kriminalbeamter.

Es ist in diesem Beruf wie in jedem anderen auch. Der eine hat Glück, ist erfolgreich. Der andere bringt es trotz Fleiß nur zur Mittelmäßigkeit. Ich hatte unerhört viel Glück, immer wieder. Hätte ich dieses Glück auch in meinem Privatleben gehabt, ich wäre heute Multimillionär und vielleicht Haremsbesitzer. Und bräuchte keine Krimis zu schreiben. Aber das kam alles viel später.

Vorerst wirbelt es mich, den Inspektor Maier, ordentlich herum. Ich habe in allen Sparten der Kripo gearbeitet, mit Ausnahme der Abteilung Wirtschaftsbetrug. Dazu muß man schon ein regelrechter Buchhalter sein, muß Bilanzen lesen können. Doch da Mathematik schon immer meine große »Schwäche« war, würde ich mir nie erlauben, einen Kriminalroman zu schreiben, der in der Welt der Großbetrüger spielt. Meiner Meinung nach kann oder zumindest sollte man nur über die Dinge schreiben, von denen man etwas versteht. Es macht mich richtig betroffen, jetzt, als »alter« Mann, sehen zu müssen, daß viele der Krimis, die in Kinos und im Fernsehen gezeigt und auch als Buch veröffentlicht werden, nicht die geringste Sachkenntnis in der Behandlung der Themen erkennen lassen. Und ein wenig selbstgefällig erlaube ich mir, Bertrand Russell zu zitieren: »Es ist ein Jammer auf dieser Welt, daß die Dummköpfe so selbstsicher sind und die Klugen so voller Zweifel.«

Damit sind wir beim Thema. Seit zehn Jahren schreibe ich Kriminalromane, seit zwei Jahren auch Drehbücher für Kriminalfilme. Was bedeutet, daß ich mich in beiden Sparten informieren muß – ich schmökere in Krimis und sehe mir Kriminalfilme an, was ich früher nie getan habe. Und dabei kommt mir das Grausen. Langsam beginne ich zu begreifen, wie die vielen falschen Vorstellungen über den Beruf des Kriminalbeamten entstehen konnten.

Erstaunt erblicke ich am Bildschirm den smarten Kommissar im Nadelstreif, wie er am Tatort verdachtschöpfend um sich blickt. Die Leiche wird abtransportiert. Kamera groß auf die seelenvollen Augen des Kommissars. »Seltsam«, murmelt er. Kamera schwenkt auf die elegante Einrichtung des Tatortes, einer eleganten Villa. Natürlich hatte dieser Mord im gehobenen Milieu Stil: Der Herr Direktor hat ein Verhältnis mit seiner Sekretärin, was keinem verborgen bleibt. Seine ermordete Frau ging fremd mit dem Gärtner. Aha, denkt Lieschen Müller, entweder war es die Sekretärin oder doch wieder, wie üblich, der Gärtner. Enttäuscht gehe ich schlafen. Meine Frau und Tochter gucken weiter.

Als Kriminalbeamter war ich immer sehr ehrgeizig. Wieso, weiß ich eigentlich heute gar nicht mehr so recht. Aber als Drehbuchautor habe ich jetzt auch Ehrgeiz entwickelt. Ich will *einmal* einen Stoff liefern, in welchem kein Mord, keine Schießerei und keine Verfolgungsjagd vorkommt. Und der trotzdem spannend ist. Je besser ich aber die Regisseure kennenlerne, desto pessimistischer werde ich, ob mir das gelingt.

Ich muß also Konzessionen machen. Natürlich gebe ich zu, daß professionelle Regisseure, TV-Redakteure und Produktionsleiter eben von der Filmbranche mehr als ich verstehen. Aber ihren Argumenten kann ich mich nicht anschließen. »Leo«, lächeln sie milde, »das verstehst du nicht. Was wir brauchen, ist Action. Die Zuschauer wollen das. Ohne Knallereien und Bremsenquietschen schlafen uns die Leute ja ein.«

Ist das wirklich so?

Ich kann es nicht glauben. Und ich stelle mir die Frage: Soll man schreiben und produzieren, was die »Leute« (angeblich) wollen? Oder soll man versuchen, den Menschen etwas anderes zu bieten? Etwas zum Nachdenken, nicht nur »Action«. Menschliche Werte lassen sich in allen Stoffen vermitteln. Auch in Krimis.

Der Alltag des Kriminalbeamten beginnt überall auf der Welt mit einer Art Frühbesprechung, bei welcher die angefallene Arbeit verteilt wird. In Österreich nennt man das den Frührapport, in England morning briefing, in Deutschland hat man verschiedene Bezeichnungen dafür. Das System aber ist überall das gleiche. Die Akten werden nach Sachgebieten den einzelnen zuständigen Referaten zugewiesen. Die Referatsleiter bestimmen, wer was zu bearbeiten hat und wie das geschehen soll. Arbeitsgruppen werden zusammengestellt, je nach Notwendigkeit der Sachlage wird Verbindung zu anderen Dienststellen aufgenommen. Auch sind die Sachgebiete im wesentlichen überall gleich. Da gibt es die Abteilung für politische Delikte, für Gewaltverbrechen, für Einbruch, Diebstahl, Betrug, Jugend und Sitte, Rauschgift, Brand. Und natürlich die Kriminaltechniker, das sind die Spurensucher usw. Der oft zitierte Ausdruck »Mordkommission« ist blanker Unsinn. Ist ein Mord passiert, wird er von den Kriminalbeamten der Gruppe »Gewaltverbrechen« bearbeitet. Und diese sind für alle Bereiche zuständig, in denen Gewalt im Spiel ist. Vom schweren Raubmord bis zur leichten Körperverletzung. Was gewiß einleuchtet, denn glücklicherweise passieren Morde seltener als Ladendiebstähle, und eine reine »Mordkommission« hätte ja, wäre sie wirklich nur für Mord zuständig, kaum etwas zu tun. Auch die Bezeichnung »Mordspezialist« ist falsch und einfach lächerlich. Jeder Mord ist anders, und man kann sich nicht darauf spezialisieren. In der Realität. Anders ist es natürlich bei dem eingangs zitierten TV-Kommissar im Nadelstreif.

Und damit sind wir wieder beim eigentlichen Thema. Mit den Kritiken meiner bisher ausgestrahlten »Tatort«-Filme kann ich ganz zufrieden sein. Bemängelt wurde verschiedentlich nur die vulgäre Ausdrucksweise der handelnden Personen. »Muß das sein?« werde ich gefragt. Aber ich kann doch nicht Zuhälter, Huren oder Rauschgifthändler wie Burgschauspieler sprechen lassen! Die wirkliche Sprache der Kriminalszene kann ich im Drehbuch ohnehin nicht wiedergeben. Sie wäre nur ganz wenigen verständlich. Aber doch annähernd will ich mich an die Wirklichkeit halten. Denn meine Stoffe sind keine Mordfälle in besseren Kreisen.

Ich habe es mir in den Kopf gesetzt, Kriminalfälle in Romanen darzustellen. Natürlich werden auch in den sogenannten »besseren Kreisen« Verbrechen begangen. Aber das ist ganz und gar nicht typisch. Manchmal, so glaube ich, siedeln Regisseure und Drehbuchautoren ihre Handlung nur deshalb in höheren Gesellschaftskreisen an, um mit der gezeigten Eleganz der Wohnungen, der neuesten Mode und einer Menge Schmuck den Neid des Publikums zu wecken . . .

Wenn ich diese Ansichten in Freundes- oder Feindeskreisen vertrete, höre ich sinngemäß immer wieder folgenden Einwand:

Das Schreiben von Spannungslektüre kann doch nicht nur den Kriminalbeamten bzw. Kriminellen vorbehalten sein. Wo käme man denn da hin? Der Verfasser eines Ärzteromans muß ja auch nicht Mediziner sein, der Autor eines Zirkusromans nicht unbedingt Feuerschlucker oder Seiltänzer.

Das ist richtig.

Aber in den beiden letztgenannten Fällen informieren sich die Autoren zweifellos bei den Spezialisten. Sie recherchieren. Warum geschieht dies bei Krimi-Autoren so selten? Es wäre doch ganz einfach. Überall würden freundliche Kriminalbeamte gerne jede gewünschte Auskunft geben. Ich weiß das aus eigener Erfahrung, denn vierzig Jahre war ich in diesem Beruf tätig. Doch bei mir hat sich nie jemand nach Details meiner Arbeit erkundigt. Bei meinen Kollegen ebensowenig.

Die Kriminalbeamtin der Abteilung »Gewaltverbrechen« des Sicherheitsbüros in Wien hieß Birgit Herzog und war eine ebenso hübsche wie resolute Frau. Sie war 35 Jahre alt und seit zehn Jahren in diesem Beruf. In zehn Jahren Kriminaldienst erlebt man einiges, und sie hatte gelernt, sich durchzusetzen, sowohl bei ihren männlichen Kollegen als auch bei ihren »Kundschaften«. Das waren vornehmlich Prostituierte oder Ladendiebinnen, aber auch weibliche Verbrechensopfer, Jugendliche und Kinder. Es ist nun einmal so, daß Frauen oftmals zu ihren Geschlechtsgenossinnen mehr Vertrauen haben und bei Verhören einer weiblichen Beamtin Einzelheiten preisgeben, die sie einem Mann niemals sagen würden. Diese Erkenntnis hat sich auch die Kriminalpolizei zunutze gemacht: Sie bildet für alle Dienststellen Kriminalbeamtinnen aus. Im Durchschnitt kommt in Wien allerdings auf vierzig Kriminalbeamte nur eine Frau. Viel zuwenig, nach Ansicht von Birgit Herzog.

An diesem schwülen Nachmittag im August 1982 war die Frau Inspektor besonders übellaunig. Von Freunden hatte sie eine Eintrittskarte zu einer Aufführung bei den Salzburger Festspielen bekommen und hätte sich gerne zwei Tage Urlaub genommen, um sich den »Jedermann« anzusehen. Doch ausgerechnet da wurde wieder ein Notzuchtattentat auf eine junge Frau am nördlichen Stadtrand Wiens verübt, schon der siebte Fall dieser Art in drei Monaten. Keine Spur vom Täter, das Opfer war lebensgefährlich verletzt und lag auf der Intensivstation im Krankenhaus. »Du kannst jetzt keinen Urlaub nehmen, Biggi«, hatte der Chefinspektor gesagt, »das mußt du doch einsehen.« Natürlich sah sie es ein, aber das besserte ihre Laune keineswegs. So fuhr sie also ins Krankenhaus und hoffte, dort irgendwelche Hinweise auf den Verbrecher zu erhalten. Alles hing davon ab, ob die Frau überleben würde oder wenigstens noch etwas sagen konnte, bevor sie starb. Am Telefon hatte der Arzt mitgeteilt, daß die Patientin noch ohne Bewußtsein wäre. Biggi machte sich auf eine lange Nacht am Krankenbett gefaßt.

Im Spital befragte sie vorerst einmal den Arzt. Die Schädeldecke der Frau war zertrümmert, erfuhr sie, nach mehreren wuchtigen Schlägen mit einem schweren, stumpfen Gegenstand. Die Kriminalbeamtin wußte, daß es ein faustgroßer Stein gewesen war. Man hatte ihn am Tatort gefunden. Der Doktor machte ein bedenkliches Gesicht, dann eilte er zu einer Notoperation von dannen.

Biggi Herzog hatte darauf einen heftigen Streit mit der Stationsschwester, die ihr partout den Eintritt in das Zimmer der Schwerverletzten verwehren wollte.

Schließlich, nach einem harten Wortwechsel, kapitulierte die Krankenschwester. »Auf Ihre Verantwortung!« rief sie der in ihren Augen unverschämten Polizistin böse nach.

Die Verletzte hieß Maria Weber. Ihr Kopf war dick verbunden, die Augen geschlossen, sie atmete kaum hörbar. Biggi schob einen Sessel neben das Bett, setzte sich, ergriff eine Hand der Frau und streichelte sie zärtlich. Die Hand fühlte sich kalt und feucht an.

»Frau Weber«, sagte sie nach einer Weile leise, »können Sie mich hören?«

Das Gesicht der Frau blieb ausdruckslos. Biggi seufzte.

In der nächsten Stunde stellte sie diese Frage immer wieder. »Können Sie mich hören? Geben Sie mir ein Zeichen, wenn Sie mich hören können.« Aber es gab kein Zeichen.

Die Kriminalbeamtin kannte die sechs vorangegangenen Überfälle nicht nur aus den Akten, sie hatte die Opfer auch direkt befragt. Der Tathergang war immer der gleiche gewesen. Jede der Frauen war auf ihrem Heimweg von der Arbeit nach Einbruch der Dunkelheit in den menschenleeren Gassen des Wiener Vorortes überfallen worden. Der Täter hatte ihnen aufgelauert, sie zu Boden gerissen und gewürgt, um Hilfeschreie zu ersticken. Nachdem er seine Opfer wehrlos gemacht hatte, vergewaltigte er sie. Die Frauen vor Maria Weber hatten leichte Verletzungen erlitten, Kratzer am Hals und Hautabschürfungen. Nie aber hatte der Täter so brutal zugeschlagen wie im Fall der Maria Weber. Was die Kriminalbeamtin auf die Idee brachte, daß diese den Täter erkannt, ihn vielleicht sogar beim Namen genannt hatte. Woraufhin er ihr in der Absicht, sie zu töten, mit einem Stein den Schädel einschlug.

Es gab eine vage Personenbeschreibung des Täters: ein großer, schwerer Kerl, dessen Atem nach Alkohol stank. Für die Polizei stand fest, daß es immer ein und derselbe gewesen sein mußte.

Mehr als eine Stunde war mittlerweile vergangen.

Zuerst glaubte Biggi, sich getäuscht zu haben. Dann aber wurde es ihr zur Gewißheit: Die Augenlider des Opfers begannen zu flattern, als Biggi ihre Frage zum x-ten Mal wiederholte: »Sie können mich hören, Frau Maria, nicht wahr...? Ich bin Kriminalbeamtin. Wir müssen dieses Schwein erwischen, das Sie so zugerichtet hat. Ich glaube, Sie haben ihn erkannt. Ist das richtig...? Haben Sie ihn erkannt...?«

Maria Weber atmete jetzt heftiger. Wieder dieses Zittern in ihrem Gesicht, als ob sie verzweifelt versuchte, die Augen zu öffnen.

»Beruhigen Sie sich, Frau Maria. Ich glaube, Sie zu verstehen. Sie haben ihn erkannt, nicht wahr...? Sie haben ihn erkannt.«

Der Hauch eines »Ja« hing in der Luft.

»Wer war es, wer war dieses Schwein?« Sie streichelte jetzt die Wangen der Frau.

Unverständliche Laute. Das Gesicht begann sich zu verkrampfen.

»Beruhigen Sie sich, Maria. Ich hole jetzt den Arzt, bin gleich wieder da.«

Sie stand auf, eilte auf den Gang. Der Arzt trank gerade im Schwesternzimmer Kaffee. »Kommen Sie bitte rasch«, rief Biggi, »ich glaube, sie kommt jetzt zu Bewußtsein.« Es klang wie ein Befehl. Der Doktor ließ seinen Kaffee stehen und eilte mit ihr zur Intensivstation.

Dort warf er einen kurzen Blick auf die Apparaturen, an die Maria Weber angeschlossen war. Fühlte dann ihren Puls und hob mit dem Daumen ein Augenlid. »Die Frau ist tot«, sagte er dann und nickte der Stationsschwester zu, die ihn fragend angesehen hatte.

Als Chefinspektor Fichtl den Bericht der Kriminalbeamtin gelesen hatte, fiel ihm nur noch ein Wort ein: »Scheiße«, sagte er.

Birgit Herzog hatte einen knapp gehaltenen schriftlichen Bericht über den Tod der Maria Weber abgeliefert. Da sie jedoch Vertrauen zu ihrem Chef hatte, konnte sie ihm darüber hinaus auch ihre Empfindungen und Vermutungen mitteilen. »Es ist ein Jammer, daß sie nicht mehr reden konnte«, sagte sie. »Aber sie hat meine Fragen verstanden, und ich bin ganz sicher, daß sie den Täter erkannt hat. Das konnte ich natürlich im Bericht nicht schreiben, sonst hieße es gleich wieder, das sei Weiberphantasterei. Kennst ja unseren Hofrat.«

Fichtl stimmte ihr zu. Er war sehr nachdenklich geworden. »Wenn du recht hast, Biggi, dann müssen wir den Bekanntenkreis der Frau unter die Lupe nehmen«, sagte er. »Und die Gendarmerie muß uns dabei helfen.«

Die Überfälle waren alle knapp am Stadtrand passiert, wo die örtliche Kompetenz der Wiener Kriminalpolizei endet und die Zuständigkeit der Gendarmerie Niederösterreichs beginnt. Natürlich arbeiten beide im Normalfall zusammen, doch wenn zwei verschiedene Wachkörper eine Sache bearbeiten müssen, kann es schon einmal zu Kompetenzüberschreitungen kommen. Ohne gute persönliche Beziehungen geht da nichts: Das war es, was der Chefinspektor mit seinem letzten Satz gemeint hatte.

Die beiden waren noch mitten im Gespräch, als Hofrat Putner ins Büro kam, in der Hand einige Zeitungen und eine Personalakte. Der Hofrat war ein Mann um die sechzig und Leiter des Sicherheitsbüros. Auch Ambitionen auf den Posten des Wiener Polizeipräsidenten wurden ihm nachgesagt. Ein sehr ehrgeiziger Polizeijurist also. Jetzt war er, wie seine Miene zeigte, aufgeregt und verärgert.

»Das hat mir gerade noch gefehlt!« rief er und warf die Zeitungen auf einen Schreibtisch. »Diese verdammten Zeitungsfritzen! Das müßt ihr lesen ... hier ... *Die Bestie vom Bisamberg hat wieder zugeschlagen! Grauenvoller Sexualmord in Stammersdorf! Polizei unfähig und hilflos! ... nach dem siebten Überfall der Bestie ...!*«

Chefinspektor Fichtl blieb gelassen. Er kannte diese Pressemeldungen, sie regten ihn nicht mehr auf. »Wir werden ihn schon kriegen, Hofrat«, meinte er nur.

Dieser Satz beruhigte den Hofrat natürlich nicht, doch er hörte wenigstens auf zu schimpfen und wechselte das Thema. »Hat sich der Neue noch nicht gemeldet, dieser Inspektor Brucker?« fragte er nervös.

»Der tritt seinen Dienst doch erst morgen an«, antwortete Fichtl ruhig.

Der junge Peter Brucker hatte den einjährigen Lehrgang für Kriminalbeamte und die vorgeschriebene Abschlußprüfung eben erst bestanden und war von der Personalabteilung dem Sicherheitsbüro zugeteilt worden. Was außergewöhnlich war, denn das SB ist eine Art Elitetruppe bei der Kripo, und man mußte zuvor auf den Bezirks-Kommissariaten seine Meriten erworben haben, um dorthin versetzt zu werden. Es war Chefinspektor Fichtl gewesen, der seinen ganzen Einfluß geltend gemacht hatte, diesen Brucker in seine Abteilung zu bekommen. Das aber wußte Hofrat Putner nicht.

»Da ist die Personalakte des jungen Herrn«, sagte er anklagend. »Na, da haben wir ja einen schönen Fang gemacht! Ich habe die Akte gelesen. Neigt zur Oberflächlichkeit und Unpünktlichkeit, steht da drin. Und als sehr eigenwillig wird er beschrieben, und von seinen Vorgesetzten nimmt er wenig Notiz, steht da. – Ich verstehe nicht, wie man uns einen solchen Typen überlassen kann!«

Die Kriminalbeamtin kicherte leise. Sie kannte den Grund von Fichtls Bemühungen. Indigniert verließ der Hofrat das Büro, jetzt lachte Biggi laut. »Bin schon echt neugierig auf deinen Schützling, Chef.«

»Daß du dich bloß nicht verliebst in den Brucker«, grinste der Chefinspektor, »so wie ich vor einem Jahr.«

Vor einem Jahr war im 12. Wiener Gemeindebezirk ein Großkaufhaus überfallen worden, kurz nach Ladenschluß. Der unbekannte Täter war mit fast einer Million Schilling geflüchtet. Chefinspektor Fichtl recherchierte am Tatort. Er fluchte, weil gar kein Anhaltspunkt, keine Spuren zu finden waren. Ein dunkel gekleideter Mann mit dunkler Brille war plötzlich wie aus dem Boden gewachsen vor den Kassierern aufgetaucht und hatte mit einer Pistole gedroht, die Geldsäcke geschnappt und war darauf sofort wieder verschwunden. Als die Kassierer den Alarm auslösten, war von dem Täter nichts mehr zu sehen. Nur eine Zeugin, eine ältere Dame, wußte zu berichten, daß auf dem Parkplatz vor dem Kaufhaus, gerade als die Alarmsirenen zu heulen begannen, ein Auto wegfuhr. Es war schon dunkel, und ihr fiel auf, daß der Fahrer die Autoscheinwerfer nicht eingeschaltet hatte. Kennzeichen und Automarke konnte die alte Dame nicht angeben. Ein rotes Auto war es, mehr wußte sie nicht. Diese Nachricht war über Funk an alle Polizisten durchgegeben worden. Es wurden Straßensperren errichtet, und Polizeistreifen kontrollierten alle roten Autos in der Umgebung des Tatortes. Die Chance, den Täter zu finden, war gering.

Als die Tatbestandsaufnahme schon beendet war und Fichtl und seine Leute im Kommissariat Niederschriften und Berichte tippten, kam der diensthabende Wachkommandant herein und flüsterte Fichtl etwas ins Ohr. »Der Täter sitzt bei uns im Wachzimmer«, sagte er. »Geld und Tatwaffe sind sichergestellt, er ist geständig.«

Chefinspektor Fichtl glaubte zu träumen.

Unten im Wachzimmer deutete ein junger Polizist namens Peter Brucker auf einen gefesselten Mann, dann auf die Geldsäcke und eine Pistole. »Das ist der Trottel«, sagte der junge Polizist freundlich. Er hatte den Räuber festgenommen. Fichtl ließ sich den Sachverhalt von ihm unter vier Augen berichten.

Wachmann Brucker hatte an einer ungeregelten Straßenkreuzung

Verkehrsdienst gehabt. Eine Stunde lang hatte er Halte- und Freizeichen gegeben. »Luftmischen« nennt man das bei der Sicherheitswache. Von dem Raubüberfall und der Fahndung nach dem roten Auto hatte er aus seinem Handfunkgerät gehört. Auf dem Weg in sein Wachzimmer mußte er an seinen Wachkommandanten denken, der mit ihm wieder unzufrieden sein würde. Im Rahmen eines sogenannten »Schwerpunktprogramms« sollte unverschlossen abgestellten Autos besondere Aufmerksamkeit gelten. Die hohen Herren Polizeistrategen waren nämlich der Ansicht, daß dieser Leichtsinn an den vielen Autodiebstählen schuld wäre. Der junge Wachmann Brucker teilte diese Ansicht allerdings nicht. Er hatte vor einigen Jahren einen Urlaub auf Zypern verbracht und festgestellt, daß dort kaum jemand sein Auto abschließt. Trotzdem wird selten gestohlen. Weil die Strafe für Diebstahl beträchtlich hoch ist und Diebe geächtet sind. Wachmann Brucker hatte also, im Gegensatz zu seinen Kollegen, noch kein unverschlossen abgestelltes Auto gemeldet.

Bis er vor einem Wohngebäude eines sichtete, einen roten Opel. Er wollte schon vorbeigehen, als ihm der Raubüberfall im Kaufhaus einfiel. Routinemäßig prüfte er Motorhaube und Auspuff, beides war noch warm.

Vom Hausmeister des Wohnblocks erfuhr er den Namen des Fahrzeugbesitzers. Ein paar Minuten später läutete er an dessen Wohnungstür. Als geöffnet wurde, grüßte er höflich, murmelte etwas von einer Routinekontrolle und fragte, wie lange der rote Opel schon vor dem Haus stehe.

Anton Germek, so hieß der Autobesitzer, erklärte überzeugend, daß er den ganzen Tag das Auto noch nicht bewegt habe, und wollte schon die Tür schließen. Das sollte ihm jedoch nicht gelingen. Erschrocken sah er, daß der freundliche Polizist plötzlich eine Pistole in der Hand hielt. Im Nu waren ihm Handschellen angelegt. Die Geldsäcke und die Pistole fand Peter Brucker im Wohnzimmer, Germek hatte ja noch keine Zeit gehabt, beides zu verstecken. Wieso die Polizei ihm so rasch auf die Spur gekommen war, verstand dieser ganz und gar nicht.

Chefinspektor Fichtl gefiel die Schilderung des Wachmanns ganz ausgezeichnet. Besonders imponierte ihm dessen bescheidene Darstellung, wonach das Ganze purer Zufall war. Er hätte sich ja als Sherlock Holmes aufspielen können, wie das so oft geschieht.

»Du hörst in den nächsten Tagen von mir, junger Kollege«, sagte der Chefinspektor. Dann befaßte er sich intensiv mit dem immer noch verwirrten Anton Germek.

Kurz danach erlebte Peter Brucker etwas Erfreuliches: Wegen außergewöhnlicher Dienstleistung wurde ihm ein lobendes Zeugnis überreicht – ein Zeichen besonderer Anerkennung für einen jungen Beamten wie ihn. Fichtl hatte das veranlaßt. Und dann wurde er eines Tages ins Sicherheitsbüro gerufen. Der Chefinspektor hätte mit ihm zu reden.

Der machte es sehr kurz. »Möchtest du Kriminalbeamter werden?«

Für Peter kam diese Frage völlig überraschend. »Natürlich möchte ich das«, sagte er. »Die Uniform los sein und mehr Geld verdienen, das wäre nicht schlecht. Aber ich habe doch keine Chance. Soviel ich weiß, kommen auf einen Dienstposten bei der Kripo fünfzig Bewerber. Oder noch mehr.«

»Bewirb dich trotzdem«, sagte Chefinspektor Fichtl, »alles weitere überlaß mir.«

»Keine Angst, Chef«, lachte Biggi Herzog. »Ich bin mehr für die reiferen Jahrgänge.« Dann wurde sie ernst. »Willst du den Brucker schon bei der Bisambergbestie einsetzen?« fragte sie.

Fichtl schüttelte den Kopf. »Zuerst muß er einmal bei uns das Gehen lernen«, sagte er. Dann telefonierte er mit dem Gendarmerieposten der Ortschaft Bisamberg. Er wollte mit dem Postenkommandanten reden. Der war aber im Außendienst. »Dann ruf' ich morgen wieder an«, sagte Fichtl und legte auf. »Auf einen Tag wird es wohl jetzt nicht ankommen«, brummte er.

Am nächsten Morgen klingelte das Telefon, kaum daß Fichtl sein Büro betreten hatte. Es war der Bisamberger Postenkommandant, der meinte, es wäre höchste Zeit, sich einmal zusammenzusetzen. Dieser Meinung war der Chefinspektor ebenfalls und versprach, gleich hinauszufahren, bevor noch irgendein Hofrat oder Gendarmerieoberst etwas anderes anordnen konnte. Fichtl mußte so etwas wie eine Vorahnung gehabt haben, denn kaum war er draußen, kam Hofrat Putner herein und reagierte wie immer ziemlich verärgert, als Birgit Herzog ihm von Fichtls Weggang berichtete.

»Warum meldet er mir das nicht?« fauchte er. »Immer diese Eigenmächtigkeiten.«

»Aber Herr Hofrat«, versuchte Biggi zu beschwichtigen, »er wird Ihnen halt berichten, wenn er zurückkommt.«

»Dann ist es zu spät«, brummte Putner. Er erzählte daraufhin der Kriminalbeamtin, daß der Innenminister im Falle »Bisambergbestie« die Bildung einer Sonderkommission angeordnet hatte. Offenbar unter dem Druck der Presse sollte eine solche Kommission die Ermittlungen in diesem Fall koordinieren. »Die Zusammensetzung der Sonderkommission steht noch nicht fest, die einzelnen Mitglieder aus Polizei und Gendarmerie werden vom Ministerium bestimmt«, sagte der Hofrat.

Während er noch einmal seinen Unmut äußerte, klopfte es an der Tür, und ein junger Mann trat ein, grüßte freundlich. Er trug Bluejeans, darüber ein Jeanshemd mit aufgesetzten Taschen, die Ärmel hochgekrempelt. In einer Hand hatte er eine Plastiktasche.

»Sie wünschen bitte?« fragte der Hofrat knapp.

»Eigentlich nichts«, lächelte der junge Mann. »Ich soll mich hier zum Dienst melden. Mein Name ist Peter Brucker.«

Der Hofrat blickte scharf über seinen Brillenrand.

»Ach, Sie sind der Neue«, sagte er nur. Dann zu Birgit Herzog: »Der Chefinspektor soll sofort zu mir kommen, wenn er zurück ist.« Dann ging er. Unter der Tür drehte er sich noch einmal um. »Haben Sie keine Krawatte?« fragte er Brucker in scharfem Ton.

»Sogar fünf habe ich«, lächelte dieser, »sogar fünf.« Der Hofrat knallte die Tür zu.

»Wer war denn dieser Komiker?« fragte Brucker die Kriminalbeamtin. Mit unterdrücktem Lachen sagte sie: »Das war Hofrat Putner, der Leiter des Sicherheitsbüros.«

»Sieht so aus, als ob er mich nicht mag«, meinte Brucker unbekümmert. »Beruht aber ganz auf Gegenseitigkeit«, lächelte er wieder. »Und darf ich wissen, wer Sie sind?«

»Biggi Herzog, ich bin Kriminalbeamtin. Leider die einzige.«

»Tag, Biggi«, sagte er und streckte ihr die Hand hin. »Man sieht Ihnen an, daß Sie mehr kriminalistischen Verstand unter dem Rock haben als der Hofrat im Kopf.«

Sie wußte nicht, ob sie beleidigt reagieren oder lachen sollte.

»Bitte fassen Sie das als Kompliment auf«, sagte Brucker.

Da mußte Biggi doch laut und herzlich lachen.

Nachdem die Situation nun einigermaßen entspannt war, wollte Brucker wissen, ob es hier so etwas wie einen Schreibtisch für ihn gäbe. »Der Tisch dort in der Ecke«, sagte Biggi, »er wackelt zwar ein bißchen, aber daran gewöhnen Sie sich.«

Brucker ging in die Ecke.

»Das also ist mein neuer Arbeitsplatz«, sinnierte er. Der Schreibtisch wackelte wirklich beträchtlich. »Gibt es hier auch eine Dienstvorschrift für Kriminalbeamte?« Die Frage kam einigermaßen überraschend.

»Dort im Bücherregal, ganz rechts oben, in Leder gebunden«, sagte die Kriminalbeamtin.

Brucker holte sich das Büchlein.

Er ging wieder zu seinem Schreibtisch, schob die Dienstvorschrift unter das kürzere Tischbein. »Paßt genau«, sagte er. »Ich hab' schon immer gewußt, daß eine Dienstvorschrift praktisch anwendbar sein kann.«

Peter Brucker wurde 1952 in Wien als uneheliches Kind geboren, seinen Vater hatte er nie kennengelernt. Die Mutter sprach wenig über ihn. Sie arbeitete als Verkäuferin in einem Textilgeschäft, und der kleine Peter war tagsüber in einem Kinderhort. Abends holte ihn seine Mutter dort ab. Die Wochenenden und Feiertage verbrachte er ganz bei ihr. Mit sechzehn begann er eine Lehre als Schlosser. Erst ab dieser Zeit vergaß er allmählich den Makel seiner unehelichen Geburt und die hämischen Fragen taktloser Mitschüler nach seinem Vater. Er war ein schlanker, gutaussehender junger Mann mit großem Interesse an Sport. Er spielte Tennis und Fußball in einem Unterklassenverein und träumte davon, einmal ein Profi zu werden.

Daraus wurde nichts, denn nach Abschluß seiner Lehrzeit fand er eine Stelle in einer Autofabrik und hatte viel zuwenig Zeit für ein geregeltes Training. Drei Jahre arbeitete er dort, dann spielte seine Mannschaft eines Sonntags gegen eine Mannschaft der Polizei. Unter seinen Gegenspielern waren ein paar nette Burschen, zu denen sich eine Art Freundschaft entwickelte. Er interessierte sich für deren Arbeit, und sie rieten ihm, sich doch einfach bei der Polizei zu bewerben. So absolvierte er die Eignungsprüfungen und besuchte dann zwei Jahre die Polizeischule. Anschließend fand er eine Stelle auf einem Kommissariats-Wachzimmer. In der Polizeischule wurde viel Wert auf körperliche Ertüchtigung gelegt, man trainierte hart, sehr zur Freude des jungen Brucker. Seit drei Jahren war er stolzer Titelverteidiger des österreichischen Polizei-Fünfkampfmeisters.

Abgesehen vom Sport interessierte sich Peter Brucker vorwiegend für zwei Gebiete. Erstens für das weibliche Geschlecht und zweitens für Psychologie. So selbstverständlich das eine war, so ungewöhnlich war das andere Hobby bei einem jungen Mann. Mit beidem befaßte er sich in Theorie und Praxis gleichermaßen intensiv, wenn auch seine praktischen Aktivitäten bei den Weibern bei weitem überwogen. Mit der Psychologie war das umgekehrt, da hatte mangels praktischer Möglichkeiten die Theorie Vorrang. Immerhin studierte er sehr ernsthaft die Werke von Wertheimer, Köhler und natürlich die von Sigmund Freud.

Seine Mutter hatte mittlerweile einen Lebensgefährten gefunden. Um die beiden nicht zu stören, und wohl auch, um selbst nicht gestört zu werden, mietete er sich eine kleine Junggesellenwohnung. Sie bestand nur aus einem einzigen Raum und einer Duschkammer, entsprach aber ansonsten all seinen Wünschen. Die Einrichtung bestand aus einem riesigen Bett mit vielen Decken und Polstern, daneben hatte er quer durch das Zimmer eine Hängematte gespannt. An der Wand hatte er ein Regal mit vielen Büchern festgemacht. Das war alles. Kleider, Schuhe und andere weniger wichtige Gegenstände des täglichen Lebens wurden mehr oder minder sorgfältig in den Zimmerecken verstaut.

Als Chefinspektor Fichtl von dem Gendarmerieposten Bisamberg zurück in sein Büro kam, hatte Hofrat Putner bereits zweimal nach ihm telefoniert. So blieb Fichtl gerade so viel Zeit, seinem Schützling Brukker die Hand zu drücken und eine Zigarette zu rauchen. Dann ging er hinüber in das Büro des Abteilungsleiters. Er blieb fast eine Stunde dort. Biggi Herzog meinte, das verheiße nichts Gutes. Und sie sollte recht behalten.

Als Fichtl in sein eigenes Büro zurückkam, schenkte er sich erst einmal einen Schnaps ein. Einen doppelten. Er trank langsam und wortlos. Das war bei ihm üblich, wenn er ein ernstes dienstliches Problem hatte. Beim zweiten Glas schilderte er seinen Mitarbeitern die Situation:

Die Sonderkommission zur »Bisambergbestie« war konstituiert, sie bestand aus sechs Mitgliedern: einem Gendarmeriegeneral, einem Gendarmerieoberst, einem Ministerialrat des Innenministeriums und dem Hofrat Putner vom Sicherheitsbüro, dem Chef des Gerichtsmedizinischen Instituts und zuletzt – und das war für Fichtl das schlimmste – aus einem Psychiater. Die Kommission würde ab morgen täglich um 10 Uhr zusammentreten, um den Stand der Ermittlungen zu diskutieren und die weiteren Fahndungsmaßnahmen zu beschließen.

Mit anderen Worten: Fichtl mußte Hofrat Putner täglich um 9 Uhr berichten und gegen elf die Weisungen der Kommission in Empfang nehmen. Er hielt überhaupt nichts von dem Ganzen, denn was sollte schon dabei herauskommen, wenn ein halbes Dutzend Theoretiker gescheit und wissenschaftlich daherredet. Leute, die ihre kriminalistischen Kenntnisse aus Lehrbüchern, Fachschriften oder Seminaren geschöpft hatten. Und von denen keiner auch nur einen Fahrraddiebstahl geklärt hatte.

Dabei hatte der Tag für Fichtl so hoffnungsvoll begonnen. Der Bisamberger Postenkommandant, den er getroffen hatte, hieß Hans Binder und war ein Mann ganz nach dem Geschmack des Chefinspektors. Ein Praktiker, der das Leben und auch die Menschen in seiner Abteilung kannte, dem gesunder Hausverstand über alles ging. Die beiden hatten sich vom ersten Augenblick an gut verstanden. Als Fichtl erzählte, daß nach Ansicht seiner Kriminalbeamtin der Verbrecher eventuell von der Ermordeten erkannt worden war, hatte Binder zustimmend genickt. Beide hatten daraufhin beschlossen, daß der Postenkommandant sich nun auf den Bekanntenkreis der Maria Weber konzentrieren werde. Auch vereinbarte man gemeinsame Nachtstreifen in der kritischen Gegend zu den kritischen Zeiten. Der Erfolg dieses Unternehmens fand sich aber jetzt, da die Sonderkommission das Sagen hatte, in Frage gestellt.

»Was haben denn die Gescheitwascheln in der Kommission vor?« fragte Biggi, nachdem Fichtl ihr von der Zusammenkunft berichtet hatte.

»Was die Polizei immer tut, wenn gar keine Spur vorhanden ist«, seufzte Fichtl. »Aufrufe an die Bevölkerung zur Mitarbeit, das heißt Aussetzung einer Geldprämie für Hinweise, die zur Ergreifung des Täters führen, Aufforderung an Frauen, nach Einbruch der Dunkelheit die betreffende Gegend zu meiden. Der übliche Blödsinn halt.«

In den nächsten Tagen lernte Peter Brucker also »das Gehen« bei der Kriminalpolizei, wie es der Chefinspektor formuliert hatte. Er lernte die Aktenerledigung und das Priorieren, er lernte seine Kollegen kennen, stellte fest, daß es hier wie überall hilfsbereite, abweisende und gleichgültige Mitarbeiter gab. Er erfuhr von den Möglichkeiten und Grenzen der Kriminaltechnik und des Erkennungsdienstes, und er lernte die Polizeijuristen des Sicherheitsbüros zu schätzen oder aber zu verabscheuen – zumeist war letzteres der Fall.

Er informierte sich über die Methoden der Fahndungsgruppe und war beeindruckt von den Lokal- und Personalkenntnissen dieser Kollegen. Sie kannten tatsächlich nicht nur die Ganoven, Zuhälter und Huren der einzelnen Bezirke persönlich, sondern waren auch mit deren Lebensgewohnheiten vertraut. Vieles zeigte sich in der Realität ganz anders, als man es ihm in der Kriminalbeamten-Schule beigebracht hatte, und oftmals dachte er über die Gründe nach, warum bei der Kriminalpolizei zwischen Theorie und Praxis eine so große Kluft besteht.

Wann immer er Zeit hatte, studierte er die dicke Akte über die Verbrechen der Bestie vom Bisamberg und versuchte von der Kriminalbeamtin Herzog weitere Einzelheiten zu erfahren, die nicht in der Akte standen. Biggi war grundsätzlich freundlich und hilfsbereit, aber sie hatte eben auch ihre eigene Arbeit mit ihren Problemen und war nicht immer zu Plaudereien mit dem neuen Kollegen aufgelegt. Chefinspektor Fichtl konnte sich um die praktische Ausbildung von Peter Brucker auch nicht so intensiv kümmern, wie er es gerne getan hätte. Denn all seine Befürchtungen bezüglich der Sonderkommission waren eingetreten, und er war ständig mit den Anweisungen von Hofrat Putner beschäftigt. »Alles leere Kilometer«, antwortete er nur auf neugierige Fragen des jungen Brucker.

Die »Hinweise aus der Bevölkerung«, die nach den massiven Presseverlautbarungen der Sonderkommission über die Bisambergbestie eingelangt waren, füllten einen eigenen Ordner. In Aktenvermerken hatten alle Sicherheitsdienststellen festgehalten, was brave Staatsbürger schriftlich oder mündlich den zuständigen Ordnungshütern anvertraut hatten. Der Chefinspektor blätterte in diesem Ordner nur flüchtig. Er fluchte und meinte, ebensogut wie diese Aussagen könnte er ein Mickey-Mouse-Heft lesen, es käme auf dasselbe heraus. Tatsächlich enthielt der Ordner überwiegend Meldungen von seiten älterer Menschen, die Nachbarn verdächtigten, weil diese ihre Hunde mißhandelten, öfter betrunken randalierten oder einen »stechenden Blick« hatten. Nur Biggi Herzog widmete diesen Meldungen täglich Aufmerksamkeit. Nach der Lektüre schien sie jedoch immer wieder enttäuscht zu sein. Neugierig fragte Brucker sie daher eines Tages, was sie denn von den »Hinweisen aus der Bevölkerung« eigentlich erwarte. Ihre Antwort überraschte ihn:

»Ich hoffe immer noch, daß sich einmal eine bisher unbekannte Frau meldet, die behauptet, ebenfalls überfallen worden zu sein«, sagte sie.

»Eine Frau, die wir noch nicht kennen . . .?« fragte er. »Was meinst du damit?«

»Ich bin ganz sicher, daß es einige gibt«, sagte Biggi. Und dann erklärte sie: Nach ihren Erfahrungen erstatten viele Frauen nach einem Sexualattentat keine Anzeige. Aus Schamgefühl und Angst vor dem dummen Gerede, das dann in ihrem Bekanntenkreis entsteht. Weil die Zeitungen solche Fälle gerne bis ins Detail berichten und bei Gerichtsverhandlungen die Verteidiger der Täter peinliche Fragen stellen: Ob die Opfer die Notzucht vielleicht durch provozierendes Verhalten selbst verursacht, eingeleitet hätten. Ob ihnen vielleicht der ganze Notzuchtvorgang gar nicht so unangenehm gewesen wäre.

»Ich bin ganz sicher«, wiederholte Biggi heftig, »daß es einige gibt, von denen wir gar nichts wissen. Und die uns helfen könnten. Aber es ist ja kein Wunder, wenn die das Maul halten. Wer will schon in der Zeitung namentlich und mit Foto als Opfer der Bisambergbestie vertreten sein.«

Peter Brucker hatte darauf geschwiegen. Aber als Biggi den Ausdruck »provozierendes Verhalten« gebraucht hatte, da war ihm zum ersten Mal der zündende Gedanke gekommen. Die Idee, wie man den Täter vom Bisamberg ausfindig machen könnte ...

Für seine privaten Hobbys hatte Peter wenig Zeit in diesen turbulenten Tagen. Statt Sigmund Freud las er die Akte über die Bisambergbestie, und seine lockeren Mädchenkontakte reduzierte er auf Erika. Nicht daß er etwa in das Mädel verliebt gewesen wäre, umgekehrt war das wohl auch nicht der Fall. Aber es schmeichelte seiner männlichen Eitelkeit, wenn er mit Erika in ein Lokal ging und alles rundherum sie angaffte und tuschelte. Sie war ein außergewöhnlich hübsches Mädchen, die blonde Erika, mit guten Chancen, die Wahl zur Miss Vienna oder Miss Popo zu gewinnen. Doch sie hätte so etwas wie einen Manager zum Freund gebraucht, keinen Kriminalbeamten. Denn ihr Beruf, sie war Friseurin, brachte sie kaum mit einflußreichen Leuten zusammen, und ohne die landet man als Fotomodell – und das wollte sie werden – höchstens in drittklassigen Porno-Heftchen.

Peter saß mit seiner schönen Erika in einem Bistro in der Nähe seiner Wohnung, und sie beschwerte sich schon seit einer Viertelstunde, weil er sie so lange hatte warten lassen. Sie waren zum Kino verabredet gewesen, und nun verpaßte sie Rhett Butler in »Vom Winde verweht«. Erikas Lieblingsfilm. Peter hatte seine Unschuld beteuert und ihr zu erklären versucht, daß Kriminalbeamte ihre Arbeit nicht einfach nicht acht Stunden hinlegen können, aber Erika hielt das für eine faule Ausrede. Als sie dann, immer noch wütend, mit wiegenden Hüften auf die Toilette ging und er ihr interessiert nachsah, fiel ihm wieder Biggis Formulierung vom »provozierenden Verhalten« ein, worauf er beschloß, mit Erika über seinen Plan zu reden.

Er tastete sich sehr vorsichtig an das Thema heran, als sie wieder an seinem Tisch saß.

»Wollen wir vielleicht nach Stammersdorf fahren?« fragte er einschmeichelnd. »Nach Bisamberg?«

»Zum Heurigen?« reagierte sie erfreut.

»Na, nicht direkt«, schränkte er ein. Dann erklärte er ihr, wie er sich das vorstellte: Sie sollte von der Straßenbahn-Endstation Stammersdorf über den Feldweg in Richtung Bisamberg spazieren. Er würde in angemessener Entfernung folgen. So ein abendlicher Spaziergang würde sicher nicht schaden, und nachher könne man in Bisamberg ja ein Heurigenlokal besuchen, etwas essen und trinken.

Ihr Gesicht war jetzt so finster wie vorhin nach dem versäumten Film.

Sie zischte: »Du willst mich als Köder benutzen, du Dreckskerl. Denkst du, ich lese keine Zeitungen? Du willst diese Bisambergbestie fangen, und ich soll den Lockvogel spielen . . .«

Er versuchte sie zu beruhigen: »Ich bin ja in deiner Nähe, passe auf dich auf . . .«

Sie war aufgestanden, nahm ihre Handtasche.

»Das ist doch das Letzte!« sagte sie wütend. »Du mieses Polizistenschwein, ich will dich nie wieder sehen . . .«

Sie verließ das Lokal, und er mußte die schadenfrohen Blicke anderer Gäste ertragen. Mit Erika ging es also nicht. Und dabei hatte er sich alles so einfach vorgestellt. Wenn der Täter über sie hergefallen wäre, hätte er ihn sofort überwältigen, festnehmen und der Gendarmerie übergeben können. Und er wäre der Held des Sicherheitsbüros geworden. Doch eigensinnig wie er war, gab er seinen Plan nicht auf. Irgend jemand würde sich finden, der mitmachte.

Am nächsten Morgen musterte ihn der Chefinspektor eine Weile und fragte dann, ob er für den Abend schon etwas vorhabe. Peter verneinte erstaunt.

Fichtl erklärte, daß er mit der letzten Straßenbahn nach Stammersdorf fahren und dort ein Lokal besuchen wolle. Ob der junge Inspektor Brucker mitkommen wolle . . .? Jetzt verstand Peter überhaupt nichts mehr. Sein Chefinspektor konnte eine Nachtstreife doch einfach anordnen und mußte nicht höflich herumfragen, ob er Zeit habe.

Fichtl wurde jetzt deutlicher: Es sei ja bei der Kriminalpolizei so, daß außerplanmäßige Nachtdienste als Überstunden bezahlt werden. Solche Dienste bedürften jedoch der Unterschrift des Abteilungsleiters. Was Fichtl vorhatte, wollte er aber Hofrat Putner nicht unbedingt sagen. Also müßten beide sozusagen privat und ohne Bezahlung auf Tour gehen.

Peter war mit dem Plan einverstanden. Da erzählte ihm sein Chef, was der Postenkommandant Binder festgestellt hatte: Jede der sieben überfallenen Frauen war mit der letzten Straßenbahn der Linie 31 von der Innenstadt bis zur Endstation Stammersdorf gefahren und von dort zu Fuß weitergegangen. Fichtl wollte sich das jetzt einmal ansehen und dann mit Binder plaudern. Nicht am Gendarmerieposten, in einem Wirtshaus. Wenn er diese Tatsache jetzt Putner melden würde, wüßte es am nächsten Tag die hohe Sonderkommission, und das wollte sowohl Fichtl als auch Binder vermeiden.

Die letzte Bahn der Linie 31 fährt vom Schottenring im ersten Bezirk um 23.30 Uhr nach Stammersdorf und bleibt dort in der Remise bis zum nächsten Tag um 5 Uhr früh. An der Haltestelle Schottenring mischten sich Fichtl und Brucker unter die wartenden Menschen und taten so, als wären sie sich fremd.

Man konnte beobachten, daß diese Straßenbahn von fast immer denselben Menschen benutzt wurde. Man kannte einander vom Sehen, nickte einander zu und wechselte belanglose Worte. Männer und Frauen, die in der Innenstadt arbeiteten und jetzt nach Hause fuhren. Sie wirkten müde und abgespannt nach einem anstrengenden Arbeitstag. Alle waren einfach gekleidet. Die Frauen trugen Taschen, einige Männer hielten Plastiktüten in der Hand, in denen Werkzeug schepperte oder auch Bierflaschen klirrten.

Im schwach beleuchteten Waggon war noch etwa ein Drittel der Sitzplätze frei. Die Fahrt dauerte dreißig Minuten, von Haltestelle zu Haltestelle wurde es leerer. Ab Groß-Jedlersdorf waren noch zwanzig Fahrgäste im Wagen, Fichtl und Brucker inbegriffen.

Man döste vor sich hin, denn das Rattern der Straßenbahnen wirkt einschläfernd. Ein dicker Mann, der Brucker schräg gegenüber saß, öffnete eine Flasche Bier und trank gierig. Eine offensichtlich schwangere Frau neben ihm strickte an einem Babyjäckchen. Der Dicke wollte mit ihr ins Gespräch kommen, aber die Schwangere sah nicht auf und gab kaum Antwort.

»Endstation Stammersdorf, alles aussteigen«, tönte es krächzend aus dem Lautsprecher. Alle stiegen aus. Nach wenigen Minuten hatten sich die Fahrgäste verstreut, waren auf dem Weg zu ihren Wohnungen. Fichtl und Brucker waren allein. »Wie geht es weiter, Chef?« fragte Brucker.

»Wir gehen jetzt in den *Schwarzen Adler*«, sagte Fichtl. »Das ist gleich da drüben. Und wenn ich mich dort in ein Gespräch einmische, dann hörst du nur zu und mischst dich nicht ein, ist das klar?«

»Alles klar, Herr Kommissar«, grinste Brucker.

Der Wirt vom *Schwarzen Adler* empfing die beiden mit »Sperrstunde, meine Herren«. Aber er hatte es nur spaßhaft gemeint, denn er ließ sie eintreten und sich zum Postenkommandanten Binder setzen. Binder war zwar in Zivil, doch da im kleinen Stammersdorf jeder jeden kennt und der Herr Inspektor jetzt für die beiden Fremden je ein Viertel Wein bestellte, war natürlich von Sperrstunde noch lange keine Rede.

Nur noch wenig Gäste waren im *Schwarzen Adler.*

Genaugenommen waren Binder und die beiden Fremden die einzigen, die an einem Tisch saßen. An der Theke standen noch fünf Männer und tranken ihr Bier. Der Dicke mit der Bierflasche aus der Straßenbahn war auch darunter. Alle fünf waren leicht angesäuselt und schimpften lauthals über die Politik und die Politiker. Dann war das Wetter dran, weil es schon so lange nicht mehr geregnet hatte und die Weinstauden am Bisamberg verdorrten, und schließlich ließen sie sich über die unfähige Polizei aus, die einem zwar wegen eines oder zwei Viertel Wein zuviel den Führerschein abnahm, die Bisambergbestie aber immer noch nicht gefunden hatte. Ängstlich beobachtete der Wirt die drei am Tisch, er wollte keinen Ärger haben.

»Das hätt's unter dem Hitler net gegeben!« schrie der Dicke. Er war jetzt sichtlich betrunken.

»Kusch, Ferdl«, sagte der Wirt, »da bist du noch zu jung dazu, das verstehst du net.«

»Die Todesstrafe gehört wieder her!« schrie der Ferdl und trank sein Glas leer. Seine Freunde murmelten zustimmend. »Kusch, Ferdl«, sagte der Wirt noch einmal und warf einen Blick zum Postenkommandanten. Der aber kümmerte sich nicht um die Schimpfenden. Die drei am Tisch hatten die Köpfe zusammengesteckt und unterhielten sich sehr leise.

Hans Binder hatte eine Liste von den Männern der Ortschaft zusammengestellt, welche die Maria Weber gekannt haben mußte. Es ergab sich, daß ein einschlägig als solcher bekannter Sittlichkeitsverbrecher nicht darunter war. Einige hatten Vorstrafen wegen Körperverletzung, aber alles in allem nichts Aufregendes. Die üblichen Wirtshausraufereien. Fichtl erhielt einen Durchschlag der Liste ausgehändigt. Von draußen hörte man jetzt Hundegebell.

»Das ist meine Sonderstreife«, erklärte der Postenkommandant. »Ich habe einen Fährtenhund angefordert, mit dem ab jetzt meine Leute täglich von dreiundzwanzig Uhr bis zwei Uhr früh in der Gegend patrouillieren.«

»Weiß das die Sonderkommission?« fragte Fichtl.

»Sie werden es morgen erfahren«, antwortete Binder verdrossen.

»Wir werden den Täter damit zwar verscheuchen, aber nicht erwischen«, sinnierte Fichtl.

Binder meinte, er wäre sehr froh, wenn nichts mehr passieren würde. Dann machte er Fichtl einen leisen Vorwurf: »Ihr hättet der Presse nicht sagen sollen, daß die Weber Mitzerl nicht mehr reden konnte. Hätte in einer Zeitung gestanden, sie hätte noch geredet – wer weiß, der Strolch hätte vielleicht reagiert und sich dadurch verraten.«

Fichtl nickte. »Ja«, gab er zu, »das ist versäumt worden.«

Brucker hatte den beiden aufmerksam zugehört, dabei immer wieder die Männergruppe an der Theke beobachtet. Jetzt gab er seinem Chef ein Zeichen. Er sollte ja nicht unaufgefordert reden.

»Was ist?« fragte Fichtl.

»Wer ist denn der besoffene Fettling dort?« fragte Brucker. »Er ist mit unserer Straßenbahn gekommen.«

»Ferdinand Polacek«, sagte der Postenkommandant. »Arbeitet als Tankwart in der Stadt. Ihr findet ihn auf der Liste. Er wohnt neben dem Elternhaus der Weber Mitzi. Viermal die Woche besoffen, aber sonst harmlos.«

Die Tür ging auf, und ein unangenehmer Typ kam herein. Jüngerer Mann mit langem Haar, Ohrstecker, schwarze Lederjacke, auf der Bildchen von nackten Weibern klebten.

»Der steht auch auf der Liste«, sagte Binder. »Leopold Kucharsky, ein Cousin des Wirts. Arbeitet hier aushilfsweise als Kellner. Hat es bei der Weber Maria immer wieder probiert, sie hat ihn aber abgelehnt.«

»Kann ich verstehen«, murmelte Fichtl und beobachtete den Leopold.

»Ich brauch' dich heut' nicht, Poldl«, sagte der Wirt, »ist ja nichts los.«

Der Poldl nickte, schenkte sich ein Glas ein und stellte sich zu den anderen. »Draußen ist alles voller Gendarmen«, sagte er. »Einen Hund haben's jetzt auch. Das wird denen auch nichts nützen. Mit einem Hund werden's die Bestie nicht fangen.«

Es entwickelte sich eine rege und laute Diskussion über den Wert eines Polizeihundes bei der Verbrechensbekämpfung. Mit jedem Schluck Wein wurden die vorgebrachten Argumente heftiger.

»Hör sie dir an«, meinte Binder. »In einer haben Stunde gehen dann alle heim, voll von Alkohol und Aggressionen. Und dann ist jedem alles zuzutrauen. Oder fast alles.«

Fichtl und Brucker fuhren mit einem Taxi zurück in die Innenstadt. In einem Café am Schottenring genehmigten sich die beiden noch ein Glas Wein. Dem Chefinspektor war anzumerken, daß er mit der Situation im Fall »Bisambergbestie« gar nicht zufrieden war.

»Er wird jetzt nicht zuschlagen, solange die Gendarmeriestreifen unterwegs sind«, sinnierte er. »Aber ewig kann man ja die Gegend nicht lückenlos überwachen. Ich muß mir da etwas einfallen lassen.«

»Wie wäre es mit einem Köder?« fragte Brucker unvermittelt.

»Ein Köder . . .?«

Brucker erklärte, er könne schon irgendwo eine junge Frau auftreiben, die für ihn die Feldwege nach Bisamberg benutzen würde. Sie müßte aber mit der letzten 31er nach Stammersdorf fahren und das Ganze einige Nächte lang in aufreizender Kleidung durchexerzieren. »Es kann nichts passieren, Chef«, sagte er eifrig. »Ich bin immer in ihrer Nähe. Wenn er zuschlägt, dann fass' ich ihn.«

»Vergiß diesen Blödsinn«, sagte Fichtl ernst.

»Aber warum, Chef?« Brucker war enttäuscht.

»So etwas nennt man ›agent provocateur‹, das ist nach der Strafprozeßordnung streng verboten. Wenn Hofrat Putner das erfährt, reißt er uns den Arsch auf.«

Für den Chefinspektor war dieses Thema hiermit erledigt. Nicht aber für den eigensinnigen jungen Brucker.

Kriminalbeamte müssen gemäß einer generellen Anordnung der Generaldirektion für die öffentliche Sicherheit bis zu ihrem 42. Lebensjahr zweimal im Monat zum Judo-Training. Dieses Training findet zumeist morgens von 8 bis 10 Uhr statt. Die leitenden Kriminalbeamten sorgen dafür, daß sich keiner ihrer Untergebenen davor drücken kann, denn die Judo-Trainingsstunden sind nicht bei allen beliebt. Auch Kriminalbeamtinnen müssen daran teilnehmen, denn sie haben dieselben Rechte und Pflichten wie ihre männlichen Kollegen.

Am Tag nach dem Ausflug Fichtls und Bruckers nach Stammersdorf gingen Biggi und Brucker zum Judo-Training und kamen daher erst um 10 Uhr vormittags ins Büro. Biggi mit geröteten Wangen nach der heißen Dusche, Peter Brucker mit einem blauen Auge.

»Was ist denn mit dir passiert?« grinste Fichtl.

»Ah, die Biggi, dieses grobe Luder«, sagte Peter nur.

»Ich kann nichs dafür«, protestierte Biggi. »Wenn er bei den Abwehrgriffen so langsam schaut, dann passiert das eben.«

Der Chefinspektor lachte.

»Mach dir nichts draus«, tröstete er Brucker. »Die Biggi war einmal Jugendmeisterin im Judo und nimmt diesen Sport immer noch sehr ernst.«

Irgendwie beruhigte das Peter Brucker. »Nach dem nächsten Training muß sie ins Krankenhaus, Chef«, sagte er drohend.

»Wenn ihr mit euren Kindereien fertig seid«, sagte der Chefinspektor nun ernst, »darf ich euch vielleicht von den neuesten Anordnungen der Sonderkommission berichten.«

Fichtl machte es kurz:

»Alle in den letzten zehn Jahren wegen Sittlichkeitsdelikten gerichtlich abgeurteilten Personen männlichen Geschlechtes sind listenmäßig zu erfassen und für die Tatzeiten auf ihr Alibi zu überprüfen.«

»Aha«, meinte Peter Brucker interessiert.

Jetzt explodierte der Chefinspektor.

»Nix aha!« schrie er. »Merkst du nicht, was das für eine unsinnige Arbeitslawine ist?! Die von der Justiz werden uns jetzt eine Liste von einigen hundert Männern schicken, die wir alle befragen müssen. Die Antworten kenne ich im voraus. Oder weißt du vielleicht, wo du am Dienstag vor drei Monaten um 22.30 Uhr gewesen bist?! Du weißt es nicht mehr, stimmt's?! Na also!!«

Brucker rieb sich sein blaues Auge. »Ach so meinen Sie das«, sagte er kleinlaut.

Dann dachte er eine Weile nach. »Meine Idee mit dem Köder wäre vielleicht doch erfolgversprechender«, wagte er vorzubringen. Er bereute es gleich wieder.

»Ich will davon nichts mehr hören«, sagte der Chefinspektor in sehr bestimmtem Ton. Da klingelte das Telefon, Fichtl mußte zu Hofrat Putner.

»Was war denn das für eine Idee mit dem Köder?« fragte Biggi neugierig.

Peter erzählte ihr alles. Auch seinen Reinfall mit Erika, er hatte sie seit damals nicht mehr gesehen.

»Du mußt das Mädel verstehen«, sagte Biggi. »Warum sollte sie sich Unannehmlichkeiten und Gefahren aussetzen? Das Ganze geht sie doch nichts an.«

Peter wurde nachdenklich.

»Hast du eigentlich Schuhe, die quietschen?« fragte er plötzlich.

»Was...??«

»Ob du daheim Schuhe hast, die quietschen?«

»Ist dir nicht gut? Hab' ich vielleicht beim Judo zu fest hingelangt? Hast du Kopfschmerzen?«

Er lächelte.

»Ich hab' mir nur gedacht«, sinnierte er, »daß, wenn ich einer Frau in der Nacht auf dem Feldweg nach Bisamberg folge, es doch gut wäre, wenn ihre Schuhe Geräusche verursachen. Ich kann mich dann orientieren und in Hörweite bleiben.«

»Ach, so meinst du das«, sagte sie leise.

Sie mußte jetzt an die Stunde am Bett der Maria Weber denken. Wie qualvoll diese arme Kreatur gestorben war. Sie sah ihr verkrampftes Gesicht, ihre flatternden Augenlider noch lebhaft vor sich.

»Du wirst lachen«, sagte sie. »Ich habe ein Paar Schuhe, die quietschen.«

Eine Minute lang schwiegen sie.

»Du bist ein Superweib«, sagte Peter bewundernd.

Ihre Antwort löste Heiterkeit in ihm aus. Sie gab genau denselben Satz von sich, den Fichtl um zwei Uhr früh in dem Café am Schottenring gesagt hatte: »Wenn Hofrat Putner das erfährt, reißt er uns den Arsch auf.«

Chefinspektor Fritz Fichtl war einer der erfolgreichsten Kriminalbeamten der Polizeidirektion Wien. Wenn er sich nicht gerade in seinem Büro über Sonderkommissionen und Hofräte ärgerte, saß er zumeist in seinem Stammlokal, im *Café Martha*. Er war geschieden, Kinder hatte er keine, und er fürchtete sich vor seiner leeren Wohnung. Zu bestellen brauchte er im *Martha* schon nicht mehr. Automatisch servierte ihm die Kellnerin sein Glas Wein und ein Tellerchen mit Erdnüssen. Er war ja dort wie zu Hause. Und wahrscheinlich hielt er sich in dem Café öfter und länger auf als in seiner Wohnung.

An diesem Abend dachte Fichtl bei zwei Gläsern Wein über den Fall »Bisambergbestie« nach. Beim dritten Glas jedoch schlugen seine Gedanken eine andere Richtung ein: Er überlegte ernsthaft, ob er vorzeitig in Pension gehen sollte. Rein formell könnte es da keine Schwierigkeiten geben. Der Polizeiarzt war ein Freund von ihm, und der würde schon irgendeinen Grund zur Pensionierung finden, wenn er ihm entsprechend vorjammerte. Aber was dann? Den ganzen Tag im *Café Martha* sitzen und Wein trinken war auch kein erstrebenswerter Lebensabend. Andererseits hatte er nach vierzig Dienstjahren »die Schnauze voll«, wie man so schön sagt. Immer unwilliger machte er seine Arbeit, und daran war nicht nur sein Alter schuld. Seine Vorgesetzten, die Herren Polizeijuristen, wechselten ständig, und sein jetziger Abteilungsleiter, Hofrat Putner, mochte ihn überhaupt nicht. Was ganz auf Gegenseitigkeit beruhte.

Jeder Beruf hinterläßt Spuren, und auch Kriminalbeamte sind ja nur Menschen. Nach längerer Dienstzeit werden sie, weil ständig mit Verbrechen und Elend konfrontiert, oftmals zu Zynikern. Auch auf Fritz Fichtl traf das zu. Sein beruflicher Ehrgeiz hatte zwar insgesamt stark nachgelassen, aber der Fall »Bisambergbestie« beschäftigte ihn doch sehr. Auch ging ihm der Vorschlag seines jungen Mitarbeiters Brucker nicht aus dem Kopf. Sicher, die Idee war gar nicht so übel. Aber sollte er sich so kurz vor seiner Pensionierung in so etwas Heikles einlassen, womöglich seine Altersversorgung riskieren?

Der nächste Tag war ein Samstag. Fichtl hatte heute nur »Finderdienst«, das heißt, der diensthabende Beamte im Sicherheitsbüro mußte wissen, wo er erreichbar war. Seine Anwesenheit im Büro war somit nicht notwendig, aber zu Hause wollte er auch nicht bleiben. Daher marschierte er also doch auf seine Dienststelle, trank zuvor noch den Frühstückskaffee in der Kantine.

In seinem Büro zündete er sich dann eine Zigarette an und blies den Rauch in Richtung der Akte »Bisambergbestie«. Es war sehr ruhig im Raum, die Fenster geschlossen, der blaue Zigarettendunst hing wie eine kleine Wolke über seinem Schreibtisch.

Er zuckte leicht zusammen, als das Telefon neben ihm schrillte, und ärgerte sich gleich darauf deswegen. »Keine Nerven mehr, Alter«, sagte er zu sich selbst, bevor er abhob.

Es war der Postenkommandant Binder, der ihm kurz angebunden mitteilte, daß er nächste Woche die verstärkten Streifen wieder einstellen mußte. Ein Sparerlaß des Landesgendarmeriekommandos war die Ursache. Diese Nachtstreifen mußten als Überstunden bezahlt werden, und es war kein Geld da. Der Diensthund würde auch abgezogen werden. Ab nächster Woche würde zwischen Stammersdorf und Bisamberg alles wieder sein wie vorher. Da fiel Fichtl Bruckers Vorschlag wieder ein. Die Liste des Justizministeriums über abgeurteilte Sexualverbrecher war bei der Sonderkommission noch nicht eingetroffen. Fichtl rechnete damit bis Montag der folgenden Woche. Ihm graute davor.

Er blickte kurz in den Tagesbericht und auf die Dienstliste. Brucker und die Kriminalbeamtin hatten heute Hauptdienst in der Journaldienstgruppe, sie waren also in den Diensträumen gleich neben dem Eingang. Nur weil er gar nicht wußte, was er tun sollte, ging Fichtl die Treppen hinunter zu ihrem Büro.

Er traf die beiden im Wachzimmer.

»Irgend etwas Besonderes heute, Biggi?« fragte er.

»Nix«, sagte die Kriminalbeamtin. »Nur einen Häftling, ein Exhibitionist. Mit dem bin ich bald fertig.«

»Und wie schaut es bei dir aus?« fragte der Alte den jungen Brukker.

»Ich soll bei der Vernehmung dabeisein«, antwortete der, »damit der Zipfelzeiger nicht frech wird.«

»Gut«, nickte Fichtl. »Macht es kurz und kommt dann zu mir. Ich hab' was mit euch zu besprechen.«

Schon nach einer halben Stunde kam Brucker in Fichtls Büro. Er war allein, was den Alten wunderte. »Ich denke, du sollst bei der Vernehmung auf Biggi aufpassen?« sagte er.

Brucker blies die Backen auf. »Ich glaube, da bin ich überflüssig, denn ich müßte eher noch auf den Zipfelzeiger aufpassen«, antwortete er und ließ die Tür einen Spalt offen. »Hören Sie sich das an, Chef.«

Tatsächlich hörte man jetzt aus dem Verhörzimmer wildes Geschrei. Es war Biggis wütende Stimme, und man verstand einzelne Sätze wie – »Das werd' ich Ihnen abgewöhnen, Sie Saukerl« oder »Und vorige Woche vor der Mädchenschule, das waren auch Sie . . .! Geben Sie es zu, sonst . . .!«

»Au weh«, sagte Fichtl, »da waren Kinder im Spiel.«

»Wieso wissen Sie das?« fragte Brucker neugierig.

»Du kennst unsere Biggi noch nicht«, belehrte ihn der Alte. »Sie wird immer hysterisch, wenn Kinder das Opfer von Sexualverbrechen sind. Ich nehme an, der Schweinekerl hat vor Schulkindern onaniert.«

»Vor einem Kindergarten«, berichtigte Brucker, »gestern nachmittag. Er wurde abends von der Sicherheitswache verhört und festgenommen. Jetzt sitzt er jammernd in einer Ecke und hat Angst, Biggi würde ihn in der Luft zerreißen.«

Es wurde dann bald ruhiger auf dem Korridor. Nach etwa einer halben Stunde kam Biggi ins Büro, ihre Stimme war ein wenig heiser. »Er ist voll geständig«, sagte sie knapp, »ich lasse ihn zum Gericht überstellen. Ein Wiederholungstäter.«

»Hältst du eine Gegenüberstellung nicht für nötig?« fragte Fichtl. »Der Hofrat wird verlangen, daß du die Kinder befragst und ihnen den Täter gegenüberstellst – eine Wahlkonfrontation.«

»Die Kinder befrag' ich nachher im Kindergarten. Von Gegenüberstellungen dieser Art halte ich nichts, da kann sich der Hofrat auf den Kopf stellen. Ich sehe nicht ein, daß man die Kleinen noch einmal erschrecken muß.« Biggis heisere Stimme klang sehr bestimmt, und Fichtl wußte, daß es jetzt besser war, das Thema zu wechseln.

»Morgen ist Sonntag«, sagte er. »Ihr seid beide dienstfrei. Habt ihr privat was Besonderes vor ...?«

»Woran denken Sie, Chef?« fragte Biggi.

»Ich denke an einen gemeinsamen Ausflug«, grinste der Alte hinterhältig. »Das Wetter ist schön – wie wäre es mit einer gemütlichen Wanderung auf den Bisamberg? Wir könnten dann gemeinsam was essen, oben im Restaurant. Ich lade euch ein.«

Die beiden sahen sich an, nickten einander zu. »Fein«, sagte Biggi, »ein ganz intimer kleiner Betriebsausflug. Einmal was anderes.« Sie verabredeten sich für Sonntag zehn Uhr. Dann eilte Biggi in den Kindergarten.

Mit der besonderen Sensibilität Birgit Herzogs in bezug auf Kinder hatte es eine eigene Bewandtnis.

Sie war in einer kleinen Stadt in Niederösterreich als wohlbehütete einzige Tochter eines Landarztes aufgewachsen. Ihre Mutter führte den Haushalt, wie es sich in bürgerlichen Kreisen gehört. Nach dem Gymnasium und der Matura zog sie nach Wien und immatrikulierte sich an der dortigen Universität im Fach Medizin, weil ihr Vater es so wollte. Finanzielle Probleme gab es keine, für die Kosten einer kleinen Wohnung und eines kleinen Autos kam der Papa auf, und ihr Taschengeld entsprach etwa dem Lohn eines Fabrikarbeiters, der damit allerdings oft eine dreiköpfige Familie unterhalten mußte. Sie war im dritten Semester, als sie sich heftig in Robert Stark verliebte, einen Sportlehrer und Fußballtrainer, vierzig Jahre alt und ein, wie man so schön sagt, Bild von einem Mann. Mit dem Studieren war es jetzt vorbei, denn ihr Robby war mit seiner Mannschaft viel unterwegs, und natürlich konnte sie ihn nicht alleine lassen. Sie wollte ihn heiraten und wünschte sich Kinder, und Robby versprach ihr beides.

Sie war damals 23 Jahre alt, und zwei recht unangenehme Entdekkungen lagen noch vor ihr. Von ihrem Arzt erfuhr sie, daß sie wegen eines Myoms am Uterus nicht schwanger werden könnte, es sei denn, sie ließe sich operieren. Und von einem Fußballspieler erfuhr sie, daß sein Trainer Robert Stark verheiratet und bereits Familienvater war. Diese beiden Tatsachen sollten ihr Leben entscheidend verändern.

Nach einigen wilden Monaten mit viel Alkohol, Männern und spontanen Auslandsreisen – alles, um sich zu betäuben –, kam sie allmählich wieder zur Besinnung, und es störte sie jetzt, daß sie als erwachsene Frau von ihrem Vater immer noch finanziell abhängig war. Sie wollte irgend etwas arbeiten und trat eine Stelle als Serviererin in einem Café an. Und dann hatte sie eines Tages ein für sie besonders eindrucksvolles Erlebnis:

Sie hatte an ihrem Auto einen Strafzettel wegen Falschparkens gefunden und ging in das zuständige Wachzimmer, um ihre Strafe zu bezahlen. Dort standen drei stämmige Polizisten um ein etwa vierjähriges Bübchen, das sich verlaufen hatte und bitterlich weinte. Die Wachleute wollten Namen und Adresse des Kindes in Erfahrung bringen: »Na wie heißt du denn?« fragten sie ständig, aber der Kleine fürchtete sich offensichtlich und zitterte. »Holt doch die Kriminalbeamtin«, sagte der Kommandant, und bevor Biggi noch ihre Strafe bezahlt hatte, kam eine Frau herein. Die Kriminalbeamtin.

»Na, was ist denn mit meinem kleinen Burschi?« sagte sie mütterlich und nahm das Kind in ihre Arme.

Nach drei Minuten schon hatte sich der Kleine beruhigt, sagte artig seinen Namen und wo er wohnte, seine kleinen Ärmchen fest um den Hals der Frau geschlungen.

Von diesem Moment an hatte Birgit Herzog nur einen einzigen Berufswunsch: Sie wollte Kriminalbeamtin werden. Und sie schaffte es auch.

Warm schien die Sonne auf das Wiener Becken, tiefblau war der Himmel. Kein Lüftchen regte sich. Die Bäume des Wienerwaldes auf den Anhöhen um die Stadt leuchteten grün in allen Schattierungen. Es war schwer zu glauben, was die Zeitungen ständig über Waldsterben und kranke Bäume berichteten. Die drei Sonntagswanderer hatten nun die Kuppe des Bisamberges erreicht, sahen hinunter auf das bunte Häusermeer, auf den silber glitzernden Donaustrom.

»Österreich ist doch das schönste Land auf dieser Welt«, schnaufte Fichtl. »Es hat nur den Nachteil, daß so viele Österreicher hier leben.«

Die beiden jungen Leute lachten. Dann ging man hinüber auf die Terrasse des Restaurants. Sie waren hungrig von der Wanderung bergauf.

Von der Endstation Stammersdorf hatten sie den Feldweg zur Ortschaft Bisamberg genommen. Langsamen Schritts hatten sie sich alles angesehen. Im prallen Sonnenlicht war schwer vorstellbar, daß in den letzten Monaten hier sieben Verbrechen passiert waren.

»Wir sollten die Strecke auch einmal bei Nacht ablaufen«, hatte Fichtl gemeint, worauf die beiden anderen einander zuzwinkerten.

Nach dem Essen erklärte der Chefinspektor seinen beiden Mitarbeitern bei einem Glas Wein, was er vorhatte:

Er hatte aus der Akte ersehen, daß sämtliche Überfälle immer nur an Arbeitstagen, nie an einem Samstag oder Sonntag verübt worden waren. Das ließ den Schluß zu, daß der Täter tatsächlich irgendwo in der Stadt arbeitete und dann auf dem Heimweg – womöglich nach einem Wirtshausbesuch – sein Opfer suchte. Fichtl wollte nun die Liste der Bekannten von Maria Weber noch einmal mit dem Postenkommandanten durchgehen und all jene heraussuchen lassen, auf die dies zutraf. »Wir können dadurch den Kreis der Verdächtigen vielleicht entscheidend einengen«, meinte Fichtl. »Wenn wir Glück haben, bleiben nur vier oder fünf übrig, und auf die konzentrieren wir uns dann. Denn man muß, wenn die Gendarmeriestreifen jetzt wieder eingestellt werden, damit rechnen, daß womöglich wieder etwas passiert.« Allein der Gedanke daran konnte dem Chefinspektor die Freude an dem schönen Wetter, der herrlichen Aussicht und dem guten Wein verderben.

Brucker fragte, was er mit »auf diese fünf oder sechs konzentrieren« gemeint hatte.

»Na, es ist doch sinnvoller«, rief der Alte, »mit diesen fünf oder sechs eine Alibiüberprüfung zu veranstalten, als die Liste der Sonderkommission alphabetisch durchzugehen.«

Brucker war anzumerken, daß er davon nicht gerade begeistert war.

Die Sonne schien immer noch, als sie den Berg wieder hinabstiegen. In Stammersdorf trennten sich ihre Wege. Fichtl wollte im *Schwarzen Adler* Binder treffen, Brucker und Biggi fuhren in die Stadt zurück.

»Gehen wir noch irgendwohin auf ein Glas Wein?« fragte Peter. Biggi war einverstanden.

In einem gemütlichen Gasthausgarten beschlossen die beiden dann, kommenden Dienstag mit dem »Köderspiel« zu beginnen.

»Vergiß die quietschenden Schuhe nicht«, sagte Peter, und sie nickte. »Du mußt dich halt aufreizend anziehen und beim Gehen ordentlich mit dem Hintern wackeln«, meinte er, und wieder nickte Biggi.

Beim zweiten Glas Wein wurde Peter neugierig.

»Hast du eigentlich irgendeinen eifersüchtigen Freund?« fragte er.

»Das geht dich einen Dreck an«, antwortete Biggi lächelnd.

»Es ist ja nur, weil ich dir vielleicht sonst einen unsittlichen Antrag mache«, meinte Peter.

»Pure Zeitverschwendung«, sagte Biggi. »Merk dir eins: Es gibt zwei Sorten von Männern, mit denen ich nie ins Bett gehe: mit Fußballspielern und mit Berufskollegen. Kennst du dich jetzt aus?«

Ja, jetzt wußte er Bescheid, der Peter Brucker.

Die Liste der zu überprüfenden Vorbestraften übertraf alle Befürchtungen des Chefinspektors. Sie enthielt 417 Namen, und alle waren wegen Sittlichkeitsdelikten rechtskräftig verurteilt worden. Schon bei einer oberflächlichen Durchsicht wußte Fichtl nicht, ob er lachen oder fluchen sollte. Er entschied sich für letzteres. Denn die Beamten im Justizministerium hatten auch alle die Männer in die Liste aufgenommen, die wegen Zuhälterei verurteilt waren. Für diese Herren Bürokraten war Zuhälterei eben ein Vergehen gegen die Sittlichkeit.

Im Fall »Bisambergbestie« war das nun blanker Unsinn, denn Zuhälter fallen höchstens nachts in ihren Puffs, und das viel bequemer, über ihre Mädchen her. Im ersten Moment war Fichtl versucht, zu Hofrat Putner zu stürmen und sich dort auszutoben. Er unterließ es aber. Was hätte er schon erreicht außer einem eisigen: »Die Überprüfung dieser Liste ist eine Anordnung der Sonderkommission. Bitte richten Sie sich danach.«

Er mußte sich also in seinem Büro austoben, fand die gräßlichsten Schimpfworte für die Herren Theoretiker, diese Juristen. Danach war ihm leichter zumute.

Biggi und Brucker hatten ihm unbeeindruckt zugehört. Für die beiden war sein Schimpfvokabular ja nichts Neues.

Die andere Liste aber, nämlich die von Hans Binder, war bei weitem erfreulicher. Ganze vier Männer hatte der Postenkommandant ermittelt, die sowohl zum Bekanntenkreis der Maria Weber gehörten, als auch in der Innenstadt arbeiteten und zumeist abends mit der Straßenbahn nach Stammersdorf fuhren. Interessiert las Fichtl die Namen dieser vier und das, was Binder über sie berichtete:

Nummer eins war Ferdinand Polacek, den Fichtl ja noch vom *Schwarzen Adler* in Erinnerung hatte. 35 Jahre alt, unverheiratet, keine Freundin oder Lebensgefährtin. Essen und Trinken war sein ganzer Lebensinhalt; Volksschule, Tanzschule und Führerscheinprüfung seine erreichten Ausbildungsziele. Er galt als harmlos, als gutmütig, außer, wenn er einen Rausch hatte. Da wurde er streitsüchtig, aggressiv. Und in den letzten Monaten waren Räusche bei ihm an der Tagesordnung. Möglicher Grund dafür war der Tod seines Vaters, eines Eisenbahnrentners. Den hatte er immer noch respektiert und gefürchtet, seinetwegen hatte er sich immer wieder zusammengerissen.

Diese hemmende Barriere war jetzt weg, denn vor seiner alten Mutter hatte der Ferdl weder Angst noch Hemmungen.

Er arbeitete als Tankwart in der Innenstadt. Dort durfte er nicht trinken. Um so eiliger hatte er es dann nach Feierabend. Vom weiblichen Geschlecht, so schrieb der Postenkommandant, wird der Polacek nur belächelt oder verspottet, keine läßt sich mit ihm ein. Kein Wunder, wenn man ihn so ansah. Auch geht das Gerücht, daß der Ferdl impotent sei. Letzteres würde ihn eigentlich als Täter ausschließen, denn in allen Fällen fanden Gerichtsmediziner Samenspuren in den Scheiden der Opfer. Auch bei der toten Maria Weber. Sie wohnte übrigens im Nachbarhaus der Polaceks.

Der zweite auf der Liste des Gendarmerie-Postenkommandanten war ein vierzigjähriger Familienvater, der zur Zeit als Koch in einem Gasthaus in der Innenstadt beschäftigt war. Er hieß Anton Obermoser und hatte früher einmal im *Schwarzen Adler* gearbeitet. Viermal war er wegen Körperverletzung vorbestraft. Interessiert las Fichtl eine unterstrichene Stelle in Binders Beschreibung, der zu entnehmen war, daß es immer Frauen waren, die der Obermoser verdroschen hatte. Zweimal war es seine eigene Frau, und das Motiv der Rauferei war nicht eruierbar, weil sie sich der Aussage vor Gericht entzogen hatte. Einmal war es eine Kellnerin in der Innenstadt, die sich geweigert hatte, ihm noch Alkohol auszuschenken, und schließlich eine Hilfsköchin, die sehr dagegen war, mit dem Obermoser in der Betriebsküche auch noch andere Dinge zu tun als zu kochen. Natürlich war in allen vier Fällen Alkohol im Spiel, was von den Gerichten wie üblich stets als mildernd gewertet wurde.

Nummer drei war ein Gastarbeiter aus Jugoslawien, der 37jährige Milan Belkovic, schon seit zehn Jahren in einer Baracke in Stammersdorf wohnhaft und als überaus fleißiger Arbeiter bekannt. Tagsüber war er bei einer Straßenbaufirma beschäftigt, abends pfuschte er privat bei Häuslbauern oder sonstwo, gegenwärtig schon seit Monaten bei der Renovierung einer Hausruine in der Innenstadt. Vorstrafen hatte er keine. Im Gegenteil, vor einem halben Jahr war er im Wiener Prater von einem Zuhälter mit einem Schlagring selbst erheblich verletzt worden. Der Postenkommandant berichtete, daß es der Milan in Stammersdorf bei der Befriedigung seiner sexuellen Wünsche eben recht schwer habe. Im Dorf war er »der Tschusch«, und Frauen oder Mädchen hätten sich ja der Verachtung ausgesetzt, wenn sie sich mit ihm eingelassen hätten. Was also blieb ihm anderes übrig, als ab und zu Prostituierte aufzusuchen? Auch hier war er sparsam und bevorzugte die als billig bekannten Praterhuren. Und bei dem Streit mit dem Zuhälter ging es ja auch um Geld, weil Milan eben für angebliche Sonderbehandlungen nicht mehr zahlen wollte, als er gewohnt war.

Der vierte und letzte auf Binders Liste war jener Leopold Kucharsky, den Fichtl ja schon im *Schwarzen Adler* gesehen hatte. Aushilfskellner und Cousin des Wirtes. Viel konnte der Postenkommandant nicht über ihn berichten, außer, daß er ihm »gefühlsmäßig« jede Gaunerei zutraute und daß er ihn seit langem in Verdacht hatte, Haschisch zu rauchen und damit auch zu handeln. Beweise gab es keine. Im *Schwarzen Adler* half er immer nur spät abends aus, tagsüber saß er in einer Videothek im dritten Bezirk herum und verlieh Pornofilme. Das war alles.

Es war zwar nicht viel, für den Chefinspektor aber Grund genug, von jedem der vier Männer eine Art Arbeitsakte anzulegen, nur für seinen persönlichen Gebrauch. Er nahm vier Umschläge und schrieb die Namen auf den Pappdeckel, forderte Fotos an, machte zur Sicherheit noch je eine Anfrage in der Datenstation und beim Erkennungsdienst und überlegte, ob und in welcher Form er seine nächsten Pläne Hofrat Putner zur Kenntnis bringen sollte. Lange überlegte er nicht. Wie er fand, war es noch viel zu früh, dem Hofrat etwas zu sagen.

Die vier Verdächtigen hatten eine gemeinsame Eigenschaft. Sie alle waren Stammgäste im *Schwarzen Adler*. Und sie trafen sich dort zumeist kurz vor Mitternacht, tranken und diskutierten an der Theke. Wenn der Wirt früher schlafen ging, übernahm sein Cousin Leopold das Einschenken und Abkassieren, was ihn aber nicht daran hinderte, an der geselligen Runde teilzunehmen. Der Chefinspektor hatte nun folgende Idee: Einem befreundeten Journalisten wollte er einen Tip geben, und dieser sollte einige Interviews, eine Art Meinungsumfrage, zum Fall »Bisambergbestie« durchführen. Für die Presse war das ja ein aktuelles Thema. Dabei sollte der Zeitungsmann auch in den *Schwarzen Adler* kommen. Zu einem Zeitpunkt, wo der Alkohol dort schon die Zungen gelockert hatte. Die Hoffnung Fichtls war dabei, daß sich vielleicht einer der vier verplapperte und irgendeine Kleinigkeit erzählte, die nur der Täter wissen konnte. Natürlich würde Fichtl vorher alles mit dem Postenkommandanten absprechen, mit dem die Interviews der Unauffälligkeit halber auch beginnen sollten. Der Journalist hieß Franz Wallisch und arbeitete für eine Wochenzeitung, ein tüchtiger Bursche. Er würde allen eine Menge Fragen stellen, auch wie und wo sie von den einzelnen Überfällen erfahren hatten. Die Antworten sollte er auf Tonband aufnehmen, und die Resultate wollte sich Fichtl dann genau anhören.

Als der Chefinspektor seinen engsten Mitarbeitern von diesem Plan erzählte, zeigten diese wenig Begeisterung. Brucker nickte nur und rieb sich sein noch immer blaues Auge, die Kriminalbeamtin gähnte herzhaft.

»Was ist denn mit euch los?« fragte Fichtl verärgert. »Eure Schläfrigkeit fällt mir jetzt schon seit Tagen auf. Was macht ihr denn eigentlich in der Nacht...? Habt ihr ein Verhältnis miteinander...?«

Die beiden lachten. »Aber Chef«, sagte Biggi, »was für eine unsinnige Verdächtigung.« Ihre Stimme klang müde.

Mit der schläfrigen Müdigkeit der beiden in den Bürostunden hatte es eine besondere Bewandtnis: Sie hatten mit ihrem »Köderspiel« begonnen, wanderten nachts zwischen Stammersdorf und Bisamberg hin und her. Biggi mit quietschenden Schuhen, Peter in Hörweite dahinter. Und vor drei Uhr morgens kamen sie eben nicht ins Bett. Ihr Dienst begann aber schon um halb acht.

Sie wollten sich gegenseitig nicht eingestehen, daß sie sich mit ihrem »Köderspielen« ein wenig zuviel zugemutet hatten. Denn nicht nur die Folgen der kurzen Schlafzeiten hatten sie unterschätzt. Auch die deprimierende Eintönigkeit dieser halben Nächte machte ihnen zu schaffen. Dieses langweilige Warten darauf, daß endlich etwas passieren würde. Es passierte aber nichts. Alles war ruhig, friedlich. So hofften sie auf die nächste Nacht. Erleichterung überfiel sie, wenn ein Wochenende bevorstand. An Samstagen und Sonntagen blieben sie daheim, weil an diesen Tagen noch nie etwas passiert war.

Der Ablauf des Köderspiels war jede Nacht der gleiche:

Peter fuhr mit seinem Auto zur Endstation Stammersdorf, wartete dort auf die letzte Straßenbahn. Biggi stieg in der Innenstadt, am Schottenring, in diesen letzten 31er, grell geschminkt, in einem kurzen Lederrock, dünner Seidenbluse. Ohne Büstenhalter, die Brüste wackelten im Takt des Ratterns der Straßenbahn. Wurde sie angesprochen, gab sie abweisende, schnippische Antworten und sah dann zum Fenster hinaus. Niemand hätte in dieser aufgemotzten Tussie eine Kriminalbeamtin vermutet. Wirklich niemand.

An der Endstation stieg sie aus, ging zielstrebig Richtung Bisamberg. Nicht, bevor sie den wartenden Peter gesehen hatte. Denn er hatte ihr eingeschärft, sofort per Taxi wieder heimzufahren, sollte er einmal nicht da sein. Es konnte ihm ja etwas dazwischengekommen sein, ein Unfall oder so.

Eine Stunde dauerte dann der Hin- und Rückweg. Peter hörte in dieser Zeit nur das Quietschen ihrer Schuhe, und ab und zu das Zirpen der Grillen.

Wieder in Stammersdorf, stiegen sie in Peters Auto, und er fuhr sie nach Hause. Beide einsilbig, in gedrückter Stimmung. Die Frage drängte sich auf, wie lange das noch so weitergehen sollte.

Es geschah am darauffolgenden Dienstag: Biggi hatte ihre Wanderung aufgenommen, Peter folgte in Hörweite. Alles war ruhig. Er hörte nur das Quietschen ihrer Schuhe und das Zirpen der Grillen. Es war Neumond, die Gegend war sehr finster.

Ganz plötzlich hörte das Geräusch ihrer Schuhe auf. Peter blieb stehen, lauschte. Nichts rührte sich.

Er begann zu laufen, zog seine Taschenlampe heraus, blieb wieder stehen, horchte. Kein Geräusch.

Wieder lief er ein paar Schritte. Links von dem Pfad war eine Böschung, es ging etwa drei Meter schräg abwärts in ein Feld.

Er schaltete die Taschenlampe ein, leuchtete herum. »Biggi!« schrie er in plötzlicher Panik. »Biggi, wo bist du?«

Er hörte ein leises Jammern, es kam von links hinter ihm.

»Biggi!« schrie er wieder. »Biggi!« Er rannte zurück, leuchtete die Böschung abwärts.

Dann sah er sie im grellen Lichtkegel. Sie lag im Feld, drehte sich jetzt zur Seite.

»Biggi!«

Mit einem Riesensprung war er bei ihr.

Ihr Gesicht war blutverschmiert. Sie massierte ihren Hals. Deutete dann in eine Richtung. »Renn ihm nach«, flüsterte sie heiser.

»Um Gottes willen, Biggi«, rief er, »ist dir was passiert? Du blutest . . .« Er schob einen Arm unter ihren Kopf, betrachtete sie ängstlich. Sie begann zu husten, ihr Körper vibrierte. Er streichelte ihr übers Haar. »Sag was, bitte sag was«, flüsterte er.

Sie hustete heiser. Hielt sich ihren Hals. »So renn ihm doch endlich nach«, stöhnte sie dann.

»Ich lass' dich doch jetzt nicht allein, Biggi. Du blutest, du bist verletzt, du brauchst Hilfe.«

»Das ist nicht mein Blut. Ich hab' ihn in die Hand gebissen.« Ihre Stimme klang eine Spur fester.

Er dachte nicht daran, jetzt wegzulaufen. Eine Sekunde lang bereute er, dieses Köderspiel organisiert zu haben. Wenn ihr nur nichts passiert ist, dachte er.

Sie richtete sich jetzt mühsam auf, atmete schwer. »War also alles umsonst«, sagte sie traurig.

»Ich bring' dich zu einem Arzt«, sagte Peter. »Kannst du aufstehen?«

Mühsam rappelte sie sich hoch. »Keinen Arzt«, sagte sie, »es geht schon.«

Auch ihre Bluse war blutverschmiert, sie mußte ordentlich zugebissen haben. Peter hob ihre Handtasche auf; sie hatte sich geöffnet, und der Inhalt lag verstreut am Boden. Stockend schilderte Biggi den Hergang des Überfalls. Er hatte sie von hinten angefallen, sie brutal gewürgt und die Böschung hinab ins Feld gezerrt. Sie konnte nicht schreien, denn er hielt ihr Hals und Mund zu. Sie wehrte sich verzweifelt und biß ihn in die Hand. Das war genau in der Sekunde, als Peter zu schreien begann. Der Täter sprang sofort auf und flüchtete in die Dunkelheit. »Du bist gerade noch im richtigen Moment gekommen«, sagte Biggi.

Im Gras sah Peter etwas glitzern, hob es auf, ein Feuerzeug. »Das gehört nicht mir«, sagte Biggi, »das muß er verloren haben.«

Es war ein billiges Werbefeuerzeug, wie es Geschäftsleute oder Gastwirte an ihre Stammkunden verschenken. »Rosy's Bar«, las Peter, »Treffpunkt der Gemütlichkeit. Wien I., Sonnenfelsgasse 11.« Er steckte das Ding ein. »Ich krieg' dieses Schwein, Biggi«, sagte er, und seine Stimme war haßerfüllt. »Ich kriege ihn, das schwör' ich dir.«

Sie schleppten sich bis zu Peters Auto.

Auf seine ständigen besorgten Fragen antwortete sie immer das gleiche: »Es ist nur der Hals, der weh tut. Er hat mir die Gurgel zugedrückt wie ein Irrer. Nein, ich brauche wirklich keinen Arzt, das wird schon wieder.«

Ein kräftiger Kerl war es gewesen, sein Atem roch stark nach Alkohol. Das war eigentlich alles, was sie zu berichten wußte. Und eine ordentliche Bißwunde müßte er jetzt haben, denn auch ihre Zähne taten leicht weh. Ob es seine rechte Hand war oder die linke konnte sie nicht sagen.

»Wir kriegen ihn, Biggi«, sagte Peter wieder. Langsam beruhigte er sich.

Sie waren schon in der Innenstadt, als Peter fragte, ob sie die

Nacht bei ihm bleiben wollte. »Ich lass' dich jetzt nicht gern allein«, meinte er, »versteh mich richtig.«

Sie verstand. »Besser, du kommst zu mir«, sagte sie. »Du kannst auf der Couch schlafen.«

Er war zum ersten Mal in ihrer Wohnung. Im Vorzimmer schlüpfte er aus den Schuhen, weil alles so sauber war und gediegen eingerichtet. Sie ging gleich ins Bad, hatte das starke Bedürfnis zu duschen. Die Bluse mit den Blutflecken warf sie ihm zu. »Heb das auf, wegen der Blutgruppenbestimmung«, rief sie. Dann rauschte die Dusche eine ganze Weile. In einen Bademantel gehüllt kam sie ins Wohnzimmer zurück. »So, jetzt geht's mir besser«, sagte sie.

Peter betrachtete noch mal genau ihren Hals: starke Blutergüsse, auch Kratzer und Schwellungen. »Ich krieg' dieses Schwein«, sagte er wieder wütend.

»Jetzt werde ich ein Schlafmittel nehmen«, sagte sie, »und ein Tee mit viel Rum wird uns beiden guttun, zumindest nicht schaden. Morgen rufe ich im Büro an und melde mich krank. Wegen einer Halsentzündung.« Sie massierte sich wieder. »Das ist ja nicht einmal gelogen«, sagte sie, und, tatsächlich, sie konnte wieder lachen.

Peter Bruckers Gedanken kreisten ständig um drei Punkte: Zum einen mußte der Täter eine Bißwunde an einer Hand haben. Das stand fest. Zum anderen lag da Biggis Bluse mit den Blutflecken in seiner Schreibtischschublade, und eventuell konnte man in der Gerichtsmedizin die Blutgruppe des Täters bestimmen. Aber wie sollte er die Bluse einer Untersuchung zuführen, wenn er keine Erklärung für die Blutflecken liefern konnte? Er hätte ja einen Bericht dazu abgeben müssen, und eine erlogene Geschichte konnte er nicht bringen. Aber die Wahrheit konnte er auch wiederum nicht sagen.

Zum dritten war da dieses Feuerzeug. Er war inzwischen in *Rosy's Bar* gewesen. Viel war es nicht, was er dort erfahren hatte. Dabei hatte ihn Rosy, die Wirtin, gar nicht unfreundlich behandelt. Die Stammgäste des Lokals nannten sie allgemein nur »die finstere Rosy«, denn bei ihr war alles finster. Ihr Gesichtsausdruck, ihre Fingernägel, die Bar, und wahrscheinlich auch ihre Unterwäsche. Von der finsteren Rosy hatte er erfahren, daß sie vergangene Weihnachten fünfzig Exemplare dieses Feuerzeugs gekauft und an Stammgäste verschenkt hatte. Natürlich konnte niemand wissen, ob solche Feuerzeuge nicht wieder weiterverschenkt wurden. Daß der Täter also unbedingt Stammgast in *Rosy's Bar* sein mußte, war sehr fraglich.

Ausführlich besprach er mit Biggi das Resultat seiner Ermittlungen. Sie machte nun wieder Dienst, wenn auch mit Halstuch. »Weißt du«, sagte Peter zu ihr, »manchmal glaube ich, es wäre das gescheiteste, wenn ich dem Chef alles beichte. Ohne ihn kommen wir jetzt nicht weiter.«

Biggi stimmte zu. »Überlaß die Beichte mir«, sagte sie, »ich kenne ihn schließlich länger.«

Chefinspektor Fichtl war ein wenig verwundert, als beide ihn nach Dienstschluß um eine Aussprache baten. Dann hörte er der Kriminalbeamtin aufmerksam zu. Sie verschwieg nichts, erzählte alle Einzelheiten. Als sie geendet hatte, war gespanntes Schweigen im Raum. Fichtl zündete sich eine Zigarette an. »Das ist ja eine schöne Geschichte«, murmelte er.

Seine Zigarette war schon halb ausgeraucht, als er schließlich meinte: »Das wichtigste ist jetzt, daß das alles unter uns dreien bleibt.« Er sah Biggi in die Augen. »Dann war dein Köderspiel nicht umsonst. Dann kriegen wir dieses Schwein. Von jetzt ab arbeiten wir zu dritt.«

Große Erleichterung bei den beiden, besonders bei Brucker.

»Auf den Schrecken brauche ich jetzt einen Schnaps«, sagte Fichtl.

»Ich auch«, sagten Biggi und Peter wie aus einem Munde.

Die Saufbruderschaft an der Theke im *Schwarzen Adler* war bei weitem nicht vollzählig. Fichtl saß mit Binder in einer Ecke, und sie beobachteten kartenspielend die Herrenrunde. Es war keiner dabei, der eine Verletzung an einer Hand hatte oder einen Verband trug. Aber es fehlten ja auch noch die nach Ansicht des Chefinspektors »großen Vier«, die eigentlich Verdächtigen. Die Männer an der Bar unterhielten sich lautstark über Politik. Ein dicker älterer Mann, der seinen Hut nie abnahm, erklärte seinen Freunden weise, warum Deutschland den Zweiten Weltkrieg verloren hatte. Und welche Fehler Adolf Hitler gemacht hatte.

»Entweder mit Weihrauch oder mit Knoblauch hätte er sich verbünden müssen«, dozierte er immer wieder. Mit Weihrauch war die Kirche, mit Knoblauch waren die Juden gemeint. Und weil er weder mit Weihrauch noch mit Knoblauch zusammengearbeitet hatte, der Adolf, hatte er unterliegen müssen. Die meisten der Anwesenden stimmten zu, auch der Wirt. »Er war halt ein sturer Hund, der Adi«, sagte er. Schnell wurde das Thema gewechselt, man diskutierte nun über Hunde. Jeder kannte irgendein ganz gescheites Hundevieh, klüger manchmal als ihre Herren. Die Hundegeschichten wollten kein

Ende nehmen, und mit jedem Bier wurden die Hunde intelligenter und auch gefährlicher.

Fichtl und Binder hatten sich schon das vierte Bummerl ausgespielt, sie waren am Bauernschnapsen. Fichtl sagte gerade einen Vierziger an und drehte zu, als er einen der Hundeliebhaber sagen hörte: »Den Polacek Ferdl, den hat unlängst einer gebissen.« In der Runde ging diese Bemerkung unter, doch Fichtl war wie elektrisiert.

»Hast du das gehört?« fragte er gespannt.

Binder nickte. »Hoffentlich in die Hand«, sinnierte er. »Soll ich mir den Ferdl vorknöpfen?«

Fichtl überlegte.

»Wart noch damit«, sagte er. »Ich hab' da so eine Idee.«

Der Postenkommandant legte die Karten weg, die beiden hörten auf zu spielen. »Schon wieder eine Idee?« grinste Binder. Fichtl wußte, worauf sein Partner anspielte: auf die eher mißglückte Sache mit dem Journalisten und den Interviews.

An dem Journalisten Wallisch lag es nicht, der hatte seine Sache ganz ausgezeichnet gemacht. Auch bei seiner Meinungsumfrage im *Schwarzen Adler.* Fichtl hatte sich die Tonbänder mehrmals angehört, er war enttäuscht. Seine Hoffnung, daß sich irgendeiner seiner Hauptverdächtigen verplappern könnte, hatte sich nicht erfüllt. Im Gegenteil. Alle hatten dem Pressemann ihre Entrüstung über die »Bisambergbestie« ins Mikrofon geschrien, die Einführung der Todesstrafe verlangt, die Polizei wegen ihrer Unfähigkeit kritisiert, nichts Neues also. Wallisch hatte darauf natürlich einen Stimmungsbericht in seiner Zeitung veröffentlicht, der auch Stellungnahmen der Beamten von der Sonderkommission enthielt. Einziges Resultat der ganzen Aktion war eine weitere Verschlechterung des Arbeitsklimas, und Hofrat Putner war wütend. Er wäre noch wütender gewesen, hätte er gewußt, daß sein Chefinspektor der Initiator der Pressekampagne war.

»Ich weiß schon«, lächelte Fichtl jetzt, »meine Idee mit den Interviews ging ordentlich daneben. Aber wie wäre es jetzt mit der Tollwut?«

»Tollwut?« fragte Binder mit einem Seitenblick auf Fichtls Weinglas. »Bist du schon besoffen?«

Der Chefinspektor winkte ab. Dann erklärte er: »Wenn Binder in seiner Gemeinde das Gerücht ausstreute, daß es in der Gegend tollwutverdächtige streunende Hunde gäbe und daher Schutzimpfungen angebracht wären, dann könnte man ja abwarten, ob der Polacek einen Arzt aufsuchen würde. Allein der gebissene Täter weiß ja, daß es kein Hund, sondern eine Frau war. Ginge er also nicht zu einem Arzt, wäre dies ein weiteres Indiz für seine Schuld.«

»Na, du hast Ideen«, sagte Binder, wußte aber nicht recht, was er davon halten sollte. Allein, alle Überlegungen erwiesen sich in der nächsten Minute schon als gegenstandslos. Denn der Polacek kam herein, gesellte sich zu seinen Freunden. Seine Hände waren unverletzt, aber er hinkte leicht. Und den nächsten Gesprächen der Männer an der Theke war zu entnehmen, daß der Polacek in eine Wade gebissen worden war.

Man war also wieder um eine Hoffnung ärmer.

»Wie wäre es mit einer neuen Idee?« grinste Binder anzüglich, und Fichtl fluchte leise in sein Weinglas. Die Aufregungen der beiden sollten an diesem ereignisreichen Abend aber noch nicht zu Ende sein. Denn fünf Minuten später kam Leopold Kucharsky in die Gaststube, der Aushilfskellner und Cousin des Wirts. Er trug einen Verband an der linken Hand.

Er grüßte und ging zuerst wie gewöhnlich in die Küche, um sich umzuziehen. Die beiden Alten sahen sich bedeutungsvoll an. Als der Wirt nachschenkte, fragte der Postenkommandant beiläufig: »Hat er sich weh getan, der Poldl?«

»Ja«, meinte der Wirt. »Beim Geschirrabwaschen hat er sich geschnitten. Schon vorige Woche.«

Es wurde Mitternacht, der Wirt ging schlafen, und der Leopold übernahm das Geschäft. »Bitte jetzt keine Idee«, sagte der Postenkommandant leise. Er meinte es ernst.

»Was schlägst du vor?« fragte Fichtl.

»Na das Einfachste, das Naheliegendste. Ich schnapp' mir den Kucharsky, bring' ihn zum Amtsarzt und lass' die Wunde untersuchen. Wenn er feststellt, daß es kein Schnitt, sondern eine Bißwunde ist, dann haben wir ihn.«

Fichtl dachte nach.

»Und wenn der Doktor es nicht mit absoluter Sicherheit feststellen kann? So was gibt's ja auch. Dann haben wir unseren besten Trumpf umsonst ausgespielt. Der Leopold bleibt bei seiner Behauptung, und die Sache ist vermurkst.«

Johann Binder seufzte. Mit dem Chefinspektor Fichtl zusammenzuarbeiten, meinte er, wäre wirklich nicht einfach. Ähnliches hatte sich Fichtl ja auch schon öfter im Sicherheitsbüro anhören müssen, insbesondere in den letzten Jahren. Die beiden Alten vereinbarten darauf, vorerst doch den Bericht des Gerichtsmedizinischen Instituts, das heißt den Blutbefund von Biggis Bluse abzuwarten. Spätestens übermorgen war damit zu rechnen. Denn was für den jungen Kriminalbeamten Brucker unmöglich gewesen war – ohne entsprechenden Bericht die Untersuchung der Bluse zu veranlassen –, stellte für den Chefinspektor kein Problem dar.

Die beiden hatten ausgetrunken und wollten bezahlen. Leopold Kucharsky kam an den Tisch, um zu kassieren.

Plötzlich bückte sich Fichtl unter den Tisch, hob etwas auf. Ein Feuerzeug. »Das muß jemand verloren haben«, meinte er und hielt es dem Leopold hin. »Ah, das ist meins«, sagte der und steckte es ein. »Hab' mich schon gewundert, wo ich's gelassen hab'.«

Draußen auf der Straße blieb der Postenkommandant stehen. »Also, ich versteh' dich wirklich nicht«, sagte er ernst. »Auf was wartest du denn noch? Ist dir das immer noch nicht genug?«

»Nein«, sagte Fichtl. »Aber jetzt wird die Geschichte langsam warm. Ich rufe dich morgen an.«

Sie verabschiedeten sich. Fichtl klopfte seinem Freund auf die Schulter. Als er im Taxi saß und heimwärts fuhr, lachte er leise in sich hinein. Denn er hatte schon wieder eine Idee und wußte, daß es diesmal klappen würde.

Ungewöhnliche Dinge ereigneten sich jetzt im Leben des Leopold Kucharsky. Dinge, die er sich nicht erklären konnte, die ihn aber beunruhigten.

Da war einmal die seltsame Fragerei der »finsteren Rosy«, als er eines Abends wie üblich in ihrer Bar an der Theke saß. Ob er irgendwelche Schwierigkeiten mit der Polizei habe, wollte die Rosy mitfühlend wissen. Auf seine erstaunten Gegenfragen rückte die Rosy schließlich zögernd mit der Wahrheit heraus: Ein Kriminalbeamter wäre bei ihr gewesen. Ein Foto von ihm hätte er ihr gezeigt und gefragt, ob sie ihn kenne, ob er öfter ins Lokal käme.

»Ein Foto von mir?« hatte Leopold erstaunt gefragt, worauf die finstere Rosy nur nickte. Er erinnerte sich, daß die Polizei ihn einmal fotografiert hatte, als er wegen Hasch-Rauchens aufgeflogen war. Erkennungsdienstliche Behandlung hatten das die Kriminalbeamten genannt, und auch Fingerabdrücke hatten sie ihm abgenommen. »Reine Routineangelegenheit.« Leopold Kucharsky war es ein Rätsel, warum die Kiberer jetzt wissen wollten, ob er hier verkehre. Er fand keine Erklärung dafür.

Einen Tag später fragte ihn seine Mutter ängstlich, ob er denn wieder einmal irgendwo negativ aufgefallen wäre. Sein Gewissen war rein, und so versuchte er seine Mutter zu beruhigen, wollte den Grund für ihre Frage wissen. Sie erzählte, daß sie den Gendarmerie-Postenkommandanten beim Einkaufen getroffen habe. Und der habe sich so seltsam nach ihrem Sohn Leopold erkundigt, gefragt, wie es ihm gehe und was er so treibe. Mit dem Instinkt einer Mutter habe sie gemerkt, daß die Freundlichkeit des Johann Binder, seine plötzliche Anteilnahme, nur gespielt war. »Der ist ein falscher Zehner«, hatte die Mutter gesagt. »Wenn er so freundlich ist, ist er am gefährlichsten.« Und dann wiederholte sie bekümmert, was er die letzten Jahre schon über hundertmal gehört hatte: »Du solltest dir eine Frau suchen, ich lebe schließlich nicht ewig. Du brauchst eine Frau, die dann für dich sorgt.«

Um dies alles richtig verstehen zu können, mußte man das sonderbare Mutter-Sohn-Verhältnis der beiden kennen:

Der kleine Polderl war gerade zehn Jahre alt gewesen, als er eines Tages von der Schule heimkam und sich wunderte, weil es im Hause so erbärmlich nach Gas stank. Er fand seine Mutter in der Küche am Boden liegend mit einem Gasschlauch vom Backrohr in der Hand, bewußtlos. Der geschockte Junge riß die Fenster auf, rief Nachbarn zu Hilfe. Der Notarztwagen brachte seine Mutter ins Spital. Aus dem aufgeregten Getratsche der Nachbarsleute erfuhr er Schreckliches. Seine Mutter hatte Selbstmord verüben wollen, weil der Vater die Familie verlassen hatte. Der Bruder seiner Mutter, der Wirt vom *Schwarzen Adler*, holte ihn von daheim ab und schimpfte schrecklich über seinen Vater. Einen Verbrecher nannte er ihn. Und über diese Hure schimpfte er, über seine Kellnerin, die mit dem Vater davongelaufen war. Die wäre überhaupt an allem schuld.

Am nächsten Tag schickte ihn der Onkel wieder zur Schule, wo er sich von seinen Mitschülern anhören mußte, daß seine Mutter ein blödes Weib wäre, weil man sich eben nicht umbringt, wenn man ein Kind und damit Verantwortung hat. Die Kinder redeten das nach, was sie von ihren Eltern gehört hatten. Darauf entstand eine wilde Schlägerei unter den Buben, weil der Polderl nicht zulassen wollte, daß man seine Mutter ein blödes Weib nannte. Da die anderen in der Überzahl waren, wurde der Junge ordentlich verdroschen.

Nach drei Tagen war seine Mutter wieder aus dem Krankenhaus zurück. Sie sprach mit niemandem über ihr Problem, auch nicht mit ihrem Buben. »Das verstehst du noch nicht«, sagte sie nur. »Später, wenn du größer bist, erzähl' ich's dir.«

Ein- oder zweimal im Monat kam es jetzt vor, daß sie sich betrank. Und dann schrie sie manchmal wie eine Irre, und der Junge mußte sich anhören, daß er an der ganzen Misere schuld wäre, weil er sie damals nicht ruhig hatte sterben lassen.

An seinem 14. Geburtstag schenkte ihm die Mutter ein Fahrrad und erzählte ihm außerdem, daß sein Vater nach Australien ausgewandert wäre. Schuld an allem wäre nur diese Kellnerin, diese Hure. Er solle sich vor schlechten Frauenzimmern in acht nehmen, wenn er einmal erwachsen sei. Damals fing er an, im Schwimmbad durch Astlöcher in den hölzernen Umkleidekabinen Mädchen und Frauen beim Ausziehen zu beobachten, heimlich bei Freunden Nacktfotos zu tauschen und Porno-Heftchen zu sammeln. Und zu onanieren. Gleichaltrigen Mädchen rief er manchmal ordinäre Schimpfworte nach, oder er bewarf sie mit Steinen.

Mit 15 kam er in eine Lehre, zu einem Elektriker. Mit 18 legte er die Gesellenprüfung ab. Die gleichaltrigen Burschen hatten jetzt schon Freundinnen, mit denen sie halbe Nächte lang auf Parkbänken saßen. Leopold Kucharsky konnte oder wollte keine finden, weil er jedes Mädchen nach dem zweiten Glas Bier oder Wein gleich beschimpfte und eine Hure nannte. Die einzige Frau, mit der er eigentlich reden konnte, war seine Mutter.

Sie hatte aufgehört zu trinken und sorgte sich jetzt rührend um ihren Sohn.

Erst im Lauf der nächsten Jahre begann sie sich wegen der abartigen Veranlagung ihres Leopold dem weiblichen Geschlecht gegenüber Sorgen zu machen. Sie empfahl ihm dieses oder jenes Mädchen aus der Nachbarschaft, aber er winkte nur ab. »Die brauch' ich nicht«, pflegte er zu sagen, »ich hab' ja dich, Mutti.«

Die Warnung seiner Mutter vor dem Postenkommandanten nahm er nicht sonderlich tragisch. Was wußte schon so ein Landgendarm von seinem Leben, seinen Problemen. Trotzdem ließ ihm die Sache irgendwie keine Ruhe. Und siehe da, es kam noch schlimmer.

In der Videothek im dritten Bezirk, wo er angestellt war, erschien eines Vormittags ein jüngerer Mann, erkundigte sich nach diesem und jenem, kaufte aber nichts. Er ließ sich eine Videokassette vorspielen und ging dann wieder.

Der Kerl war ihm merkwürdig bekannt vorgekommen, er konnte ihn aber vorerst nirgends einordnen. Erst als er am nächsten Tag wiederkam und im Geschäft gelangweilt herumsuchte, wurde es dem Leopold zur Gewißheit: Er hatte ihn einmal in Gesellschaft des Postenkommandanten und eines älteren, ihm unbekannten Mannes im *Schwarzen Adler* gesehen. Und die drei, so hatte sein Onkel in der Küche behauptet, waren Kriminalbeamte aus der Stadt.

Konnte das ein Zufall sein? Und wenn nicht, was wollte der junge Kriminalbeamte in seiner Videothek? Wieder war er gegangen, ohne etwas zu kaufen, und so beschloß Leopold Kucharsky, ihn direkt zu fragen, sollte er noch einmal kommen.

Tatsächlich erschien der junge Inspektor drei Tage später wieder. Diesmal hatte er eine Videokassette bei sich und fragte, ob man sie ihm vorspielen könnte, weil er zu Hause keinen Recorder besitze. Mißtrauisch schob Leopold die Kassette in ein Gerät und schaltete ein.

Was dann geschah, wurde für Leopold Kucharsky zum Schock seines Lebens.

Der Bildschirm blieb schwarz. Nur der Ton funktionierte; man hörte undeutlich Schritte, das war alles. Leopold wollte gerade seiner Kundschaft erklären, daß mit der Kassette etwas nicht in Ordnung sei, als aus dem Gerät eine Männerstimme ertönte, laut und unheimlich anzuhören.

»Biggi!« schrie die Stimme. »Biggi, wo bist du . . . Biggi!!«

Leopold Kucharsky war starr vor Schreck, sein Gesicht kreideweiß.

Und wieder diese Stimme: »Biggi . . .! Biggi, wo bist du . . .?!«

In seinem Kopf dröhnte es. Inspektor Brucker schaltete den Apparat ab. Das Knacken des Schalters traf wie ein Schuß ins Bewußtsein des Leopold Kucharsky. Wie aus weiter Ferne hörte er jetzt denselben Mann mit ruhiger Stimme sagen: »Sie sind verhaftet. Gegen Sie liegt Mordverdacht vor.«

Die Tür ging auf. Der Chefinspektor kam herein. Brucker nickte ihm zu. Sie zogen Kucharsky vom Sessel. Die Handschellen klickten. Sie nahmen ihn in die Mitte. Beim Verlassen der Videothek mußten sie ihn stützen. Im Auto auf der Fahrt ins Sicherheitsbüro begann Leopold Kucharsky zu weinen.

Als er im Büro auf einem Sessel saß, weinte er immer noch. Die Handschellen wurden ihm abgenommen.

»Tut es dir jetzt leid?« fragte der Chefinspektor. Merkwürdig, das klang beinahe mitfühlend.

»Ja«, hauchte Leopold.

Eine Frau kam ins Zimmer, stellte sich vor ihn. Sie sagte kein Wort. Wieder durchfuhr ihn ein gewaltiger Schreck. Es war diejenige, die ihn in die Hand gebissen hatte, die von der Straßenbahn.

»War das die letzte?« fragte der Chefinspektor.

»Ja«, antwortete Kucharsky. Alles drehte sich jetzt vor ihm. Die Frau verließ das Zimmer. Er mußte sich an der Sessellehne festhalten.

Ein Polizeiarzt kam herein, untersuchte seine fast vernarbte Bißwunde, zapfte ihm aus einem Ohrläppchen einige Blutstropfen ab. Dann mußte er aufstehen. Der junge Inspektor untersuchte seine Kleidertaschen und legte alles, was er fand, auf einen Schreibtisch. Das Feuerzeug aus *Rosy's Bar* war darunter.

»Wir beginnen jetzt ganz von vorne«, sagte der Chefinspektor. Und wiederum klang seine Stimme beinahe väterlich.

In den nächsten 48 Stunden gestand Leopold Kucharsky elf Überfälle auf Frauen in der Gegend um Stammersdorf-Bisamberg. Zehn Notzuchtfälle und den Mord an Maria Weber. Die Kriminalbeamtin hatte recht gehabt: Die Weber Mitzi hatte den Täter erkannt. »Poldl«, hatte sie geschrien, »na wart, das sag' ich bei der Gendarmerie.« Er war in Panik geraten und hatte nach einem Stein gegriffen, der in der Nähe lag.

Die Kriminalbeamtin hatte auch recht mit ihrer Annahme, daß nicht alle Verbrechensopfer Anzeige erstattet hatten. Kucharsky gestand Überfälle, die gar nicht aktenkundig waren. Und in all seinen Geständnissen gab er Einzelheiten bekannt, die nur der Täter wissen konnte. Die Beweislage war eindeutig.

Hochstimmung herrschte im Sicherheitsbüro, geradezu euphorisch reagierte die Sonderkommission. Hofrat Putner war allerdings leicht schockiert, als ihm der Chefinspektor die Klärung des Falles meldete und ihm schilderte, auf welche Art diese zustande gekommen war.

»An die Strafprozeßordnung habt ihr euch nicht gerade gehalten«, nörgelte er. »Hoffentlich gibt es bei der Gerichtsverhandlung keine Schwierigkeiten.«

Der Hofrat wäre noch wesentlich schockierter gewesen, hätte er wirklich alle Einzelheiten gewußt. Aber der Alte hütete sich, ins Detail zu gehen. Vor allem verschwieg er seine tagelange Zermürbungstaktik vor und auch nach der Verhaftung. Er kannte ja seinen Hofrat, der hätte vor lauter juristischen Bedenken nicht schlafen können und von »seelischer Grausamkeit« gesprochen. So aber rannte Hofrat Putner von einer Pressekonferenz zur anderen.

In der Öffentlichkeit war die »Verhaftung der Bestie vom Bisamberg« natürlich eine Sensation, und die Zeitungen waren voll des Lobes für die tüchtige Polizei und die ministerielle Sonderkommission. Chefinspektor Fichtl grinste in sich hinein, und in der Kantine sagte er zu Freunden, was ihm in solchen Fällen immer einfiel: »Der Erfolg hat viele Väter, nur der Mißerfolg ist ein Waisenkind.«

Natürlich wollten die Presseleute möglichst viele Einzelheiten wissen, und Hofrat Putner als Pressesprecher der Behörde verschanzte sich hinter dem Wortlaut der amtlichen Aussagen. Der Fall hatte nach seinen Worten durch »unermüdliche Ausdauer, besonderen Fleiß und kluge Kombinationsgabe der Kriminalpolizei« geklärt werden können, und so stand es denn auch in den Zeitungen. Der alte Chefinspektor brüllte vor Lachen, als er das las, und ging wohlgemut in die Kantine.

Leopold Kucharsky war dem Gericht überstellt worden. Der gerichtsmedizinische Befund über Blutgruppe und Bißwunde war positiv und wurde zusammen mit der Anzeige dem Untersuchungsrichter übersandt.

»Dann wäre der Fall also für uns abgeschlossen«, meinte Peter Brucker erfreut.

Er mußte sich vom Chefinspektor jedoch sogleich belehren lassen. »Merk dir das eine, junger Freund«, sagte Fichtl ernst. »Jeder Kriminalfall ist für uns erst dann abgeschlossen, wenn das Gerichtsurteil gefällt und rechtskräftig ist.«

Peter hielt das für übertriebene Genauigkeit. Erst nach Wochen mußte er wieder daran denken und wunderte sich, wie recht sein Chef doch manchmal hatte. Auch Birgit Herzog mußte sich oft fachliche Belehrungen des Alten anhören. Bei den Vernehmungen des Kucharsky hatte sie nicht teilgenommen, denn das wollte der Chefinspektor nicht. Er und Brucker waren die einzigen, die den Häftling verhörten und die Niederschriften unterschrieben. Natürlich erfuhr Biggi aber, in welcher Atmosphäre die Verhöre geführt worden waren. Auch las sie ja die Protokolle, mit deren Formulierung sie überhaupt nicht einverstanden war.

»Ihr seid viel zu freundlich zu dem Saukerl«, sagte sie empört. »Nur weil er ständig in Tränen aufgelöst ist, aus Selbstmitleid! Dieses perverse Muttersöhnchen! Denkt doch an die Weber Marie! Tut er euch etwa leid?! Dem gehört doch ein Tritt in den Hintern verpaßt!«

»Ganz recht hast du, Biggi«, lächelte der Chefinspektor.

»Und warum, Chef, warum behandelst du ihn dann wie ein Vater seinen vertrottelten Sohn?!« Biggis Stimme überschlug sich. Ihre Emotionen waren schließlich verständlich.

»Weil ich will, daß er den Frack kriegt«, sagte Fichtl ernst. »Frack« in diesem Zusammenhang kommt eigentlich aus der Gaunersprache und ist eine polizeiinterne Bezeichnung für die Höchststrafe, also für lebenslänglich.

Jetzt verstand die Kriminalbeamtin überhaupt nichts mehr, und der Alte erklärte: »Schau, Biggi, es ist uns gelungen, ihn psychisch fertigzumachen. Aber du weißt doch, wie das bei Gericht ist. Wir müssen ihm ja jede Einzelheit nachweisen. Wenn ich den wilden Mann spiele, und er wird dadurch verstockt und redet nichts mehr, fällt die halbe Anklage ins Wasser. Glaub mir, Biggi, mir ist es sehr schwer gefallen, freundlich zu sein und Mitgefühl zu markieren. Aber wenn es hätte sein müssen, hätte ich sogar mit ihm geheult! Nur damit er weiter auspackt und wir die nötigen Beweise kriegen.« Der Chefinspektor war jetzt ernst. »Auch das gehört zu unserem Beruf«, sagte er abschließend.

Die Kriminalbeamtin wurde sehr nachdenklich.

»Vielleicht hast du recht, Chef«, meinte sie. »Ich hoffe, er kriegt den Frack.«

Ins Sicherheitsbüro war also wieder der Alltag eingekehrt. Der graue Alltag, die tägliche Routine. Zumindest war dies die Ansicht von Hofrat Putner. Für den Chefinspektor und den anderen älteren Kriminalbeamten war immer »Alltag«, auch ohn »Bisambergbestie.« Diesen Alten war es völlig gleichgültig, ob sie an einem spektakulären Gewaltverbrechen oder an Ladendiebstählen arbeiten mußten. Arbeit bleibt Arbeit, und »außergewöhnlich« bedeutete für diese abgebrühten Männer höchstens die Erhöhung einer Dienstzulage oder wenn es freitags einmal in der Kantine keine »Gummiadler« gegeben hätte. Gummiadler war die hausinterne Bezeichnung für gebratene Hähnchen. Niemand glaubte aber ernsthaft an das Eintreten solch außergewöhnlicher Ereignisse. Weder hinsichtlich erhöhter Dienstzulagen noch bezüglich der freitäglichen Gummiadler. Der Alltag im praktischen Kriminaldienst bleibt eben grau.

Chefinspektor Fichtl und sein Team hatten sich jetzt mit einer Serie von ungeklärten Juwelenraubfällen herumzuärgern. Vor zwei Wochen hatte bereits der fünfte Überfall stattgefunden, immer nach demselben »Modus operandi«.

In Uhren- oder Juweliergeschäften in den Stadtrandbezirken tauchte kurz vor Ladenschluß plötzlich ein Mann auf, mit über das Gesicht gezogener Kapuze, und bedrohte den Juwelier mit einer Pistole. Er nahm nur wenig Geld mit, aber dafür viel Preziosen. Es gab keine Spuren, keine Hinweise, mit Ausnahme der Vermutung, daß es sich immer um ein und denselben Täter handeln dürfte. Aber darauf wäre wohl auch ein Probegendarm gekommen. Auch war die Täterbeschreibung immer gleich: männlich, mittelgroß, schlank, dunkle Hose, dunkle Jacke, dunkle Maske.

Bei der Übernahme des Falles war Fichtl recht zuversichtlich, weil er ziemlich sicher war, daß der Täter die geraubten Schmuckstücke irgendwo verscheuern würde. Fichtl hatte gute Beziehungen zu Hehlern und Zuhältern und war mit Brucker nächtelang bei diesen Typen unterwegs. Langsam wurde es aber fad. Kein einziges Schmuckstück tauchte auf, Fichtl stieß wieder seine ordinärsten Flüche aus.

Es war ein Freitag in der Mittagspause. Brucker und Biggi saßen im Büro und nicht wie üblich in der Kantine, eben wegen der Gummiadler. Das Telefon klingelte. Biggi hob ab. »Für dich«, sagte sie dann. Peter nahm den Hörer.

Am Apparat war die schöne Erika, von der er seit dem berühmten Abend nichts mehr gehört hatte. Seit damals, als er ihr den Vorschlag gemacht hatte, für die »Bisambergbestie« den Lockvogel zu spielen.

Sie war sehr freundlich, die schöne Erika, sagte, sie müsse ihn unbedingt sprechen. In einer sehr wichtigen Sache, sagte sie. Sie verabredeten sich für 20 Uhr im *Café Korb* in der Wiener Innenstadt.

»Eine neue Freundin?« fragte Biggi neugierig, als er aufgelegt hatte.

»Nein, meine Verflossene«, antwortete Peter wahrheitsgetreu. Und er erzählte ihr, weshalb ihre Beziehung auseinandergegangen war. Er hatte sie damals als Köder für die »Bisambergbestie« gewinnen wollen.

»Was redest du ...?« unterbrach ihn Biggi. »Das hast du mir doch damals erzählt.«

»Bin ehrlich neugierig, was sie jetzt von mir will«, wunderte sich Peter.

Das »Körberl«, wie dieses Kaffeehaus von den Wienern liebevoll genannt wird, war schwach besetzt, als Peter ein wenig verspätet hereinkam. Erika saß in einer Ecke bei einem Campari-Soda und lächelte ihm freundlich entgegen. »Dieses Weib wird immer hübscher«, dachte er, als er sie wiedersah.

Ein wenig gehemmt machten sie höfliche Konversation. Erika hatte in den Zeitungen von der Verhaftung der »Bisambergbestie« gelesen, auch Peters Namen in lobend erwähntem Zusammenhang bemerkt.

»Bist ja jetzt ein berühmter Kiberer geworden«, sagte sie schmeichelnd.

»Es hält sich in Grenzen«, antwortete er.

In dieser Tonart ging es weiter bis zum dritten Campari, dann verlor er die Geduld. »Also, was ist, Herzchen?« fragte er. »Was willst du von mir, was kann ich für dich tun?«

»Ich habe einen neuen Freund«, sagte sie ernst. Ob er sich das vorstellen könne?

Er konnte sich das gut vorstellen.

Sie kramte in ihrer Handtasche, legte ihm schließlich einen ganzen Pack Urlaubsfotos vor. Auf Rhodos, auf Zypern und in Tunesien waren sie zusammen gewesen. »Das ist er«, sagte sie immer wieder und sah Peter dabei erwartungsvoll an.

»Aha«, meinte er nur, ziemlich desinteressiert.

»Kennst du ihn?« fragte sie unerwartet.

»Wieso soll ich ihn kennen?« antwortete er verständnislos.

»Ich meine beruflich«, sagte sie wieder.

Jetzt fiel bei ihm der Groschen, und er lachte herzlich. »Du Dummchen«, grinste er, »Strolche gibt es mehr als Bürgermeister. Ich kann doch nicht jeden in der Stadt kennen. Hat er was ausgefressen?«

Das glaube sie zwar nicht, meinte sie zögernd, aber er mache halt immer so ein Geheimnis um seine Person, aus seinem Beruf und woher er das viele Geld habe. Und da habe sie sich eben gedacht . . .

Er unterdrückte seine Heiterkeit und zwang sich zu einer ernsten Miene, was ihm ganz gut gelang. »Du hast dir gedacht«, sagte er streng, »ich könnte im Büro einmal nachsehen, ob etwas gegen ihn vorliegt.«

»Ja«, sagte sie schüchtern. Sie gab ihm einen Zettel. »Anton Fellinger«, las er und darunter die Geburtsdaten.

»Das hab' ich aus seinem Paß abgeschrieben«, sagte Erika.

Mit gespielter Entrüstung setzte er sich gerade hin. »Aber das ist ganz streng verboten«, sagte er. »Das wäre ja ein glatter Amtsmißbrauch. Und ein Verstoß gegen das Datenschutzgesetz. Was du da gemacht hast, erfüllt eindeutig den Tatbestand des Versuchs zur Verleitung zum Mißbrauch der Amtsgewalt. Es tut mir leid, aber ich muß darüber Anzeige erstatten.«

Sie sah ihn zweifelnd an. Als sie aber das Zittern um seine Mundwinkel bemerkte, als er dann vor Lachen losprustete, war sie ehrlich erleichtert. »Du Schalk«, sagte sie zärtlich, »eine Sekunde lang hab' ich geglaubt, du meinst das ernst.«

Er steckte den Zettel ein. »Übermorgen sag' ich dir Bescheid«, sagte er.

Die Zeit verging wie im Fluge an diesem Abend. Die beiden hatten sich ja auch einiges zu erzählen. Erika war in den letzten Monaten viel herumgekommen, und immer wieder kam sie auf ihren Tony zu sprechen. Ein großzügiger, angenehmer Partner wäre er. Nur, sie wisse so wenig von ihm. Er sei halt so verschlossen, so introvertiert.

»Jetzt red nicht wie die Katze um den heißen Brei herum, Herzchen«, sagte Peter schließlich. »Da ist doch noch irgend etwas, was dich mißtrauisch macht. Meinst du, er ist irgendwo verheiratet?«

Das meinte sie eigentlich nicht, das hätte sie auch nicht gestört. Wieder zögerte sie. »Ist Schmuggeln eigentlich ein Verbrechen?« fragte sie dann.

Peter war überrascht. »Er ist ein Schmuggler?«

Ja, das befürchtete Erika. Dann sprach sie ganz offen. Tony lud sie ständig auf Urlaubsreisen ein, immer ins Ausland. Kurz vor Abflug behängte er sie geradezu mit Schmuck, auch in ihr Gepäck tat er Schmuckstücke. Es waren aber keine Geschenke. Am Bestimmungsort nahm er ihr den Klunker wieder ab, traf sich mit Geschäftspartnern. Denen verkaufte er das Zeug. Bei diesen geschäftlichen Besprechungen war Erika natürlich nie dabei, Tony wollte das nicht. Aber nachgerade gewann sie den Eindruck, daß er sie nur deshalb ins Ausland mitnahm, um bei den Zollkontrollen mit dem Schmuck nicht aufzufallen.

»Nächste Woche fliegen wir nach Rom«, schloß Erika ihren Bericht ab, und dann wiederholte sie die bange Frage: »Sag mir, ist Schmuggeln ein schweres Verbrechen?«

Er wußte nicht recht, was er antworten sollte. »Kommt darauf an«, meinte er vage. »Hoffentlich ist es nichts Ärgeres. Übermorgen weiß ich mehr.«

Er bestellte noch zwei Gläser Wein. Sie rückte näher an ihn heran. »Hast du heute noch etwas vor?« Sie wechselte das Thema.

»Aber sicher«, sagte er trocken. »Ins Bett gehen und schlafen.«

Sie legte ihre Hand auf seinen Arm. »Nimmst du mich mit ...? Wie in alten Zeiten ...?«

Er sah ihr zuerst in die Augen und warf dann einen Blick in ihren Kleidausschnitt.

»Herr Ober, zahlen!« rief er dann.

Am nächsten Morgen erwachte er durch ihr zärtliches Streicheln. »Wann müssen Kriminalbeamte eigentlich aufstehen?« hörte er sie sagen. Er zwang sich zu einem Blick auf die Uhr. »Zeitig«, sagte er böse, »sehr zeitig, so wie Roßknechte oder Bäckergesellen.« Dann taumelte er unter die Dusche.

Als er die Wohnung verließ, lag sie immer noch im Bett. »Leg den Schlüssel unter die Matte«, rief er beim Weggehen. Es war wirklich so wie in alten Zeiten.

Im Büro mußte er zuerst Biggis forschende Blicke, dann ihre hämischen Bemerkungen aushalten. »Du siehst heute aber ziemlich mitgenommen aus«, lächelte sie, »blaß und ein wenig wacklig auf den Beinen. Hast du wieder mit dem Frühsport übertrieben?«

»Das kommt nur davon, weil ich schon ganz aus der Übung bin«, antwortete er grantig. Bei der ersten sich bietenden Gelegenheit nach der Frühbesprechung ging er dann hinüber zur Datenstation.

Eine zentrale Datenstation ist zu einer unverzichtbaren Einrichtung bei den Polizeibehörden geworden, denn sie erspart zeitraubendes Nachsehen in einzelnen Evidenzen oder Karteien. In der sogenannten DASTA sind alle Daten von Personen gespeichert, die je in irgendeiner Form mit der Polizei zu tun hatten. Auf Knopfdruck spuckt der Polizeicomputer alles aus, was über die jeweilige Person gespeichert ist. Natürlich sind es speziell geschulte Beamte, die diese Apparate bedienen und die zu den über Funk oder Telefon durchgegebenen Anfragen Auskünfte erteilen.

Das Betreten dieser Datenzentrale ist Unbefugten untersagt, Auskünfte erfolgen telefonisch oder per Funk. Die meisten Beamten halten sich an diese Vorschrift.

Peter Brucker tat es ausnahmsweise nicht. Er ging zur DASTA, verhielt sich so, als ob er dort daheim wäre, hielt einem weißbemantelten Kollegen den Zettel mit den Daten des Anton Fellinger hin und fragte freundlich: »Liegt da was vor?«

Der Kollege war an Kummer gewöhnt, tippte Fellingers Daten in den Computer ein, das Ding begann zu rattern, und dann fragte der Techniker erstaunt: »Seit wann interessiert sich die Kripo für Leichen?«

»Wieso denn Leichen?« wunderte sich Brucker.

Da erfuhr er, daß Anton Fellinger vor drei Jahren bei einem Verkehrsunfall mit Selbstverschulden ums Leben gekommen war. Ein Jahr davor hatte er den Verlust seines Reisepasses angezeigt, angeblich war ihm der Paß gestohlen worden. Sonst gab es keine Vormerkung über Anton Fellinger.

Eine schöne Geschichte! Erikas Freund verwendete also einen gestohlenen Paß. Er würde wohl einen Grund dafür haben. Eine Weile überlegte Peter, ob er die Geschichte seinem Chefinspektor erzählen sollte. Dann ließ er es bleiben, dazu war es nach seiner Meinung noch zu früh. Statt dessen rief er Erika an und erfuhr, daß sie mit ihrem Tony abends eine Verabredung hatte. In der *Chat Noir Bar*, einer stinkvornehmen Hütte. »Wir treffen uns dort eine halbe Stunde früher, ich muß kurz mit dir reden«, sagte er ins Telefon, und ihr war es recht.

Peter dachte nicht daran, der lieben Erika von seiner letzten Entdekkung zu erzählen. Er setzte sich auch in der Bar nicht an ihren Tisch, denn Tony konnte ja jeden Moment auftauchen.

»Ich will ihn mir nur einmal ansehen, deinen Traummann«, sagte Peter.

Er ließ sich von Erika noch sagen, in welchem Hotel in Rom sie absteigen würden, dann setzte er sich an die Theke, verlangte ein Bier und schaute gelangweilt in die Luft. Tony kam genau zum vereinbarten Termin. Er küßte seine Erika zur Begrüßung und bestellte eine Flasche Champagner. Die Kellner dienerten, um den Biertrinker an der Bar aber kümmerte sich niemand.

Es wurde ein langer Abend für Peter Brucker. Verstohlen beobachtete er den geheimnisumwitterten Tony. Er war keine schlechte Erscheinung, ein wenig übergewichtig, aber das glich der Maßanzug weitgehend aus. Je länger der Abend wurde, desto unsympathischer wurde er Peter Brucker jedoch. Es war sein Gehabe, das unangenehm auffiel. Die Art, wie er mit den Fingern schnippte, um die Bedienung herbeizurufen, wie er mit Trinkgeldern um sich warf, protzig und angeberisch.

»Aufgeblasenes Arschloch«, murmelte Peter böse und bestellte noch ein Bier. Natürlich mußte er darauf länger warten als Tony auf die nächste Flasche Champagner.

Kein noch so vornehmes Nachtlokal kommt heutzutage ohne Prostituierte aus, nur werden sie dort meist anders bezeichnet. Sie nennen sich Animierdamen. Peter hatte es plötzlich mit einer echten Edelprostituierten zu tun, mit Namen Leila. Sie setzte sich unvermittelt neben ihn und ersuchte höflich um einen Drink. Er wollte sie schon wegschicken, dann überlegte er es sich anders, er wollte ja keinen Ärger haben. Sie bestellte einen Brandy, und Peter war sehr froh, daß er am Vortag sein Monatsgehalt bekommen und das Geld noch in seiner Brusttasche hatte.

»Kommst du mit mir nach oben?« fragte Leila nach dem zweiten Brandy verheißungsvoll und deutete auf eine Hintertür. Peter zwang sich zu einem betrübten Gesichtsausdruck. »Das wird nichts«, jammerte er, »du machst es mir ja doch nicht, wie ich es will.«

Leila lächelte siegessicher. »Ach komm, ich beweise dir das Gegenteil«, meinte sie und trank ihren Brandy aus. Aber wieder schüttelte Peter traurig den Kopf und wiederholte seine Bedenken.

Bei der vierten Anfrage wurde Leila ungeduldig. »Ja, wie willst du es denn . . .?« fragte sie herablassend.

Peter sah sie an.

»Umsonst«, grinste er. »Umsonst will ich es.«

Damit war er Leila also los. Sein Aschenbecher war mittlerweile randvoll. Der fesche Tony schnippte wieder mit einem Finger, warf ein paar Geldscheine auf den Tisch und stand auf, um zu gehen. Erika folgte ihm. Peter griff daraufhin sofort in seine Hosentasche und holte ein Plastiksäckchen hervor, das er vorerst noch in der Hand behielt.

Erst als Erika und Tony schon dabei waren, die Ausgangstür hinter sich zu schließen, ging Peter zu dem verlassenen Tisch, an dem die beiden gesessen hatten. Mit einem Taschentuch nahm er vorsichtig Tonys leeres Sektglas und legte es in sein Säckchen.

»Was machen Sie denn da?« fragte der Kellner grob.

Peter drückte ihm eine Banknote in die Hand. »Ach, nichts«, sagte er, »ich sammle nur gebrauchte Gläser.« Dann verließ er die Bar.

»Komischer Vogel«, meinte der Kellner, und Leila konnte ihm da nur beipflichten.

Für Peter Brucker war es jetzt an der Zeit, seinem Chefinspektor seine Extratouren zu berichten. Eigentlich hätte er es gerne noch aufgeschoben, aber ohne die Hilfe des Chefs war es für ihn unmöglich, Tonys Fingerabdrücke auf dem Sektglas untersuchen zu lassen.

Innerhalb der Abteilung »Erkennungsdienst und Kriminaltechnik« ist die Daktyloskopie ein wichtiger Bereich. Wann, wo und in welchen Fällen die darin qualifizierten Beamten tätig werden, ist genauestens geregelt. Eine Akte jedenfalls ist dafür unerläßlich.

Der junge Brucker versuchte es daher erst gar nicht allein, sondern berichtete die ganze Tony-Fellinger-Geschichte dem Chefinspektor und verschwieg dabei keine Einzelheit. Der alte Fichtl hatte immerhin einen guten Draht zum Erkennungsdienst, dessen Chef ein Freund von ihm war. Die beiden kannten einander schon, seit sie beide noch Probewachmänner waren, und so etwas verbindet mehr als Dienstvorschriften.

Der Chefinspektor hörte sich Bruckers Bericht interessiert an.

»Wurde aber auch langsam Zeit, daß du damit zu mir kommst«, sagte er. Worauf er das Plastiksäckchen mit dem Sektglas nahm und damit zu den Erkennungsdienstlern ging.

Nach einer halben Stunde kam er wieder zurück. »Die Fingerspuren sind verwertbar«, sagte er, »jetzt geht die Sucherei los.«

Was hieß, daß jetzt die vom Sektglas abgenommenen Fingerabdrücke mit der Kartei, der sogenannten »Einzelfingerabdrucksammlung«, verglichen wurden. Eine zeitraubende Arbeit, trotz aller technischen Apparaturen. Und falls von dem Betreffenden keine Abdrücke einliegen würden, der Mann also noch nicht erkennungsdienstlich behandelt worden war, war die ganze Arbeit umsonst gewesen.

Am nächsten Tag gegen 14 Uhr wurde der Chefinspektor zum Erkennungsdienst zitiert. Das Resultat der Untersuchung war tatsächlich positiv. Die Fingerabdrücke gehörten zu einem Mann namens Konrad Walser, einem entsprungenen Strafhäftling. Fichtl hatte über diesen Walser auch schon in der DASTA angefragt und legte die Akte über ihn jetzt auf Bruckers Schreibtisch. »Ganz schönes Früchterl, der Walser«, meinte er.

Hastig überflog jetzt Peter die Vormerkungen.

Sieben Vorstrafen wegen Diebstahls und Betrugs, las er. Letzte Verurteilung zu vier Jahren Haft unbedingt. Nach zwei abgesessenen Jahren war er aus der Strafanstalt Stein in Niederösterreich geflohen, seitdem war er zur Verhaftung ausgeschrieben. Bisher war er nie wieder in Erscheinung getreten.

»Arme Erika«, murmelte Peter Brucker.

»Ruf einmal in dem Hotel in Rom an«, sagte Fichtl. »Vielleicht kannst du von dieser Erika erfahren, wann genau er zurückkommt. Wir erwarten ihn dann am Flughafen.«

Nach einigen vergeblichen Versuchen – Erika konnte nicht frei reden, weil Tony in der Nähe war, und sagte nur »falsch verbunden« – erwischte er sie doch einmal allein im Hotel. »Übermorgen, 17.10 Uhr Ankunft in Wien-Schwechat mit Austrian Airlines«, notierte Brucker. Fichtl war zufrieden. Die Sache lief gut an.

Kurz darauf gab es wieder einmal Mordalarm im Sicherheitsbüro. Der Chefinspektor und Brucker fuhren zum Tatort. Ein Juwelier war überfallen worden, der flüchtige Täter hatte geschossen, der Juwelier und eine Kundin waren tot.

Am Tatort passierte jetzt das in solchen Fällen Übliche: Hofrat Putner war sehr nervös und gab unentwegt Anweisungen, daß dieses und jenes zu geschehen hätte. Die Kriminalbeamten sagten »Jawohl, Herr Hofrat« und taten dann doch, was sie für richtig hielten.

Ansonsten sah die Sache schlimm genug aus. Nachdem die Spurensucher ihre Arbeit beendet hatten und die Leichen zur Obduktion abtransportiert waren, sah der Chefinspektor ein wenig klarer. Nach allem, was man feststellen konnte, hatte der Räuber kurz vor Ladenschluß das Geschäft betreten, dem Juwelier eine Pistole vorgehalten und Geld und Schmuckstücke verlangt. Der Tathergang war also der gleiche wie in den vorangegangenen sechs Fällen. Unglücklicherweise kam zu dieser Stunde noch eine Kundin in den Laden, eine ältere Dame, die, als sie merkte, was los war, auf die Straße flüchten wollte. Der Verbrecher schoß hinter ihr her und traf sie mit zwei Schüssen in den Rücken. Dann erschoß er den Juwelier aus kurzer Entfernung. Er mußte einen Schalldämpfer verwendet haben, denn niemand hatte die Schüsse gehört. Auch gab es keine Zeugen, die den flüchtigen Täter gesehen hätten. Die beiden Leichen wurden erst eine Stunde später von der Gattin des Juweliers entdeckt, die besorgt nachsehen kam, weil ihr Mann nicht wie üblich nach Geschäftsschluß heimgekommen war und sich auch am Telefon nicht gemeldet hatte. Es war schon spät, als Fichtl und Brucker ihr Büro verließen. »Heute können wir nichts mehr tun«, sagte der Alte. »Morgen werden wir weitersehen. Vielleicht helfen uns der Obduktionsbefund und die Untersuchung der Projektile weiter.« Dann gingen die beiden noch ein Bier trinken. Peter Brucker war etwas niedergeschlagen. »Und ich hatte gehofft, mein Konrad Walser wäre der Juwelierräuber«, sagte er.

»Man soll die Hoffnung nie aufgeben«, meinte der Alte trocken.

»Wie kann er es denn sein, wenn er mit Erika in Rom ist?« wunderte sich Peter.

Fichtl nahm einen kräftigen Schluck. »Er könnte einen Komplizen haben. Der eine erledigt die Überfälle, der andere verscheuert die Beute im Ausland, verstehst du?«

Je länger Peter über diese Möglichkeit nachdachte, desto besser gefiel sie ihm. Wirklich, von dem Alten konnte man was lernen. »Übermorgen am Flughafen schnappen wir uns den Burschen«, sagte er. »Wir nehmen ihn dann ordentlich in die Zange.«

Fichtl grinste. »Na, Kleiner«, sagte er, »und was machen wir morgen?«

Morgen? Was konnte man morgen schon machen?

Fichtl nahm wieder einen kräftigen Schluck.

»Morgen machen wir beide einen Ausflug in die Wachau. Verstehst jetzt?«

Brucker verstand kein Wort.

»Na, wir fahren nach Stein an der Donau. In die Strafanstalt. Dorthin, von wo dein Walser damals ausgerissen ist. Immer von vorne anfangen, Kleiner, merk dir das. Ich will genau wissen, wie das war mit seiner Flucht. Ob ihm vielleicht jemand dabei geholfen hat. Ein Freund, ein Komplize, verstehst jetzt, Kleiner?«

Wirklich, von dem Alten konnte man was lernen.

In der Strafanstalt Stein an der Donau wollte ein diensthabender Justizbeamter die beiden Kriminalbeamten aus Wien zum Leiter der Anstalt führen, einem Hofrat. Fichtl lehnte ab. Er wolle mit keinem Hofrat reden, sondern mit einem Kollegen, der den geflüchteten Walser gekannt hatte. Der Kollege fand sich, und sie unterhielten sich mit ihm in der Kantine. Erstaunliches kam dabei zutage.

Walser hatte sich mit einem Zellengenossen sehr angefreundet, einem Mann namens Fritz Hanner. Die beiden waren unzertrennlich. Immer waren sie zusammen, bei Außenarbeiten, bei den Mahlzeiten, beim Fernsehen, das ja im modernen Strafvollzug nicht fehlen darf. Hanner verbüßte fünf Jahre wegen Raubes. Er wurde entlassen, als sein Freund Walser noch zwei Jahre abzusitzen hatte. Zwei Wochen nach seiner Entlassung verschwand Walser bei Außenarbeiten und ward nie mehr gesehen. Der Justizler vermutete schon damals, daß Hanner die Flucht organisiert hatte und daß die beiden wieder zusammen waren. Sogar einen Bericht hierüber hatte der Kollege damals erstellt. Genützt hatte es jedoch nichts, denn auch Hanner hatte sich nach seiner Entlassung nirgends gemeldet. Niemand wußte, wo er lebte. Der Bericht des Justizbeamten fand sich in der Kanzlei, mit Häftlingsfotos der beiden. Zufrieden ließ sich Fichtl Kopien davon anfertigen.

Wieder zurück im Sicherheitsbüro, trafen die beiden auf Birgit Herzog, die noch eine rauschgiftsüchtige Jugendliche zu vernehmen hatte. Nichts Besonderes habe sich ereignet, erzählte Biggi. Nur Hofrat Putner habe getobt, als er von der Dienstreise des Chefinspektors nach Stein erfahren hatte. Das sei ihm nicht gemeldet worden, man habe seine Genehmigung nicht eingeholt, und »dieser Fichtl« glaube wohl, er könne tun, was er wolle. Nur weil er ab und zu im Dienst ein Erfolgserlebnis habe! Putner hatte den Hofrat der Strafanstalt Stein angerufen und mit ihm gesprochen, von Hofrat zu Hofrat gewissermaßen. Der Justizhofrat wußte gar nichts vom Besuch des Chefinspektors! Das war doch wohl die Höhe! Aber die Zeiten würden sich ändern, habe der Hofrat gedroht. Fichtl grinste dazu nur und schenkte seiner Kriminalbeamtin eine Flasche Wachauer Wein. Er hatte auf der Heimfahrt eine ganze Kiste davon gekauft.

Zu dritt waren sie zum Flughafen Schwechat aufgebrochen, Fichtl, Brucker und ein Kollege von der Fahndungsgruppe. Der Chefinspektor hatte Peters Bitte akzeptiert, man möge Erika nicht in die Amtshandlung einbeziehen. So war also vereinbart worden, den Walser gleich bei der Paßkontrolle zu verhaften, während Peter sich um Erika kümmern und sie nach Hause bringen würde. Auf der Fahrt sollte er sie über Hanner ausfragen, vielleicht wußte sie irgendwelche Kleinigkeiten, die jetzt wichtig sein konnten.

Die Linienmaschine landete pünktlich.

Als Walser durch die Sperre ging und seinen Paß vorzeigte, sagte der Kontrollbeamte nur »Fellinger« und gab den Paß dem Chefinspektor weiter. »Sie sind verhaftet, Herr Walser«, sagte Fichtl ruhig. Die Handschellen klickten. Erika erschrak furchtbar. Peter nahm sie um die Schulter und führte sie zur Gepäckankunft. »Ich erzähl' dir gleich alles«, sagte er beruhigend.

Als ihre und Tonys Koffer am Förderband heranrollten und Peter die Gepäckstücke aufnahm, wußte Erika bereits Bescheid. »Ein entsprungener Sträfling, mein Tony?« hauchte sie entsetzt.

Auf der Fahrt in die Stadt fragte Peter sie nach dem Hanner. Erika hatte den Mann nie gesehen, wußte nur aus Gesprächen, daß Tony einen Geschäftspartner hatte. Sie kannte aber weder dessen Namen, noch wußte sie, wo er wohnte. Die beiden hatten sich immer im *Chat Noir* getroffen, wo sie angeblich Stammgäste waren. Das war alles, was sie sagen konnte.

Viel war das nicht, aber besser als gar nichts.

Peter chauffierte Erika in seine Junggesellenbude. »Am besten, du bleibst erst einmal bei mir, bis wir den Hanner gefunden haben. Der Mann ist vermutlich ein Doppelmörder. Wer weiß, auf welche Gedanken er kommt, wenn er erfährt, daß Tony in Haft ist.« Er gab ihr einen Schlüssel und ließ sie vor seinem Haus aussteigen, um dann gleich wieder ins Sicherheitsbüro zu fahren.

Alles war unterdessen so vonstatten gegangen, wie es sich der Chefinspektor vorgestellt hatte. Alles, bis auf eine Kleinigkeit:

Auch Franz Hanner war auf dem Flughafen gewesen, wollte seinen

Freund abholen und ihm von dem verpatzten Raubüberfall und den zwei Toten berichten. Er stand in der Masse der Wartenden und beobachtete, wie sein Komplize verhaftet wurde. Dabei bemerkte er auch, daß Erika mit einem Kriminalbeamten wegfuhr. Er folgte den beiden in seinem Auto. Für ihn war klar, daß Erika seinen Freund verpfiffen hatte. Sein Gesicht verzerrte sich bei diesem Gedanken zu einer wütenden Maske.

Als Peter ins Sicherheitsbüro kam, war die Vernehmung Walsers in vollem Gange. Geduldig stellte der Chefinspektor seine Fragen. Die Antworten des Häftlings waren frech und provokant. Den Paß auf den Namen Fellinger habe er vom Weihnachtsmann bekommen. Sein Foto hatte auch der Weihnachtsmann hineingeklebt. Wo er wohne? »Einmal dort und einmal da.« Ob er einen Mann namens Franz Hanner kenne? »Nie gehört den Namen.« Wovon er eigentlich lebe? »Na, vom Essen und Trinken.« Peter Brucker kribbelte es vor Zorn in den Handflächen. Fichtl lächelte nur milde. »Was wollt ihr überhaupt von mir?!« schrie da Walser plötzlich. »Na gut, ich hab' noch zwei Jahre abzusitzen! Bringt mich nach Stein und laßt mich in Ruhe!«

Von einer Sekunde zur anderen wechselte der Chefinspektor seine Vernehmungstaktik. Er stand auf und ging auf Walser zu, packte ihn am Kragen, stieß ihn in die Zimmermitte. Den Sessel kickte er ihm nach. »Setzen!« schrie er böse.

Jetzt saß Walser in der Mitte des Raumes, Fichtl und Brucker schoben ihre Stühle näher, Lehne voran, und setzten sich dicht vor den Häftling. Der Kollege von der Fahndungsgruppe stellte sich hinter Walser.

»Ach so ist das!« schrie der jetzt ein wenig ängstlich. »Wird man hier vielleicht auch noch geschlagen . . .?!«

»Bei uns wird nicht geschlagen«, sagte Fichtl hart. »Außer, wenn du frech wirst, dann kriegst eine.«

»Ich bin unschuldig!« schrie Walser.

»Sei ja net frech«, sagte Fichtl drohend.

»Wollen Sie mich nicht endlich auf meine Rechte aufmerksam machen?« schrie der Häftling. Der Mann hatte offenbar zu viele amerikanische Fernsehkrimis gesehen.

Jetzt war Peter an der Reihe. Er hielt Walser seine rechte Faust unter die Nase. »Ich werde dich gleich auf *meine* Rechte aufmerksam machen!« brüllte er.

»Wo ist Hanner?« fragte Fichtl hart. Schweigen im Raum. Walser wirkte jetzt eingeschüchtert, tat aber den Mund nicht auf. Der Inspektor wiederholte: »Wo ist Hanner?« Keine Antwort.

Fichtl begann jetzt eindringlich zu reden. Von den beiden Toten sprach er, unschuldigen Menschen, die Hanner erschossen hatte. Das konnte Walser nicht wissen, er war ja in Rom. Der Chefinspektor wurde wieder ganz deutlich. »Zwei Morde«, sagte er, »das ändert die Sache komplett. Du willst deinen Freund nur decken, bis er morgen aus den Zeitungen erfährt, daß du in Haft bist. Und er dann verschwinden kann. So ist es doch? Oder?«

Walser war sichtlich geschockt. Seine Antwort überraschte. »Das weiß er ja längst, daß ich in Haft bin.«

»Woher sollte er das denn wissen?« fragte Fichtl ungläubig.

»Weil er am Flughafen war«, sagte Walser. »Er hat mich in Rom angerufen und gesagt, er holt mich ab, er müßte mir was Dringendes sagen. Jetzt weiß ich, was er mir sagen wollte.«

Peter sprang auf und lief zum Telefon. Hastig wählte er seine eigene Telefonnummer.

Niemand hob ab.

»Ich sage jetzt kein Wort mehr«, sagte der Häftling. Der Chefinspektor spürte, daß jetzt nichts mehr zu machen war.

Peter zog seinen Chef zur Seite. »Wenn er am Flughafen war«, flüsterte er aufgeregt, »dann hat er auch mich mit Erika gesehen. Ich fahr' schnell heim und schaue nach.«

»Ja, schnell, beeil dich«, sagte Fichtl.

Peters Wohnungstür war von innen versperrt. Als er öffnete und eintrat, hielt er seine Pistole schußbereit vor sich.

Er fand Erika am Boden liegend, gefesselt und geknebelt. Ein wimmerndes, blutverschmiertes Bündel.

Es dauerte eine Weile, bis er sie losgebunden hatte, bis sie reden konnte. Sie war kaum einige Minuten in der Wohnung, schluchzte sie, als es an der Tür klingelte. Nichtsahnend hatte sie geöffnet, woraufhin ein Mann sie brutal zu Boden schlug, sie mit einem Taschentuch knebelte, die Vorhangschnüre vom Fenster riß und sie damit fesselte. Dann durchsuchte er ihr und Tonys Gepäck. Die Schmuckstücke, die noch da waren, steckte er ein. Bei der ganzen Aktion hatte er kein Wort gesprochen. Bevor er die Wohnung verließ, versetzte er ihr noch einen heftigen Fußtritt. Den Wohnungsschlüssel hatte er mitgenommen.

Peter rief sofort Fichtl an, der kurz darauf mit einem Arzt eintraf. Dieser kümmerte sich gleich um Erika. »Gebrochen ist nichts«, meinte der Doktor, »nur schwere Blutergüsse und Prellungen.« Er gab ihr eine Injektion und legte Tabletten auf den Tisch. »Für die nächsten Tage«, sagte er, »die ärgsten Schmerzen kommen noch.«

»Großer Gott«, murmelte der Chefinspektor und bekreuzigte sich. »Das hätte ins Auge gehen können. Und alles wäre meine Schuld gewesen, weil ich Trottel nicht damit gerechnet habe, daß der Hanner am Flugplatz sein könnte. Ich werde alt, es wird Zeit, in Pension zu gehen.«

Bevor Peter am nächsten Tag ins Büro fuhr, beauftragte er den Schlüsseldienst, das Schloß an seiner Wohnungstür zu ändern. Dann schärfte er Erika ein, niemandem zu öffnen, versorgte sie mit Lebensmitteln und versprach, mittags wieder vorbeizuschauen.

Im Sicherheitsbüro hatte Fichtl inzwischen Hofrat Putner informiert, unwillig zwar, aber was blieb ihm übrig? Natürlich wollte der Hofrat sofort ein Foto des mordverdächtigen Hanner in der Presse veröffentlichen lassen und die Bevölkerung um Hinweise ersuchen. Mit Mühe ließ er sich von Fichtl überreden, damit noch 48 Stunden zu warten. »Der Hanner wird auch Zeitung lesen, und wenn wir Pech haben, haut er ab, und wir stehen da wie die Dummen«, argumentierte der Chefinspektor.

Der Häftling Walser entpuppte sich als »Steher«, er sagte kein Wort mehr und wurde an das Gericht überstellt.

»Bleibt uns nur mehr das *Chat Noir* als letzte Hoffnung«, meinte Fichtl. »Aber mich kennt er jetzt und den Brucker auch . . .« Lauernd sah der Alte die Kriminalbeamtin an.

»Au weh«, lachte Biggi, »das wird wieder einmal ein Job für mich.«

Das Häftlingsfoto des Franz Hanner war zwar nicht mehr taufrisch, trotzdem behauptete Biggi, sie würde ihn erkennen, wenn er ins *Chat Noir* käme. Fichtls Plan sah einfach aus. Biggi sollte mit einem Sprechfunkgerät in der Tasche an der Bar sitzen. Er und Brucker würden in einem Observationswagen draußen warten. Käme Hanner in die Bar, mußte Biggi nur die Taste drücken. Durch den empfangenen Summton wüßten die beiden, daß er im Lokal wäre. Sie würden dann in wenigen Minuten dort sein und den Kerl schnappen.

»Fahren wir jetzt?« fragte Fichtl, nachdem das alles abgesprochen war.

»Aber Chef«, protestierte Biggi, »ich kann doch nicht in diesem Bürogewand unauffällig in einer Nachtbar sitzen. Ich muß erst nach Hause und mich umziehen, mich ein bißchen aufmascherln. Dauert nur eine halbe Stunde.«

Fichtl und Brucker saßen im Auto und beobachteten die Gegend rund um das *Chat Noir.* Es dämmerte bereits. Eine junge Frau im Minirock, grell geschminkt, ging wiegenden Schritts Richtung Bar.

»Kennst du die, Chef?« fragte Peter.

»Ich kann doch nicht jede Hure im Bezirk kennen«, murrte der Alte.

Peter kicherte. »Schau halt genau hin, Chef«, sagte er.

Fichtl tat wie geheißen. »Ich glaub', ich spinne«, sagte er dann, »das ist ja unsere Biggi.«

Es wurde dunkel. In der Bar flimmerten die Neonlichter auf.

Biggi saß an der Theke, nippte an einem Drink. Wann immer die Tür aufging, jemand hereinkam, sah sie in den gegenüberliegenden Wandspiegel. Gäste kamen und gingen, Hanner war nicht dabei. In dem Spiegel konnte sie die Eintretenden gut erkennen.

Ein unternehmungslustiger junger Mann kam zu ihr, tätschelte sie auf den Popo. »Na . . .?« fragte er. »Du bist neu hier in der schwarzen Katz . . .?«

»Schleich dich«, sagte sie wütend.

»Na, aber hör mal«, sagte der Jüngling entrüstet, »weißt du denn nicht, wer ich bin . . .? Ich bin der Märchenprinz hier . . .« Und er begann dieses blöde Lied zu trällern. »Ich bin der Märchenprinz, . . . ja ja, der Märchenprinz . . .«

»Und ich bin die böse Fee aus dem Märchen«, sagte Biggi kalt. »Und jetzt schleich dich, sonst verwandle ich dich in einen Frosch.«

Enttäuscht ging er. »Sitten reißen da ein«, murmelte er kopfschüttelnd, »Sitten sind das . . .«

Biggi hatte schon ihren vierten Drink. Ein Mann kam herein, sah sich suchend um, setzte sich in eine Ecke. Er bestellte Whisky pur, einen doppelten. Biggi öffnete ihre Handtasche, drückte die Taste. Kein Zweifel, der Mann war Franz Hanner. Sie ließ die Handtasche offen. Ihre Pistole lag neben dem Handfunkgerät.

Als Fichtl und Brucker ins Lokal kamen, überstürzten sich die Ereignisse.

Biggi deutete nur mit dem Kopf in Richtung Hanner, worauf die beiden zu seinem Tisch gingen. Dort mußten sie zur Seite springen, denn Hanner hatte schnell den Tisch umgeworfen und rannte jetzt zum Ausgang.

Ein Schuß krachte, Hanner fiel zu Boden.

»Brav, Biggi«, sagte der Chefinspektor und stellte sich auf den rechten Unterarm des am Boden Liegenden. Ein paar Frauen kreischten, der Märchenprinz rief laut nach der Polizei. Brucker schrie etwas in sein Handfunkgerät. Dann hörte man näher kommende Polizeisirenen.

Die amtliche Presseverlautbarung der Polizeidirektion Wien am nächsten Tag hatte folgenden Wortlaut: »Kriminalbeamte des Sicherheitsbüros unter Leitung des Hofrates Putner verhafteten gestern in einem Nachtlokal in der Innenstadt den langgesuchten Juwelenräuber und Doppelmörder in der Person des schwer vorbestraften Franz Hanner (siehe nebenstehendes Polizeifoto). Der Verbrecher widersetzte sich seiner Festnahme und wurde gegen die einschreitenden Beamten tätlich, so daß er erst nach einem Schußwaffengebrauch überwältigt werden konnte. Er erlitt einen Oberschenkeldurchschuß, ist jedoch außer Lebensgefahr. Die Bevölkerung wird gebeten, zweckdienliche Hinweise über Aufenthalt bzw. letzten Wohnsitz des F. Hanner bei der nächsten Polizei- oder Gendarmeriedienststelle bekanntzugeben.«

Franz Hanner war in das Inquisitenspital eingeliefert worden. Der Chefinspektor bemühte sich am Krankenbett, ein Geständnis von ihm zu bekommen, aber da war nichts zu holen. Hanner fluchte nur unflätig und drehte sich weg. Er beantwortete auch keine Fragen zu seiner Person, wo er seine Wohnung habe oder ähnliches.

Bei seinen Sachen war ein Schlüsselbund gefunden worden, mit Wohnungs- und Autoschlüssel. Die gleichen Schlüssel hatte auch Walser bei sich gehabt, die beiden hausten also zusammen. Die Frage war nur, wo. Fichtl war überzeugt, daß sie einen triftigen Grund zum Schweigen hatten. Gewiß hätte man bei einer Hausdurchsuchung viel belastendes Material gefunden, und das wollten die beiden verhindern.

Merkwürdig still war die Kriminalbeamtin geworden. Ganz unvermittelt überraschte sie den Chefinspektor mit einer dringenden Urlaubsbitte. »Ich muß einmal weg, Chef, versteh das bitte. Immerhin habe ich auf einen Menschen geschossen, zum ersten Mal in meiner Dienstzeit . . .«

Fichtl versuchte sie zu beruhigen. »Aber Biggi«, beschwor er sie, »der Waffengebrauch war doch einwandfrei und gerechtfertigt, das weißt du doch.«

Natürlich wußte sie das. »Trotzdem, das ist nicht lustig«, meinte sie, »ich muß jetzt einmal zwei Wochen weg, dahin, wo ich keine Kriminalbeamten und keine Verbrecher sehe, versteh das doch.«

Er verstand, und sie bekam ihren Urlaub. Noch am selben Tag buchte sie einen Charterflug nach Ibiza.

Peter Brucker war mit den beschlagnahmten Schlüsseln und den Fotos der beiden Häftlinge unterwegs. Er ging von der Annahme aus, daß die beiden irgendwo in der Nähe des *Chat Noir* eine heimliche Unterkunft hatten. In einem Tabakladen wurde er zuerst fündig. Die Besitzerin erkannte sowohl Hanner als auch Walser als Kunden, die bei ihr öfter Zigaretten und Zeitungen kauften. Ja, irgendwo in der Nähe mußten sie wohnen. Peter ging daraufhin von Haus zu Haus, von Wohnung zu Wohnung, zeigte die Fotos, fragte, ein langwieriges Geduldspiel. In einem Hinterhof spielten Buben Fußball, auch die fragte er. »Das sind doch die Haberer mit dem Wohnwagen«, rief einer, was die anderen bestätigten.

Sie zeigten ihm einen im Hinterhof abgestellten Wohnwagen. Die Schlüssel paßten. Peter rief per Sprechfunk die Fahndungsgruppe. Bei der Durchsuchung des Wohnwagens fanden sich noch eine Menge geraubter Schmuckstücke, auch die Tatwaffe des Doppelmordes. Fichtl konnte dem Hofrat nun die restlose Klärung des Falles melden.

Peter kaufte den kleinen Fußballern einen neuen Ball und jedem eine Portion Eis. Die Buben waren begeistert von dem netten Inspektor.

In den nächsten Tagen fand sich im Posteinlauf des Sicherheitsbüros nichts Besonderes, abgesehen von einer Ansichtskarte aus Ibiza. »Recht liebe Urlaubsgrüße, und arbeitet mir nicht zuviel«, hatte Biggi geschrieben.

Der Chefinspektor hielt die Zeit jetzt für gekommen, bei Hofrat Putner ein Ansuchen um Anforderung einer zweiten Kriminalbeamtin zu stellen. Eine Frau in der Abteilung war wirklich zu wenig, denn die Arbeit wurde immer umfangreicher.

Aber wie schon so oft, es kam wieder etwas dazwischen. Alarm im Sicherheitsbüro: In einer Werkskantine in Favoriten war eine Bombe explodiert, es hatte Tote und Verletzte gegeben. Das SB mußte die Erhebungen übernehmen. Mit Blaulicht rasten die Beamten zum Tatort.

Die Werkskantine war dicht besetzt gewesen, mit Arbeitern und Angestellten. Plötzlich die Explosion, Menschen wälzten sich schreiend im Blut. Als Fichtl mit seinem Team ankam, war das Chaos noch perfekt. Ambulanzen transportierten wimmernde Verletzte ab, unverletzt Gebliebene standen unter schwerem Schock, es war unmöglich, einen Überblick zu gewinnen. Erst nach etwa einer Stunde beruhigte sich die Situation. Langsam erfuhren die Kriminalbeamten den Hergang der Katastrophe.

Ein junger Bundesheersoldat war in die Kantine gekommen, in

Uniform, eine Plastiktüte in der Hand. Zielstrebig ging er auf einen Tisch zu. Seine ehemalige Verlobte saß dort, sie hatte ihn kurz zuvor verlassen. Erschrocken stand sie auf, als sie ihn erblickte. Da nahm er wortlos eine Eierhandgranate aus der Tüte, zog das Mädchen an sich und drückte die Granate an ihren Körper. Die Handgranate detonierte zwischen den beiden Leibern in Brusthöhe: Mord und Selbstmord aus Eifersucht.

Der Chefinspektor gab Anweisungen, was jetzt zu tun war. Versorgung der Verletzten, Befragung der Zeugen, Einholen ärztlicher Gutachten, Anforderung eines Sprengstoffsachverständigen, Sicherung der Granatsplitter, Identifizierung der Toten, Erhebung, wie der Soldat zur Handgranate kam, Anfertigung der Tatortskizze, Absperrung des Tatortes und der Umgebung. Es dämmerte schon, als die Kriminalbeamten ins Sicherheitsbüro zurückfuhren. Dort mußten jetzt alle Berichte und Niederschriften sauber getippt, eine Akte angelegt, die Tatortmappe angefertigt werden – Arbeit bis Mitternacht.

Chefinspektor Fichtl und sein Team hatten den ganzen Tag nichts gegessen. Als der Alte dann das sehnlich erwartete »Schluß für heute« sagte, gingen noch alle in eine Gaststätte, wo erst um zwei Uhr früh Sperrstunde war.

Die Stimmung war gedrückt. Auch nach vierzig Dienstjahren konnte sich Fichtl kaum erinnern, jemals so grauenhafte Bilder gesehen zu haben. Er wollte nichts essen, ihm hatte es den Appetit verschlagen. Nach einer Weile wußte er auch, warum. »Es ist diese scheußliche Mischung von Speiseresten und Leichenteilen, die überall herumlagen«, antwortete er auf besorgte Fragen seiner Mitarbeiter. »Ich hab' so etwas noch nie erlebt.«

Die Kollegen schoben ihre Teller weg, die Bilder des Tatortes tauchten wieder auf. »Abservieren!« rief einer. Dann bestellte er eine Runde Schnaps, womit alle einverstanden waren.

Auch an den nächsten beiden Tagen gab es in diesem Fall noch viel zu tun. Befragung der Schwerverletzten in den Krankenhäusern, Anzeige an das Gericht, Einholung der Expertengutachten, Erhebung über die Person des toten Mörders, Presseaussendungen und vieles mehr. Und mitten in diese Hektik platzte die Nachricht von der Flucht Leopold Kucharskys aus dem Landgericht. Die »Bisambergbestie« war geflohen.

»Ja wie ist denn so etwas möglich?« schrie Hofrat Putner hysterisch. »So etwas darf es doch nicht geben!«

Es gab es doch.

Soweit man aus dem landgerichtlichen Gefängnis telefonisch erfahren konnte, war für den Untersuchungshäftling Kucharsky psychiatrische Behandlung angeordnet worden. Dazu mußte er dreimal die Woche in die Nervenheilanstalt gebracht werden. Während der Behandlung duldeten die Psychiater keine Anwesenheit der eskortierenden Justizbeamten. Sie mußten vor dem Sprechzimmer warten. Was sie nicht wissen konnten, war, daß das Zimmer eine Nebentür hatte, die in einen angrenzenden Saal mit Balkon führte. Als der Doktor gerade telefonierte und mit dem Rücken zu seinem Patienten stand, schlüpfte Leopold in den Nebenraum, sprang dort vom Balkon in den Garten, und weg war er. Die Großfahndung war vorerst ergebnislos verlaufen. Das war alles, was man im Landgericht wußte.

Dem Chefinspektor war das zu wenig. »Ich kann jetzt hier nicht weg«, sagte er zu Brucker und deutete auf die Papierstapel auf seinem Schreibtisch, die Aktenstücke über die Bombenexplosion. »Fahr du nach Stammersdorf und setz dich mit dem Binder in Verbindung. Vielleicht taucht er dort auf, und du schnappst ihn, bevor noch mehr Unheil passiert.«

Binder wußte bereits von Kucharskys Flucht. »Wenn er nicht erwischt wird«, sagte er zu Brucker, »kommt er wahrscheinlich übermorgen nach Stammersdorf. Dann haben wir eine gute Chance.«

»Wieso gerade übermorgen?« fragte Peter verständnislos. Da erfuhr er eine hochinteressante Geschichte:

Zuerst berichtete der alte Gendarm von dem sonderbaren Mutter-Sohn-Verhältnis in der Kucharsky-Familie. Dinge, über die Peter teilweise Bescheid wußte. Was er nicht wußte, war, daß Mutter Kucharsky vor drei Tagen Selbstmord begangen hatte. Nach der Entlarvung ihres Sohnes als »Bisambergbestie«, nach der gnadenlosen Berichterstattung in der Presse und den üblichen Anfeindungen von seiten ihrer Nachbarn hatte sie wieder zu trinken begonnen. Man fand sie erhängt in ihrem Schlafzimmer. Diesmal war kein Retter aufgetaucht.

»Und übermorgen findet die Beerdigung auf dem hiesigen Friedhof statt«, schloß Binder.

»Ich verstehe«, nickte Peter.

»Nichts verstehst du, junger Mann«, sagte Binder darauf gütig. Dann plauderte er weiter. Er wußte viel mehr als die Justizbeamten im Landgericht.

Leopold Kucharsky war natürlich über das Ableben seiner Mutter verständigt worden. Er bat daraufhin den Untersuchungsrichter, am Begräbnis seiner Mutter teilnehmen zu dürfen. Unter Bewachung natürlich. Nach einigem Zögern hatte der Richter abgelehnt.

Er hatte sich in dieser Frage auch an den Gendarmerieposten gewandt. Binder hatte ihm seine Bedenken berichtet. Bedenken, daß Leute aus dem Dorf gegen Kucharsky tätlich vorgehen könnten, wenn er auf dem Friedhof erschiene. Dieser Einwand hatte den Ausschlag für die ablehnende Haltung des Richters gegeben.

»Jetzt erst verstehst du«, sagte Binder ruhig.

Peter hatte es eilig, wieder zurück ins Sicherheitsbüro zu kommen.

Der Stammersdorfer Friedhof war in den nächsten Tagen eine wahre Begegnungsstätte unauffällig tuender Männer. Die Fahndungsgruppen des Sicherheitsbüros und der Gendarmerie-Kriminalabteilung waren beinahe vollzählig versammelt. Die gespannte Situation war noch durch eine Anzeige des Totengräbers beim Gendarmerieposten angeheizt worden. Er behauptete, die Leiche der Mutter Kucharsky in der Leichenhalle wäre in ihrer Lage verändert worden. Die Erkennungsdienstler untersuchten Leiche und Sarg, konnten aber nichts finden. Allgemein war man aber jetzt überzeugt, daß der manische Verbrecher Kucharsky in der Nacht in der Leichenhalle gewesen sein mußte.

Postenkommandant Binder glaubte nicht daran. Er konnte sich nicht vorstellen, wie der Leopold bei dieser intensiven Überwachung des Friedhofes hinein- und wieder herausgekommen sein sollte. Außerdem hielt er nicht besonders viel von dem Totengräber und betrachtete dessen Meldung als Wichtigtuerei, mit der er sich im Dorf interessant machen wollte. Das sagte er aber nur seinem Freund, dem Chefinspektor Fichtl.

Das Begräbnis verlief ohne Zwischenfälle. Die flüchtige »Bisambergbestie« hatte keiner zu Gesicht bekommen. Eine Menge Journalisten und Fotografen waren da und lauerten vergebens auf eine Sensation.

Abends war Hochbetrieb im *Schwarzen Adler*. Keiner unter den Dorfbewohnern, der nicht gewußt hätte, wie man des Leopold Kucharsky habhaft werden könnte. Die Polizei und Gendarmeriebeamten waren ja allesamt unfähig, die konnten nur Autofahrer belästigen und sonst nichts.

Die Tage vergingen, aber die sogenannte »Bisambergbestie« blieb verschwunden. Langsam legte sich die Hysterie. Auch im Sicherheitsbüro hatte man noch andere Dinge zu tun, als nach Kucharsky zu fahnden. Außerdem hätte man ja auch gar nicht gewußt, wo beginnen, es gab ja keine Anhaltspunkte.

Die Kriminalbeamtin Herzog hatte sich wieder zum Dienst gemeldet, braungebrannt und sichtlich erholt. Peter Brucker wollte ganz genau von ihr wissen, wie es auf Ibiza war, denn er war noch nie dort gewesen.

Hofrat Putner hatte dem Chefinspektor inzwischen verbindlich mitgeteilt, daß ein Dienstposten für eine zweite Kriminalbeamtin gar nicht in Frage käme, weil vom Ministerium ein Sparerlaß nach dem anderen verordnet wurde, der Herr Chefinspektor möge das gefälligst zur Kenntnis nehmen. Dann würde er einsehen, daß ein solches Gesuch keinerlei Aussicht auf positive Erledigung habe.

Fichtl aber las weder die ministeriellen Erlässe, noch sah er irgend etwas ein. Es war schon ein rechtes Kreuz mit ihm.

Der Alte hatte die eigenartige Begabung, Menschen entweder für sich zu gewinnen oder sie vor den Kopf zu stoßen, je nach Bedarf. Im Umgang mit Verbrechern oder Halbkriminellen machte er von dieser Fähigkeit weidlich Gebrauch.

Als ihm Brucker jetzt berichtete, daß der sogenannte Seiden-Heinzi beim Erkennungsdienst seine Show abzog, grinste er in sich hinein und machte sich auf den Weg dorthin.

Seiden-Heinzi war ein Zuhälter, einer von der widerlichsten Sorte. Eigentlich hieß er Heinrich Hammerl. Den Spitznamen hatte er wegen seiner Vorliebe für Seidenes, nie sah man ihn ohne Krawatten, Hemden oder Socken aus diesem Stoff. Jetzt saß er mit einem »seiner« Mädchen, der »gschwinden Susi«, im Büro für Erkennungsdienst und Kriminaltechnik.

Die Susi war tags zuvor von einem Kunden brutal zusammengeschlagen und beraubt worden. Der Täter konnte unerkannt flüchten, jetzt blätterte Suserl in den Fotografien der Täterlichtbildkartei. Vielleicht konnte sie dort diesen Schweinskerl herausfinden.

Aber sie schüttelte nur immer wieder den Kopf und seufzte. Währenddessen prahlte der Seiden-Heinzi mit seiner neuen goldenen, mit Brillanten besetzten Armbanduhr. Eine Viertelmillion Schilling hatte das Prachtstück gekostet, »eine Viertelmille!« Die Kriminalbeamten gaben sich beeindruckt. Seiden-Heinzi ließ durchblicken, man müßte eben ein smarter Geschäftsmann sein, so wie er. Ein cleverer Manager, ein Macho-Typ. Dann könnte man sich so was leisten. Ein Polizist mit seinem lächerlichen Monatseinkommen würde es nie dahin bringen.

Fichtl hatte sich das eitle Geschwätz belustigt angehört, dann fragte er todernst, wie spät es denn auf dieser Wunderuhr wäre. »Halb zwölf«, sagte Seiden-Heinzi nach einem kurzen Blick darauf. Der Chefinspektor sah auf seine Armbanduhr. »Auf meiner ist es auch halb zwölf. Und die hat nur fünfhundert Schilling gekostet.« Alle grinsten jetzt, auch die »gschwinde Susi«, und der Seiden-Heinzi war beleidigt.

Die Suche in der Lichtbildkartei verlief ergebnislos.

Fichtl setzte sich jetzt zur Susi. »Erzähl mir die ganze Geschichte noch einmal«, sagte er freundlich und bot ihr eine Zigarette an. Sie habe ohnehin schon alles zu Protokoll gegeben, protestierte sie zuerst. Aber weil der Alte so freundlich war, plauderte sie doch mit ihm.

Es war erstaunlich, was da während einer Zigarettenlänge alles zur Sprache kam. Kleinigkeiten zwar, aber immerhin Dinge, die nicht in der Akte standen. Der Seiden-Heinzi langweilte sich dabei, die Kriminalbeamten auch mehr oder weniger, sie kannten ja ihren alten Chef. Nur einer hörte gespannt zu: der junge Peter Brucker.

»Paß jetzt auf, Suserl«, hörte er den Alten sagen. »Du hast angegeben, er hat zuerst ein Glas Bier getrunken und sich dann nach den Preisen und so erkundigt. Dann wollte er wissen, wer dein Strizzi ist, steht da. Was hast du ihm denn geantwortet?«

»Ich hab' ihm gesagt, ich hab' gar keinen«, sagte das Suserl.

»Und das hat er dir geglaubt?«

»Nein, er wollte wissen, ob es der Stotter-Charlie ist oder vielleicht Pedro der Katzelmacher.«

»Na schau her«, grinste der Alte jetzt breit und zwinkerte Brucker zu. »Diese zwei Galeristen sind zwar nicht so berühmt wie der deine da«, er deutete auf den Seiden-Heinzi, »die können sich auch keine Uhr um eine Viertelmille leisten. Aber, wenn dein Herr Räuber den Stotter-Charlie und den Katzelmacher kennt, dann kann man wohl annehmen, daß die beiden auch ihn kennen, oder?«

Peter Brucker stand auf.

»Wenn ich so ein junger Kiberer wäre wie du«, hörte er den Alten sagen, »dann ginge ich jetzt einmal zu den beiden und ...«

Er konnte den Satz nicht beenden, denn Peter war schon unter der Tür. »Den hol' ich mir, Chef«, rief er.

»Ihr beide könnt jetzt gehen«, sagte der Chefinspektor.

Die »gschwinde Susi« und ihr Seiden-Heinzi trollten sich. »Wie spät hast es denn jetzt auf deiner Millionenuhr?!« rief der Alte ihm nach.

»Genau zwölf«, meinte Heinzi verdrossen.

»Genau wie auf meiner«, kicherte der Alte.

Wirklich, er konnte einem die Freude an schönen Dingen verderben.

Auf diesen beiden so unterschiedlichen Zeitmessern war es genau einundzwanzig Uhr, als der Kriminalbeamte Peter Brucker eine Verhaftung aussprach. Er nahm den Hafturlauber Herbert Wamper fest, der zusammen mit Stotter-Charlie und Katzelmacher mehrere Monate in einer Gemeinschaftszelle in der Strafanstalt gesessen hatte. Eine Stunde später fand die Wahlkonfrontation statt. Susi deutete sofort auf den Wamper. »Das ist das Schwein«, sagte sie. Dieser Raub war also geklärt.

Doch wie das bei der Kriminalpolizei so ist: Der nächste Mordalarm kommt bestimmt.

Und bevor noch die Meldung offiziell einlangte, wußte der Chefinspektor bereits davon. Hans Binder hatte ihn angerufen, seine Stimme klang bekümmert. Die Frau des Totengräbers von Stammersdorf war erstochen aufgefunden worden. Sie lag am Grab der Mutter Kucharsky.

»Mir gefällt die Sache gar nicht«, hatte der Postenkommandant gesagt. »Wir müssen unter vier Augen reden, wenn die ganze Tatbestandsaufnahme zu Ende ist.«

Die Tatbestandsaufnahme dauerte volle drei Stunden. Am Ende war die Situation noch verworrener.

Alle waren natürlich überzeugt, daß die »Bisambergbestie« wieder zugeschlagen hatte. Alle, bis auf Fichtl und Binder. Hofrat Putner hielt noch am Friedhof eine improvisierte Pressekonferenz ab und sprach von einem grauenhaften Sexualmord. Geschickt streute er dabei in seine Ausführungen ein, daß dies alles nicht hätte passieren können, wäre die Justiz beziehungsweise die Psychiatrie nicht so leichtfertig gewesen, das heißt, wenn Kucharsky nicht hätte flüchten können. Die Journalisten nickten zustimmend.

Nach dem Abtransport der Leiche und Beendigung der Spurensuche stellten sich Fichtl und Binder etwas abseits. Fichtl zündete sich eine Zigarette an. Bevor sie etwas miteinander reden konnten, kam Hofrat Putner hinzu. »Müssen Sie hier am Tatort rauchen?« zischte er den Chefinspektor an.

»Das ist kein Tatort«, sagte der Alte ruhig. »Das ist der Auffindungsort der Leiche. Ich wollte, ich wüßte, wo der Tatort ist.« Binder nickte zustimmend.

Der Hofrat war dem Herzschlag nahe. »Das ist kein Tatort?!« schrie er.

»Nein«, sagte Fichtl. »Ich erklär' Ihnen das später im Büro.« Dann ging er mit dem Postenkommandanten zu den Einsatzfahrzeugen. Nicht um wegzufahren, nur um seinen Mitarbeitern mitzuteilen, daß er später nachkäme. Er hatte mit Binder noch was zu besprechen.

Und das war nicht gelogen. Auf dem Gendarmerieposten schlossen sich die beiden ins Chefzimmer ein. Als erstes öffnete dort jeder eine Flasche Bier aus dem Bestand des Postenkommandanten.

»Gefällt mir gar nicht, das Ganze«, eröffnete Fichtl das Gespräch.

»Du hast die Schleifspuren sichern lassen?« fragte Binder.

Fichtl nickte. »Wir haben alles fotografiert und Skizzen gemacht«, sagte er. »Das eine steht fest: Der Täter hat sie bereits als Leiche zum Grab gebracht und dorthin gelegt. Der Teufel weiß, warum.«

Bedächtig, wie es seine Art war, begann der Postenkommandant dann über die Ermordete, über die Frau des Totengräbers, zu sprechen:

Christine Schwanner, geborene Schoßbeck, war einunddreißig Jahre alt, und Binder hatte sie schon gekannt, als die fesche Christl noch Lehrmädchen beim Jourasek war. Jourasek war der Dorffriseur, und oft hatte die Christl dem Gendarmen Binder die Haare geschnitten oder ihn rasiert. Er mochte sie gut leiden, weil sie immer fröhlich war und so gut roch. Das änderte sich, als sie mit zwanzig den Ferdinand Schwanner heiratete, den neuen Totengräber. Niemand im Dorf konnte verstehen, was der Christl an dem grobschlächtigen, angeberischen Ferdl gefallen konnte. Das mußten wohl Dinge sein, welche nur die zwei wissen konnten. Man tuschelte über sexuelle Perversitäten. Christine wurde schwanger, verlor aber das Kind im achten Monat nach einem Verkehrsunfall. Mit ihrer Fröhlichkeit war es jetzt vorbei, und sie roch auch nicht mehr gut, im Gegenteil, manchmal stank sie nach Schnaps.

Die Ehe wurde von Jahr zu Jahr schlechter. Kinder kamen keine mehr, die Christl hatte einen sogenannten »Hausfreund«, einen Spirituosenvertreter aus der Stadt. Manchmal sah man sie mit geschwollenem Gesicht oder einem blauen Auge. Sie wäre auf der Kellerstiege gestürzt, erklärte sie dann abweisend auf Fragen. Wenn ihr Mann im Wirtshaus soff, grölte er immer nur »Sauweib«, wenn von seiner Frau die Rede war. Seinerseits hatte er aber ein fixes Verhältnis mit der Witwe Rachbauer, die bei der Endstation der Straßenbahn einen Tabakwarenladen besaß. In so einem Dorf weiß eben jeder alles über jeden, manchmal sogar mehr. Die Rachbauer Mitzl erzählte jedem ihrer Kunden, der es wissen wollte, was für ein elendes Luder die Frau des Totengräbers wäre. Sie erzählte es auch dem Postenkommandanten und anderen, die es gar nicht wissen wollten.

»Mich würde es nicht wundern«, schloß der alte Binder, »wenn dieser Mord nur als Sex-Attentat vorgetäuscht worden wäre. Bin schon auf den Obduktionsbefund neugierig.«

Fichtl notierte sich den Namen des Spirituosenverkäufers. »Cui bono?« murmelte er.

»Was heißt denn das?« fragte Binder neugierig.

»Das ist Latein und heißt soviel wie ›wem nützt es?‹« erklärte Fichtl. »Ein alter römischer Grundsatz. Und die alten Römer, die waren ein gescheites Volk.«

Johann Binder war der Ansicht, es bedürfe keiner weisen altrömischen Grundsätze bei der Verbrechensaufklärung. »Ein jeder Dorfgendarm weiß doch genausogut wie ich«, sagte er, »daß wir den Täter bei den Leuten suchen müssen, die jetzt froh darüber sind, daß die Christl weg ist.«

»Warten wir den Obduktionsbefund ab«, meinte Fichtl noch mal und trank sein Bier aus.

Der Befund kam am übernächsten Tag. Was die beiden Alten vermutet hatten, ohne große Worte darüber zu verlieren, bestätigte sich: keine Anzeichen einer Vergewaltigung vor oder nach Eintreten des Todes, keine Samenspuren, nichts. Todesursache war ein Herzstich mit einem spitzen, scharfkantigen Gegenstand. Der Stich von oben nach schräg unten, mit großer Wucht geführt, hatte die Herzkammern zerfetzt, der Tod mußte unmittelbar danach eingetreten sein. Auch fanden sich keine Spuren einer vorausgegangenen körperlichen Auseinandersetzung, Kratzer, Hämatome etc. Nach den Blutabrinnspuren zu schließen, war die Lage der Leiche mehrmals verändert worden, und zwar unmittelbar nach der Tat, vor Eintreten der Leichenstarre.

Trotz dieser für dem mutmaßlichen Täter Leopold Kucharsky eigentlich atypischen Merkmale war nicht nur die Öffentlichkeit der übereinstimmenden Meinung, daß die flüchtige »Bestie« der Mörder war. Hofrat Putner ging noch weiter und sprach von einem Ritualmord dieses geisteskranken Verbrechers, der in seinem Wahn ein

Menschenopfer für seine geliebte Mutter bringen wollte. Dagegen war natürlich nichts einzuwenden, so konnte es durchaus gewesen sein. Daß der Leopold nicht normal war, stand ja fest, und man konnte nie wissen, was in einem kranken Gehirn vor sich geht. Trotzdem hatten Fichtl und Binder ihre Zweifel an dieser Version. Auch konnten sich die beiden überhaupt nicht vorstellen, wie sich Kucharsky so lange verborgen halten konnte. Er hatte doch kein Geld, trug bei seiner Flucht Anstaltskleidung, und ganz sicher hatte er keine Freunde, die ihm hätten helfen können.

Hofrat Putner unternahm auch in den nächsten Tagen alle Anstrengungen, um Kucharsky aufzustöbern. Er wurde dabei vom Chefinspektor und seinem Team unterstützt. Eine Großfahndung folgte der anderen, gezielte Streifen waren eingesetzt, Kucharskys Foto war jetzt öfter in den Zeitungen zu sehen als das Konterfei von Spitzenpolitikern. Alles umsonst. Die »Bestie« blieb wie vom Erdboden verschluckt.

Wieder einmal befand sich Chefinspektor Fichtl mit seiner Gruppe im sogenannten Hauptdienst. Das bedeutete, daß er für alle anfallenden Vorkommnisse beziehungsweise für die Behandlung dieser Geschehnisse verantwortlich war.

Der Tag begann ruhig. Eine heroinsüchtige Jugendliche war eingeliefert worden, um die sich die Kriminalbeamtin kümmerte. Ein aufgeregter Pensionist hatte Anzeige erstattet, weil er angeblich vor einem Lokal niedergeschlagen und beraubt worden war. Peter Brucker mußte den Fall übernehmen.

»Sei vorsichtig«, warnte ihn sein Chefinspektor, »diese Alten versaufen oft ihr Geld und täuschen dann aus Angst vor ihren Ehefrauen einen Raub vor.«

Kurz vor Mittag kam vom Tagesdienst eine Meldung über einen vermutlichen Selbstmord durch Erhängen. Der Besitzer einer Schrebergartenhütte hatte einen am Strick baumelnden Mann entdeckt. »Die Leiche muß schon längere Zeit dort gehangen haben«, meldete der Dienst, »denn der Anzeigenerstatter sagte aus, daß der Tote bestialisch stank und von Maden übersät war.«

Fichtl schickte einen Kriminalbeamten mit dem Polizeiarzt in die Schrebergartenhütte und gab Weisung, ihn nur dann zu verständigen, wenn irgend etwas bedenklich wäre. Dann ging er in die Kantine.

Wie schon gesagt, nur wenige Menschen können sich ungefähr vorstellen, wie der Alltag der Kriminalpolizei tatsächlich aussieht – wegen

… wirklichkeitsfremden Fernsehkrimis. So sagt auch der Be-…henentkleidungsgebühr« wahrscheinlich nur den wenigsten … Diese Gebühr gibt es aber tatsächlich. Sie beträgt in Österreich bei »stark verschmutzten Leichen« 120 Schilling, bei anderen Leichen 90 Schilling. Ob die Leiche »stark verschmutzt« ist oder nicht, bestimmt der Polizeiarzt, der hierüber einen entsprechenden Vermerk in der Akte macht. Denn das Entkleiden der Leiche hat der Kriminalbeamte vorzunehmen, erst dann beginnt der Arzt mit seiner Untersuchung. Ein Erhängter zum Beispiel könnte ja ein Messer im Rücken stecken haben. Alles schon dagewesen. Jeder bedenkliche Todesfall muß also von der Kripo untersucht werden, so lautet die Vorschrift.

Nun gibt es unter den Kriminalbeamten solche, die froh darüber sind, 120 Schilling bei einer verschmutzten Leiche zu verdienen, und solche, denen davor graust. Der Kriminalbeamte, der zu dem Erhängten in den Schrebergarten fuhr, gehörte zu den ersteren. Sein Name war Leichtlmüller.

Der Chefinspektor hatte das Mittagessen schon hinter sich und trank gerade seinen Kaffee, als Leichtlmüller hereinkam. Er meldete Fichtl kurz, daß in der Schrebergartenhütte kein Fremdverschulden festgestellt worden war. Dann bestellte er einen Wurstaufschnitt und ein Bier und begann mit viel Appetit zu speisen.

Interessiert beobachtete Fichtl den Leichtlmüller. »Schmeckt dir die Wurst?« fragte er.

»Freilich, Chef«, sagte der kauend.

Die Frage des Alten hatte einen besonderen Grund: Nach vierzig Dienstjahren wußte er ziemlich genau, wie eine Leiche nach drei oder vier Wochen am Strick aussieht. Und er hatte immer zu jener Kategorie Kriminalbeamten gehört, die sich über die 120 Schilling Gebühr nicht freuen konnten. Keinesfalls aber hätte ihm eine halbe Stunde nach einer derartigen »Entkleidung« ein Essen geschmeckt, schon gar nicht ein Wurstaufschnitt. Auch nicht in seinen jungen Jahren.

»Wieso hat man denn den Mann erst so spät gefunden?« fragte Fichtl. Und gleich danach: »Ist ein Abschiedsbrief da . . .? Ist seine Identität geklärt?«

Ein wenig viel Fragen auf einmal für den wurstkauenden Leichtlmüller. Er erzählte also:

Der Besitzer der Schrebergartenhütte hatte fünf Wochen in einem Krankenhaus gelegen. Inzwischen war die Hüttentür aufgebrochen worden, vermutlich vom Selbstmörder. Seine Identität stand nicht fest, kein Ausweis war bei ihm gefunden worden, überhaupt nichts. Wohl aber ein Abschiedsbrief. »Ich kann nicht mehr«, hatte der Selbstmörder auf ein Stück Papier gekritzelt, »ich gehe zu meiner toten Mutter.«

»Der Abschiedsbrief liegt bei der Akte«, berichtete Leichtlmüller kauend. Dann erschrak er. Der Chefinspektor war aufgesprungen, ein Bierglas fiel um. »Führ mich sofort zu dieser Leiche!« schrie Fichtl.

In der Leichenhalle brauchte er nur einen kurzen Blick auf den Toten zu werfen. »Leopold Kucharsky«, murmelte er. Dann besprach er sich mit dem Arzt.

»Der Mann ist mindestens seit drei Wochen tot«, sagte dieser, »wahrscheinlich sogar länger.«

»Das will ich schriftlich haben«, forderte der Chefinspektor.

Seine Forderung war berechtigt. Denn wenn Kucharsky seit drei Wochen tot war, konnte er vor einer Woche Christine Schwanner nicht erstochen haben. Das mußte jedem einleuchten, sogar einem Polizeihofrat.

Mit sehr viel Mühe war es Fichtl gelungen, Hofrat Putner zu überreden, daß Einzelheiten über diesen Selbstmord der »Bestie« geheimgehalten wurden. Diese Einzelheiten bezogen sich auf das Datum des Selbstmords. So las man in der amtlichen Aussendung und in den Zeitungen nur, daß sich die sogenannte »Bisambergbestie« erhängt hatte. Wann das war, interessierte eigentlich niemand. Die Presse hatte ihre Sensationsmeldung, der Fall »Bisambergbestie« war abgeschlossen. Die braven Bürger atmeten auf, besonders in Stammersdorf und Umgebung. Die Gerechtigkeit hatte gesiegt.

»Und was jetzt?« fragte Hans Binder seinen Freund Fichtl im *Schwarzen Adler* und prostete ihm zu. Dann grinste er. »Hast jetzt wieder eine deiner berühmten Ideen?«

Traurig schüttelte Fichtl den Kopf. »Leider nicht«, sagte er, »aber vielleicht kommt sie noch. Am wichtigsten ist jetzt, daß niemand erfährt, daß es der Poldl nicht gewesen sein kann. Das ist jetzt wichtig.«

Wie fast immer waren die beiden Alten derselben Meinung. »Paß halt auf deinen Hofrat auf, damit der keinen Blödsinn macht«, meinte der Postenkommandant besorgt.

Bekümmert nickte Fichtl. »Du bist zu beneiden«, sagte er, »bei der Gendarmerie gibt es keine Hofräte.«

Der 45jährige Ferdinand Schwanner hatte es nicht gern, wenn er von seinen Mitmenschen als »Totengräber« bezeichnet wurde. Schließlich

…meindeangestellter und Verwalter des gemeindeeigenen … Stammersdorf, und man hätte ihn auch genausogut mit …erwalter« ansprechen können. Das Bestatten von Verstorbe…n war ja nur ein Teil seiner Berufspflichten. Aber die Leute können eben grausam sein, und es nimmt keiner Rücksicht auf die Gefühle seiner Mitmenschen. Schwanner blieb eben der »Totengräber«. Doch gewöhnen konnte er sich an diese Anrede nie.

Zwei Wochen, nachdem Schwanner seine eigene Ehefrau beerdigt hatte, ging er zum Gendarmerieposten und wollte mit dem Postenkommandanten reden. Eine Weile mußte er warten, weil Binder gerade telefonierte, dann wurde ihm höflich ein Stuhl angeboten, und er wurde nach seinen Wünschen gefragt.

Ruhig erkundigte sich Schwanner, ob man denn beim Mörder Kucharsky nicht Geld und Schmuckstücke seiner armen Frau gefunden habe. Auch die Ausweise der Christl und ihre Handtasche könne er nirgends finden. Die Handtasche habe sie immer bei sich getragen. In der ersten Aufregung habe er an diese Dinge gar nicht gedacht, erst jetzt sei ihm das aufgefallen. Er habe in der Wohnung alles durchsucht, das Zeug sei weg – und wer sonst als der Mörder sollte es haben?

Der Postenkommandant nahm Schwanners Angaben schriftlich auf und ließ sich Schmuckstücke und Handtasche beschreiben. Die Gesamtschadenssumme betrug immerhin um die hunderttausend Schilling. Hans Binder versprach mitfühlend, er werde die Akte an das Sicherheitsbüro weiterleiten, vielleicht kam noch etwas von dieser Raubbeute zum Vorschein. Man wußte ja nicht, wo sich Kucharsky vor seinem Selbstmord herumgetrieben hatte.

Schwanner unterschrieb das Protokoll. Dann äußerte er noch eine Bitte. Eine Bestätigung über die soeben erstattete Anzeige brauche er, für die Versicherung. Er war auch gegen Diebstahl versichert, und vielleicht würde ihm die Versicherung den materiellen Schaden ersetzen. Zumindest werde er es versuchen. Wieder nickte Hans Binder verständnisvoll. Schwanner bekam seine Bestätigung.

Als dieser den Gendarmerieposten verlassen hatte, dachte Binder noch eine Weile nach, dann rief er das Sicherheitsbüro und wollte mit Fichtl verbunden werden. Das war aber nicht möglich, denn der Herr Chefinspektor war gerade bei einer Dienstbesprechung.

Was Chefinspektor Fichtl in seinem Beruf überhaupt nicht leiden mochte, waren die immer häufiger werdenden theoretischen Diskussionen, Symposien, Dienstbesprechungen oder Kurzlehrgänge, welche von seinen vorgesetzten Polizeijuristen angeordnet wurden. Aber als leitender Kriminalbeamter konnte er sich schwerlich weigern, daran teilzunehmen. Kaum war nun die Aufregung über den Selbstmord der »Bisambergbestie« ein wenig abgeflaut, mußte Fichtl einen ganzen Nachmittag einer solchen Besprechung beiwohnen. Hofrat Putner hatte ihm persönlich den Auftrag dazu erteilt. Ein verdrossenes Gesicht half nichts, und so saß er also jetzt in dem Besprechungszimmer. Schade um die Zeit!

Vorerst hielt es der Hofrat für einen schlechten Scherz. Als er endlich dahinterkam, daß es Fichtl damit ernst war, reagierte er sehr ungehalten.

Er hatte einige Herren zu sich gerufen, um darüber zu diskutieren, wie man die Ausbildung junger Krimnalbeamter noch effizienter gestalten könnte. Es gab nur wenige und vage Vorschläge. Da meinte doch dieser Fichtl plötzlich, man solle die jungen Herren Polizeischüler für zwei Monate ihrer Ausbildungszeit in eine Strafanstalt einsperren. Ganz anonym, nur der Direktor der Anstalt dürfe wissen, daß der eingelieferte Strafverbüßer in Wirklichkeit Kriminalbeamter sei. »Zwei Monate lang Tag und Nacht mit Verbrechern zusammen, da lernen sie mehr als in zwei Jahren praktischer Arbeit«, sagte der Chefinspektor wörtlich. Und es wäre doch so, daß man in jedem Beruf mit der Materie vertraut gemacht werden müsse, mit der man zu arbeiten habe. Bei Tischlern wäre es Holz, bei Schmieden Metall, bei Kriminalbeamten eben Kriminelle. Und wo anders fände man die so bequem und konzentriert wie in einer Strafanstalt?

Tatsächlich, der Chefinspektor hielt seinen Vorschlag für durchführbar. Der Hofrat aber schnaufte ärgerlich. Er ignorierte einfach die Weltfremdheit seines leitenden Kriminalbeamten und ging zum zweiten Punkt der Tagesordnung über. Thema: Aufstellung und Ausbildung von Observationsgruppen für den kriminalpolizeilichen Bereich.

Bevor über dieses zweite Thema intensiver debattiert wurde, gab es eine kurze Pause. Die Herren Juristen tranken Kaffee, der Chefinspektor wurde zum Telefon gerufen. Danach ging die Besprechung weiter.

Beobachtungsgruppen gab es bei der Staatspolizei und bei der Rauschgiftabteilung des Innenministeriums schon seit längerem, und sie hatten sich bewährt. Warum sollte man sie also nicht auch bei der Kripo organisieren? Die Personalsituation ließ es zu. Vornehmlich jüngere Kriminalbeamte sollten dazu ausgebildet werden. Der Leiter dieser neu zu schaffenden Einheit mußte natürlich ein Jurist sein. Es gab auch schon einen Kandidaten, Kommissar Dr. Ecker, der sich jetzt zu Wort meldete. Er erklärte, alle einschlägigen Erkenntnisse der staatspolizeilichen Observation habe er studiert, auch bei praktischen Einsätzen wäre er als Beobachter dabeigewesen. Demnächst wolle er mit den zu seiner Abteilung kommandierten Beamten Übungen abhalten, um für tatsächliche Einsätze gerüstet zu sein. Alle Anwesenden stimmten zu. Da meldete sich wieder der alte Fichtl zu Wort.

Zur angenehmen Überraschung des Herrn Hofrats hatte der Alte zu diesem Tagesordnungspunkt weder hämische Bemerkungen noch utopische Vorschläge parat. Im Gegenteil, er beurteilte das Projekt positiv und meinte nur, man sollte bei diesen praktischen Übungen keine Statisten als Zielpersonen auswählen, sondern wirkliche Personen von kriminalpolizeilichem Interesse. Verdorben werden könne nichts, und Kriminelle müßten ja nicht so übervorsichtig beschattet werden wie etwa Spione oder Rauschgiftbosse. Auch Dr. Ecker hielt diesen Vorschlag für eine gute Idee und meinte, der Chefinspektor Fichtl möge ihm solche Zielpersonen bekanntgeben.

Das tat der Alte schon am nächsten Vormittag. Kommissär Dr. Ekker erhielt von ihm einen Namen mit persönlichen Daten und Adresse sowie einer kurzen Personenbeschreibung. Schon eine Woche darauf begann Dr. Ecker mit den Übungen. Die Zielperson hieß Ferdinand Schwanner aus Wien 21., Stammersdorf. Als Grund der Beschattung war »Verdacht des Versicherungsbetruges« angegeben.

Kaum mehr als eine Handvoll Kriminalbeamter wußten also, daß der Mord an Christine Schwanner noch nicht geklärt war, daß Kucharsky nicht der Täter sein konnte.

Außer den unmittelbar am Fall Beteiligten gehörten dazu auch die Kriminalbeamtin Biggi Herzog und Peter Brucker. Der Chefinspektor hatte die beiden eingeweiht. Brucker erhielt den Auftrag, das Alibi des Spirituosenhändlers zu überprüfen, mit dem die Ermordete offenbar ein Verhältnis gehabt hatte. Biggi sollte sich um die Tabakhändlerin kümmern, die Freundin von Schwanner. Beide Aufträge mußten so dezent erledigt werden, daß die Beteiligten keinen Verdacht schöpften. Das hatte ihnen der Chefinspektor zur Bedingung gemacht.

Peter Brucker kam bei seinen Ermittlungen der Zufall zu Hilfe, und so hatte er also schon am nächsten Tag ein Resultat. Der »Kommissar Zufall« ist, wie man weiß, ein wichtiger Bestandteil der kriminalpolizeilichen Arbeit, so steht es ja immer wieder in den Zeitungen zu lesen. Zufällig also hatte Brucker vom Hausmeister des Spirituosenvertreters erfahren, daß dieser mit seiner Frau einen vierwöchigen Urlaub auf Kuba verbrachte. Diese Ferien mußten sehr preiswert sein, denn Fidel Castro brauchte Devisen. Auch den Namen des entsprechenden Reisebüros erfuhr Brucker vom Hausmeister, denn ein gar so billiger Urlaub auf Kuba interessierte auch ihn. Peter hatte seine Dienstmarke noch gar nicht gebrauchen müssen, als er vom Reisebüro schon die Termine der Charterflüge nach Kuba erfahren hatte. Auch den Flugtermin des Spirituosenvertreters. Der Mann kam als Mörder der Christl nicht in Frage, er war zur Tatzeit in Varadero auf der Insel Kuba. Brucker tippte seinen Bericht. Abzuwarten war, ob dieser Wilhelm Schmidt, so hieß der Spirituosenvertreter, reagieren würde. Ob und wie. Wenn er von dem Mord an seiner Geliebten erfahren hatte.

Nicht ganz so einfach hatte es Biggi mit der Besitzerin des Tabakladens. Johanna Rachbauer war 45 Jahre alt und sah auch nicht jünger aus. Sie war eine resolute Person mit einem Hang zur Skepsis, das heißt, sie glaubte nicht alles, was man ihr erzählte. Das hatte sie von ihrem verstorbenen Mann gelernt. Der war Beamter im Finanzamt gewesen und hatte dort Steuererklärungen zu überprüfen.

Als nun diese junge Frau zu ihr ins Geschäft kam und sich als Journalistin vorstellte, war die Johanna sofort mißtrauisch. Dieses Gefühl verstärkte sich, als die Frau erzählte, sie wolle für eine Wochenzeitung eine Geschichte über die »Bisambergbestie« schreiben und bräuchte dazu einige Informationen. Die Rachbauer wollte einen Presseausweis sehen. Doch die angebliche Journalistin hatte den Ausweis angeblich vergessen. »Dann kommen Sie ein andermal wieder«, sagte die Johanna und beendete auf diese Weise das Gespräch.

Nach diesem erfolglosen Start meldete sich Biggi beim Postenkommandanten und erzählte ihm von ihrem Mißgeschick.

Der alte Binder wunderte sich gar nicht. »Das hätte ich dir gleich sagen können«, sagte er, »du hättest vorher zu mir kommen sollen . . .« Immerhin erzählte Binder dann, was er über die Witwe Rachbauer wußte, und das war gar nicht so wenig:

Nach dem Tod ihres Mannes – er war ein starker Raucher gewesen und an Lungenkrebs gestorben – hatte die Rachbauer ein Grundstück in Stammersdorf gekauft und dort ein Häuschen zu bauen begonnen. Sie war sehr fleißig. Wenn sie nicht hinter ihrer Ladentheke stand und freundlich zu den Kunden war, war sie auf der Baustelle und verhielt sich unfreundlich zu den Handwerkern, zumeist Schwarzarbeiter. Immerhin war das Häuschen jetzt im Rohbau fertig, nur der Verputz außen fehlte noch. Eigentlich hätte die Hansi schon einziehen können.

Prunkstück des Ganzen war der Garten, den hatte Schwanner angelegt. Der war ja gelernter Gärtner, bevor er Totengräber beziehungsweise Friedhofsverwalter wurde.

Was die Leute im Dorf über diese Affäre klatschten, wußte der Postenkommandant natürlich auch. Angeblich hatte sich die Hansi Rachbauer bei dem Hausbau finanziell kräftig übernommen und mußte jetzt Schulden machen, Kredite aufnehmen. Wenn man ein Haus baut, übersteigen die Kosten eben doch oftmals das finanziell Machbare. Immer kommen Kleinigkeiten dazu, und das summiert sich. Wenn nun aber der Schwanner jetzt auch Witwer und somit frei war, würden die beiden ohnehin bald zusammenziehen und in dem neugebauten Häuschen wohnen. Ein gemeinsamer Haushalt ist geldsparend. Und heiraten würden die beiden sicherlich auch. Nach dem Trauerjahr wohlgemerkt, denn das würden sie ja sicher einhalten.

Biggi machte sich während der Schilderungen des Postenkommandanten Notizen. Dann wollte sie den Namen der Baufirma wissen, die für das Haus zuständig war. Auch den konnte Binder ihr nennen. Biggi notierte: Architekt Dipl.-Ing. Franz Pesendorfer, Hoch- und Tiefbau, Wien 21., Brünner Straße Nummer 18.

Die Berichte waren nun sauber getippt und lagen bei der Akte, ebenso die Ergebnisse der Observationsgruppe des Kommissärs Dr. Ecker. Gar nichts Besonderes enthielten diese Berichte, und den beobachtenden jungen Kriminalbeamten wurde es bald langweilig. Sie verstanden nicht, warum sie tagelang einem Totengräber bei der Arbeit zusehen sollten, und meldeten dies auch dem Kommissär. Der wiederum fragte beim Chefinspektor an, ob da kein Irrtum vorläge, wegen des Verdachts eines Versicherungsbetruges. Fichtl versicherte, das wäre kein Irrtum, worauf Dr. Ecker meinte, daß es für einen Polizisten wohl das Schlimmste wäre, wenn man einen unschuldigen Menschen verdächtige oder gar vor Gericht bringe. Dem stimmte der Chefinspektor zu, und dann hatte er immerhin eine Minute lang ein schlechtes Gewissen. »Was ist eigentlich aus diesem Stefan Berger geworden, dem Falschgeldverteiler?« fragte er seine Mitarbeiter. »Der müßte doch eigentlich wieder auf freiem Fuß sein.« Seine Mitarbeiter wußten es nicht.

Der diensthabende Justizbeamte des Gefängnisses beim Landesgericht Wien hatte anzüglich gegrinst, als er dem entlassenen Strafgefangenen Stefan Berger das Tor aufsperrte. »Auf Wiedersehen«, hatte er gesagt, aber das sollte wohl ein Witz sein. Wer will schon eine Kerkerzelle wiedersehen, in der man ein Jahr seines Lebens verbringen mußte! Stefan hatte inbrünstig und ordinär geflucht und den Gruß natürlich nicht erwidert. Das war vor drei Wochen gewesen, und seitdem nahm für Stefan das Fluchen kein Ende.

In einem Obdachlosenheim hatte er ein Bett im Schlafsaal bekommen, denn ein Hotelzimmer konnte er sich nicht leisten. In dem Männerheim erging es ihm ähnlich wie in der Strafanstalt. Er machte kein Geheimnis daraus, daß er ein Jahr abgesessen hatte, wegen Betrugs durch Verbreitung von Falschgeld. Und er sagte auch, daß der Schuldspruch ein Fehlurteil war und er unschuldig wäre. Ebenso wie im Gefängnis reagierte seine Umgebung mit Spott und Hohn und machte ihn zur Zielscheibe blöder Witze und kleinerer Gehässigkeiten. Kein Wunder also, daß er zum Außenseiter, zum Einzelgänger wurde. Denn was niemand glauben wollte, war die Wahrheit: Vor einem Jahr war er unschuldig wegen Betrugs verurteilt worden, und dabei war er selbst der Betrogene. Stefan Berger war jetzt 34 Jahre alt, ein recht gutaussehender Mann, helle Augen, dunkles Haar, er war groß und schlank, ein sportlicher Typ. Mit seinem seelischen beziehungsweise nervlichen Zustand sah es weniger gut aus. Er litt an Schlaflosigkeit, hatte tagelang unerträgliche Kopfschmerzen, war vergeßlich wie ein Greis und konnte sich nur schwer auf etwas konzentrieren. Außer auf einen Amerikaner namens John Harvey und auf die manische Vorstellung, sich an diesem Mann zu rächen. Daß er diesem Menschen eines Tages gegenüberstehen würde, eine Waffe in der Hand, und ihm eine einzige Frage stellen würde: »Was ist der Preis für ein Jahr im Leben eines Menschen?«

Der angebliche Mister Harvey war aber wieder in Amerika untergetaucht, und von einer Verwirklichung einer Begegnung mit ihm konnte Stefan nur träumen. Vorerst reichte das Geld nicht einmal für eine längere Taxifahrt, ganz zu schweigen von einem Flug in die USA. Immerhin aber hatte er beschlossen, sich um ein Zimmer in Untermiete umzusehen, denn die bedrückende Atmosphäre des Männerheimes hielt er kaum länger aus. So wanderte er mit den Mietangeboten in Zeitungen von einer Adresse zur anderen, treppauf, treppab, um eine Unterkunft zu suchen, und war nach tagelangen Bemühungen enttäuschter denn je.

Seine Ehrlichkeit, was seine Vorstrafe betraf, grenzte an Masochismus. Als er am vierten Tag seiner Wohnungssuche in einem Gemeindebau im vierten Bezirk bei einer Frau Wimmer klingelte, öffnete ihm eine mollige Vierzigerin, die ihn gleich wohlwollend musterte. Artig sagte er sein Sprüchlein auf, daß er wegen des Wohnungsinserats komme. Er durfte eintreten, sich alles ansehen, die Höhe der Miete hielt sich in Grenzen. Frau Wimmer war Witwe, erfuhr er, und Damenbesuche hätte sie nicht gerne. Einem Mietvertrag stand eigentlich nichts mehr im Wege.

»Ich richte Ihnen auch gerne das Frühstück, wenn Sie wollen«, sagte die Witwe und lächelte freundlich.

»Einverstanden«, nickte Stefan. »Der Ordnung halber muß ich Ihnen nur mitteilen, daß ich erst seit drei Wochen wieder ein freier Mensch bin. Vorher war ich ein Jahr lang im Gefängnis.«

Die Reaktion war schlimmer als all seine bisherigen Erlebnisse.

Die Witwe lief auf den Flur und schrie gellend um Hilfe. Nachbarn kamen herbei, auch der Hausmeister. Stefan hatte es eilig, aus der Wohnung zu kommen. Er lief die Treppe hinunter, hörte noch ihr Kreischen: »So eine Frechheit . . .! Ein Zuchthäusler . . .! Der will in meine Wohnung . . .! Frechheit . . .! Zuchthäusler . . .!«

In unserer Gesellschaft wird viel von humanem Strafvollzug, von der Resozialisierung entlassener Krimineller gesprochen und geschrieben. Stefan Berger aber hatte offenbar gar kein Talent, für seine eigene Resozialisierung zu sorgen. Dabei hätte er es viel leichter haben können. Er hätte jetzt nur dorthin zu gehen brauchen, von wo ihn die Kriminalbeamten vor einem Jahr geholt und in Handschellen abgeführt hatten: In das *Martha-Buffet* im ersten Wiener Gemeindebezirk.

In diesem Lokal war er zuletzt beschäftigt gewesen. Zu dem Buffet gehörte auch eine Tankstelle mit einer kleinen Autoservice-Werkstatt. Er war gelernter Autoschlosser und arbeitete dort täglich außer Sonntag von 9 Uhr morgens bis Mitternacht. Wenn abends der Kfz-Betrieb nachließ, half er im Buffet aus, servierte den Gästen und wusch das Geschirr ab. Gepachtet war das Ganze von Hilde Hodanek, einer hübschen jungen Frau, die ebenso fleißig war wie er. Hilde war seine Verlobte, die beiden wollten heiraten und wohnten zusammen in einer Kleinwohnung ganz in der Nähe. Sie waren sparsam, und das Geld für eine Eigentumswohnung war beinahe komplett. Und sicher wären sie jetzt schon ein Ehepaar oder sogar eine kleine Familie, denn beide wünschten sich Kinder. Dann aber tauchte eines Abends ein neuer Gast auf, ein Amerikaner, und von da ab wurde alles ganz anders. Ein guter Gast war er, dieser Ami. Gab reichlich Trinkgeld, trank nur den teuersten Sekt und lud dazu auch noch andere Gäste ein. Immer war er in Begleitung einer eleganten Wienerin, die er Kathy nannte. Wie Kathy Hilde von Frau zu Frau wissen ließ, war sie verheiratet, und ihr

Mann durfte nicht wissen, wo sie sich mit dem Ami herumtrieb. John war angeblich geschäftlich in Wien, wohnte in einem nahe gelegenen Luxushotel, und seine Rechnungen für die Telefongespräche nach Los Angeles, die er von dort führte, waren höher als das, was Hilde und Stefan zusammen in zwei Monaten verdienten. Eines Tages, kurz vor der Sperrstunde, rief der Ami Stefan zu seinem Tisch. Er wolle ihm ein Geschäft anbieten, dolmetschte die Kathy.

Mit wachsendem Interesse hörte sich Stefan eine phantastisch klingende Geschichte an. Mr. Harvey besaß in Las Vegas einige Spielkasinos und wollte nun versuchen, auch in Europa in die Glücksspielkonzerne einzusteigen, Aktien zu kaufen und ein Musterbeispiel amerikanischer Privatinitiative zu geben. Sein Vorhaben war vorher am europäischen System der staatlichen Glücksspielmonopole gescheitert. Man machte ihm Schwierigkeiten, wo es nur möglich war. Das ging so weit, daß er in Wien sogar Kasinoverbot hatte und man ihn dort auch nicht spielen ließ. Nun habe er aber ein System entwickelt, das er in Wien probieren wolle. Mit anderen Worten: Ob Stefan bereit sei, in die Kasinos zu gehen und dort nach seinem System zu spielen? Gegen gute Bezahlung natürlich. Ein finanzielles Risiko wolle er aber nicht eingehen, brachte Stefan zögernd hervor. Davon könne überhaupt keine Rede sein, erfuhr er. Dann erklärte Mr. Harvey ihm, was er zu tun habe:

Zuerst solle er bei der Kasinokasse für zehntausend US-Dollar Jetons kaufen und sich dann einen Platz am Roulette-Tisch suchen, von dem aus er den Croupier gut sehen konnte. Etwa zehn Minuten lang solle er nur das Spiel beobachten. Wenn in dieser Zeit die Kugel nicht auf Zero oder auf die Nummer achtundzwanzig gefallen war, müsse er auf diese beiden Zahlen setzen. Das Ganze zehn Spiele lang und jedesmal mit Jetons für fünfhundert Dollar. Bei einem Gewinn solle er das Spiel sofort beenden. Waren aber die fünftausend Dollar verloren, solle er an die Bar gehen und etwas trinken, anschließend die andere Hälfte des Spielkapitals bei der Kasse wieder umtauschen, das heißt, sich den Betrag in österreichischen Schilling auszahlen lassen. Diesen Schillingbetrag müsse er ihm, John Harvey, zurückbringen, der ihm zehn Prozent davon überlassen würde. Das war dann sein Verdienst.

Stefan rechnete. Auch wenn das System nicht aufging und er die fünftausend Dollar verlor, würde er mit der anderen Hälfte in Schilling das Kasino verlassen. Zehn Prozent waren immerhin fünfhundert Dollar, verdient an einem Abend. Seine letzten Bedenken schwanden, als der Ami ein Paket Dollarscheine aus der Rocktasche zog und es ihm vor die Nase legte. Es waren abgezählte zehntausend Green-Bucks.

Vier Tage lang ging alles gut. Als er am fünften Tag nach dem Kasino ins *Martha-Buffet* kam, waren der Ami und seine Kathy nicht da, wie es sonst üblich war. Statt dessen warteten zwei Kriminalbeamte auf ihn, er wurde festgenommen und aufs Kommissariat gebracht. Er protestierte und beteuerte, nichts verbrochen zu haben, aber die beiden grinsten nur gelangweilt.

Auf dem Kommissariat erfuhr er, daß alle Dollarscheine, die er im Kasino gewechselt hatte, gefälscht waren. Erschrocken erzählte er die Geschichte von dem Ami und seinem Spielsystem, wahrheitsgetreu und von Anfang an. Wieder lächelten die Kriminalbeamten und fragten, wo dieser große Unbekannte denn zu finden sei. Das wußte er nicht, und so setzte man ihn hinter Gitter.

In den nächsten Tagen kam es noch schlimmer. Er wurde dem Chefcroupier und dem Kassierer des Kasinos gegenübergestellt, beide identifizierten ihn. Nun bestritt er ja gar nicht, die Dollarnoten gewechselt zu haben, beteuerte aber immer wieder, nicht gewußt zu haben, daß es Falschgeld war, und berief sich auf den Amerikaner. Der und seine Kathy aber waren verschwunden, wie in Luft aufgelöst. Man überstellte ihn an das Gericht, und dort wurde er von einem Untersuchungsrichter befragt. Er spürte, daß auch der ihm kein Wort glaubte.

Jetzt also saß er auf seinem Bett im Obdachlosenheim und überlegte, was zu tun sei. Seine Hilde hatte er zuletzt bei einer Gerichtsverhandlung gesehen, wo sie als Zeugin aussagen mußte. Nach der Urteilsverkündung hatte sie einen Weinkrampf bekommen. Stur und verbittert, wie er nun einmal war, hatte er ihr verboten, ihn im Gefängnis zu besuchen. Er wollte nicht, daß sie ihn so sah, als Häftling in einer Besuchszelle. Viele Briefe hatte sie ihm geschrieben und in den ersten Wochen trotz seiner Weigerung mit ihm zu sprechen versucht. Er hatte sich aber geweigert, Besuche zu empfangen. Die Justizbeamten zuckten nur die Schultern über seinen Starrsinn.

Zwei Betten weiter war eine Kartpartie im Gange. Ob er mitspielen wolle, wurde er gefragt. Er lehnte ab. Wieder gab es hämische Bemerkungen. »Der feine Herr spielt nur um echte Dollarnoten«, rief einer, und alle lachten. Da stand Stefan Berger auf und verließ das Männerheim. Draußen war es schon dämmerig. Er schlenderte ziellos durch die Straßen.

In seinem Kopf hämmerte es. Seine düsteren Rachegedanken wechselten ständig mit Überlegungen, was er als nächstes tun sollte. Das Arbeitsamt hatte ihm einige Firmenadressen vermittelt, wo er sich für einen Arbeitsplatz als Schlosser bewerben konnte. Aber überall war er abgewiesen oder vertröstet worden. Er sehnte sich nach Hilde, aber sollte er so zu ihr gehen, arbeits- und obdachlos?

Das Gelächter seiner Mithäftlinge, seiner Genossen im Männerheim dröhnte immer noch in seinem Kopf. Dann wieder hörte er das Keifen der Witwe Wimmer: »Zuchthäusler . . .! Zuchthäusler . . .!« Gab es denn keine Zukunft mehr für ihn? Keinen Hoffnungsschimmer?

Es war schon gegen Mitternacht, als er plötzlich hellwach wurde, wie angewurzelt stehenblieb. Konnte das ein Zufall sein? Wie in Trance war er ehemals vertraute Wege gegangen. Er stand gegenüber vom *Martha-Buffet.*

Die Fenster waren erleuchtet.

Die letzten Gäste verließen gerade das Lokal, verabschiedeten sich lautstark.

Nach einer Weile wurde die Reklamebeleuchtung abgedreht.

Er ging über die Straße.

Die Eingangstür quietschte leise, als er das Lokal betrat. Er sah Hilde, sie schaltete gerade die Kaffeemaschine ab, zog ihren Arbeitsmantel aus. »Sperrstunde, bitte«, rief sie, ohne aufzusehen, als sie die Tür quietschen hörte.

»Na, dann geh' ich halt wieder«, sagte er leise.

Ihr Aufschrei war noch drei Häuser weiter zu hören. In der nächsten Sekunde hing sie an seinem Hals, er spürte das Zittern ihres Körpers. »Du Schuft«, schluchzte sie, »du lieber Schuft, ich habe so sehr auf dich gewartet . . .«

Er streichelte ihr Haar. »Jetzt wird alles wieder gut, Liebling«, murmelte er. »Hör auf zu weinen.«

An das Männerheim war jetzt nicht mehr zu denken. Als er mit ihr in die Wohnung kam, im Badezimmer dort sein Rasierzeug liegen sah – genau wie er es vor einem Jahr verlassen hatte –, da bekam auch er nasse Augen.

Montag, der 8. November 1982, war ein selten ruhiger Tag für die diensthabende Kriminalbeamtengruppe des Sicherheitsbüros der Polizeidirektion Wien. Peter Brucker ordnete gelangweilt den Akteneinlauf, Inspektor Leichtlmüller tippte verdrossen seine monatliche Spesenabrechnung mit den Leichenentkleidungsgebühren in die Maschine, und die Kriminalbeamtin Biggi Herzog polierte ihre Fingernägel. Chefinspektor Fichtl las die Tageszeitungen und stellte fest, daß es in der übrigen Welt nicht so ruhig war wie in Wien. Bei einem Fußballspiel in Hamburg hatte es bei gewalttätigen Auseinandersetzungen randalierender Fans Tote und Verletzte gegeben, Leonid Breschnew war in Moskau gestorben, in den USA wurden neue Pershing-Mittelstreckenraketen erprobt, in der Bundesrepublik hatten Beamte einer Sondereinheit in einer Großaktion gegen die RAF führende Terroristen verhaftet und Waffen sowie Sprengstoff beschlagnahmt.

Im Sicherheitsbüro aber war es so ruhig, daß man das Brummen von Stubenfliegen hören konnte. In dieser gemütlichen Stille wirkte der plötzliche erstaunte Ausruf von Peter Brucker fast wie eine Explosion. »Ah, da schau her!« rief der Inspektor. Er war bei der Sortierung der Akten bei den »Losgeherlisten« angelangt.

»Losgeherlisten« nennt man im Polizeijargon jene Verzeichnisse von Häftlingen, die ihre Strafe verbüßt haben und wieder auf freien Fuß gesetzt werden. Die Strafanstalten informieren die Polizeibehörden über diese Personen, und das hat sicher seine Berechtigung. Schließlich ist die Polizei daran interessiert zu erfahren, wo sie ihre »Kundschaften« finden kann, denn es ist ja eine betrübliche, aber statistisch erwiesene Tatsache, daß viele Kriminelle wieder rückfällig werden. Der Mensch ist eben ein Gewohnheitstier.

Inspektor Leichtlmüller hörte auf zu tippen, der Chefinspektor legte die Zeitung weg, nur die Kriminalbeamtin ließ sich bei der Bearbeitung ihrer Fingernägel nicht stören.

»Was gibt es denn?« fragte der Chefinspektor.

»Der Stefan Berger ist wieder draußen«, sagte Peter Brucker. »Der mit den falschen Dollarnoten. Erinnert ihr euch?«

Und ob sie sich erinnerten.

Sie waren damals alle hinter diesem angeblichen John Harvey her gewesen. Denn nicht nur im Spielkasino war das Falschgeld in Umlauf gebracht worden. Es lag also auf der Hand, daß Berger nur ein kleiner Fisch innerhalb einer internationalen Fälscherbande war. Der Ami blieb verschwunden, und die Kriminalbeamten werteten die Aussagen des Berger als reine Schutzbehauptung. Er wollte den Harvey decken, davon war man überzeugt.

»Wir sollten den Berger jetzt überwachen«, sagte der Chefinspektor. »Sicher wird er Kontakt mit dem Ami aufnehmen. Vielleicht kommen wir jetzt auf seine Spur.«

Die beiden Kriminalbeamten waren ganz seiner Ansicht. Dann sahen alle drei ihre Kollegin an. Die war jetzt fertig mit ihren Fingernägeln. »Laßt mich aus dem Spiel«, sagte sie schlechtgelaunt.

Ihre trotzige Reaktion hatte einen besonderen Grund: Während nämlich vor Jahresfrist alle davon überzeugt waren, daß der Berger nur Lügen auftischte, hatte Biggi seinen Erzählungen geglaubt. Sie hatte ja seine Verlobte, diese Hilde Hodanek, eingehend von Frau zu Frau befragt und wäre jede Wette eingegangen, daß die die Wahrheit sagte. Beweise dafür aber gab es keine, und so wurde die Kriminalbeamtin von ihren Kollegen nur belächelt. Sie hatte dann versucht, diese ebenfalls verschwundene Kathy auszuforschen, aber das war ihr nicht gelungen. Ein Vorname und eine Personenbeschreibung sind in einer Millionenstadt eben nur sehr dürftige Anhaltspunkte.

»Ich werde morgen mit dem Hofrat darüber reden«, sagte Fichtl und nahm Brucker die Losgeherliste ab. In diesem Moment läutete das Telefon. Es war Dr. Ecker. Die Observationsgruppe habe eine interessante Beobachtung hinsichtlich Ferdinand Schwanner gemacht, berichtete er. Mit der Ruhe im Sicherheitsbüro war es für diesen Tag vorbei.

Entgegen seinen sonstigen Gewohnheiten war Ferdinand Schwanner eines Tages in die Innenstadt gefahren. Mit seinem Auto und in Begleitung der Tabakladenbesitzerin Johanna Rachbauer. Sie hatten einen Juwelier besucht, der auch für den Ankauf von Schmuckstücken aus privaten Beständen bekannt war. Beinahe eine Stunde hatten sie mit dem Juwelier verhandelt, danach waren sie wieder nach Stammersdorf gefahren.

Diskrete Ermittlungen bei dem Schmuckhändler brachten ein überraschendes Ergebnis zutage. Er hatte den beiden einzelne von ihnen angebotene Schmuckstücke für insgesamt dreißigtausend Schilling abgekauft. Diese Stücke wurden jetzt von Kriminalbeamten fotografiert. Es handelte sich eindeutig um jenen Schmuck, der der ermordeten Christine Schwanner angeblich geraubt worden war und für den der Totengräber Schadenersatz von seiner Versicherung verlangt hatte. Die beiden hatten sich bei dem Juwelier als Ehepaar Huber aus St. Pölten ausgegeben, den Kaufvertrag auch mit »Huber« unterschrieben.

Nach dieser interessanten Meldung hatte Chefinspektor Fichtl ein langes Gespräch mit dem Postenkommandanten. Ein Haftbefehl wegen Betruges war sicher nicht zu bekommen, denn die beiden hatten ja einen festen Wohnsitz. Und eine einfache Anzeige brachte vermutlich wenig, vor allem würde sie kaum irgendwelche weiteren Fortschritte zur Aufklärung des Mordes zur Folge haben. Im Gegenteil, wenn Ferdinand Schwanner den Betrugsversuch zugab und dann auf stur schaltete, wurde alles noch viel schwerer. Die beiden Alten beschlossen deshalb, noch zu warten – manchmal ist es bei der Kripo taktisch klüger, nichts zu tun und die Dinge reifen zu lassen. Außerdem war Fichtl jetzt mit der Sache Stefan Berger zu sehr beschäftigt. »Eines nach dem anderen«, brummte er, »man kann mit einem Arsch nur auf einem Kirtag sitzen.«

Hilde Hodanek und ihr Stefan lagen im Bett, Mitternacht war schon vorbei, und beide waren müde. Sie hatten wieder das alte Thema »Kathy« besprochen. Schläfrig meinte Hilde, daß sie vermutlich in einem Kosmetiksalon namens *Beauty Corner* oder so ähnlich Kundin sei. Irgendwann einmal habe ihr Kathy diesen Salon empfohlen, erinnerte sie sich, die Massage wäre dort ganz ausgezeichnet.

Alarmiert sprang Stefan aus dem Bett hoch, blätterte im Telefonbuch und fand tatsächlich die Adresse. »Beauty Corner«, las er aufgeregt, »Massage, Frisuren, Lifting, Enthaarung, Sonnenstudio.«

Schon am nächsten Tag meldete er sich in diesem Studio an. Er spielte seine Rolle ausgezeichnet. Verschmitzt lächelnd erklärte er einer Masseurin, daß er die Bekanntschaft einer attraktiven Dame gemacht habe, die mit Vornamen Kathy heiße und hier Kundin sei. Er gab eine Personenbeschreibung und winkte mit einem ansehnlichen Trinkgeld. Leider wisse er keinen Familiennanmen, hätte die Dame aber doch wieder sehr gerne getroffen. Ob die Masseurin das verstehen könne? Sie hatte volles Verständnis für den jugendlichen Verehrer. Als er das Studio verließ, trug er einen Zettel in der Tasche. Der Name Katharina Nidetzky und deren Adresse stand darauf. Im Telefonbuch war »Leopold und Katharina Nidetzky« zu lesen, der Leopold war Regierungsrat i. R. Kathy war also tatsächlich verheiratet, was für Stefans Pläne nur von Vorteil war.

Sehr zum Mißvergnügen des Chefinspektors hatte Kommissar Dr. Ecker eine lückenlose Überwachung von Stefan Berger abgelehnt. Die Observationsgruppen waren voll ausgelastet: Einige internationale Rauschgifthändler mußten rund um die Uhr beobachtet werden, auch hatte die Überwachung eines Waffenhändlers Priorität. Der Kommissar verstand sehr wohl, daß es wichtig wäre, diesen John Harvey auszuforschen. Aber andere Fälle waren noch wichtiger, und das mußte der Chefinspektor zur Kenntnis nehmen, auch wenn es ihm nicht paßte. Immerhin aber erreichte er, daß die Observationsgruppen mit einer »sporadischen« Beobachtung des Stefan Berger beauftragt wurden. Und diese sporadische Operation erbrachte in den nächsten Wochen zwei Resultate:

Zum ersten war festgestellt worden, daß Stefan Berger die Beziehung zu seiner Lebensgefährtin Hilde Hodanek wiederaufgenommen hatte. Er wohnte bei ihr, arbeitete wie früher in der Tankstelle und im *Martha-Buffet.*

Zum zweiten war beobachtet worden, daß Berger eines Tages einen Besuch im Villenviertel in Döbling gemacht hatte. Etwa eine Stunde lang war er in einer dieser feudalen Villen gewesen. Das Prachtstück gehörte einem pensionierten Regierungsrat namens Leopold Nidetzky, dessen Frau Katharina hieß. Die Ehe war kinderlos. Nur einen prämierten Rassehund hatten die beiden. Außerdem noch ein Dienstmädchen und einen Gärtner.

Beim Studium dieses Berichts wurde Chefinspektor Fichtl nachdenklich. »Katharina Nidetzky«, murmelte er, »das könnte doch diese ominöse Kathy sein.« Er besprach den Sachverhalt mit seinen Mitarbeitern.

Deren Meinungen darüber gingen auseinander: Brucker und Leichtlmüller sahen darin eine Bestätigung ihrer Annahme, daß Berger eben den Ami nur gedeckt habe und jetzt wieder mit ihm Verbindung aufnehmen wolle. Denn wieso wußte er jetzt auf einmal die Adresse dieser Kathy, die er bei den Verhören seinerzeit nicht hatte angeben können?

Fichtl war unschlüssig. »Was ist, Biggi«, sagte er zur Kriminalbeamtin, »kannst du vielleicht etwas über diese Kathy herauskriegen?«

Diesmal war Biggi einverstanden. »Die knöpfe ich mir vor, die flotte Kathy«, sagte sie, und ihre Augen verengten sich zu Schlitzen. Das war immer dann der Fall, wenn sie jemanden nicht leiden konnte.

Katharina Nidetzky war der Prototyp der mondänen Frau, stets elegant und nach der neuesten Mode gekleidet, immer den passenden Schmuck dazu, die Sorge um ihre äußere Erscheinung war ihr ganzer Lebensinhalt. Wenn sie vom Kosmetiksalon kam und ihr Gesicht frisch geschminkt war, konnte man sie durchaus für dreißig halten. Ihr Gang, ihre Frisur und auch ihre Sprache waren die eines achtzehnjährigen Mädchens. Trank sie abends zuviel Sekt, bekam sie aber den Verstand einer Neunjährigen. Macht zusammen genau siebenundfünfzig, und das war auch ihr tatsächliches Alter. Aber dieses Geheimnis hütete sie streng, und jede Altersschätzung über fünfundvierzig betrachtete sie als persönliche Beleidigung.

Im sonst so sorglosen Leben der Katharina waren jetzt schlechte Zeiten angebrochen. Ihr favorisierter Liebhaber, der Amerikaner John Harvey, hatte sich schon seit drei Monaten nicht mehr blicken lassen. Er telefonierte zwar von allen möglichen Orten der Welt, aber Telefonate waren eben kein Ersatz für den leiblich anwesenden Johnny.

Dann kam der Schock mit diesem lächerlichen Tankwart Stefan Berger, den sie schon fast vergessen hatte. Plötzlich hatte er vor ihrer Tür gestanden und war sehr, sehr unangenehm gewesen.

Und jetzt hatte sie Besuch von einer Kriminalbeamtin, schon seit einer Stunde. Dieses Weib stellte die unverschämtesten Fragen und ließ sich einfach nicht abwimmeln. »Ich habe Ihnen alles gesagt, mehr weiß ich nicht«, sagte Katharina jetzt zum x-ten Male und streichelte ihren Pudel.

»Sie haben mich nur angelogen und Wesentliches verschwiegen«, sagte die Kriminalbeamtin, und ihre Augen verengten sich. »Und wenn sich das nicht sofort ändert, lasse ich Sie festnehmen und ins Kommissariat bringen. Also entscheiden Sie sich.«

»Was wollen Sie denn eigentlich von mir?« rief Kathy erschrocken. Der Pudel begann zu bellen.

»Kusch, Hund«, sagte Biggi Herzog. Dann in ebenso rüdem Ton zu Katharina: »Ich möchte alles wissen über John Harvey, wo er lebt, wann Sie zuletzt von ihm gehört haben. Und dann möchte ich wissen, was Stefan Berger vergangene Woche von Ihnen wollte. Also heraus jetzt mit der Sprache.«

Insbesondere die letzte Frage hatte Kathy sehr erschreckt. Von dem Besuch Bergers wußte die Polizistin also auch. »Er hat mich dasselbe gefragt wie Sie eben«, sagte sie. »Und er hat mich erpreßt.«

Jetzt nickte die Kriminalbeamtin, als ob sie spürte, daß es die Wahrheit war. Dann holte sie Notizblock und Kugelschreiber aus ihrer Handtasche. »Die ganze Geschichte will ich hören«, sagte sie ruhig, »von Anfang an.«

Stockend begann Kathy zu erzählen: Vor drei Jahren hatte sie den Amerikaner John Harvey in einer Hotelbar kennengelernt. Die Art, wie der Mann mit Geld um sich warf, hatte ihr mächtig imponiert. Sie wurde seine Geliebte. Nein, ihr Mann wisse davon natürlich nichts. John meldete sich jedes Mal, wenn er geschäftlich in Wien war. Was für Geschäfte er eigentlich betreibe, wisse sie nicht. Er habe irgend etwas mit Spielkasinos zu tun.

Ja, natürlich habe sie von der damaligen Verhaftung dieses Stefan Berger erfahren. Sie wollte damit nichts zu tun haben. Johnny natürlich auch nicht, deshalb waren sie nie mehr in das Lokal von Berger und seiner Verlobten gegangen. Vorige Woche nun war der Berger hier aufgetaucht. Wie er ihre Adresse erfahren habe, sei auch ihr ein Rätsel. Er wollte wissen, wo John Harvey zu finden sei. »Er hat mich erpreßt«, fauchte Kathy jetzt. »Hat gedroht, er werde meinem Mann alles erzählen, wenn ich ihm nichts sage.«

»Und was haben Sie ihm gesagt?« fragte die Kriminalbeamtin kühl.

»Na, die Wahrheit!« schrie Kathy, und der Hund begann wieder zu bellen. »Ich habe doch nur eine Telefonnummer von Johnny, eine Nummer in Los Angeles. Die habe ich ihm geben müssen. Und dann mußte ich vor ihm dort anrufen. Johnny war da, und ich mußte fragen, wann er wiederkommt. Er sagte, er wisse es nicht. Nach dem Gespräch mußte ich Berger versprechen, nicht noch einmal anzurufen. Wenn ich dem Johnny sagen würde, daß er da war, würde er alles meinem Mann erzählen, hatte er gedroht. Das war vorige Woche.«

Wieder notierte die Frau Inspektor. »Und Sie haben natürlich doch angerufen«, sagte sie dabei lässig. »Gleich, als Berger wieder draußen war.«

»Woher wissen Sie das?« fragte Kathy tonlos. Diese Frau wurde ihr unheimlich.

»Wie hat er denn reagiert, Ihr Johnny?« war die nächste Frage.

»Er sagte, ich soll mich nicht sorgen«, sagte Kathy. »Dieser Stefan sei ein kleines Würstchen und völlig ungefährlich.«

Die Kriminalbeamtin klappte das Notizbuch zu und stand auf.

»Ich habe die volle Wahrheit gesagt«, meinte Kathy jetzt ängstlich.

»Das haben Sie nicht«, sagte diese widerliche Polizistin mit den schmalen Augen. »Aber fürs erste genügt mir das.«

Dann ging sie.

Es war auch höchste Zeit, denn Katharina erwartete jeden Augenblick ihren Leopold zum Abendessen. Wie hätte sie dem die Anwesenheit einer Kriminalbeamtin erklären sollen? Ja, schlimme Zeiten waren für sie angebrochen.

Auch Birgit Herzog teilte die Meinung ihres Chefinspektors, daß man eben mit einem Arsch nur auf einem Kirtag sitzen könne. Sie hatte ihm ihren Bericht über die Befragung der Katharina Nidetzky vorgelegt. Es war eine Genugtuung für sie, daß die Unschuld des Stefan Berger nun augenscheinlich war, daß sie mit ihrer seinerzeit vertretenen Ansicht über die Beziehung Harvey–Berger recht gehabt hatte. Ihre männlichen Kollegen sahen das nun auch ein, Fichtl war sogar sehr bekümmert. »Er hat unschuldig gesessen«, sagte er. »Er wird sich revanchieren wollen, hoffentlich macht er keinen Blödsinn.«

Natürlich hatte der Chefinspektor auch Hofrat Putner informiert und eingestanden, daß man im Fall Berger vor Jahresfrist falsch geurteilt hatte. Die Telefonnummer von John Harvey in Los Angeles war Interpol mitgeteilt worden. Ein Resultat einer Überprüfung stand noch aus. Dieses wollte der Hofrat noch abwarten. Dann müsse man das Gericht verständigen. Eine Neuaufnahme des Verfahrens gegen Stefan Berger zeichnete sich ab, weil doch jetzt neue Erkenntnisse vorlägen. Dies brächte dem Berger sein verbüßtes Haftjahr zwar nicht zurück, aber Recht müsse Recht bleiben.

Fichtl hatte wieder einmal mit dem Postenkommandanten Binder über den Fall telefoniert. Biggi hatte dem Gespräch aufmerksam zugehört. So ratlos hatte sie ihren Chef noch selten erlebt. Auf das Sprichwort vom Arsch und vom Kirtag anspielend, sagte sie dann lauernd: »Sollten wir unsere Ärsche jetzt nicht wieder einmal nach Stammersdorf schleppen? In der Harvey-Berger-Sache können wir ja ohnehin nur abwarten. Was ist, Chef, keine Idee . . .?«

Nein, er hatte keine. »Ich werde alt, Biggi«, sagte er nur.

»Aber dafür habe ich eine Idee«, tröstete Biggi. Mit wachsendem Interesse hörte Fichtl ihr zu.

»Du meinst, das läßt sich machen?« fragte er zweifelnd.

Ja, das meinte sie.

»Also gut«, resignierte Fichtl, »versuchen wir es halt. Übermorgen, am Sonntag. Da hat der Tabakladen geschlossen, und es gibt kein Aufsehen.« Biggi war einverstanden und beeilte sich, Peter Brucker in ihren Plan einzuweihen. Fichtl ging in die Kantine. Er war nachdenklich, seine Stimmung ziemlich gedrückt.

Auch im *Martha-Buffet* war die Stimmung nicht gerade rosig. Zwar hatte Stefan seiner Hilde freudig erzählt, daß er nun wisse, wo der Ami zu finden wäre. Er hatte auch nicht verheimlicht, daß er demnächst nach Los Angeles fliegen wolle. Hilde hatte das betrübt zur Kenntnis genommen, sie kannte ihren Sturschädel. Sie hatte ihm sogar Geld für die Reise angeboten, aber er hatte das entrüstet abgelehnt. »Wie stellst du dir denn das vor?« hatte er gefragt. »Ich nehme doch nichts von deinem sauer ersparten Geld.«

»Woher willst du denn das Geld dann nehmen?« fragte sie besorgt. Immer wieder stellte sie ihm diese Frage, und stets erhielt sie darauf die gleiche Antwort: »Das ist ganz allein meine Angelegenheit.«

Langsam wurde es ihr zur Gewißheit, daß er irgend etwas Schlimmes vorhatte. Sie ängstigte sich um ihn, und ihre Angst war durchaus begründet.

Wäre in diesen Tagen die polizeiliche Observation des Stefan Berger lückenlos gewesen, im Sicherheitsbüro wäre man aus dem Staunen nicht herausgekommen. Zweifellos war das, was Stefan unternahm, nur eine Vorbereitungsmaßnahme. Aber wofür?

Er besorgte sich ein kleines Tonbandgerät, dann studierte er die Kinoprogramme. Einen Kriegsfilm wollte er sich ansehen, über die alliierte Invasion 1944. Sicherlich wurde in dem Film viel geschossen, das brauchte er jetzt.

Im Kino setzte er sich in die erste Reihe. Wenn die Maschinengewehre ratterten und Bomben explodierten, schaltete er das Tonbandgerät auf Aufnahme und hielt das Mikrofon dabei in Richtung Leinwand. Niemand hätte vermutet, daß dieser Sonderling im Kino einen Bankraub plante und die Kriegsgeräusche ein Teil seines Plans waren.

Die Sache mit dem Bankraub, den Stefan vorhatte, war nicht ganz wörtlich zu nehmen. Banken sind relativ gut gesicherte Anstalten. Stefan vermutete, daß in Postämtern ebensoviel Geld zu holen sei. Und außerdem befördern Postämter eben auch Post, ein ganz wesentlicher Bestandteil seines Plans.

Das nächste, was er sich besorgte, war eine Schachtel aus fester Pappe, dazu eine Schere, Klebestreifen, eine Schnur und einen Filzstift. Mit diesen Dingen bastelte er eine ganze Weile herum. Ein schön verschnürtes Paket wurde daraus, ein ganz normales Paket. Mit einer geringfügigen Besonderheit: Man konnte es trotz Klebestreifen und Schnur an einer Schmalseite leicht öffnen, etwa so, wie man eine Schublade herauszieht. Stefan probierte die kleine Lade immer wieder. Er war zufrieden. Das Gewicht mußte jetzt noch stimmen. Stefan füllte das Paket mit Zeitungen, dann adressierte er es an seinen Namen, an seine Adresse. Der Paketschalter am Postamt Südbahnhof war keine zehn Meter vom Geldschalter entfernt. Stefan meinte, mit ein wenig Glück die ganze Sache in 40 bis 60 Sekunden erledigen zu können. Er studierte die Örtlichkeit, schloß die Augen und prägte sich alle notwendigen Bewegungen ein. Er kam sich vor wie ein Slalomfahrer vor dem Start. Er kannte seine Hindernisbahn, er war zufrieden. Alles würde richtig laufen. Nur die Sache mit der Rauchbombe beschäftigte ihn noch.

Er erinnerte sich an die gläsernen, eiförmigen Dinger, die er während seiner Bundesheerzeit bei der Panzernahkampfausbildung erstmals kennengelernt hatte. Nun, die Substanz seiner Eigenfabrikation war etwa die gleiche. Und statt der fabrikmäßig hergestellten Glaseier konnte man schließlich Flaschen benutzen. Aber das Ding mußte vorher ausprobiert werden.

So fuhr er mit Hildes Wagen Richtung Bisamberg, parkte an einem Waldstreifen und wanderte eine halbe Stunde durch die Gegend. In einer verlassenen Schottergrube blieb er sitzen, rauchte ein paar Zigaretten und sah sich um. Niemand war zu sehen. Dann drosch er die Coca-Cola-Flasche mit seinem Gemisch gegen einen Stein. Der dichte weiße Dampf, der sich in Sekundenschnelle verbreitete, war für Stefan eher eine Enttäuschung. Er hatte sich das schlimmer vorgestellt. Der weiße Dampf verflüchtigte sich zu rasch wieder. Aber Stefan stellte sich vor, daß die Wirkung in einem geschlossenen Raum sicher konzentrierter sein würde. Außerdem würde er dazu eine größere Flasche benützen, und nicht nur eine.

Weil er schon einmal in dieser abgeschiedenen Gegend war, probierte er auch noch das Tonbandgerät aus, mit voller Lautstärke. Er hörte seine eigene Stimme brüllen: Achtung, ein Überfall. Dann die Explosionen und das Rattern der Maschinengewehre, all das, was er im Kino aufgenommen hatte. Es war unerträglich laut und klang sehr eindrucksvoll. Stefan war zufrieden und packte das Zeug wieder in seine Tasche.

Als er das Tonbandgerät mit voller Lautstärke brüllen ließ, waren die Vögel erschrocken davongeflogen. Ein Hase rannte in Panik über das Feld. Stefan grinste. Es war Zeit zu gehen. Ein Flurwärter begegnete ihm auf dem Rückweg, ein alter Mann mit einem Stock und erschrockenem Blick. Ob Stefan eine Explosion und Schüsse gehört habe? Ja, meinte Stefan, eine Schande in dieser ruhigen Gegend. Vielleicht eine Übung des Bundesheeres? Wahrscheinlich, meinte der Alte. Die Menschen können nie genug bekommen von diesen blöden Kriegsspielen.

Am nächsten Tag zog sich Stefan Berger ordentlich an, das heißt, er trug Hemd und Krawatte sowie einen leichten Mantel. Seinen Reisepaß hatte er eingesteckt. Die beiden Literflaschen, seine Rauchbomben, trug er in einer Plastiktüte, das kleine Tonbandgerät hatte er in der inneren Manteltasche versteckt. Das Paket, das er per Post an sich selber aufgeben wollte, trug er unter dem Arm. Er war also ziemlich bepackt, als er das Postamt betrat. Es war bereits kurz nach elf Uhr dreißig, das Postamt schloß um zwölf. Reger Betrieb herrschte in der

Schalterhalle, vor manchen Schaltern standen kleine Menschenschlangen.

Stefan ging zuerst an einen der Tische in der Mitte der Halle und füllte einen Gepäckaufgabeschein aus. Er hatte ein taubes Gefühl in den Fingerspitzen, denn er hatte seine Finger dick mit Haarspray besprüht. Fingerabdrücke würde es also sicher keine geben. Dann stellte er sich beim Aufgabeschalter an, drei Personen warteten vor ihm. Stefan sah zum Geldschalter, dort standen etwa ein Dutzend Menschen. Die dicke Beamtin am Gepäckschalter nahm sein Paket und legte es auf eine Waage, klebte dann Briefmarken drauf und sagte: »Macht achtzundzwanzig Schilling.« Die Dicke stempelte die Marken und den Aufgabeschein, schob den Zettel mit dem Wechselgeld zu Stefan. Das Paket legte sie auf ein Wägelchen, auf dem sich schon ein Berg von anderen Paketen türmte. Der Mann hinter Stefan schob sich vor und legte seine Post vor den Schalter.

Im Weggehen prägte sich Stefan die Lage seines Pakets ein, es befand sich ganz oben auf dem niedrigen Postwagen. Er ging wieder zu den Tischen in der Mitte.

Er legte seine Tasche auf den Tisch und riß mit den Fingern die Tüte unter seinem Arm auf. Eine Sekunde sah er sich um, niemand beachtete ihn. Dann ließ er eine Flasche einfach zu Boden fallen. Es gab ein splitterndes Geräusch, als die Flasche auf dem Steinboden zerschellte. Im nächsten Augenblick stand er in einer dichten weißen Wolke. Er schloß die Augen, denn es brannte höllisch. Aus seiner Manteltasche zog er eine Taucherbrille und setzte sie auf. Das Brennen war jetzt erträglicher, aber sehen konnte er nur Umrisse. Er nahm das Tonbandgerät und schaltete es ein, hörte seine Stimme überlaut »Überfall« brüllen, und dann begann der Höllenlärm mit MG-Salven und Explosionen, General Patton hätte seine helle Freude daran gehabt. Stefan warf die zweite Flasche in die Luft, das Zerschellen hörte er diesmal nicht im Lärm des Tonbandgerätes. Er ging zum Paketschalter und setzte sich rücklings auf die Barriere, schwang seine Beine darüber. Die Umrisse des Paketberges konnte er erkennen; er nahm das oberste und hielt es dicht vor die Brille. Es war das seine. Er tastete sich zu den offenen Tresoren, öffnete sein Paket so, wie er es geübt hatte, und warf die Zeitungen heraus, einfach in die Luft. Dann stopfte er die Geldbündel in das Paket, es dauerte etwa zwanzig Sekunden, dann ging nichts mehr hinein. Stefan schlich wieder zum Paketschalter, er nahm die Taucherbrille ab und zwängte sie noch in das Päckchen. Grausam, wie der dichte weiße Rauch nun wieder in den Augen schmerzte. Er verschloß das Paket, nahm einen breiten Klebestreifen aus der Manteltasche und klebte ihn über die Paketschublade. Dann legte er das Paket wieder zu den anderen. Das Ganze dauerte noch einmal zwanzig Sekunden, schließlich hatte er es oft genug geübt. Stefan kletterte wieder über die Schalterbarriere, trat auf einen Menschen, der am Boden lag, und stolperte zu den Tischen. Der Rauch war immer noch sehr dicht, und er tappte eine ganze Weile herum, bis er sein Tonbandgerät wieder in der Hand hatte. Er schaltete es aus. Nun erst vernahm er das Geschrei vieler Menschen, Gebrüll und Geschimpfe. Er warf das Gerät gegen eines der großen Glasfenster. Dann legte er sich auf den Boden und wartete.

Bei den Ausgängen mußte ein irrsinniges Gedränge sein, von dort kam der meiste Lärm. Ein schrilles Geklingel ertönte plötzlich, jemand mußte die Alarmanlage eingeschaltet haben. Stefan drehte sich zur Seite und überlegte, ob er einen Fehler gemacht hatte. Er konnte aber keinen finden.

Ganz langsam verzog sich der Rauch, viel langsamer als am Bisamberg in der Schottergrube. Stefan konnte jetzt die Umrisse von Menschen erkennen, die so wie er am Boden lagen. In aller Ruhe begann er, sich den Lackfilm von den Fingern zu kratzen, es ging ganz leicht. Dann hörte er die Sirenen der Polizeiautos. Höchste Zeit, dachte er.

Es war nun so hell in der Halle, daß Stefan die ersten Polizisten erkennen konnte, die hereinstürmten. Sie trugen Stahlhelme und Maschinenpistolen, und man hörte Kommandorufe. Schließlich kam einer auf die Idee, ein Fenster zu öffnen, und dann wurden alle Fenster aufgerissen. Im Nu verzog sich der Rest des Rauches, man konnte jetzt alles klar erkennen.

Die Menschen hatten aufgehört zu schreien und schauten verschreckt um sich. Glassplitter lagen herum, Postbeamte und Kunden, die am Boden Deckung gesucht hatten, rappelten sich hoch. Stefan sah die dicke Beamtin vom Paketschalter, die sich den Bauch hielt. Wahrscheinlich war sie es gewesen, auf die er gestiegen war. Kriminalbeamte kamen herein und Rot-Kreuz-Männer mit Tragen.

Stefan nahm seine Aktentasche vom Tisch und setzte sich in einen Sessel. Von draußen hörte man immer noch Sirenen heranjagender Polizeifahrzeuge. Eigentlich verlief alles genau so, wie Stefan es erwartet hatte. Langsam begann die Arbeit der Polizei methodisch zu werden: Eine Gruppe von Kriminalbeamten fing an zu fotografieren, Skizzen anzufertigen, Fingerabdrücke und Spuren zu suchen. Von einer zweiten Gruppe wurden alle Postangestellten vernommen, ein drittes Team identifizierte alle im Postamt anwesenden Personen. Es dauerte ziemlich lange. Stefan hatte sich ausgewiesen und wurde wie alle anderen höflich gebeten, noch eine Weile zu warten. Er sah den arbeitenden Polizisten interessiert zu.

Dann wurden er und die anderen aufgefordert, zu einer kurzen Vernehmung ins Kommissariat mitzukommen. Stefan hatte keinen Einwand, ein paar andere protestierten ein wenig und schimpften. Beim Ausgang durchsuchten vier Beamte alle Anwesenden, auch hier wurde vorher höflich um Verständnis gebeten. Stefan ließ seine Aktentasche prüfen und sich abtasten. Er hatte nicht den Eindruck, daß die Beamten Geldpakete bei ihm vermuteten, auch nicht bei den anderen.

Am Kommissariat wurde noch einmal nach dem Ausweis gefragt, und Stefan legitimierte sich wieder. Ein paar von den anderen hatten keine Papiere bei sich und wurden in ein Nebenzimmer gebeten. Dann wurden alle noch einmal vernommen und kurze Niederschriften getippt.

Stefan saß und wartete, bis er aufgerufen wurde. Er konnte nun der Polizeiarbeit zusehen. Im wesentlichen wurden drei Dinge aktenmäßig festgehalten: erstens die Identität, zweitens das, was der Betreffende zum Zeitpunkt der Tat im Postamt zu tun gehabt hatte und drittens, ob er »irgendwelche auf die Tat bezugnehmende Wahrnehmungen« – die Kriminalbeamten fragten tatsächlich in diesem Wortlaut – zu Protokoll geben könne. Eine ältliche Dame wollte einen dunkelhaarigen Mann gesehen haben, der ihr verdächtig vorgekommen sei. Er habe so einen stechenden Blick gehabt. Der Beamte seufzte und tippte. Ein Mann sagte, er habe deutlich gehört, wie jemand geschrien habe: Hier kämpft die Baader-Meinhof-Armee! Eine Männerstimme sei es gewesen. Nein, gesehen habe er nichts, war alles im weißen Rauch.

Dann war Stefan an der Reihe. Ein Paket habe er aufgegeben, gab er an. Er habe gerade das Postamt verlassen wollen, als alles losgegangen sei. Gesehen habe er nichts. Der Beamte tippte ein paar Zeilen, dann unterschrieb Stefan die Niederschrift. Er las sie vorher ordentlich durch und korrigierte zwei Tippfehler. »Sie können jetzt gehen, Herr Berger«, sagte der Beamte. Stefan ging – hinüber in die Bahnhofsgaststätte, wo er sich ein Gulasch und ein Bier bestellte.

Hilde Hodanek hatte es sich bereits abgewöhnt, sich über das manchmal seltsame Verhalten ihres Stefan zu wundern. So nahm sie an diesem Montag auch ohne viel zu fragen zur Kenntnis, daß er daheim blieb und sie allein zur Arbeit fahren ließ. Er müsse auf wichtige Post warten, hatte er ihr erklärt. Sie hielt es für eine Ausrede . . .

Als der Briefträger an der Tür klingelte und Stefan Berger das Paket in Empfang nahm, gab er dem Postangestellten ein gutes Trinkgeld.

Vom Turm der Dorfkirche in Stammersdorf läuteten die Glocken. Hildegard Rachbauer überlegte, ob sie die heilige Messe besuchen sollte. Nicht etwa, weil sie so gläubig oder auf die Predigt des Pfarrers neugierig war. Das nicht. Aber man wird in der Kirche ja auch gesehen, und alle würden dann wissen, daß sie ein gottgefälliges Leben führte. Das war wichtig in einem Dorf, besonders für eine Witwe, die bald wieder kirchlich heiraten wollte. Und für das Geschäft war es auch gut.

Sie war bereits fix und fertig angezogen und wollte gerade das Haus verlassen, als ein Gendarmerieauto draußen hielt, dem der Postenkommandant entstieg. Sie machte ihm auf. Sehr ernst und förmlich war er, der Inspektor Binder. Sie müsse sofort mit ihm zum Gendarmerieposten kommen, erklärte er ihr. Beamte des Sicherheitsbüros wären da und müßten sie befragen. Mehr war aus ihm nicht herauszubringen. Sie wollte nur noch schnell den Schwanner anrufen, doch im Totengräberhaus meldete sich niemand. Auch während der Fahrt zum Gendarmerieposten gab Binder auf ihre neugierigen Fragen keine oder nur ausweichende Antworten.

Das Auto stoppte vor dem Gendarmerieposten, dort stand noch ein weiteres Polizeifahrzeug. Und dann hätte die Tabakhändlerin beinahe der Schlag getroffen. Noch bevor sie ausstiegen, wurde Schwanner aus der Dienststelle herausgeführt und in das Polizeiauto gebracht. Von zwei uniformierten Polizisten. Und in Handschellen.

»Ja, was ist denn das . . .?« rief sie zu Tode erschrocken. Wieder gab Binder keine Antwort. Man führte sie in die Kanzlei.

Ein Mann und eine Frau saßen dort und musterten sie aufmerksam. Diese Frau . . .? Das war doch die Journalistin . . .? Die ohne Ausweis . . .?!

Jetzt wurde die Rachbauer aggressiv. »Ich mache hier keine Aussagen vor Presseleuten!« herrschte sie den Postenkommandanten an.

Die Frau hielt ihr einen Ausweis hin. »Diesmal habe ich ihn nicht vergessen«, sagte sie kalt. »Bitte lesen Sie.«

Hilde Rachbauer las und erschrak wieder: Herzog, Birgit, Kriminalbeamtin der Polizeidirektion Wien.

»Ach so ist das«, sagte sie und setzte sich.

»Das ist mein Kollege, Inspektor Leichtlmüller vom Sicherheitsbüro«, hörte sie die Frau Inspektor sagen. »Wollen Sie auch seinen Ausweis sehen?«

Die Rachbauer verzichtete. »Was wollt ihr denn eigentlich von mir ...?« Tatsächlich, ihre Stimme klang jetzt eingeschüchtert.

»Wir haben einige Fragen an Sie. Wir wollen, daß Sie uns die Wahrheit sagen. Es ist auch in Ihrem Interesse, Frau Rachbauer. Wenn Sie uns anlügen, kann das sehr unangenehme Folgen für Sie haben«, sagte die Kriminalbeamtin. Dann nahm sie eine Akte und begann darin zu lesen.

»Bitte fragen Sie«, sagte die Rachbauer nach einer Weile.

Schweigen lag im Raum. Der Postenkommandant hustete.

Jetzt schob die Kriminalbeamtin die Akte weg.

»Sie werden beschuldigt«, sagte sie sehr dienstlich, »Schmuckstücke aus dem Bestand der ermordeten Christine Schwanner verkauft zu haben. Meine Fragen: Erstens – ist das richtig? Und zweitens – woher haben Sie diese Schmuckstücke?«

Die Hildegard schluckte.

Das war es also, sie hätte es sich denken können. »Na ja ...«, sagte sie gedehnt, »ich weiß schon, was Sie meinen ... aber das ist ganz anders ... ganz anders ...«

»Beantworten Sie die Fragen«, sagte jetzt dieser Inspektor Leichtlmüller laut und unfreundlich.

Sie begann herumzureden.

Nach dem tragischen Tod der Christl habe sie halt mit dem Ferdl alles besprochen – wie es mit ihnen weitergehen werde und so, na ja – nach dem Trauerjahr wollten sie heiraten und natürlich zusammenziehen, in das neugebaute Häuschen. Aber der Außenputz müßte noch gemacht werden, und das koste Geld – na ja ...

»Haben Sie gewußt, daß die Versicherung den angeblich gestohlenen Schmuck ersetzt hat?« fragte die Frau Inspektor mit blitzenden Augen.

»Na ja ... der Ferdl ... er hat schon was gesagt – schon was gesagt von der Versicherung ...«

»Das nennt man Betrug«, sagte die Kriminalbeamtin. Dann stand sie auf und verließ den Raum. Mit einem Lächeln telefonierte sie vom Nebenraum aus mit dem Sicherheitsbüro.

Der Chefinspektor und Peter Brucker hatten sich inzwischen den Ferdinand vorgeknöpft. Der war sehr böse wegen der spektakulären Festnahme und wegen der Handschellen. »Ihr behandelt einen ja wie einen Schwerverbrecher«, klagte er immer wieder. Dann wollte er wissen, warum man Frau Rachbauer zum Gendarmerieposten Stammersdorf gebracht habe. Was man denn von der wolle? Und warum er denn nicht auch von der Gendarmerie verhört werde?

Man gab ihm keine Antwort.

»Hier stelle ich die Fragen«, sagte der Chefinspektor kalt. Dann wurde er vom Nebenzimmer aus ans Telefon gerufen.

Diese Telefonate in den Nebenräumen wiederholten sich bis zum Nachmittag mehrmals. Gegen 14 Uhr meldete Biggi ihrem Chef: »Bis jetzt geht alles planmäßig. In einer Stunde komme ich mit meinem großen Bluff.«

Hildegard Rachbauer hatte bis zu diesem Zeitpunkt alles zugegeben, was man ihr vorhielt. Was blieb ihr auch anderes übrig? Immer öfter und energischer sagte sie jetzt, daß sie heimgehen wolle, daß sie ohnehin schon alles gesagt habe, was sie wisse. Es war kurz vor drei Uhr, als die Kriminalbeamtin wieder vom Nebenzimmer kam, todernst und mit sehr dienstlicher Miene. »Überlegen Sie sich jetzt gut Ihre Antwort«, sagte sie hart. »Von ihr hängt es ab, ob Sie heimgehen dürfen oder ins Landesgericht eingeliefert werden. Also: Ferdinand Schwanner hat im Sicherheitsbüro gestanden, daß er seine Frau ermordet hat. Er behauptet, Sie hätten ihn dazu angestiftet!«

»Das ist eine Lüge!« schrie die Rachbauer. »Er hat es mir erst gesagt, als . . .«

Dann stockte sie.

Biggi wußte jetzt, daß sie gewonnen hatte. »Ich habe es mir ja gedacht«, sagte sie fast freundlich. »Dieses Schwein will nur auf Sie abladen.« Dann erklärte sie der weinenden Frau, daß reine Mitwisserschaft ja nicht strafbar sei, daß sie heimgehen könne, wenn sie wahrheitsgetreu angebe, was der Ferdinand über den Mord erzählt habe. Sie gab der Frau mitfühlend ein Taschentuch. »Hat er Sie bedroht, wenn Sie was sagen?« fragte sie treuherzig.

»Er hat gesagt, dann bringt er mich auch um«, schluchzte Hildegard. Nur langsam konnte sie sich beruhigen.

Sie erzählte nun, was sie wußte. Alles, was ihr Ferdinand Schwanner stolz mitgeteilt hatte, womit er sich brüstete. Etwa eine halbe Stunde brauchte sie für ihre Schilderungen. »Ich habe ihn dazu wirklich nicht angestiftet«, schluchzte sie wieder. »Darf ich jetzt heimgehen?«

Die Kriminalbeamtin streichelte mitfühlend ihre Schulter. »Ich glaube Ihnen jetzt«, sagte sie. »Wir schreiben nun alles nieder, dann können Sie gehen.«

Bevor Inspektor Leichtlmüller die Niederschrift zu tippen begann, zauberte der Postenkommandant irgendwie einige Tassen Kaffee herbei, auch die Rachbauer bekam etwas davon ab. Biggi warf Binder einen vielsagenden Blick zu. Diesmal ging er in den Nebenraum, um mit dem Sicherheitsbüro zu telefonieren.

Dort ging es inzwischen recht lautstark zu. Schwanner hatte sich von seinem ersten Schreck erholt. Bei einem von Fichtls Telefonaten brüllte der Ferdinand mit dem jungen Kriminalbeamten herum. Es wäre einfach eine Sauerei, wie er hier behandelt würde! Beschweren werde er sich, beim Obersten Gerichtshof, auch beim Polizeipräsidenten! Peter Brucker ließ ihn toben, beobachtete ihn lächelnd. Dann kam der Chefinspektor ins Zimmer, die Beschwerdedrohungen hatte er noch mitgehört. »Wie wäre es mit der Menschenrechtskommission in Straßburg?« fragte er ironisch. »Oder mit einer Beschwerde beim Salzamt?« Dann wurde der Alte sehr sachlich, sah auf die Uhr. »Fünfzehn Uhr dreißig«, sagte er, »Herr Schwanner, ab sofort sind Sie verhaftet, wegen Mordes an Ihrer Frau Christine.«

Nun wurde es wieder recht still im Verhörzimmer des Sicherheitsbüros. »Ihr habt ja alle den Arsch offen«, flüsterte Schwanner, leichenblaß.

In den nächsten zwei Stunden ging der Chefinspektor immer wieder zum Telefon in den Nebenraum. Und jedesmal, wenn er zurückkam, hielt er dem Häftling ein weiteres Detail über den Mord vor. Wann und wo es war, wie es geschehen war, alle Einzelheiten. Schwanner wurde klar, daß seine Hilde ausgepackt hatte. Denn jede Einzelheit stimmte. »Dieses blöde Weib«, stöhnte er. Inspektor Brucker saß an der Schreibmaschine und tippte. »Mir wird nun vorgehalten«, sagte er immer wieder, und dann: »auf diesen Vorhalt gebe ich an . . .«

Was sollte Schwanner noch angeben?

Hätte er doch nie etwas der Hilde erzählt!

Es war alles ganz allein sein Fehler.

Um 19 Uhr unterschrieb er die Niederschrift: Es war ein Geständnis. Dann brachte man ihn ins Gefängnis.

»Wenn das bei der Hauptverhandlung nur gutgeht«, meinte Hofrat Putner am nächsten Tag, als er die Akte gelesen und der Chefinspektor ihm berichtet hatte. »Ihr habt ja sowohl dem Schwanner als auch der Rachbauer einen ganzen Tag etwas vorgetäuscht, habt ihnen abwechselnd Dinge vorgehalten, die noch gar nicht bewiesen waren.« Die

Stimme des Hofrats klang sorgenvoll. Dabei wußte er eigentlich nicht einmal zur Hälfte, wie die sonntägliche Amtshandlung wirklich über die Bühne gegangen war.

»Es steht in keiner Vorschrift«, sagte Fichtl ungerührt, »daß ich einen Verbrecher nicht täuschen darf. Das wäre ja noch schöner.«

»Na, hoffentlich wiederholt diese Rachbauer ihre Angaben vor dem Untersuchungsrichter«, sagte der Hofrat, immer noch besorgt.

»Das tut sie gerade«, meldete Fichtl. »Der Postenkommandant Binder ist dabei, er hat vorhin angerufen.«

Mit einer gewissen Erleichterung nahm der Hofrat das zur Kenntnis. »Na schön«, sagte er, nahm die Akte und ging damit zum Polizeipräsidenten.

Anschließend hatte Fichtl eine längere Dienstbesprechung mit seinen Mitarbeitern. Gegen Ende der Sitzung wurde er beinahe philosophisch. »Es ist unsere Pflicht«, sagte er, »die Schuld von Verbrechern zu beweisen. Es ist aber auch unsere Pflicht, die Unschuld von falsch Verdächtigten zu beweisen. Letzteres kommt in der Praxis zwar ungleich seltener vor, es ist aber eine bei weitem schönere Aufgabe. Meint ihr nicht auch?«

Alle nickten zustimmend. Und alle wußten: Damit war der Fall Stefan Berger gemeint.

Chefinspektor Fichtl kratzte sich mehrmals an der Stirn; das tat er immer, wenn er konzentriert nachdachte. Er hatte den Bericht der Kriminalbeamtin über ihren Besuch bei Katharina Nidetzky noch einmal gelesen, und je mehr er darüber nachgrübelte, desto wahrscheinlicher wurde eine unangenehme Tatsache: Stefan Berger war vor einem Jahr tatsächlich unschuldig verurteilt worden.

Fichtl ließ sich die alte Akte kommen. Rückblickend betrachtet, mußte er zugeben, daß damals schlampig gearbeitet worden war. Man hatte Berger mit den falschen Dollarnoten sozusagen auf frischer Tat ertappt und alle seine Beteuerungen, daß er nicht gewußt habe, daß es sich um Falschgeld handle, und auch nicht wisse, wo dieser Harvey zu finden sei, für Schutzbehauptungen, für Lügen gehalten.

Der Chefinspektor kratzte sich wieder. Was war jetzt zu tun?

Die Kriminalbeamtin hatte die Telefonnummer von Los Angeles im Bericht angeführt. Eine lange Vorwahlnummer, 9 00 12 13. Fichtl nahm das Telefon und wählte. Nach längerem Freizeichen meldete sich eine verschlafene Männerstimme mit »hello«. Er legte auf. Er hatte nicht bedacht, daß es in Amerika ja jetzt nach Mitternacht war. Aber immerhin, der Telefonanschluß existierte und dieser Harvey vermutlich auch. Der Chefinspektor beschloß, einmal mit dem Untersuchungsrichter von damals über die Sache zu reden. Zuvor aber wollte er ein unverbindliches Gespräch mit Berger haben. Er sah auf den Dienstplan. Heute nacht mußte er mit Brucker und Leichtlmüller auf Streife. Das war eine günstige Gelegenheit, man würde auch im *Martha-Buffet* vorbeischauen.

Stefan war gerade beim Gläserwaschen, Hilde servierte eine Gulaschsuppe, als die drei Kriminalbeamten hereinkamen und sich an einen Ecktisch setzten. Sie bestellten Bier, Stefan schenkte ein.

»Soll ich servieren?« fragte Hilde ihn nervös.

»Ich mach' das schon«, antwortete er ruhig.

Die drei hatten noch nicht zur Hälfte ausgetrunken, als der Chefinspektor Stefan zu seinem Tisch winkte. »Wollen Sie ein Glas mit uns trinken?« fragte er.

»Nein«, antwortete Stefan barsch. Die drei waren betroffen.

»Und warum nicht?« fragte Fichtl. »Wir hätten mit Ihnen einiges zu besprechen.«

Stefan Antwort war eisig: »Ich spreche nicht mit Leuten, die mich für einen Lügner und Verbrecher halten. Und Bier trinke ich nur mit Menschen, die mir sympathisch sind.« Dann ging er wieder zur Theke und wusch Gläser.

»Frecher Hund«, meinte Inspektor Leichtlmüller leise.

Fichtl trank sein Bier aus. »Gehen wir«, sagte er kurz. Draußen im Auto zündete er sich eine Zigarette an. »Der Kerl hat doch irgendwas vor«, sinnierte er.

Brucker und Leichtlmüller hatten natürlich inzwischen ebenfalls den Bericht ihrer Kollegin gelesen.

»Wenn es wirklich so ist«, meinte Brucker, »daß er von diesem Harvey damals reingelegt wurde, will er sich wahrscheinlich revanchieren. Ich jedenfalls würde das tun, wenn ich an seiner Stelle wäre.«

»Er wird doch nicht so wahnsinnig sein und nach Los Angeles fliegen«, meinte Leichtlmüller. »Der kann doch nicht ›Allein gegen die Mafia‹ spielen, so was gibt's doch nur im Film.«

»Ich trau' ihm alles zu«, murmelte Fichtl. In diesem Moment kam im Sprechfunk eine Durchsage von einem Raubüberfall auf einen Pensionär. Brucker schaltete das Blaulicht ein, gab Gas, und sie fuhren zum Tatort. Über den Fall Berger wurde in dieser Nacht nicht mehr gesprochen.

Dafür aber um so ausführlicher am nächsten Tag im Büro.

Es war der große Auftritt der Frau Inspektor Herzog. »Ich hab' es schon vor einem Jahr gesagt«, rief sie böse. »Aber auf mich hört ja niemand in dieser überheblichen Männerwelt.«

»Jetzt spiel hier nicht die Emanze«, sagte der Chefinspektor beruhigend. »Du hattest recht, Biggi, aber sag uns, was wir jetzt tun sollen.«

Das aber wußte Biggi auch nicht genau. »Man müßte halt einmal mit ihm reden«, meinte sie vage. Doch der erste Versuch war ja schon fehlgeschlagen.

Wenn man gar nicht mehr weiß, wie es weitergehen soll, wendet man sich bei der Polizei wie auch anderswo an seinen nächsthöheren Vorgesetzten. Fichtl wollte also noch einmal mit Hofrat Putner über den Fall Berger reden. Der Hofrat hörte ihm nur unaufmerksam zu. Er hatte andere Probleme. Eine sehr gute Erfolgsbilanz des Sicherheitsbüros war nämlich Voraussetzung für seine weitere Karriere, und deshalb war er über den ungeklärten Postraub von der letzten Woche recht betrübt. »Ich möchte Sie bitten, Herr Chefinspektor, sich dieses Falles anzunehmen«, sagte er, das Thema wechselnd, und schob eine Akte über den Schreibtisch. So kam es, daß Fichtl fluchend in sein Büro zurückging, ohne zu wissen, wie es mit Berger weitergehen sollte. Dafür hatte er jetzt zusätzliche Arbeit.

Er studierte die Akte.

Ein komischer Fall war das, diese Sache mit dem Postraub.

Fichtl mußte wegen des originellen Tatablaufes doch unfreiwillig grinsen. Einmal was anderes. Die Rauchbomben und die Geräuschkulisse auf Tonband ließen auf einen phantasiebegabten Täter schließen. Aber da war noch etwas: Niemand hatte den Täter flüchten sehen, kein Zeuge außerhalb des Postamtes hatte irgend etwas beobachten können. Auch stand in der Akte, daß erst bei Eintreffen der Funkstreife Türen und Fenster aufgerissen wurden, um den Qualm herauszulassen. War der Täter vielleicht gar nicht geflüchtet? Alle Anwesenden waren aber genau kontrolliert worden, niemand hatte das geraubte Geld bei sich. Oder war der ganze Überfall nur fingiert? Wollte ein Postbeamter ein Kassendefizit kaschieren? Ebenfalls höchst unwahrscheinlich, denn es wurde täglich nach Dienstschluß abgerechnet.

Aufmerksam studierte der Chefinspektor die Namen und Angaben aller Befragten. Plötzlich schlug er mit der flachen Hand auf den Tisch. Er war bei dem Namen Stefan Berger angelangt. Erschrocken fragte Inspektor Brucker, was denn los sei. »Hört euch das an«, rief der Chefinspektor, und dann las er seinen Mitarbeitern diese Stelle der Akte vor. Als er fertig war, sahen ihn alle verständnislos an.

»Was ist daran Besonderes«, fragte die Kriminalbeamtin, »wenn der Berger zufällig in diesem Postamt war und ein Paket aufgab?«

»Biggi«, sagte der Chefinspektor milde, »auf alle Fälle gehst du jetzt zu diesem Postamt und stellst fest, an wen Bergers Paket adressiert war. Die haben doch sicher Listen über aufgegebene Postsendungen oder so was Ähnliches. Schau halt einmal nach.«

»Okay«, sagte Biggi.

»Chef«, meinte die Kriminalbeamtin ernst, »ich muß mit dir reden.«

Der Tonfall ließ den Chefinspenktor aufhorchen. Er kannte seine Mitarbeiterin, und wenn sie so anfing, war irgendein gröberes Ding passiert.

»Was gibt es denn, Biggi?« fragte er also und zündete sich eine Zigarette an.

»Ich war heute in dem Postamt«, berichtete sie und holte einen Gepäckschein aus der Handtasche. »Es war eine lange Sucherei, aber schließlich hat es sich gelohnt. Und jetzt halt dich fest, Chef. Der Stefan Berger hat das aufgegebene Paket an seine eigene Adresse geschickt.«

Fichtl nickte. »Das hab' ich befürchtet«, sagte er. »Das erklärt, wie das geraubte Geld herausgekommen ist. Aber es ist nur eine Vermutung, kein Beweis.« Dann rief er Brucker und Leichtlmüller zu sich, und zu viert besprachen sie den Fall lange und ausführlich.

So wie die Dinge lagen, wurde immer deutlicher, daß Berger damals von dem Amerikaner unwissentlich ins Feuer geschickt worden war. »Und jetzt spielt dieser Dummkopf Michael Kohlhaas und will sich rächen. Dazu braucht er Geld. Und wahrscheinlich bildet er sich ein, weil er unschuldig gesessen hat, besitzt er ein Guthaben bei der Justiz.«

Irgendwie tat Berger aber den Kriminalbeamten auch leid. Ein tragischer Fall war er schon. »Was machen wir jetzt, Chef?« fragte Brukker abschließend.

»Wir erkundigen uns erst einmal bei Interpol über Harvey«, sagte Fichtl, »vielleicht haben die schon ein Resultat.«

Die Antwort landete schon am nächsten Tag auf seinem Schreibtisch. Fichtl las mit wachsendem Erstaunen:

John Harvey, alias John Brown, alias Jim Silver, alias Bill Walker, recte George Flint war seit fünf Jahren zur Verhaftung ausgeschrieben, steckbrieflich verfolgt, nicht nur wegen Verbreitung von Falschgeld, auch wegen Betruges, Teilnahme an schweren Raubüberfällen und

Mordverdacht an einem Polizisten. »Der Hinweis auf den Telefonanschluß in Los Angeles wird derzeit überprüft, das Resultat wird bekanntgegeben«, schloß das Fernschreiben von Interpol.

Im Sicherheitsbüro war die Entscheidung gefallen. Jetzt war keine Zeit mehr zu verlieren, man mußte sich den Stefan Berger vorknöpfen, bevor noch Ärgeres passierte. Inspektor Brucker meinte, man habe ja die Stimme des Posträubers auf dem Tonband und könne damit eventuell den Berger der Tat überführen. »Gar keine so schlechte Idee«, meinte Fichtl. »Ihr holt den Berger morgen vormittag aus dem *Martha-Buffet* und bringt ihn hierher«, befahl er. Dann werde man weitersehen.

Los Angeles im US-Staat California hat mit Vororten über sieben Millionen Einwohner und wurde sowohl durch die Filmindustrie im nordwestlichen Stadtteil Hollywood als auch wegen einer überaus hohen Kriminalitätsrate weltweit bekannt. Die Polizei hat es nicht leicht in dieser Stadt. Der Hinweis von Interpol auf den Telefonanschluß des langgesuchten Verbrechers John Harvey war eine Routineangelegenheit und durchaus nichts Außergewöhnliches. Trotzdem war Detective-Sergeant Miller alarmiert, als er mit der Überprüfung der Meldung beauftragt wurde. John Harvey stand auch wegen Polizistenmordes auf der Fahndungsliste, und der damals erschossene Cop war ein Schulfreund von Miller. Verständlich also, wenn sich der Sergeant dieses Falles besonders annahm.

In der Telefonzentrale erfuhr er, daß der Anschluß seit einem Jahr auf eine Firma »Forgery und Co., Ex-Import« zugelassen war. Das Büro der Firma befand sich im 28. Stockwerk des Roosevelt-Buildings im Hafengebiet. Die Bezahlung der Gebühren erfolgte pünktlich durch Bankauftrag. Bevor sich Sergeant Miller mit einem Kollegen zu diesem Büro auf den Weg machte, studierte er ein Häftlingsfoto des John Harvey. Das war zwar schon sechs Jahre alt, aber es zeigte ein markantes Gesicht, er würde Harvey bestimmt wiedererkennen. Von einem Telefonautomaten wählte er nochmals die Nummer und hörte eine Männerstimme »hello« sagen. »Is there doctor Harbottle speaking?« fragte der Sergeant. Der Mann sagte: »Wrong number« und legte auf.

In den ersten fünf Stockwerken des Roosevelt-Buildings waren ein Supermarkt und ein Kleiderkaufhaus etabliert. Es gab eine geräumige Tiefgarage, aber kaum Parkplätze. Miller suchte überall ein Firmenschild des Forgery-Büros, fand aber keins. Mit dem Lift fuhren sie in das 28. Stockwerk.

Auch an der Wohnungstür war weder ein Namensschild noch eine Büroaufschrift angebracht. Dafür aber gab es eine Sprechanlage und eine Kamera, mit der man von innen Besucher erkennen konnte. Miller überlegte.

Zwei Männer vor der Tür bedeuteten für einen gesuchten Kriminellen sicherlich nichts Gutes, und wer weiß, was dem Harvey da drinnen einfiel, wenn er jetzt klingelte. So gab er seinem Kollegen ein Zeichen, worauf beide wieder hinunter in den Supermarkt fuhren. Dort besorgte sich Miller einen Arbeitsmantel und eine große Schachtel. Mit diesen Dingern vor der Tür konnte man ihn für einen Lieferanten halten. Sein Kollege mußte sich nur außerhalb des Blickfeldes der Kamera postieren.

Miller klingelte zweimal. Die Tür wurde automatisch geöffnet, und er trat ein.

Der Mann, der ihm im Vorzimmer entgegenkam, hatte seine rechte Hand in der Hosentasche. Miller erkannte ihn sofort, es war John Harvey. Den Bruchteil einer Sekunde dachte der Sergeant an seinen erschossenen Schulfreund. Dann ließ er die Schachtel fallen, seinen 9-mm-Colt hatte er in der Hand hinter der Schachtel gehalten. »Hands up!« schrie er, sah etwas Schwarzes in Harveys rechter Hand und drückte ab. Er schoß zweimal.

»Es hat wohl keinen Sinn, wenn ich versuche, dir das auszureden«, sagte Hilde traurig. Stefan schüttelte nur den Kopf. Sie waren in ihrer Wohnung, und er hatte ihr eröffnet, daß er am nächsten Tag nach Amerika fliegen werde. Die Maschine ging um 9 Uhr 15, er hatte die Tickets in der Tasche und einen Koffer gepackt.

»Und woher hast du plötzlich das Geld?« fragte sie.

»Von Freunden«, sagte er, »kümmere dich nicht darum.«

Sie wußte, daß er log.

Sie lagen schon im Bett, das Zimmer war dunkel. »Und wie lange wirst du wegbleiben?« hörte er sie fragen.

Das hinge davon ab, meinte er, wie lange er brauchen würde, um John Harvey zu finden.

»Und wenn du ihn gefunden hast, was dann?«

»Kommt drauf an«, sagte er ausweichend und stellte sich schlafend.

Am nächsten Morgen verließen sie gemeinsam die Wohnung. Hilde fuhr ins *Buffet.* Er wollte nicht, daß sie ihn zum Flughafen begleitete, und nahm ein Taxi. »Paß auf dich auf«, sagte sie beim Abschied weinend.

Sie hatte immer noch verweinte Augen, als sie die ersten Gäste bediente. Gegen zehn Uhr kamen die beiden Kriminalbeamten herein und sahen sich suchend um. Setzten sich dann in eine Ecke und bestellten Kaffee. Hilde servierte. Sie unterdrückte eine Frage, die ihr am Herzen lag: Ob die beiden dienstlich oder privat im Lokal wären. Aber das ging sie schließlich nichts an.

Brucker und Leichtlmüller unterhielten sich halblaut. »Er wird schon kommen«, meinte Brucker. »Wir fragen die Hilde besser nicht, sonst wird sie noch mißtrauisch.« Dann lasen die beiden Zeitungen und sahen nur auf, wenn jemand zur Tür hereinkam.

Brucker las als erster den Artikel. »Ich halt's nicht aus«, er hielt seinem Freund die Zeitung hin, tippte auf die Rubrik »Auslandsnachrichten«. Leichtlmüller las die Überschrift: *»Gefährlicher Gangster von Polizei erschossen.«* Und weiter: *»Wie ein Polizeisprecher vom FBI gestern bekanntgab, wurde in Los Angeles das Versteck des seit Jahren gesuchten Schwerverbrechers John Harvey entdeckt. Als schwerbewaffnete Polizisten das Versteck umstellten, wollte sich der Gangster einen Fluchtweg freischießen. Nach kurzem Schußwechsel wurde er tödlich getroffen. Die Polizisten blieben unverletzt. John Harvey war seit Jahren wegen Mordes und anderer Verbrechen von Interpol gesucht worden.«*

Es wurde halb elf. Die Kaffeetassen waren leer. Hilde servierte ab, fragte, ob die Herren noch einen Wunsch hätten. Sie verneinten. Beiläufig fragte Brucker nun, wo denn heute der Stefan so lange bleibe.

»Der kommt heute nicht, der ist nach Amerika geflogen«, sagte Hilde und ging zur Theke.

Mit dem Zeitunglesen war es für die beiden nun vorbei. Sie gingen zur Theke und bezahlten. »Echt . . .?« fragte ein Kunde. »Nach Amerika . . .? Wann ist er denn geflogen?«

»Heute um 9 Uhr 15 mit Pan American Airways«, sagte Hilde und gab das Wechselgeld zurück.

Die beiden Polizisten hatten es plötzlich merkwürdig eilig, aus dem Lokal zu kommen.

Im Sicherheitsbüro fluchte Chefinspektor Fichtl erst einmal, nachdem ihm die beiden berichtet hatten. Natürlich hatte auch er bereits die Zeitungen gelesen, außerdem lag ein Fernschreiben von Interpol über den tödlichen Waffengebrauch in Los Angeles schon auf seinem Schreibtisch. »Was machen wir jetzt?« fragte er ziemlich ratlos, erwartete aber gar keine Antwort. »Wir können ihn nicht einmal in Amerika festnehmen lassen, wenn die Maschine landet. Wir haben ja nur einen Verdacht, keinen Beweis!«

Die Kriminalbeamtin blieb gelassen.

»Am besten ist es abzuwarten«, meinte sie. »Der Berger wird irgendwann von Harveys Tod erfahren. Dann kommt er ohnehin zurück, und wir hängen ihm den Postraub an. Vorausgesetzt, er war es.«

Im Flughafen Wien-Schwechat saß Stefan Berger im Transit-Room gemütlich bei einer Tasse Kaffee und wartete auf den Aufruf seiner Maschine. Sein Koffer war bereits gewogen und abgegeben, nur eine kleine Kunststofftasche trug er als Handgepäck bei sich. Als er durch die Sicherheitskontrollen gegangen war und die Tasche durch den Röntgenkanal rollen ließ, mußte er grinsen. In der Tasche befand sich nämlich fast die ganze Beute aus dem Postraub, aber bei Papier gibt es ja keinen Alarm.

Er hatte überlegt, ob er einen Teil des Geldes in Dollarwährung umtauschen sollte, unterließ es dann aber. Das würde er erst in New York oder Los Angeles tun. Gelangweilt blätterte er in einer Tageszeitung, stieß dann auf den Artikel über John Harvey. Er las den Artikel dreimal. Er glaubte zu träumen.

Die übrigen wartenden Passagiere schauten recht verwundert auf diesen Mann, der plötzlich laut und hysterisch zu lachen anfing. Dann stand er auf, warf die Zeitung auf den Tisch, nahm seine Tasche und ging wieder zu den Kontrollschaltern. Immer noch laut lachend.

Alles war also umsonst gewesen!

Er war kriminell geworden, nur wegen dieses John Harvey. Nur weil er sich rächen wollte. Jetzt war der Mann tot. Alles war jetzt anders, aber eines stand fest: Sein Leben hatte er ruiniert. Er dachte an Hilde. Und er wußte, was er nun zu tun hatte.

Es gab einige Aufregung bei den Kontrollschaltern, als Stefan Berger erklärte, den Flug stornieren zu müssen. Zollbeamte und Flughafenpersonal redeten durcheinander, suchten seinen Koffer, fragten nach dem Grund der plötzlichen Änderung. »Ein plötzlicher Todesfall in der Familie«, antwortete Stefan Berger, und dabei lachte er wieder hysterisch.

Es dauerte noch eine ganze Weile, bis alles erledigt war, sein Koffer herbeigeschafft, die Tickets retourniert. Die Maschine flog ohne ihn ab – wieder lachte er, als er den Startlärm hörte. Dann endlich fand er sich beim Flughafenausgang und winkte ein Taxi herbei. »Zur Polizeidirektion«, sagte er zum Taxifahrer, und dieser nickte verwundert.

Die Mitglieder des Sicherheitsbüros saßen gerade in der Kantine beim Mittagessen, als plötzlich eine aufgeregte Sekretärin hereinstürmte und geradewegs zum Tisch des Chefinspektors lief. »Kommen Sie schnell«, rief sie, »bei mir im Büro sitzt ein Mann. Er sagt, er ist ein Posträuber.« Mit der Gemütlichkeit war es damit vorbei.

Auf dem Weg ins Büro blieb Fichtl plötzlich stehen, sah seine Mitarbeiter an. »Ich fresse einen Besen mitsamt der Putzfrau«, sagte er, »wenn das nicht unser Stefan Berger ist.« Dann gingen sie eilig weiter.

Weder Besen noch Putzfrau brauchte der Chefinspektor zum Glück zu schlucken. Als sie ins Büro kamen, saß Stefan Berger vor einem leeren Schreibtisch, holte aus seiner Tasche gebündelte Tausendschillingscheine und legte sie auf die Tischplatte. »Es fehlt fast nicht«, sagte er zu den Kriminalbeamten. »Ich brauche es nicht mehr. Und jetzt verhaften Sie mich bitte. Jetzt bin ich schuldig, vor einem Jahr war ich es nicht.«

»Immer langsam mit den jungen Pferden«, meinte Fichtl ruhig. Alle setzten sich. »Sie haben am Flughafen also von Harvey gelesen?« fragte der Chefinspektor. Berger nickte. Fichtl sah kurz auf die Geldbündel. Dann sagte er etwas, was alle überraschte: »Wie wäre es denn erst einmal mit einer Tasse Kaffee?«

Die Kriminalbeamtin stand auf. »Ich hol' gleich welchen«, sagte sie, bevor noch jemand anderer was sagen konnte.

Stefan Berger war mit seinen Nerven am Ende. »Ihr werdet doch nicht mit einem Verbrecher Kaffee trinken«, meinte er provokant. Dann staunte er von neuem. »Wer ein Verbrecher ist«, hörte er Fichtl sagen, »das bestimmen immer noch wir.« Dabei grinste er, wurde aber gleich darauf ernst. »Ich schlage vor«, sagte er, »Sie erzählen uns jetzt die ganze Geschichte von Anfang an. Und unter Anfang versteh' ich den Tag, als John Harvey zum ersten Mal ins *Martha-Buffet* kam.«

Zuerst stockend, dann aber immer fließender, erzählte Stefan Berger seine Geschichte. Wie er Harvey kennengelernt hatte, wie ihm dieser seine Lügen über sein Spielsystem auftischte und er in seiner Einfalt alles geglaubt hatte, wie er die Dollars wechselte, ohne zu wissen, daß es Falschgeld war. Wie er nach seiner Strafverbüßung nur an Rache denken konnte und nach Los Angeles wollte, dazu Geld brauchte und das Postamt überfiel. »Ich wollte niemanden verletzen oder gefährden«, sagte er, »deshalb kam ich auf die Idee mit dem Rauch und dem Tonband.«

Der Chefinspektor hatte nur wenige Zwischenfragen. Auf sein Zeichen hin hatte Brucker die Angaben Bergers mitstenografiert. Die Kaffeetassen waren längst leer und die Aschenbecher randvoll, als Berger mit seinen Schilderungen fertig war. »Ich habe jetzt die volle Wahrheit gesagt«, schloß er.

»Ich weiß«, nickte Fichtl und stand auf. »Du tippst jetzt das Ganze in die Maschine«, sagte er zu Brucker. »Und du zählst das Geld und machst eine Aufstellung darüber, Biggi soll dir dabei helfen«, sagte er zu Leichtlmüller. »Ich rede jetzt mit unserem Hofrat.« Unter der Tür blieb er noch einmal stehen. »Ich darf doch annehmen, daß Ihnen die ganze Sache leid tut, sonst wären Sie ja nicht gekommen«, sagte er zu Berger. Dessen Antwort wartete er gar nicht ab und ging hinaus.

Hofrat Putner war überaus erfreut, als ihm der Chefinspektor von der Aufklärung des spektakulären Postraubes berichtete. Der Herr Polizeidirektor würde staunen, wie tüchtig und erfolgreich seine Abteilung arbeitete. Weniger erfreut war er über den Vorschlag, den ihm der Fichtl dann machte. Sie sollten zusammen zum Untersuchungsrichter gehen und von dem eine Anzeige auf freiem Fuß erwirken. »Wie stellen Sie sich denn das vor?« fragte der Hofrat zunächst entrüstet. »Postraub bildet den Tatbestand eines schweren Verbrechens. Bedenken Sie doch die juristische Seite.«

»Bedenken Sie doch die menschliche Seite.« Der Chefinspektor blieb beinhart. »Der Mann ist ein Jahr unschuldig im Gefängnis gewesen. Jetzt hat er sich freiwillig gestellt, tätige Reue liegt vor, der Schaden ist zur Gänze gutgemacht, es gibt keine Fluchtgefahr, keine Verabredungsgefahr. Ich sehe keinen Haftgrund, und das müssen wir dem Untersuchungsrichter klarmachen.«

Der Untersuchungsrichter war ein verständnisvoller Mensch, und nach einigem juristischen Hin und Her verfügte er die Anzeige auf freiem Fuß. Ausschlaggebend dafür waren die eindringlich vorgebrachten Argumente des Chefinspektors und die Tatsache, daß der Beschuldigte einen festen Wohnsitz hatte.

Es war schon später Nachmittag, als Fichtl in sein Büro zurückkam. Das Geständnis lag jetzt schriftlich vor, das beschlagnahmte Geld war gegen Empfangsbestätigung der Postdirektion übergeben worden. Fichtl sah sich alles an, er war zufrieden. »Also auf Wiedersehen, Herr Berger«, sagte er dann beiläufig. »Und schöne Grüße an Ihre Verlobte. Wir kommen in den nächsten Tagen einmal bei Ihnen vorbei. Vielleicht sind Sie dann nicht zu stolz, um mit uns ein Bier zu trinken.«

Brucker und Leichtlmüller nickten zustimmend, Biggi lächelte erleichtert. Nur Stefan Berger schaute finster. »Muß man sich hier auch noch verspotten lassen?« fragte er feindselig.

Eine solche Reaktion hatte der Chefinspektor beinahe erwartet. Er wurde jetzt sehr deutlich: »Es liegt mir völlig fern, Sie zu verarschen«, sagte er scharf. »Was ich sage, meine ich auch. Sie können jetzt gehen, Sie werden auf freiem Fuße angezeigt. Natürlich werden Sie sich in zwei oder drei Monaten vor Gericht verantworten müssen. Bis dahin wird das Gericht aber eine Wiederaufnahme Ihres Verfahrens wegen des Falschgeldes eingeleitet haben. Mit Glück und einem guten Anwalt können Sie mit einer bedingten Verurteilung für den Postraub rechnen. Das ist nicht nur meine Meinung, das ist auch die Ansicht des Untersuchungsrichters.«

Fassungslos starrte Stefan von einem zum anderen. »Ich kann es nicht glauben«, flüsterte er.

»Was ich Ihnen jetzt sage, ich ganz privat«, hörte er den Chefinspektor, »aber ich meine es gut mit Ihnen. Sie haben ein gestörtes Verhältnis zu Ihrer Umgebung und vor allem zur Polizei. Befreien Sie sich davon. Wir sind nicht Ihre Feinde, sondern machen hier nur unsere Arbeit. Und wenn wir helfen können, ist uns das lieber, als wenn wir strafen müssen.«

»Ich kann jetzt wirklich gehen?« flüsterte Stefan. »Ihr sperrt mich nicht ein . . .?« Langsam stand er auf.

»Vergessen Sie Ihren Koffer nicht«, sagte Brucker zum Abschied freundlich.

Was für ein Tag für Stefan Berger!

Morgens hatte er noch daran gedacht, in New York zu übernachten. Am Nachmittag war er überzeugt, daß sein nächstes Bett im Polizeiarrest stünde. Und jetzt durfte er heimgehen. »Hilde«, sagte er plötzlich impulsiv, »meine Hilde. Ich muß ihr alles erzählen. Mein Gott, sie wird mir nicht glauben.«

»Wissen Sie was?« sagte Fichtl und sah auf seine Uhr. »Wenn Sie wollen, komme ich mit Ihnen. Als Ihr Zeuge. Mir wird sie ja glauben, Ihre Hilde.«

Hilde Hodanek wurde leichenblaß, als sie Stefan ins Lokal kommen sah, gefolgt von diesem Kriminalinspektor. »Um Gottes willen«, flüsterte sie, »was ist denn passiert?«

»Ich bringe Ihnen Ihren Freund«, lachte Fichtl, »bevor er noch mehr Dummheiten macht. Man kann ihn ja nicht allein lassen. So, und jetzt trinken wir ein Bier zusammen.«

Es blieb nicht bei dem einen Bier.

Nachdem die letzten Gäste gegangen waren, sperrte Hilde das Lokal ab und öffnete eine Flasche Sekt. Immer wieder mußte ihr der Herr Inspektor bestätigen, daß alles in Ordnung war und der Stefan bei ihr bleiben könne.

Es blieb auch nicht bei der einen Flasche Sekt.

Fichtl hatte schon eine schwere Zunge, als er vorschlug: »Am besten wird sein, ihr beide heiratet und kriegt Kinder. Wenn ihr einen Trauzeugen braucht, steh' ich euch zur Verfügung.«

Stefan sah seine Hilde ernst an. »Magst du mich denn noch?« fragte er.

Sie fiel ihm um den Hals und weinte. Diesmal vor Glück.

Es war schon sehr spät, als sie das Lokal verließen. Auf der Straße hörten sie einen Mann ärgerlich schimpfen. Er hatte sein Auto im Halteverbot abgestellt und jetzt einen Strafzettel an der Windschutzscheibe gefunden. »Scheißpolizei«, fluchte der Mann, »immer nur strafen können die, immer nur strafen!«

Bevor es jemand verhindern konnte, lief Stefan über die Straße zu dem Schimpfenden.

»So blöd wie du«, hörte man ihn rufen, »so blöd wie du war ich auch einmal! Ich kann dir nur sagen, ganz prima Burschen sind die bei der Polizei! Ehrliche Menschen, die einem helfen in der Not! Ich weiß das! Seit heute weiß ich das!«

Als sich Chefinspektor Fichtl von den beiden verabschiedet hatte und allein durch menschenleere Gassen heimwärts ging, kicherte er andauernd vor sich hin. Daran war nicht nur der Alkohol schuld. »Die Polizei, dein Freund und Helfer«, grinste er zufrieden.

Igolka

Die Geschichte der Menschheit ist eine stolze Bilanz schöpferischer Leistungen. Nur gegen Glatzköpfigkeit bei Männern, gegen Dummheit und gegen Geheimdienste hat man noch keine wirksame Medizin erfunden. Dabei wäre eine solche insbesondere gegen Letzteres dringend vonnöten.

Leo Frank

Sehr geehrte Dame, sehr geehrter Herr, sehr geehrte(r) Romanleser(in) (Nichtzutreffendes bitte streichen),

dieses ist also mein zehntes Buch. Sie wissen vielleicht, daß ich 40 Jahre lang Kriminalbeamter war, deshalb kann ich auch nur Krimis oder Spionagegeschichten schreiben. Normalerweise »trieft« diese Art Spannungsliteratur von Spannung. Wer ist der Mörder ...? Wer der Spion ...?

Nun, dieses Buch trieft nur von Zynismus. Aber nach vier Jahrzehnten in diesem Beruf wird man zwangsläufig zum Zyniker.

Ich lese im Lexikon: »Ein Zyniker ist ein Mensch mit vollendeter Skepsis, Lebens- und Menschenverachtung, der in scheinbar überlegener Sicht alle Werte herabsetzt.« Wundert Sie das also in meinem Fall? Wenn man 40 Jahre lang täglich mit Verbrechern, Huren, Idioten und Juristen zu tun hatte, ist Zynismus doch eine natürliche Folge.

Ich hoffe, Sie haben trotzdem Spaß beim Lesen.

Der Autor

Er bestellte noch ein Glas Wein, es war sein siebentes.

Am Nebentisch saß eine Gruppe Burschen und unterhielt sich lautstark über ein Motorradrennen. Irgend jemand war »Spitze« und »super« und »voll gut« gefahren. Alles zusammen war natürlich der unvermeidliche »Wahnsinn«. Die ständigen Wiederholungen dieser Heldentaten und der dafür zutreffenden modernen Bezeichnungen kamen ihm unendlich blöde vor. Aber was sollte er tun? Er war alt und verstand eben die neue Generation nicht mehr.

Die Kellnerin brachte das Glas. Sie war jung, hatte ein freundliches Gesicht und einen ebensolchen Popo, und er sah ihr lächelnd nach, als sie wieder zum Schanktisch ging.

Der Wein schmeckte herb, wie er es gerne hatte. Er würde heute noch drei oder vier Gläser trinken. Denn morgen war Sonntag, der 14. Dezember 1980, und da konnte er sich kein Glas leisten. Nicht aus finanziellen Gründen. Aber morgen hatte er etwas zu erledigen, das seine ganze Konzentration beanspruchen würde. Morgen mußte er einen Menschen töten.

Peter Brucker war Jahrgang 1920. Ein beschissener Jahrgang im deutschsprachigen Raum. In Wien geboren, wurde er also mit achtzehn vom Österreicher zum Ostmärker, dann mit neunzehn Soldat der glorreichen großdeutschen Armee. Als der Zweite Weltkrieg zu Ende war, fand er, 25 Jahre alt und aus russischer Kriegsgefangenschaft kommend, ein ausgebombtes Elternhaus, eine verzweifelte Mutter und die Nachricht vom Tode seines Vaters, der in den letzten Kriegstagen den ehrenvollen Heldentod nicht versäumt hatte.

Die Burschen vom Nebentisch zahlten jetzt und verließen das Lokal. Es wurde ruhiger. Peter sah ihnen nach und hörte noch, daß sie es eilig hatten, rechtzeitig zu einem Pop-Konzert zu kommen. Vor dem Lokal wurden Motorräder gestartet, die Motoren brüllten. Er rechnete. Die Burschen waren etwa ebenso alt wie er, als er zum ersten Mal verwundet wurde. 1940 bei Dünkirchen, ein Oberschenkeldurchschuß.

Er dachte nach.
Weil er gerecht sein wollte.

Natürlich hielt er diese Motorrad-Enthusiasten und Pop-Star-Fans allesamt für jugendliche Idioten. Aber wie war er denn in diesem Alter gewesen?

Dreimal die Woche hatte er »Heil« gebrüllt, wie Millionen seiner Altersgenossen. »Heil dem Führer, Heil dem Vaterland!!« Und zu Millionen hatte seine Generation, die Jugend aus Europa, aus Amerika, sich in einem gnadenlosen, sinnlosen Krieg gegenseitig umgebracht! Da war es doch wirklich besser, wenn die jungen Menschen heute einzeln bei Verkehrsunfällen oder an der Heroin-Nadel Selbstmord verübten.

Oder doch nicht?

Er bestellte noch ein Glas – – –

Als seine Frau starb, war seine Tochter Sonja gerade sechzehn, und Peter überlegte damals ernsthaft, sich eine Kugel in den Schädel zu schießen. Er war mit den Nerven am Ende. In Gedanken war er Hunderte von Toden gestorben, bevor ihm Natascha vorexerzierte, wie man das in die Tat umsetzt. Die Zeitungen schrieben von einem tragischen Verkehrsunfall, er wußte es besser. Sie war von Jahr zu Jahr depressiver und alkoholabhängiger geworden und hatte schließlich wahrgemacht, was sie ihm so oft schon prophezeit hatte. Alles hatte er versucht, damit ihr Leben noch einmal eine Änderung erfuhr. Doch die Hilflosigkeit eines Mannes ist grenzenlos einer schizoiden Chaotikerin gegenüber, wie sie es war. Seine Freunde, Verwandten, alle waren sie von ihm abgerückt, verstanden nicht, warum er sich nicht von Natascha trennen konnte, nach allem, was sich immer wieder abspielte.

Dabei war die Erklärung dafür so einfach:

Er liebte sie.

Sein Leben hatte er gelebt, es war turbulent wie selten eines. Nichts also hinderte ihn, damit Schluß zu machen. Nichts – nur der Gedanke, was aus Sonja werden sollte. Hätte er doch einen Bruder gehabt – oder eine Schwester –, jemanden, der für Sonja sorgen würde. Aber wenn er nicht mehr da wäre, dann wäre sie allein auf dieser Welt – einem hübschen, sensiblen sechzehnjährigen Mädchen würde das nicht guttun.

Wie immer, wenn er bei einem Weinglas sinnierte und über das Leben nachdachte, erinnerte er sich an die Zeit, als er durch einen glatten Zufall in die Welt der Geheimdienste geraten war. Als der Privatdetektiv Peter Brucker in Wien plötzlich ins ganz große Geschäft kam.

Es ist eine alte Weisheit im Geheimen Nachrichtendienst: Die besten Agenten sind solche, die gar nicht wissen, daß sie Agenten sind. Und so etwas gibt es im Spionagemilieu tatsächlich weit häufiger, als es in der bürgerlichen Welt vorstellbar ist. Vermeintlich harmlose, lokker fallengelassene Bemerkungen von Politikern oder Diplomaten, Äußerungen hoher Offiziere oder Militärattachés bei Empfängen oder Partys finden oftmals den Weg in gespitzte Ohren arglos tuender Menschen und von dort in die Archive der interessierten Dienststellen. Mögen das nun Gesandtschaften oder Konsulate, staatspolizeiliche Büros, militärische Abwehrdienststellen oder ähnliche Einrichtungen sein, eines haben sie alle gemeinsam: eine unglaublich effektive und ständig wachsende Bürokratie. Und die ist der ärgste Feind eines Nachrichtenmannes, gefährlicher, als es eine Gegenspionageorganisation je sein könnte.

Peter Brucker hatte das am eigenen Leib erfahren.

Damals hätte er nicht nachgeben dürfen – aber hinterher weiß man eben immer alles besser.

Er könnte sein Detektivbüro heute noch führen, es war ein recht gut florierendes Unternehmen gewesen. Und am besten hatte er verdient nach der Begegnung mit diesem Kravtschenko von der sowjetischen Botschaft. Ein kluger Kerl, der Genosse Kravtschenko. Peter hatte rasch herausgefunden, daß die Beobachtungsaufträge des Iwans keine privaten Motive hatten. Aber die Idee fand er ausgesprochen originell: Wenn Kravtschenko von irgendeiner »Zielperson« des KGB etwas wissen wollte, beauftragte er Privatdetektive. Das war einfach und relativ billig. Was er nicht wußte, der Kravtschenko, war, daß Peter Brucker zur Staatspolizei Kontakt hatte, zu dem Kriminalbeamten Heller. Und die Staatspolizei war natürlich sehr daran interessiert zu wissen, für wen sich der sowjetische Geheimdienst interessierte. Und nicht nur die Staatspolizei.

Die CIA zahlte ein Vielfaches für all diese Informationen, Peter verdiente somit doppelt und dreifach. Und wenn er dann noch für die Amis seine Berichte an Kravtschenko nach deren Wünschen manipulierte, dann waren die Honorarnoten oft vierstellig. In guten Dollars, versteht sich.

Es war also alles eitel Wonne gewesen, das lukrative Nachrichtenspielchen florierte volle zwei Jahre. Dann aber schrieb die Frau eines Chiffrierbeamten der amerikanischen Botschaft ihrem Gatten von San Francisco aus einen Brief.

Sie hieß Molly Miller und ließ ihren John Miller wissen, daß sie genug von ihm habe und mit einem anderen Mann zusammen sei.

Kleine Ursachen, große Wirkungen.

Der Johnny Miller in Wien drehte komplett durch, beschloß, sein Leben zu ändern, und rannte in die sowjetische Botschaft. Suchte dort um politisches Asyl nach, weil er dem amerikanischen Imperialismus die Schuld an seiner privaten Misere gab. Und seinem Chef, dem Botschafter, weil er ihm keinen Urlaub nach San Francisco gewährt hatte. Das wäre für die Amis nicht weiter schlimm gewesen. Ein John Miller mehr oder weniger war für die USA kein Problem. Der gekränkte Johnny jedoch nahm einen Jutesack voller Geheimakten mit ins Paradies der Werktätigen. Und dieser Sack hatte für eine ganze Reihe von Personen recht unangenehme Konsequenzen. Darunter war auch Peter Brucker.

Er hätte es niemals für möglich gehalten, daß ein Geheimdienst über jede Kleinigkeit Aktenvermerke und Berichte anlegt, in vielfacher Ausfertigung und mit allen möglichen Stellungnahmen. In Beachtung des Dienstweges natürlich. Das war ja schlimmer als in einem Statistischen Zentralamt. Er mußte diese Tatsache zur Kenntnis nehmen, nachdem ihn sein junger Freund, der Staatspolizist Heller, eines Tages besucht und gebeten hatte, sofort mit ihm zum Chef der Staatspolizei, einem Ministerialrat Roßmanek, zu kommen. Sehr blaß und wortkarg war er damals gewesen, der Jo Heller.

Um so gesprächiger war der Ministerialrat.

Peter Brucker erfuhr von ihm, daß er ein CIA-Agent war, Deckname »the prattler«. Ersteres hielt Peter für einen schlechten Witz, weil er noch nicht einmal recht wußte, was CIA eigentlich bedeutete, das zweite fand er wenig schmeichelhaft, denn ein Schwätzer war er doch eigentlich nie gewesen. Ganz schlimm wurde es für ihn, als ihm der Ministerialrat die übersetzten CIA-Dossiers in Fotokopie vor die Augen hielt. Was da alles drinstand, vom Geheimagenten Prattler persönlich! Und am meisten schockierten ihn die Beträge, die da monatlich für ihn verrechnet worden waren. Es stimmte, er hatte gut verdient, aber verrechnet hatte man mindestens das Zehnfache!

Bis heute wußte er nicht, wer bei den Amis außer ihm noch die Hand aufgehalten hatte. Alles auf dem Dienstweg natürlich, versteht sich.

Womöglich noch schlimmer war die Situation für den Kriminalbeamten Heller.

Auch von ihm bestand ein solcher Geheimagenten-Akt, und als Beamter saß er natürlich vollkommen in der Patsche. Obwohl ihm der Ministerialrat glaubte, daß er das alles nur mit Wissen und Billigung seiner Vorgesetzten getan hatte.

Die Iwans hatten ganze Arbeit geleistet.

Sie hatten dieses geheime Aktenmaterial dem östereichischen Außenminister überreicht, mit der dringenden Frage, wie so etwas mit der österreichischen Neutralität zu vereinbaren wäre. Der Fall John Miller war also auf höchster politischer Ebene gelandet.

Eine Woche später war diese ganze Geschichte in der *Prawda* und der *Iswestija* zu lesen. Die westliche Presse machte aus dem Thema eine Sensation. Parlamentarische Anfragen der politischen Oppositionsparteien in Wien waren die Folge.

Es mußte also etwas geschehen.

Und es geschah auch etwas. Ein Untersuchungsausschuß wurde eingesetzt, unter Vorsitz des Ministerialrates Roßmanek. Und als erste Maßnahme wurde der Staatspolizist Heller versetzt. Er kam zu den UNO-Truppen nach Zypern. Peter sah ihn nie wieder. Auch Kravtschenko ließ sich nicht mehr blicken. Von seiten der Staatspolizei wurde ihm selber dringend nahegelegt, sein Detektivbüro zu liquidieren. Um weitere Schwierigkeiten zu vermeiden.

Schließlich hatte er zugestimmt.

Heute tat es ihm leid.

Das Weinglas war wieder leer.

Er dachte an dieses moderne Schießeisen in seiner Wohnung, eingewickelt in ein Handtuch. Und an den Armenier Shahnazarian, den er morgen damit erschießen würde.

Er bezahlte und ging.

Er konnte zu diesem Zeitpunkt nicht wissen, daß er bereits seit Wochen wieder im Interessenfeld von Staatspolizei und Geheimdienst war.

Ministerialrat Dr. Josef Roßmanek war Chef der Wiener Staatspolizei, jedoch ansonsten ein durchaus vernünftiger Mensch. Alles andere als ein James-Bond-Typ, las er weit lieber Zeitungen als Geheimdienstberichte. An diesem Dezembertag des Jahres 1980 war auch allerhand los in der Tagespresse: Ronald Reagan war zum 40. Präsidenten der USA gewählt worden, in Süditalien hatte ein Erdbeben gewütet, und der österreichische Finanzminister und Vizekanzler war zurückgetreten. Außerdem hatte die BRD in einem Fußball-Weltmeisterschaftsqualifikationsspiel in Sofia gegen Bulgarien 3:1 gewonnen, und in Paris war ein hoher KGB-Offizier abgesprungen und hatte um politisches Asyl nachgesucht. Beim Studium dieser letzten Meldung stutzte der Ministerialrat.

Der Name des übergelaufenen Iwan war mit Sergej Kravtschenko angegeben, und was Namen betraf, hatte der alte Roßmanek ein Gedächtnis wie ein Elefant. Er erinnerte sich. Sergej Kravtschenko war vor acht Jahren »Kulturattaché« in Wien gewesen. Seine kulturellen Aktivitäten beschränkten sich damals zwar auf das sporadische Lesen der Kinoprogramme sowie vermutlich auf das tägliche Zähneputzen, aber auf nachrichtendienstlichem Gebiet war der Sergej ein Spitzenmann. Das Umdrehen eines Chiffrierbeamten der amerikanischen Botschaft trug seine Handschrift, und gegen einen tüchtigen und deshalb unangenehmen Mann der österreichischen Staatspolizei hatte er so raffiniert intrigiert, daß man diesen schließlich versetzen mußte, um Schlimmeres zu verhindern. Josef Heller hieß dieser junge Kriminalbeamte. Wie schon erwähnt – was Namen betraf, konnte sich der Ministerialrat auf sein Gedächtnis verlassen.

Er legte die Zeitung weg und trank seinen Kaffee aus, drückte dann auf einen Knopf an seinem Schreibtisch. Die gepolsterte Tür öffnete sich, und seine Sekretärin kam herein.

»Räum das Geschirr weg, Gretl«, sagte der Ministerialrat. »In zehn Minuten kommt Mister Cooper.« Cooper war der Kulturattaché der US-Botschaft, doch mit Kultur hatte der womöglich noch weniger zu tun als Sergej Kravtschenko.

Mister Cooper wünschte dem Ministerialrat von Herzen alles Gute für die bevorstehenden Weihnachtsfeiertage. Er habe sich erlaubt, dem Herrn Ministerialrat ein paar Kleinigkeiten als Weihnachtsgeschenk zu schicken. Per Boten und an seine Privatadresse, versteht sich. Roßmanek erwiderte die Wünsche ebenso herzlich und revanchierte sich mit einer silbernen Ehrennadel der österreichischen Polizeisportvereinigung. Davon hatte er eine ganze Schachtel voll in seiner Schreibtischschublade, und die Dinger waren auch nicht aus Silber, sondern sahen nur so aus. Darauf beendete der Ministerialrat den Austausch von Höflichkeiten. »Ich habe heute schon die Zeitung gelesen«, sagte er lauernd. »Wie geht es denn unserem gemeinsamen Bekannten, dem Genossen Kravtschenko?«

Cooper wurde ernst.

Er habe da eine große Bitte an die österreichische Staatspolizei, meinte er. Und begann dann knapp zu berichten:

Der Absprung des Sowjetdiplomaten in Paris sei für die Amerikaner völlig überraschend gekommen. Man habe ihn an einen geheimzuhaltenden Ort gebracht, und dort packe der Kravtschenko jetzt ordentlich aus. Vor Spezialisten, die eigens aus Washington gekommen seien. Es bestünden jedoch leise Zweifel, ob der Iwan nicht die Rolle eines Agent provocateur spiele. Einzelheiten könne er nicht sagen, aber er wissen von einem Österreicher, der eventuell aufklärend helfen könne. Weil er den Kerl aus seiner Wiener Zeit persönlich kenne und ...

»Sie meinen Peter Brucker?« fragte der Ministerialrat.

Ja, genau den meine er, und ob der Ministerialrat wisse, ob dieser Mann noch lebe und was er denn so mache ...

Der Ministerialrat wußte es nicht.

»Aber das ist kein Problem«, meinte er, »das lasse ich ermitteln.«

Mister Cooper war erfreut. Vielleicht könnte der Ministerialrat nach Abschluß der Ermittlungen Brucker für eine Mitarbeit gewinnen.

»Warum machen Sie das nicht selber?« fragte Roßmanek trocken.

»Weil ich Grund zur Annahme habe, daß er mich rausschmeißt«, antwortete Cooper ebenso trocken.

Nachdem Cooper gegangen war, das silberne Abzeichen der Polizeisportvereinigung stolz am Rockaufschlag, ließ sich der Ministerialrat die Akte »Kravtschenko« aus der Registratur kommen. Das Dossier war staubig und dick wie ein Simmel-Roman, aber leider nicht so spannend. Eine halbe Stunde blätterte Roßmanek darin, dann rief er seine engsten Mitarbeiter zu sich: zwei Sektionsräte, einen Polizeirat und einen Kriminaloberst. Der Ministerialrat informierte die Herren über Coopers Ersuchen, und die drei nickten ziemlich gelangweilt.

»Was ist eigentlich aus diesem Kriminalmajor Heller geworden?« fragte der Ministerialrat unvermittelt. »Ich habe gelesen, daß er kürzlich von seinem UNO-Einsatz auf Zypern zurückgekommen ist.«

Der Oberst wußte Bescheid: »Major Heller ist Leitender am zwölfer Kommissariat«, sagte er. »Wir hätten ihn eigentlich gerne zur Staatspolizei versetzt, aber er wollte nicht.«

Das leuchtete dem Ministerialrat durchaus ein, nach all dem, was Heller damals dort widerfahren war. Aber immerhin war inzwischen ja geraume Zeit vergangen, und Zeit heilt alle Wunden. »Ich möchte, daß er sich bei mir meldet«, sagte Roßmanek, »spätestens morgen.«

Der Oberst versprach, dies zu veranlassen.

Nach dieser Dienstbesprechung ging man zur Tagesordnung über, genauer gesagt, in die Kantine auf einen Kaffee.

Er hörte vom Gang die Schritte und das Gemurmel der Kriminalbeamten, die ins Besprechungszimmer gingen. Es war Zeit für den Frührapport. Der Kriminalmajor Heller ordnete verdrossen ein paar Schriftstücke, die er jetzt zu verlesen und zuzuteilen hatte. Es war nichts Besonderes dabei. Ein Einbruch in einen Tabakladen, eine als vermißt gemeldete Jugendliche und neuerlich Diebstahlsmeldungen von der Damensauna im Theresienbad. Und eine betrunkene Prostituierte war in den Morgenstunden wegen Ordnungsstörung und Selbstgefährdung eingeliefert worden. Er hätte diese Meldung der Sicherheitswache gar nicht zu lesen brauchen. Denn der Arrest des Kommissariats lag unter seinem Zimmer, und er hörte das Weib hysterisch kreischen. Trotz der verschlossenen Fenster. Mißmutig sah er durch die mit Taubendreck verschmutzten Glasscheiben in den grauen Hinterhof. Es war neblig, noch dunkel, in drei Wochen würde Weihnachten sein, und dann mußte das elektrische Licht im Büro den ganzen Tag brennen, sonst sah man die eigene Hand nicht mehr vor Augen.

Im Korridor wurde es jetzt ruhig, es war alles für die Frühbesprechung versammelt. Vierzig Kriminalbeamte, neununddreißig Männer und eine Frau. Der Major ging hinüber, die Akten unter dem Arm. Man murmelte »Guten Morgen«, und die Kriminalbeamten lüfteten ihre Hintern. »Behalten Sie bitte Platz«, sagte Heller wie jeden Morgen, und alle setzten sich wieder. Alle bis auf den Major, der sich hinter eine Art Holzpult stellte und die Akten vor sich hin legte.

Das Pult war mindestens so alt wie das Kommissariatsgebäude, also mehr als hundert Jahre. Und wie seit mehr als hundert Jahren täglich um 7 Uhr 30 Uhr begann der jeweilige Leitende Kriminalbeamte zu verlesen. »Der Tagesbericht von heute . . .«

Der Einbruch in den Tabakwarenladen war zugeteilt, ebenso die Akte der vermißten Jugendlichen. Der Fall der betrunkenen Prostituierten hatte Zeit, die mußte ja erst nüchtern werden, war noch gar nicht vernehmungsfähig. Der Major verlas die Diebstahlsanzeigen von der Damensauna, monoton, doch plötzlich stockte er . . .

Diese Diebstähle hatten sich in den letzten drei Wochen ständig wiederholt. Das Dumme daran war, daß unter den Bestohlenen auch Ehefrauen »höhergestellter Personen« waren.

Deren Männer beschwerten sich und intervenierten beim Kommissariatsleiter, und dieser murrte jeden Tag den Major an, wieso man denn die Saunadiebin nicht erwischen könne. Heller hatte immer wieder die Kriminalbeamtin in die Sauna geschickt, diese hatte aber nichts Verdächtiges beobachten können. Anfangs gefielen ihr ja diese dienstlichen Saunabesuche, jetzt aber hatte sie die Nase voll und außerdem schon vier Kilo abgenommen. »Wenn er mich heute wieder in die Sauna schickt«, flüsterte sie jetzt ihrem Sitznachbarn zu, »kann er mich einmal kreuzweise.« Sie hatte eine Spur zu laut geflüstert.

Der Major hatte es gehört.

Er sah sie lächelnd an.

»Das mache ich gern, Kollegin«, sagte er anzüglich, »aber zuerst bitte in die Sauna.«

Alle lachten. Die Frau Inspektor bekam doch tatsächlich einen roten Kopf. Sie war noch relativ jung – erst achtundzwanzig – und obendrein ein recht appetitliches Frauchen. Der Frührapport ging weiter, und der Major verlas jetzt die letzten Fahndungsfernschreiben. Im Zimmer wurde alles wieder ruhig und schläfrig.

Tropfnasse Tauben gurrten am Fensterbrett, als Heller wieder in seinem Büro am Schreibtisch saß. Die Tiere suchten dort Zuflucht vor dem kalten Regen. Als das Telefon klingelte und der Major abhob, meldete sich Oberst Marecek von der Staatspolizei und teilte ihm knapp mit, daß er um 14 Uhr bei Ministerialrat Roßmanek vorstellig sein solle. Näheres erfahre er an Ort und Stelle. Heller sagte: »Jawohl, Herr Oberst«, was sonst hätte er auch sagen sollen?

Es war 15 Uhr.

Major Heller hatte sich die lange Geschichte des Ministerialrats angehört. Alte Bilder aus der Vergangenheit tauchten wieder auf. Keine schönen Bilder. Den Vorschlag Roßmaneks, wieder Kontakt mit Peter Brucker aufzunehmen, konnte er wohl schwer abschlagen. Er hatte aber doch eine Zwischenfrage: »Warum machen die Amis das nicht selber?« wollte er wissen.

Fast wörtlich wiederholte der Alte die Antwort Coopers: »Sie haben Angst, daß Brucker sie die Stiegen hinunterschmeißt.«

Das verstand der Major sehr gut.

»Das muß ich schließlich auch befürchten«, meinte er nachdenklich. Dann wurde er sachlich. »Gibt es bei der Staatspolizei noch immer keine weiblichen Kriminalbeamten?« Der Ministerialrat verneinte. So modern war man nun auch wieder nicht geworden. Er wollte wissen, warum der Major danach fragte, und Jo erklärte:

Wenn er den Brucker erfolgreich kontaktieren sollte, mußte er vorher alles über ihn wissen. Wie und wo er jetzt lebte, was er machte, mit wem er verkehrte – einfach alles. Solche vertraulichen Feststellungen würden am besten von Kriminalbeamtinnen gemacht. »Ich kenne da eine sehr tüchtige Kollegin vom Kommissariat«, schloß er. Ob man die anfordern könnte? Roßmanek nickte zustimmend. Er werde alles weitere veranlassen. Auch die Rückversetzung des Majors zur Staatspolizei.

Der Nachfolger des Kriminalmajors Heller am Polizeikommissariat Wien 12 war ein noch junger Oberleutnant, der erst vor wenigen Monaten die zweijährige Akademie für leitende Kriminalbeamte absolviert hatte. Die Gewohnheiten seiner Mitarbeiter in der praktischen Arbeit waren ihm also noch fremd. So wunderte er sich, wieso in einer Gerichtsanzeige neben dem ärztlichen Zeugnis über den Veletzungsgrad eines weiblichen Überfallopfers auch noch ein Farbfoto beigefügt war. Und schrecklich zugerichtet sah die Frau aus. Die Akte war von der Kriminalbeamtin Dorothea Wimmer unterschrieben. So ging der Oberleutnant in ihr Büro und fragte nach dem Grund dieses Farbfotos.

»Das mach' ich immer so«, sagte die Frau Inspektor knapp.

»Aber warum?« wollte der Oberleutnant wissen.

Sie erklärte es ihm:

Das Opfer, eine Tabakhändlerin, war überfallen und beraubt worden. Weil sie um Hilfe schrie, drosch der Täter brutal auf sie ein. Kurz darauf wurde er von einer Funkstreife festgenommen.

»Die Verhandlung wegen schweren Raubes wird erst in sechs Monaten vor einem Geschworenengericht stattfinden«, sagte die Wimmer. »Bis dorthin sieht man nichts mehr von den Verletzungen. Und das ärztliche Zeugnis sagt gar nichts. Eine Fotoaufnahme aber sagt mehr als tausend Worte. Und wenn die Geschworenen sie sehen, kriegt der Saukerl glatt ein Jahr mehr!«

»Ach, so ist das!« meinte der Oberleutnant und wunderte sich, daß er davon auf der Akademie nie gehört hatte.

»Das hat mir Ihr Vorgänger beigebracht«, setzte die Kriminalbeamtin noch hinzu.

Wenn man von der Sonne spricht, dann scheint sie – oder: Wenn man den Esel nennt, kommt er gerennt. Der Oberleutnant war kaum aus der Tür, als Major Heller hereinkam. Die Begrüßung fiel herzlich aus. Lang redete er nicht herum, der Heller. »Ich habe da einen saublöden Auftrag am Hals«, sagte er, »und ich komm' nicht recht weiter. Willst du mir dabei helfen, Dorli?«

»Habt ihr keine Weiber bei der Staatspolizei?« fragte sie überrascht.

Nein, es gab keine. Eine Weile dachte sie nach. Schüttelte dann den Kopf: »Wie stellst du dir denn das vor, ich hab' hier genug Arbeit. Ich werde doch nicht in meiner Freizeit für dich Spionin spielen.«

»Nicht in der Freizeit«, erklärte er. Sein Chef sei ein recht vernünftiger Mann, und der würde eine zeitbegrenzte Kommandierung zur Stapo veranlassen.

Das änderte natürlich die Sache.

»Und was muß ich tun?« fragte sie.

»Alles, was ich dir befehle«, grinste er.

Schon nach zwei Tagen war die Dienstzuteilung von Frau Inspektor Dorothea Wimmer zur Staatspolizeilichen Abteilung perfekt. Major Heller informierte sie über den ehemaligen Detektiv Peter Brucker.

»Ich möchte alles über ihn wissen«, sagte der Major, »wie er jetzt lebt, wo er verkehrt, alles.«

»Das mach' ich schon«, nickte die Kriminalbeamtin.

»Und laß dir nicht einfallen, mit der Dienstmarke beim Hausmeister zu ermitteln«, sagte er. »Er darf nicht erfahren, daß sich die Kripo für ihn interessiert.«

»Überlaß das mir«, meinte Dorothea Wimmer. Dann wurde sie neugierig. »Wenn dieser Peter Brucker doch einmal so etwas wie ein väterlicher Freund von dir war – warum besuchst du ihn nicht einfach und fragst ihn selber?«

»Das steht alles in dieser Akte«, sagte er ernst und deutete auf einen Stehordner von der Dicke eines Wiener Telefonbuchs. Sie lehnte es ab, dieses Monstrum zu lesen. »Erzähl es mir eben«, sagte sie, »nur so viel, wie ich wissen muß.«

Er erzählte. Packte alles aus über dieses seinerzeitige Nachrichtenspielchen zwischen KGB und CIA, in das auch die Staatspolizei ihre Nase gesteckt hatte. Und in dem der damalige Privatdetektiv Brucker eine so wichtige Rolle gespielt hatte. Der war schließlich der einzige mit einer persönlichen Beziehung zu dem KGB-Offizier Sergej Kravtschenko. Und eben dieser Kravtschenko war jetzt in Paris abgesprungen, zu den Amis übergelaufen. Das war eine echte Sensation. Aber so ganz trauten die Amis ihrem Glück nicht.

Überläufer sind oftmals Agenten mit einem ganz bestimmten Auftrag. Und angeblich paßten auch ein paar Kleinigkeiten nicht in das Bild dieses plötzlichen Gesinnungswandels des Herrn Kravtschenko. Was also lag näher, als jenen Brucker wieder zu aktivieren; er war der geeignete Mann, was Kravtschenko betraf. Aber nach allem, was passiert war, mußte man auch annehmen, daß Brucker den Amis was pfeifen würde.

Hellers Aufgabe war es nun, dem Alten die Sache wieder schmackhaft zu machen, bevor der mit einem endgültigen Götz-Zitat sämtliche Türen zuknallte. Keine leichte Aufgabe. Und es kam natürlich sehr darauf an, genau zu wissen, in welcher Situation sich Brucker befand. Das festzustellen war Aufgabe der Kriminalbeamtin.

Dorothea verstand.

»Gib mir drei oder vier Tage Zeit«, sagte sie. Dann schlüpfte sie in ihren Mantel, und er sah sie erst am dritten Tag wieder.

Sie war sehr fleißig gewesen in diesen drei Tagen.

»Brauchst du den Bericht schriftlich?« fragte sie.

»Aber sicher«, antwortete er. »Du weißt ja: Quod non est in actis, non est in mundo. Aber informier mich zuerst einmal kurz.«

Sie setzte sich, ihre Miene wurde nachdenklich.

Seinen Anspruch als Mann schien er aufgegeben zu haben. Und irgendwie fand sie das verwunderlich. Denn er sah noch recht gut aus, hatte keinen Bauch, ordentliche Zähne, und seine volle, weiße Haarmähne hätte sicherlich so manche wesentlich jüngere Frau noch gerne gestreichelt. Alles in allem eine attraktive Erscheinung, mit der sich eine Frau sehen lassen konnte. Besonders dann, wenn er maßgeschneiderte Anzüge tragen würde. Die konnte er sich zwar sicher leisten, er verzichtete aber darauf. »Er läuft die ganze Woche in verwaschenen Bluejeans und einer alten Nato-Jacke herum«, berichtete sie. »Offenbar ist es ihm vollkommen egal, wie er daherkommt.«

»Auf Äußerlichkeiten hat er auch früher keinen Wert gelegt«, nickte Heller nachdenklich. »Aber immer waren Weiber um ihn. Es wundert mich, daß es jetzt keine Frau mehr in seinem Leben gibt.«

»Das hat wahrscheinlich mit seiner Sonja zu tun«, sagte die Kriminalbeamtin ernst.

»Sonja?«

Dorothea berichtete jetzt ganz sachlich:

»Sonja ist seine Tochter. Sie ist gerade zwanzig und rauschgiftsüchtig – zum zweiten Mal schon in einer Entziehungsanstalt. Nächsten Monat wird sie als geheilt entlassen. Wenn sie wieder rückfällig wird – das ist mein Eindruck –, dann dreht der Alte vollkommen durch.«

Jetzt hatte der Major ganz schmale Augen. »Gute Arbeit, Dorli«, sagte er. »Red weiter.«

»Gestern hat er sich eine ›Pump-Gun‹ gekauft«, sagte sie lauernd.

»Was . . .?!!« schrie er.

»Und ich glaube auch zu wissen, wofür«, sagte sie, immer noch ganz nüchtern. »Da gibt es einen Heroin-Dealer, einen Armenier namens Shahnazarian. Ich habe mit dieser miesen Sau gesprochen. Er fühlt sich gewissermaßen als Verlobter von Sonja. Und er wird von deinem Freund bedroht. Wenn er sich noch einmal bei ihr blicken läßt, verspricht ihm der Alte, legt er ihn um. Na . . .? Wie gefällt dir das?«

Es dauerte eine ganze Weile, bis Heller etwas sagen konnte. »Überhaupt nicht«, murmelte er tonlos. »Überhaupt nicht.«

»Der feine Herr Armenier ist natürlich selber nicht an der Nadel«, sagte die Dorothea, und ihre Stimme klang jetzt metallig. »Aber wenn die Sonja ihren Schuß im Arm hat, ist sie völlig hilflos und macht alles, was er verlangt. Schmeißt sich auch mit jedem ins Bett, und er kassiert. So eine Geldquelle läßt er sich natürlich nicht ohne weiteres nehmen, der Shahnazarian.«

»Er wird ihn umlegen«, sagte Heller. »Ich kenne ihn. Dann wird er sich der Polizei stellen. Aber ich brauche ihn jetzt – ich muß das verhindern.«

Er griff zum Telefon, verlangte das Sicherheitsbüro, Abteilungsinspektor Rupf, den Leiter der Suchtgiftgruppe. »Ich bin in einer halben Stunde bei dir«, sagte der Major nur. »Es ist wichtig.«

Nur ungern benützte er diesen langen Gang im Sicherheitsbüro. Links und rechts befanden sich die Bürotüren des Referats »Jugend, Sitte und Rauschgift«, man hörte die Schreibmaschinen der Sachberarbeiter klappern. Das hätte ihn nicht gestört. Aber auf den Wartebänken vor den Büros saßen zumeist die Mütter und Väter dieser Jugendlichen, die mit Rauschgift in Berührung gekommen waren und jetzt von Kriminalbeamten befragt wurden. In schlimmen Fällen waren sie schon verhaftet worden. Die verzweifelten Gesichter der wartenden Eltern wühlten ihn jedesmal auf, machten ihn traurig und zornig zugleich. Es war ja immer das gleiche Lied: Da hatten sich rechtschaffene Menschen ein halbes Leben um ihre Kinder bemüht, sie erzogen, für sie Opfer gebracht, sie geliebt. Dann kam so ein Mistkerl von Haschisch- oder Heroin-Dealer daher, verführte diese halben Kinder in Discos, in Nachtlokalen, bei flimmerndem Licht und dröhnender Pop-Musik. Die erste Hasch-Zigarette, der gedrehte *Shit*, bleibt natürlich ohne große Folgen. Der *Trip* ist *in. Schau nur, Johnny ist in der Welle*. Das vermeintliche Glücksgefühl strömt ins Blut wie der Rhythmus der Musik in die Ohren. Was soll schon sein – »tomorrow is another day«. Und nach drei Monaten waren siebzehn oder achtzehn Jahre oft liebevoller Erziehung umsonst, waren aus hoffnungsvollen Söhnen und Töchtern hilflose, kranke Menschen geworden. Menschen, die nur ein einziges Gefühl, eine einzige Sorge haben: Wie man zu dem verbotenen und raren *Stoff* kommt – dem Stoff, aus dem die Träume sind. Und die bereit sind, alles zu tun, um sich das Gift zu beschaffen. Von Prostitution über Diebstahl bis zum Bankraub – auch bis zum Mord.

»Das schaut aber gar nicht gut aus, Jo«, sagte der Abteilungsinspektor Rupf. »Wir wissen genau, daß sie den Stoff vom Artos hat. Aber wenn sie den Mund nicht aufmacht, krieg' ich nie einen Haftbefehl gegen ihn. Und das blöde Luder redet kein Wort. Außerdem hat sie einen Schock, sagt der Polizeiarzt, wegen der Sache mit ihrer Freundin. Eigentlich dürfte ich sie gar nicht mehr länger befragen.«

Das blöde Luder hieß Susanne Weber, war 26 Jahre alt und hoffnungslos heroinsüchtig. Seit zwei Jahren lebte sie nur mehr von Prostitution, wohnte mit ihrer Freundin Ricky in einem Hinterhofzimmer im zweiten Bezirk. Genau gesagt: Sie *hatte* dort mit ihrer Freundin gewohnt. Denn Ricky war seit vorgestern tot.

Die beiden hatten ihren Stoff bekommen und waren dann wie gewöhnlich in die *Shuk-Bar* gegangen. Eine finstere Zuhälter-Hütte. Ricky wollte sich zuerst spritzen und ging auf die Toilette. Als sie nach einer halben Stunde immer noch nicht auftauchte, schlug Susi Alarm. Man klopfte und rüttelte an der Klotür, aber kein Laut war zu hören. Als man die Tür endlich aufbrach, war die Bescherung offenkundig. Ricky lag neben der Klomuschel, die Heroinspritze steckte noch in ihrer linken Armbeuge. Die Augen waren starr aufgerissen. »Sie ist tot«, sagte der Notarzt fünf Minuten später, und Susanne schrie wie eine Irre.

»Aber du wirst doch aus dem Mädel noch ein Geständnis rauskriegen«, meinte Jo ungläubig. Der Inspektor zuckte die Schultern. »Probier es selber«, sagte er verdrossen.

Man ging ins Vernehmungszimmer.

Zuerst versuchte der Major es auf die väterlich freundschaftliche Tour. »Sei vernünftig, Mädel«, sagte er, »wir wissen, ihr habt das Gift von Artos. Sag ja und unterschreib, und wir machen Schluß hier.«

Sie gab keine Antwort.

Eine lange halbe Stunde redete er auf sie ein. Sie sagte kein Wort. Dann hatte er eine Idee. Er nahm ein paar Fotos der toten Ricky aus der Akte. Fotos, die nach der Obduktion gemacht worden waren. Grauenhafte Bilder. Er legte sie vor ihr teilnahmsloses Gesicht.

»Sieh dir das an«, sagte er scharf.

Sie schloß die Augen.

Mit der flachen Hand schlug er auf die Tischplatte, es knallte wie ein Schuß. »Schau dir das an!« schrie er. »Schau dir deine Freundin an! Das Heroin war nicht gestreckt, die Dosis absolut tödlich!« Er rüttelte an ihrer Schulter. »Der Strolch, der euch den Stoff gegeben hat, der ist schuld an Rickys Tod! Verstehst du das?! Wer war es?! Wer?!«

Ihre Schultern zuckten.

»Artos«, flüsterte sie. Dann begann sie zu weinen.

Jetzt streichelte der Major über ihr Haar. »Ist schon gut, Suserl«, sagte er leise.

Der Abteilungsinspektor spannte ein Formular in die Schreibmaschine, begann das Geständnis zu tippen.

Als Susanne Weber unterschrieb, weinte sie immer noch.

Artos Shahnazarian war Armenier und auf Zypern geboren und aufgewachsen, hatte einen griechisch-zypriotischen Paß, und der Teufel wußte, wieso er für Österreich eine unbeschränkte Aufenthaltsgenehmigung besaß. Das Visum war vom österreichischen Konsul in Nicosia ausgestellt. Der Konsul war nach Ansicht Rupfs entweder besoffen oder bestochen worden, als er das Visum ausgestellt hatte. Wahrscheinlich letzteres. Im übrigen war im Sprachgebrauch des Abt.-Insp. Rupf der armenische Artos stets nur der »miese Wollschädel von dieser Idioteninsel«. Aber andere Menschen sahen den Artos eben anders. Darunter war auch Sonja Brucker.

Auf Sonja übten die feuchtglänzenden dunklen Augen und das gekräuselte Haar des Armeniers eine faszinierende Anziehungskraft aus.

Inspektor Rupf war guter Laune. Seit Monaten hatte er sich vergeblich bemüht, Beweise für den Heroinhandel des schlauen Wollschädels zu bekommen. Jetzt, nach dem Geständnis der Susanne Weber, war die Ausstellung eines gerichtlichen Haftbefehls nur mehr eine Kleinigkeit.

Seltsame Dinge geschahen jetzt plötzlich im einsamen Leben des alternden Peter Brucker. Scheinbar belanglose Dinge, die er sich nicht recht erklären konnte.

Das waren einmal diese Telefonanrufe. Niemand meldete sich, wenn er abhob. Früher klingelte das Telefon oft wochenlang nicht. Da wollte doch jemand wissen, ob er daheim war. Aber wer? Wer sollte an dem Pensionist Brucker noch ein Interesse haben?

Dann war da der alte Geldbriefträger, den er recht gut leiden konnte. Und umgekehrt galt wohl das gleiche. Sonst hätte ihm der nicht im Vertrauen mitgeteilt, daß sich eine Angestellte eines Kreditbüros über seine finanzielle Situation erkundigt hatte. Wegen seines Kreditansuchens. Nur wußte Peter genau, daß er nirgends um einen Kredit angesucht hatte. Und ebenso genau wußte er, daß Privatdetektive oder Kriminalbeamte gern die Kredit-Masche anwenden, weil sie relativ unverfänglich ist.

Auch diese junge, hübsche Frau, die da eines Abends in seinem Stammlokal aufgetaucht war, schien ihm sehr verdächtig. In der Umgebung wohnte sie nicht, und ihre freundlichen Bemühungen, mit ihm in ein Gespräch zu kommen, waren doch irgendwie ungewöhnlich. Er machte sich da nichts vor! Er war weder jung noch attraktiv, noch reich – was also konnte sie für ein Interesse an ihm haben?

War es möglich, daß die Erhebungsbeamtin der Kreditanstalt und diese Frau in seinem Wirtshaus ein und dieselbe Person war?

Er beschloß, die Augen offen zu halten. Das war im Augenblick wohl alles, was er tun konnte.

Am Sonntag, den 14. Dezember, stand Peter Brucker wie gewohnt gegen neun Uhr auf. Er duschte und rasierte sich sorgfältig, machte dann seine Morgengymnastik mit Expander und Hanteln, denn trotz seines Alters legte er Wert darauf, körperlich halbwegs fit zu sein.

Er machte sich seinen Kaffee selber, da seine Stammkneipe sonntags geschlossen hatte. Ohne Kaffee in der Frühe war er nur ein halber Mensch, seit mehr als einem Vierteljahrhundert trank er ihn schwarz und ohne Zucker. Er lächelte bei dem Gedanken, wie wohl morgen der Kaffee im Gefängnis schmecken würde.

Die »Pump-Gun« war geladen, in ein Handtuch eingewickelt und lag in seiner Einkaufstasche. In zwei Sekunden war das Ding schußbereit, er hatte es ausprobiert.

Gegen Mittag rief er bei Artos an, der feine Herr stand ja nicht so früh auf, das wußte er. Eine fremde Männerstimme meldete sich mit »Hallo«, und Peter legte auf, weil er glaubte, sich verwählt zu haben.

Er war leicht irritiert, als er dieses »Hallo« zum zweiten Mal hörte.

»Kann ich bitte Herrn Artos sprechen?« fragte er.

»Sagen Sie mir Ihren Namen und Ihre Adresse«, sagte die Stimme ziemlich unhöflich.

Sein Name tue nichts zur Sache, und er wolle jetzt endlich Herrn Artos sprechen, und wer er denn überhaupt sei, meinte Peter immer ärgerlicher.

»Kriminalpolizei«, sagte die Stimme. »Ihren Freund können Sie jetzt nicht sprechen. Vielleicht übermorgen im Landgericht. Wenn Sie vom Untersuchungsrichter Sprecherlaubnis bekommen.« Dann wurde aufgelegt. Im Hintergrund hatte Peter das Jaulen und Bellen eines Hundes gehört. Wahrscheinlich ein Rauschgifthund. Eine Hausdurchsuchung war also im Gange.

Nachdenklich sah Peter auf seine Einkaufstasche.

Wenn die Polizei Artos wegen Rauschgifthandels für ein paar Jahre aus dem Verkehr zog, war sein Problem eigentlich gelöst.

Er lächelte wieder. Es sah so aus, als ob er morgen seinen Kaffee doch nicht im Gefängnis trinken müßte.

Im Rückspiegel beobachtete Heller diesen alten Mann. Wie er das Haus verließ und die enge, dunkle Gasse hinunterging. Weit ging er nicht, der Alte. Nur bis zur Kneipe an der Ecke, seinem Stammwirtshaus. Jo Heller sah auf die Uhr. Er würde zehn Minuten vergehen lassen und dann nachkommen. Schließlich sollte alles nach Zufall aussehen.

Als er dann das Lokal betrat, saß Brucker schon an einem Tisch und starrte in sein Weinglas. Nur zwei Gäste waren außer ihm noch da, alte Frauen, die nichts redeten und nur geistesabwesend vor sich hinsahen. Graue, erloschene Gesichter. Vielleicht träumten sie von der Zeit ihrer Jugend, als die Welt für sie noch schön war.

»Na so ein Zufall«, sagte Jo, als er dem Alten freundlich auf die Schulter klopfte. »Daß man dich wieder einmal sieht.«

Es dauerte eine Weile, bis Brucker ihn erkannte.

»Du bist ja der Joschi – mein Gott, ist das lange her. Komm, setz dich zu mir.«

Man plauderte von alten Zeiten. Wie das so üblich ist. Etwa eine halbe Stunde lang.

»Erinnerst du dich an den Kravtschenko . . .?« fragte Jo unvermittelt.

»Ungern«, nickte Peter düster.

»Na, und was sagst du jetzt?«

Unverständnis bei dem Alten. »Was soll ich jetzt sagen?«

Jo Heller wurde eifrig. »Ja, liest du denn keine Zeitungen? Er ist abgesprungen, der Kravtschenko. In Paris! Zu den Amis übergelaufen!«

»Aha«, sagte der Alte nachdenklich. »Das muß ich übersehen haben.«

Jo erzählte jetzt die ganze Geschichte. Alles, was darüber in den Zeitungen zu lesen war. »Würde mich interessieren«, sagte er dann, »was die Maschke dazu sagt.« Er bereute diese Bemerkung sofort. Das Gesicht des Alten war jetzt ein einziges Mißtrauensvotum.

Instinktiv fühlte Jo, daß er einen schweren Fehler gemacht hatte. Der Alte war nicht zu unterschätzen. Bevor er noch etwas sagen konnte, hörte er ihn sinnieren:

»Zufälle gibt es – die gibt es gar nicht ... Da erkundigt sich ein junges Weib beim Briefträger über mich ... Da kommt dieselbe Neugiernase in mein Stammwirtshaus und tut so, als sei ich ein Filmstar ... Dann trifft mich mein ehemaliger Stapo-Freund hier ... auch zufällig ...«

Jo Heller spürte, daß in einigen Sekunden alles verloren sein konnte. Er legte seine Hand auf Bruckers Unterarm. »Keine Zufälle«, sagte er leise. »Verzeih mir, bitte.«

Das Gesicht des Alten war plötzlich aschgrau.

»Die Verhaftung des Artos ... sag mir die Wahrheit ... auch ein Zufall ...?«

»Nein«, sagte Jo. »Kein Zufall. Aber ich kann doch nicht zulassen, daß du dieses Schwein umlegst. Jetzt, wo ich dich so notwendig brauche.«

Peter Brucker sah zum Fenster hinaus.

Sie redeten nichts, eine ganze Weile. Jo Heller sah, daß der Alte feuchte Augen hatte.

»Danke«, hörte er ihn dann flüstern. »Ich werde alles tun, was du von mir verlangst.«

Jo Heller bestellte noch zwei Gläser Wein.

»Erinnere dich an damals«, sagte er. »An Kravtschenko und seine Zielpersonen. Und wie wir ihn ausgehorcht haben.«

Sehr schwierig war es damals nicht gewesen, die Ursachen für das Interesse an den »Zielpersonen« Kravtschenkos zu erraten. Weder für den Privatdetektiv Brucker noch für die Staatspolizei und die CIA. Waren es doch durchweg Menschen, bei denen man verstehen konnte, weshalb sie auf der Wunschliste des KGB standen. Westliche Diplomaten, deren Angehörige und Freunde, sogar deren Hauspersonal. Und alle Einzelheiten wollte Kravtschenko wissen. Vermeintliche Nebensächlichkeiten wie Lebensgewohnheiten, Stammlokale, sexuelle Neigungen, Hobbys, Vorleben, Abstammung – einfach alles. Und wenn der Privatdetektiv Brucker auf Wunsch der Amis in seinen Bericht an Kravtschenko eine Kleinigkeit hineinmanipulierte – beispielsweise eine erlogene lesbische Neigung einer Botschaftssekretärin –, dann war es für ihn ja auch nicht schwer, die Absicht der CIA zu erraten: Tauchte dann bei dieser Sekretärin irgendwann eine zufällige weibliche Bekanntschaft mit gleichgeschlechtlichen Ambitionen auf, wußten die Amis, woran sie waren.

Eine einzige Ausnahme gab es in diesem langjährigen Nachrichtenspielchen. Das war die Sache mit Rosemarie Maschke.

Die Rosemarie paßte überhaupt nicht in das gewohnte Gesamtbild der Zielpersonen.

Sie war damals 25 Jahre alt, bildhübsch, arbeitete als Serviererin im Café *Martha* in der Wiener Innenstadt. Dort war um zwei Uhr früh Sperrstunde, und zumeist machte sie die Nachtschicht, das war ihr lieber. Denn gegen Mitternacht flossen im *Martha* sowohl die Drinks als auch die Trinkgelder reichlicher als tagsüber. Im selben Haus bewohnte sie eine kleine Einzimmerwohnung. Das war praktisch, sie brauchte nach dem letzten Gast das Lokal nur von innen abzuschließen, den Kassenstand zu machen, die Lichter abzudrehen und durch die Küche ins Treppenhaus und zu ihrer Wohnung zu gehen. Manchmal ging der letzte Gast mit ihr, denn sie war alles andere als prüde, die Rosemarie. Eine feste Bindung hatte sie nicht, und sie war auch gar nicht darauf aus, denn sie haßte Eifersuchtsszenen.

Der Privatdetektiv Brucker hatte auch ihr Vorleben und ihre Herkunft recherchiert; es bot nichts Außergewöhnliches. Ihre Eltern lebten in einem Außenbezirk, der Vater war Fabrikarbeiter, die Mutter Verkäuferin in einer Molkerei. Geschwister gab es keine. Die Rosemarie hatte Volks- und Hauptschule besucht und erlernte danach den Beruf einer Kindergärtnerin. Weil sie darin zu wenig verdiente, ging sie ins Gastgewerbe. Das Café *Martha* war ihr dritter Arbeitsplatz. Es war ein glatter Zufall, daß die Sache mit Rosemarie Maschke eine vermeintliche Erklärung fand.

Peter Brucker war in diesen Tagen öfter im Café *Martha.* In der leisen Hoffnung, irgendeine Beobachtung zu machen, die wichtig sein könnte. Als er eines Nachts kurz vor der Sperrstunde das Lokal verließ und in sein Auto stieg, sah er noch einen späten Gast das Lokal betreten. Er hatte schon den Motor gestartet, die Scheinwerfer angedreht, machte aber beides sofort wieder rückgängig.

Der späte Gast war Sergej Kravtschenko.

Eine halbe Stunde beobachtete Peter den Eingang des Lokals.

Dann wurden die Lichter abgedreht, die letzten Gäste verließen das Café.

Sergej aber war nicht darunter.

Für den Privatdetektiv Brucker schien nun alles klar. Auch ein sowjetischer Geheimdienstler hat schließlich ein Privatleben, und wenn ihm die blonde Rosemarie gefiel, war es nur logisch, daß er sich über sie erkundigte. In diesem Sinne berichtete er auch den Amis, und dort schloß man sich hämisch grinsend seiner Ansicht an. Der einzige, der nicht an diese Version glaubte, war der österreichische Kriminalbeamte Heller. Und dafür gab es einen besonderen Grund.

Heller kannte die Rosemarie schon aus einer Zeit, als Kravtschenko noch in Moskau auf seinen ersten Auslandseinsatz nach Österreich wartete. Als Mister Cooper in Washington noch Deutschunterricht nahm und auf ein Bestellungsdekret als Kulturattaché in Wien hoffte. Er kannte die Rosemarie in- und auswendig, schon zu ihrer Zeit als Kindergärtnerin. Mit anderen Worten: Er war ihr erster Liebhaber gewesen, und ganz war diese Verbindung nie abgebrochen. Davon erwähnte der Joschi aber nichts, weder seinen CIA-Verbindungsleuten noch seinem Freund Brucker gegenüber. Das war seine Privatsache, ging schließlich niemanden was an.

Es war ja auch kein Zufall, daß seine Jugendfreundin plötzlich im Mittelpunkt geheimdienstlichen Interesses stand. Er hatte darüber seine höchst persönlichen Ansichten. Deshalb, weil er immer wieder letzter Gast im *Martha* war, bis zuletzt. Und ihm dabei Kleinigkeiten aufgefallen waren, die ihn nachdenklich stimmten. Er erinnerte sich an seinen letzten Besuch bei ihr: Rosemarie hatte sich an ihn geschmiegt, sie war eine geballte Ladung von Zärtlichkeit gewesen. »Ich liebe dich«, hatte sie geflüstert, »ich liebe dich über alles.« Das war natürlich eine glatte Lüge, und er wußte es. Denn Rosemarie Maschke liebte nur einen einzigen Menschen auf dieser Welt, und das war sie selber. Sie konnte gar nicht anders. »Tust du etwas für mich?« hatte er gegrinst. »Alles, mein Liebling, alles«, antwortete sie leidenschaftlich. »Dann steh auf und mach einen Kaffee«, sagte er und gähnte.

Das Gähnen war ihm vergangen, als er wieder dieses Geräusch hörte, dieses leise Klicken, das ihm so vertraut war.

Es war sein Schlüsselbund, der leise klirrte.

Und er wußte, daß Rosy jetzt wieder einmal den Inhalt seiner Rocktaschen untersuchte.

Was zum Teufel suchte sie nur?

Ihr Herumstöbern in seinen Taschen, wenn er noch im Bett lag und die Kaffeemaschine leise summte, war beileibe keine Einbildung von ihm. Er war kein besonders penibler Mensch, der Jo Heller, eher das Gegenteil war der Fall. Aber es hat ja jedermann seine höchst individuellen Gewohnheiten, was die kleinen Dinge dieses Lebens betrifft. So hatte Jo sein Papiergeld stets in der linken Innenbrusttasche, das Hartgeld in der linken Rocktasche, Dienstausweis in der rückwärtigen Hosentasche, Schlüsselbund in der rechten Rocktasche; auch Zigaretten, Feuerzeug, Dienstkokarde, Kugelschreiber und Notizblock hatten ihre angestammten Plätze. Schlief er nun bei der Rosy und fand beim Weggehen seine Ausweise dort, wo er normalerweise sein Notizbuch hatte, dann wußte er, daß sie herumgesucht hatte. Denn so besoffen konnte er am Abend vorher gar nicht gewesen sein, daß er die Ordnung geändert hätte.

Schon einige Male war er nahe daran gewesen, sie einfach nach dem Grund ihrer Neugierde zu fragen. Dann unterließ er es aber. Sie hätte ihn sicherlich nur angelogen oder alles bestritten.

Nach dem Untersuchungsauftrag von Kravtschenko bezüglich Rosemarie Maschke war Jo Heller froh, nicht gefragt zu haben. Und eines Tages hatte er eine Idee:

Aus einer staatspolizeilichen Akte wußte er von der Existenz eines jüdischen Emigranten aus der Sowjetunion mit Namen Isaak Bernstein. Der Mann war vierzig Jahre alt, angeblich Elektriker und schon vor geraumer Zeit mit einem der Auswanderertransporte nach Wien gekommen, um nach Israel weiterzureisen. Die Ausreisegenehmigung der Sowjets war in Ordnung, Isaak Bernstein überlegte es sich aber im letzten Moment anders. Einmal im demokratischen Westen, erklärte er, daß er auf das zionistische Israel verzichten könne, und ersuchte um Einreisegenehmigung in die USA, wo er Verwandte hatte. Das passierte bei den jüdischen Auswanderern aus Rußland ja öfter, war durchaus nichts Außergewöhnliches. Und in diesen Fällen brachte man die Heimatlosen zunächst in das Flüchtlingslager nach Traiskirchen, weil ja weitere Formalitäten erledigt werden mußten und Zeit brauchten. Auch im Fall Bernstein war es so. Er wartete in Traiskirchen auf das amerikanische Einreisevisum.

Jo Heller tippte damals hämisch grinsend einen Aktenvermerk über Isaak Bernstein. Inhalt dieses Kurzberichtes war, daß man seitens der CIA den guten Isaak für einen russischen Agenten hielt. Trotzdem werde man ihm das Visum erteilen, ihn aber dann in den USA entsprechend beobachten. Erkannte Spione sind eben bessere Spione.

An der Sache war natürlich kein Wort wahr – es sei denn, Heller hätte ein feines Gespür für solche Dinge besessen.

Diesen Aktenvermerk faltete er sorgfältig zusammen und steckte ihn in sein Notizbuch. Darauf war er wieder einmal letzter Gast im *Martha.* Nach dem Morgenkaffee bemerkte er, daß dieses Papierchen gar nicht mehr so sorgfältig zusammengefaltet war. Und eine Woche später erfuhr er, daß Isaak Bernstein auf eine Ausreise in die USA verzichtet hatte und wieder nach Mütterchen Rußland zurückwollte.

Wenn es noch eines Beweises bedurft hätte, daß die liebe Rosy seine Taschen nicht etwa aus weiblicher Eifersucht durchstöberte – hier war er.

Sie plauderten also über alte Zeiten. Es war spät geworden. Die beiden alten Frauen waren längst gegangen, der Wirt sagte zum zweiten Mal »Sperrstunde, meine Herren«. Jo ließ es sich nicht nehmen, die Rechnung zu bezahlen. Sie waren schon auf der Straße, als Peter leichthin meinte: »Du hast mir immer noch nicht gesagt, was ich tun soll.«

»Einfach in Urlaub fahren«, grinste Jo. »Zwei Wochen nach Gran Canaria.«

Verblüfft blieb der Alte stehen. »Bist du besoffen . . .?«

Jo nahm einen Briefumschlag aus der Brusttasche. »Die Amis haben den Kravtschenko von Paris nach Gran Canaria geflogen«, sagte er ernst. »Dort sollst du mit ihm reden. Alles Nähere erfährst du auf der Insel, ich werde auch dort sein. Da sind deine Spesen und ein paar Anweisungen.« Er drückte Peter das Kuvert in die Hand.

»Wann?« fragte der Alte.

»Übermorgen schon.«

Peter rechnete. Sonja würde in drei Wochen entlassen. »Das dürfte hinkommen«, murmelte er und steckte den Briefumschlag in die Tasche.

Das Hotel hieß *Buenaventura Playa*, und nachdem sich Peter ein wenig umgesehen hatte, begann er zu begreifen, warum die Amis ausgerechnet so einen Platz ausgewählt hatten.

Der riesige halbkreisförmige Bau mit drei Swimmingpools war eine Stadt für sich. Zehn Stockwerke hoch, über eintausend Doppelzimmer, alles voll belegt. Sonnenhungrige Touristen aus aller Herren Länder – in der Anonymität dieser Massen fiel niemand auf, da müßte schon jemand zwei Köpfe oder drei Beine haben, um bemerkt zu werden.

Der Kerl im Reisebüro in Wien hatte nicht übertrieben: Die Sonne schien warm, schon um zehn Uhr vormittags waren es über dreißig Grad, und Peter schwamm noch vor dem Frühstück eine Viertelstunde im lauwarmen Wasser des Schwimmbeckens.

Von seinem Fensterplatz im Speisesaal aus konnte er das *Hotel California* sehen, keine fünf Gehminuten entfernt. Dort also hatte man Kravtschenko untergebracht. Das *California* glich dem *Buenaventura Playa* wie ein Ei dem andern.

Eine Woche lang sollte er sich zuerst einmal akklimatisieren, so hatte man ihn angewiesen. In drei Tagen würde sich der Major bei ihm melden. Dann würde er alles weitere erfahren. Zumindest drei Tage hatte er also nichts anderes zu tun, als in den zahlreichen Cafés und Nachtbars herumzulungern und sich umzusehen.

Nach seinen ersten Eindrücken war alles fest in deutscher Hand, die Touristen aus der Bundesrepublik waren in der absoluten Mehrheit. Überall stieß man auf Hinweise in deutscher Sprache wie z. B.: »Hier gibt es Dortmunder Bier; hier Sauerbraten mit Kohl; hier Kaffee und Kuchen.« Es war gar nicht so einfach, etwas Einheimisches zu essen oder trinken zu bekommen. Er sah aber überhaupt nicht ein, weshalb er hier ausgerechnet Eisbein mit Kartoffelbrei bestellen sollte. Ein englisches Sprichwort fiel ihm ein: *If you are in Rome, do as the Romans do*. Ein gescheites Volk, diese Briten.

Rund um die Hotelpools gab es zahlreiche Palmen und Blumenbeete sowie Hunderte von Liegestühlen mit sonnenhungrigen Touristen. Man hörte mehr oder weniger diskrete Musik, und ein eifriger Disc-Jockey war ununterbrochen bemüht, die träge Touristenmasse zu irgendwelchen Gesellschaftsspielen zu animieren. Schon am frühen Morgen konnte man Gymnastik- und Aerobic-Unterricht bei einem Sportlehrer nehmen, daneben gab es Bingo und Shuffleboard, Wasserball auf Luftmatratzen, Tischtenniswettbewerbe und vieles mehr. Abends in der Hoteldisco würde, so kündigte der Jockey an, Mister Buenaventura gewählt werden.

Vom Meer her wehte permanent eine leichte Brise, ohne die man es in der prallen Sonne kaum ausgehalten hätte. Am ersten Tag lag Peter dick mit Sonnenöl eingeschmiert am Strand und machte zwischendurch lange Spaziergänge. Am zweiten Tag schlief er kurz nach Mittag auf einem der Liegestühle ein. Als er aufwachte, war es Zeit für den Fünf-Uhr-Tee. Am dritten Tag hatte er einen ordentlichen Sonnenbrand.

Mit dem Zimmerschlüssel gab ihm der Herr an der Rezeption einen Zettel, auf dem nur »20 Uhr, Café Antigua« stand. Er kannte das Lokal von seinen Spaziergängen. Es war nur zehn Gehminuten vom Hotel entfernt.

Dort saß er schon bei seinem dritten Sangria, und beinahe hätte er den Joschi Heller nicht erkannt, als er sich zu ihm setzte. Das war bestimmt nicht dem Wein zuzuschreiben. Der Major war braungebrannt, also auch schon längere Zeit auf der Insel. Außerdem hatte er ihn noch nie in Bluejeans und T-Shirt gesehen, immer nur in Anzügen mit Krawatte.

»Servus, Alter«, sagte Jo Heller.

»Sag nicht Alter zu mir«, grinste Peter. »Ich war gestern in einer Disco und bin voll auf den Break-Dance abgefahren.«

Der Major im T-Shirt wurde aber schnell sachlich:

Die Amis hatten Schwierigkeiten mit Kravtschenko, wußte er zu berichten. Nähere Einzelheiten teilten sie ja auch ihm nicht mit. Nur so viel, daß der Überläufer zwar über seine Tätigkeit in Paris minutiös berichtet, die Fragen nach seiner Wiener Zeit aber nur vage beantwortet hatte. Nun sollte in etwa drei Tagen Peter Brucker auf den Plan treten. Das Zusammentreffen sollte als Zufallsbegegnung inszeniert werden. Einzelheiten über das Wann und Wo werde er noch rechtzeitig erfahren. Peter Brucker war damit einverstanden. Noch zwei Tage sorgloses Sonnenbaden auf CIA-Kosten waren genau nach seinem Geschmack. Dann aber wurde es ernst.

»Und vergiß nicht, du mußt sehr überrascht sein, wenn du ihn siehst. Das ist sehr wichtig.«

»Ja«, sagte Peter gelangweilt.

»Er geht in der Mitte, links und rechts die beiden Amis. Du bleibst stehen und rufst, das ist ja mein alter Freund Kravtschenko!«

»Ja, ja«, sagte Peter. Er sah aufs Meer hinaus. Ein leichter Wind wehte, und weiter draußen sah man Schaumkronen.

»Der eine Ami wird mit ihm weitergehen, ganz gleich, wie Kravtschenko reagiert. Der zweite kommt zu dir und tut so, als ob er dich ausfragen würde. Das ist alles.«

Peter holte seine Armbanduhr aus der Badetasche. Es war halb zwölf. »Und wann findet das Bühnenstück statt?« fragte er.

Heller sah den Strand entlang.

»Jetzt gleich«, sagte er. »Dort kommen sie. Geh ihnen entgegen.« Dann verkroch er sich hinter dem Sonnenschirm.

Peter stand auf und schlenderte in Richtung dieser drei Männer. Sie waren noch etwa dreißig Meter entfernt. Heller schaute dem Alten nach und grinste. Er bewegt sich noch recht elastisch, dachte er. Dann war Brucker auf gleicher Höhe mit den dreien. Jetzt mußte er den Kravtschenko anreden.

Aber was sollte denn das jetzt?!

Brucker ging an den dreien vorbei, ohne im geringsten zu reagieren.

Die Amis schauten verstört, als sie Hellers Sonnenschirm passierten. Kravtschenko schien ganz gedankenverloren. Sie waren kaum vorbei, als Jo aufsprang und zu Peter ging. Der war stehengeblieben und malte mit seinen Zehen Figuren in den Sand.

»Ja, was ist denn nun?« fragte Jo fast ungehalten.

Peter sah ihn amüsiert an.

»Ich weiß nicht, wer dieser Herr in ihrer Mitte ist«, lächelte er. »Jedenfalls ist es nicht der Kravtschenko, den *ich* kenne.«

Diese Meldung schlug bei den Amis wie eine Bombe ein.

Noch am selben Abend besuchten zwei CIA-Leute Peter Brucker in seinem Hotelzimmer. Ob hier wirklich kein Irrtum vorliegen könne, fragten sie immer wieder. »Lächerlich«, wiederholte Peter zunehmend verärgert. »Ich würde doch wohl einen Menschen wiedererkennen, mit dem ich zwei Jahre lang fast jede Woche zusammen war. Auch wenn's lange her ist. Der Kravtschenko aus Wien war einen halben Kopf kleiner, hatte schütteres Haar, es besteht überhaupt keine Ähnlichkeit mit diesem Vogel, den ihr da von Paris hergeschleppt habt.«

Die beiden Amis sahen verblüfft den Major an, der aber zuckte nur die Schultern. Er hatte ja Kravtschenko in Wien nie zu Gesicht bekommen. Brucker war damals der einzige gewesen, der persönlichen Kontakt zu ihm hatte.

Die beiden CIA-Leute tauschten vielsagende Blicke. Ob Mister Brucker zu einer Art Gegenüberstellung bereit sei? In einem abgeschirmten Zimmer des Hotels California?

»Meinetwegen«, brummte der Alte. »Ihr werdet sehen, er kennt mich auch nicht.«

Die Amis nickten und gingen. Die Konfrontation sollte am nächsten Tag stattfinden.

Am nächsten Morgen saß Peter beim Frühstück, als Jo Heller hereinkam und sich zu ihm setzte. Sein Gesicht war ernst. »Diese Idioten müssen ihm noch gestern Vorhaltungen, Vorwürfe gemacht haben«, sagte er. Er schenkte sich Kaffee ein.

»Und . . .?« fragte der Alte.

»Heute nacht hat sich der Iwan erhängt. In seinem Hotelzimmer. Für uns beide ist die Sache damit erledigt«, sagte Jo.

Worauf er seinen Kaffee trank.

»Also, dann bedanke ich mich recht herzlich«, hatte Peter in seiner sarkastischen Art gesagt, »bedanke mich bei der Staatspolizei und dem amerikanischen Geheimdienst für den Badeurlaub auf Gran Canaria. Tut mir leid, daß außer Sonnenbrand und Spesen nichts gewesen ist.«

Es war nun schon vier Monate her, seit sich Jo Heller von dem Alten verabschiedet hatte. Am Flughafen Wien-Schwechat. Seitdem hatten sich die beiden nicht mehr getroffen.

Der Kriminalmajor hatte sich darauf gleich wieder bei Ministerialrat Roßmanek zurückgemeldet und ihm ausführlich berichtet. Das meiste wußte der ja schon von Mister Cooper, und abgesehen von einigen erstaunten Kopfbewegungen blieb der Ministerialrat eigentlich ziemlich gelassen.

Am nächsten Tag tippte Jo Heller seinen schriftlichen Bericht in die Maschine, womit der Fall Kravtschenko für ihn vorläufig erledigt war. Immerhin aber hatte die Sache ja für ihn zur Folge, daß er jetzt wieder Mitarbeiter der Staatspolizei war. Nach fast zehnjährigem Zwischenspiel bei der UNO und im normalen Kriminaldienst. Langsam begann ihn seine »neue« Tätigkeit wieder zu interessieren. Allerdings legte er diesmal weit weniger Enthusiasmus an den Tag als zu Beginn seiner ersten Stapo-Periode.

Wie er feststellen mußte, hatte sich einiges geändert. Zu seiner Zeit waren es sogenannte »ND-Männer«, also Personen in den vielen »Nachrichtendiensten«, die die Szene beherrschten. Der Ausdruck »ND-Männer« war zwar gebräuchlich, aber unsinnig, denn es gab mindestens ebenso viele Frauen in diesem Geschäft. Und mit allen Mitteln versuchten die Geheimdienste, soviel wie möglich voneinander zu erfahren. Zweifellos war die Stadt Wien wegen der geographischen Lage Österreichs zwischen Ost und West ein besonders geeigneter Spielplatz für derartige Organisationen. Aber es gab auch andere Gründe dafür. Nach österreichischem Recht ist eine geheimdienstliche Aktivität nur dann strafrechtlich verfolgbar, wenn sie »zum Nachteil Österreichs« durchgeführt wird. Bespitzeln also in Wien Russen und Amerikaner einander, so geht das die neutralen Österreicher theoretisch nichts an. Andererseits ist es wohl ein legitimes Recht eines Staates, zu erfahren, was im eigenen Lande vor sich geht. Das war also Aufgabe der Staatspolizei, und Beamte wie Roßmanek oder Heller waren es gewohnt, improvisieren zu müssen, um sich ihre Informationen zu beschaffen.

Diese relativ harmlose Geheimniskrämerei war also jetzt nicht mehr das Hauptproblem der Staatspolizisten. Innerhalb der letzten Jahre hatte sich der internationale Terrorismus zu einer völlig neuen Spielart der politischen Kriegsführung entwickelt, wovon auch Wien nicht verschont geblieben war. Staunend nahm Kriminalmajor Heller diese Veränderung zur Kenntnis. Vieles war jetzt anders. Unverändert war eigentlich nur der enorme Bürokratismus im eigenen Haus geblieben; wenn Jo Heller jetzt mit jemandem in einem Wirtshaus dienstlich zum Essen war, mußte er beim Zahlen eine Quittung verlangen. Und damit ihm die Amtskasse sein Geld ersetzte, brauchte er einen Aktenvermerk mit Aktenzahl und einigen genehmigenden Unterschriften von Zwischenvorgesetzten.

Jo Heller war schon lange nicht im *Café Martha* gewesen. Eines späten Abends aber hatte er in der Nähe zu tun und erinnerte sich an Rosy. Er beschloß, sie zu besuchen, sie zu überraschen.

Die Überraschung war groß, allerdings sehr einseitig. Nur er war davon betroffen. Eine hübsche Schwarzhaarige servierte ihm das Bier, und auf seine Frage nach Rosy erfuhr er, daß sie gekündigt hatte. Schon vor Monaten. Und niemand wußte, wo sie jetzt wohnte und arbeitete.

An einem der nächsten Tage war er auf dem Zentralmeldeamt und suchte sich die Karteikarte Maschke, Rosemarie heraus. »Amtlich abgemeldet«, stand darauf. »Unbekannt verzogen.«

Der amtliche Vermerk war schon sechs Monate alt. Irgendwie interessierte ihn jetzt, was aus der Rosy geworden war. Er notierte sich die Adresse der Eltern. Die wohnten im 21. Bezirk, in Floridsdorf.

Der Vater war nicht zu Hause, als Jo Heller an die Tür der Gemeindebauwohnung klopfte. Die Mutter sah ihn mißtrauisch an. »Sind Sie von der Polizei?« fragte sie dann ängstlich. Jo zeigte einen Ausweis und hatte eine Weile zu tun, Frau Maschke klarzumachen, daß nichts passiert war und seine Nachfrage eher privat sei.

Sie führte ihn in die Küche, und dann erfuhr er eine sehr sonderbare Geschichte:

Rosys Besuche bei ihren Eltern waren ja schon seit Jahren immer seltener geworden. Sie kam höchstens am Muttertag oder zu den Weihnachtsfeiertagen. Vor mehr als einem halben Jahr hatte sie ihrer Mutter erzählt, sie habe einen reichen Ausländer kennengelernt und werde mit ihm eine Weltreise machen. Vielleicht auch heiraten. Und sie werde ganz sicher schreiben, wo sie lebe und wie es ihr gehe. Dann war sie eines Tages weg. Weder einen Brief noch eine Postkarte hatten sie bisher bekommen.

Ob sie eine Vermißtenanzeige bei der Polizei erstatten solle, fragte die verhärmte Frau wieder ängstlich. Jo Heller versuchte, sie zu beruhigen. Man müsse ja nicht gleich immer das Schlimmste annehmen. Aber ob denn die Rosy von diesem Märchenprinzen so gar nichts erzählt habe? Nein, gar nichts. Sie sei immer sehr verschlossen gewesen. »Aber wahrscheinlich ist es ein Spanier«, sagte die Mutter unvermittelt.

»Spanier? Wieso . . .?«

Na ja. Drei Wochen nach ihrem Verschwinden war eine Rechnung ins Haus geflattert, von einer Privatschule. Einen Intensivkurs für Spanisch hatte die Rosy besucht. Die Rechnung hatten die Eltern bezahlt. Sie zeigte sie Heller. Täglich drei Stunden hatte Rosy Spanisch gelernt. *»Berlitz school for languages«,* las Heller sehr erstaunt.

Der Spanischlehrer in der Berlitz school hieß Ricardo Ramirez. Wenn er lächelte, blitzte sein tadelloses Gebiß strahlend weiß. Und er lächelte zumeist. Selbstverständlich konnte er sich an die Studentin Maschke erinnern, sie war eine seiner eifrigsten Schülerinnen. »Jetzt beherrscht sie Spanisch sicherlich schon fast perfekt«, lächelte Señor Ramirez. »Bei *der* intensiven täglichen Praxis.«

»Tägliche Praxis?« fragte Jo Heller.

»Na ja, sie lebt ja jetzt auf Kuba, und dort ist Spanisch die Landessprache.«

Jo glaubte zu träumen. Ob Herr Ramirez eine Adresse habe? Nein, die hatte er nicht. Aber eine Ansichtskarte hatte ihm die Rosy geschrieben. Aus Havanna. Schon vor vier Monaten.

Irgendwie kam Jo Heller die ganze Sache höchst eigenartig vor. Daß Rosy ihren Eltern verschweigen wollte, wo sie war, konnte doch nur einen Grund haben: Sie wollte vermeiden, daß irgendwelche nachforschenden Personen dadurch ihren Aufenthaltsort erfuhren. An ihren Spanischlehrer hatte sie eben nicht gedacht. Aber was konnte der Grund für diese Geheimnistuerei sein? Und was zum Teufel machte sie in Havanna? Die Geschichte von dem reichen Freund war doch sicher ein Märchen. Kuba ist ein kommunistisches Land, was sollten dort Millionäre?

Der staatspolizeiliche Alltag hatte ihn also wieder, den Kriminalmajor Heller. Und von Monat zu Monat erschien ihm jetzt der ganze Geheimdienstbetrieb lächerlicher. Er wunderte sich, daß er das alles in früheren Jahren einmal ernst genommen hatte. Oft dachte er daran, daß es vielleicht ein Fehler gewesen war, seiner Versetzung zuzustimmen. Der alte Roßmanek hätte ihn sicher nicht gegen seinen Willen vom Kommissariat weggeholt. Der Ministerialrat war ja wegen seiner sozialen, verständnisvollen Einstellung bekannt. Jo gegenüber hatte er sich manchmal wie ein Vater verhalten.

Aber wie auch immer, alles hatte seine Vor- und Nachteile. Wenigstens brauchte er jetzt keine stinkenden Leichen mehr umzudrehen, keine besoffenen Huren mehr zu erleben oder sich die dummen Lügen von jugendlichen Dieben anzuhören.

Zu seinen täglichen Aufgaben gehörte es, die sogenannte »Presseauswertung« zu überprüfen. Schon um sechs Uhr morgens hatte ein diensthabender Beamter alle inländischen Zeitungen zu lesen und die staatspolizeilich relevanten Artikel anzustreichen. Bis acht Uhr dreißig, wenn die Abteilungsleiter ins Büro kamen, mußte das erledigt sein. Denn die Herren Chefs lasen nur das, was angestrichen war. Anschließend wurden die Pressemeldungen ausgeschnitten und den entsprechenden Akten beigefügt. Nun konnte es immer wieder vorkommen, daß die frühdiensthabenden Staatspolizisten unwichtige Pressemeldungen ankreuzten, wichtige aber übersahen. Denn was dem einen wichtig erscheint, bedeutet dem anderen gar nichts. Jo Heller hatte hier eine Art Kontrollfunktion inne, denn als Leitender Kriminalbeamter sollte er doch imstande sein, Wesentliches von Unwesentlichem unterscheiden zu können.

An einem sonnigen Maitag 1981 überflog der Kriminalmajor also die Zeitungen, las angestrichene und nicht angekreuzte Meldungen.

Er las über das Attentat auf Papst Johannes Paul II. in Rom, einen Artikel über die Reise des deutschen Bundeskanzlers Schmidt nach Washington und über den Sieg François Mitterrands bei den Präsidentschaftswahlen in Frankreich. Schließlich las er auch die abenteuerliche Geschichte eines amerikanischen Diplomaten in Mexiko namens Farmer, der mit Geheimmaterial nach Kuba geflüchtet war und jetzt in der sowjetischen Botschaft in Havanna das schändliche und kriegshetzerische Treiben der CIA enthüllte. Was der geflüchtete Diplomat mit seinem Gewissen nicht mehr länger hätte vereinbaren können. Je mehr Heller darüber las, desto mehr erinnerte ihn die Sache an den Chiffrierbeamten Johnny Miller seinerzeit: Farmer gebrauchte fast dieselben Redewendungen und Anschuldigungen wie Miller damals in Wien. Der Artikel war nicht angestrichen.

Eine Weile zögerte Jo Heller. Havanna war weit weg, und die Sache hatte mit Österreich nichts zu tun. Natürlich fiel ihm seine Rosy Maschke ein und ihr Spanischlehrer. Schließlich legte er die Zeitung beiseite, er wollte doch darüber erst einmal mit dem Ministerialrat reden.

Roßmanek hörte seiner Erzählung schweigend zu, wie es seine Art war. Einige Male nickte er verständig. Auch als Jo Heller über Rosy berichtete. Er verschwieg nichts und erzählte die Geschichte von Anfang an, begann bei der Zeit, als Rosy noch Kindergärtnerin war. Dann überflog der Ministerialrat den Zeitungsbericht aus Kuba. »Genau derselbe Modus operandi«, murmelte er.

»Modus operandi« ist ein kriminalistischer Fachausdruck und bedeutet soviel wie »die Art der Tatbegehung«. Die wissenschaftliche Kriminologie ist der Ansicht, daß Täter ihre wiederholten Verbrechen zumeist auf dieselbe Art und Weise begehen. Nun, so unrecht haben die Herren Kriminologen nicht. Aber dazu hätte es keiner modernen wissenschaftlichen Untersuchung bedurft. »Der Mensch ist ein Gewohnheitstier«, sagten schon unsere Urgroßväter, und das gilt für alle Bereiche des Lebens, warum nicht auch für Kriminelle. Wenn also ein Taschendieb immer wieder aus Gewohnheit, vielleicht auch aus Nächstenliebe, eine gestohlene Brieftasche nach Entnahme des Geldes mitsamt den für ihn wertlosen Dokumenten in den nächsten Postkasten wirft, so ist dies typisch »Modus operandi« und ein Beweis, daß die Herren Kriminologen recht haben. Und was für Taschendiebe gilt, trifft wohl auch für Hausmeister, Eisenbahner oder Geheimdienstler zu.

Der Kriminalmajor hatte seinen Bericht beendet. Eine ganze Weile sah Roßmanek jetzt schweigend zum Fenster hinaus, ganz in Gedanken versunken. Dann murmelte er kaum hörbar: »Sie könnte Igolka sein . . .«

Igolka?

Jo Heller hatte keine blasse Ahnung, was der Alte damit meinte.

»Nur so eine Idee von mir«, lächelte der Ministerialrat. »Denn genau zur selben Zeit, als Ihre Rosy damals vor dem Frühstückskaffee

Ihr Notizbuch untersuchte, bekam ich einen vertraulichen Hinweis ...«

Roßmanek wurde konkret: Mit einem rumänischen Diplomaten verstand er sich damals recht gut. Und dieser wieder hatte oft mit Kravtschenko zu tun. Eines Tages flüsterte ihm der Rumäne vertraulich zu, daß er bei den Iwans etwas aufgeschnappt habe. Nichts Aufregendes, nein, nur daß eine junge Wienerin vom KGB rekrutiert worden war. Man gab ihr den Decknamen Igolka.

Das war alles.

Nie war es der Staatspolizei gelungen, diese junge Frau zu identifizieren.

»Ist das ein russischer Mädchenname...?« fragte der Major. »Igolka?«

Er wurde belehrt. Igolka bedeutet auf russisch »die Nadel«, genauer gesagt, »Nädelchen«. Und ganz sicher werde der Ministerialrat über dieses »Nädelchen« mit Mr. Cooper von der CIA ein Gespräch haben.

Diese Unterredung fand drei Tage später statt.

Wie es aber im Leben geschieht, hatte Mister Cooper danach vier Tage lang keine Zeit, die Informationen über Igolka und den Hinweis auf einen möglichen Zusammenhang mit der Sache in Havanna nach Washington zu berichten: Zuerst mußte er die Geburtstagsparty seiner Frau organisieren, dann wurde er kurzfristig krank – von den vielen Geburtstagscocktails, schließlich fand noch das Golfturnier des Diplomatenkorps statt, und dann starb überraschend der Wellensittich der Familie Cooper, und er war aus Trauer völlig arbeitsunfähig.

Erst am fünften Tag wurde der Igolka-Bericht chiffriert nach Washington gefunkt. Dann aber überstürzten sich die Ereignisse.

Zwölf Stunden später kam die Weisung vom Pentagon, die Cooper aufforderte, unverzüglich dort persönlich zu berichten. Unverzüglich! *And for your eyes only!* Cooper nahm die nächste Maschine, und achtundvierzig Stunden später landete er schon wieder in Wien, blaß und nervös. Noch vom Flughafen aus telefonierte er mit Roßmanek. Anstrengend, so ein Diplomatenberuf.

Botschaftsrat Cooper dachte lange darüber nach, aus welchem Anlaß er Ministerialrat Roßmanek eine ausgiebige Geschenksendung von erlesenen Spirituosen zusenden könnte. Dann fiel ihm Roßmaneks Geburtstag ein. Bis dahin waren es zwar noch drei Wochen, aber gratulieren und schenken konnte man ja auch jetzt schon. Mit dem Hinweis, daß er in drei Wochen möglicherweise nicht in Wien sein werde. Das war ja schließlich nicht ausgeschlossen.

Immer wenn Cooper an den Ministerialrat ein besonderes Anliegen hatte, suchte er irgendeinen Grund für Geschenke. Es war zwar lächerlich zu glauben, daß der Chef der Staatspolizei eine fachliche Zusage von einer Kiste Scotch abhängig machen könnte, aber Schaden richtete es eben auch nicht an. Und schließlich war man in Wien und nicht bei den Preußen.

Nach der sehr herzlich gehaltenen vorzeitigen Geburtstagsgratulation im Büro des Ministerialrats bedankte sich dann Cooper ebenso herzlich für die Unterstützung im Falle Kravtschenko. Immerhin war es dadurch möglich gewesen, eine gefährliche Operation des Gegners zu durchkreuzen. Der Überläufer von Paris war bestimmt ein Agent provocateur gewesen, der mit einem bestimmten Auftrag vom KGB losgeschickt war. Die vorgetäuschte Identität mit Kravtschenko brachte ihn zu Fall. Schade war es natürlich, daß man die Ziele dieses Agenten nicht mehr herausfinden konnte. Aber man kann nicht alles haben, und Tote reden nun einmal nicht mehr.

Um so eifriger redete Cooper an diesem Nachmittag auf Roßmanek ein und wiederholte seine ständigen Dankbarkeitsbeteuerungen. Insgeheim wartete er auf das Stichwort des Ministerialrats, das auch nicht lange auf sich warten ließ. Beim dritten Johnny Walker black Label lehnte sich der Alte zurück und klimperte mit den Eiswürfeln im Glas. »Sie wollen doch etwas von mir, lieber Freund«, lächelte er gemütlich. »Spucken Sie es doch aus. Wenn ich Ihnen helfen kann, tu ich es gerne.«

Es handle sich um diese Sache in Havanna, begann Cooper ernst. Man habe Grund zur Annahme, daß der Frontenwechsel dieses amerikanischen Diplomaten in Mexiko vom KGB gründlich vorbereitet und schlau organisiert war. Zuerst tauchte bei der Frau des Diplomaten in den USA ein werbender Liebhaber auf, der alle ihre Schwächen kannte. Dann umschmeichelte eine hübsche Frau den einsamen Gatten in Mexiko City ebenfalls mit erstaunlichem Einfühlungsvermögen. Durch noch ungeklärte Indiskretionen erfuhren danach sowohl Gattin als auch Ehemann von der Treulosigkeit des Partners. Auf dem Höhepunkt des menschlichen Konflikts kam dann das Angebot an den Diplomaten, zusammen mit der geliebten Freundin ein neues, sorgloses Leben irgendwo am Schwarzen Meer zu beginnen. Kaum hatte er eingewilligt, verschwand der feurige Liebhaber seiner Frau spurlos.

Alles ereignete sich auf die gleiche Weise wie vor zehn Jahren die Geschichte mit John Miller in Wien. Die Methode war dieselbe, einfach und immer wieder erfolgreich. Für die CIA wäre es nun von großer Wichtigkeit festzustellen, ob sich der echte Kravtschenko in Havanna aufhalte. Einiges spreche dafür. Und ob auch diese mysteriöse Maschke noch mit ihm zusammen sei. Auch das wäre zu vermuten. Aber Vermutungen sind zuwenig. Man brauchte Beweise.

Dem Ministerialrat schmeckte der Whisky ausgezeichnet. »Unsere Frau in Havanna«, witzelte er. Dann wollte er wissen, was diese ganze karibische Räubergeschichte eigentlich mit ihm zu tun habe. Er sehe keinen Zusammenhang.

Cooper wurde direkt.

Ob sich der Ministerialrat entschließen könne, seinen Major und diesen Brucker auf Urlaub nach Kuba fliegen zu lassen?

»Was?« rief Roßmanek erstaunt. »Schon wieder eine bezahlte Urlaubsreise? Na, so gut möchte ich es auch einmal haben. Und was sollen die beiden dort tun, außer Rum saufen?«

Hoffnungsvoll erklärte der Botschaftsrat, daß es in Havanna ja auch nicht anders sei als in anderen Millionenstädten. Die Botschaftsangehörigen hätten bevorzugte Stellen – Lokale, Swimming-pools, Tennisplätze etc. Na, und die beiden Urlauber bräuchten sich dort ja nur ein wenig umzusehen; vielleicht hatte man Glück, und Sergej oder seine Igolka tauchten irgendwo auf ...

»Und wenn nicht?« fragte Roßmanek.

»Dann war eben nichts«, sagte Cooper. Jedenfalls wäre schon der Versuch die Spesen wert.

Der Ministerialrat überlegte.

»Und ansonsten ist wirklich nichts?« fragte er mißtrauisch.

»Wirklich nichts«, log Cooper überzeugend und legte seine Hand aufs Herz.

Eine Weile war es still im Zimmer, nur das Klicken der Eiswürfel in Roßmaneks Glas war zu hören. Dann dachte der Alte laut: »Der Brukker geht mich nichts an. Der ist Privatperson, kann machen, was er will. Und mein junger Major, wohin der auf Urlaub fährt, ist mir auch egal.«

Er schenkte sich noch einen Whisky ein. Trotz seiner jahrzehntelangen Erfahrungen mit Geheimdiensten wäre es ihm nicht in den Sinn gekommen, daß er soeben grünes Licht für eine sehr gefährliche Operation der CIA gegeben hatte.

Es war ein lauer Frühlingstag, Colonel Frederic Webster öffnete ein Fenster seines Büros. Klare Luft strömte ins Zimmer und verscheuchte die Rauchwolken seiner Zigarette. Der Colonel hatte gerade eine Konferenz mit seinem Mitarbeiterstab gehabt. Eine lange Konferenz, in der viel diskutiert und auch viel geraucht worden war. Die frische Luft tat ihm jetzt gut. In der Ferne konnte er die Potomac-Mündung sehen, man war im Pentagon, Washington D.C., und Colonel Webster war der Leiter der Abteilung für »Psychologische Kampfführung« im US-Verteidigungsministerium.

»Die psychologische Kampfführung ist eine nicht ausschließlich militärische Aufgabe der Staatsführung im Frieden wie im Verteidigungsfall und hat einerseits die gegen die eigenen Streitkräfte und den Verteidigungswillen der Bevölkerung gerichteten Angriffe des Feindes abzuwehren, andererseits den Widerstandswillen des Feindes zu erschüttern.«

Diese hochgestochene Definition war der Paragraph eins der Dienstvorschrift seiner Abteilung, und Colonel Webster kannte sie natürlich auswendig. Vor einer Viertelstunde hatte er sie seinen Mitarbeitern mit markiger Stimme in Erinnerung gerufen. Wäre ja noch schöner, wenn er sich als Chef nicht hätte durchsetzen können.

Bei dieser Konferenz war über die »Operation Doublecross« diskutiert worden, die nach dem Plan seines Freundes Oberst Hardbottle ausgearbeitet worden war. Ziel dieser Operation war, die militärische Führung der Kubaner zu verunsichern sowie die auf Kuba stationierten sowjetischen Militärberater mißtrauisch zu machen. Eben den Widerstandswillen des Feindes zu erschüttern. Und nur, weil bei dieser Operation eine männliche Leiche eine Rolle spielen sollte, hatten einige seiner Mitarbeiter moralische Bedenken. Colonel Webster war sehr wütend geworden. »In der Politik gibt es keine Moral«, hatte er geschrien, »in der Politik gibt es nur Erfolg oder Mißerfolg!« Dieser Spruch stammte zwar angeblich von jenem Oberkommunisten Lenin, der Colonel verwendete ihn aber trotzdem gerne.

Jetzt fiel ihm seine Tochter ein, das Mädchen machte ihm Sorgen. Er mußte einmal überprüfen lassen, mit wem sie verkehrte. Offenbar wurde sie von irgendwelchen Friedensillusionisten negativ beeinflußt. Sie war jetzt neunzehn und studierte Geschichte an einem College. Gestern hatte sie ihn gefragt, was er eigentlich im Verteidigungsministerium tat. Anfangs hatte ihm ihr Interesse geschmeichelt, er hatte ihr einiges erklärt und dann auch den ersten Paragraphen seiner Dienstvorschrift zitiert. Dann aber war er über ihre Reaktion verblüfft. »Aber das ist doch Scheiße, Dad«, hatte sie respektlos gesagt. »Was soll denn das? *Einerseits* psychologische Angriffe des Feindes abwehren, *andererseits* den Widerstandswillen des Feindes erschüttern! Da kann es doch niemals Frieden geben!« Dann war sie in ihren Gymnastikkurs gegangen.

Colonel Webster seufzte.

Die junge Generation hatte doch wirklich keine Ahnung von den wichtigen Dingen dieser Welt.

Auf Anordnung Roßmaneks hatte der Kriminalmajor auch die Leitung der Observationsgruppe übernommen. Eine Abteilung, die sich ausschließlich mit der vertraulichen Beobachtung staatspolizeilich interessanter Personen zu befassen hatte. Diese Einrichtung gab es zwar schon zu Hellers erster Stapo-Zeit, sie war aber inzwischen stark vergrößert und modernisiert worden. Es gab jetzt Spezialfahrzeuge, aus denen man unbemerkt auf hundert Meter Entfernung gestochen scharfe Fotos schießen konnte, auch bei Dunkelheit. Abhörapparate, mit denen das Mitlauschen eines Gesprächs in einem Nebenzimmer eine Kleinigkeit war. Was es zu Hellers Leidwesen nicht gab, war eine Gruppe entsprechend ausgebildeter Beamtinnen, weil doch in diesem Bereich Frauen in vielen Situationen erfolgreicher arbeiten können als Männer. Als er dem Ministerialrat eines Tages dieses Thema vortrug, hielt dieser Hellers Vorschlag für eine gute Idee. Weil aber in einem Ministerium ohne Akte einfach gar nichts geht, mußte Jo alles schriftlich abfassen und jedes noch so plausible Detail langatmig begründen. Schließlich legte er einen Antrag vor, der immerhin dreißig Seiten umfaßte. Der wurde jetzt bearbeitet. Auf dem Dienstweg, versteht sich.

Dem Antrag wurde stattgegeben; drei weibliche Kriminalbeamtinnen wurden der Staatspolizei zugeteilt. Darunter, wie schon erwähnt, Dorothea Wimmer, die ja bereits einige Stapo-Erfahrungen hatte. Im Kommissariat Meidling munkelte man, daß die Versetzung der hübschen Kollegin in die Abteilung Major Hellers nicht nur dienstliche Gründe habe. Und meistens steckt in solchen Gerüchten ein Körnchen Wahrheit.

Für Peter Brucker verliefen die Monate nach Gran Canaria ausgesprochen positiv. Seine Tochter kam aus der Anstalt, fand einen recht guten Posten als Telefonistin in einem Hotel und schien endgültig von dem verfluchten Rauschgift losgekommen zu sein. Sie wohnte bei ihm, führte ihm auch den Haushalt und achtete darauf, daß der Papa nicht zuviel Wein trank, weniger rauchte und täglich frische Unterwäsche anzog. Als Artos Shahnazarian seine Hauptverhandlung wegen Rauschgifthandels hatte und die Zeitungen alle davon berichteten, beobachtete Peter ängstlich die Reaktion seiner Tochter. Sie schien aber unbeeindruckt und murmelte nur, daß »dieses Schwein« es nicht besser verdient habe. Das Urteil lautete auf fünf Jahre Gefängnis mit anschließendem Landesverweis. Peter Brucker glaubte wieder an eine irdische Gerechtigkeit. Seine »Pump-Gun« samt Munition warf er in die Donau.

Die Kriminalbeamtin Wimmer lächelte erfreut, als ihr Major Heller den Vorschlag machte, mit auf Urlaub nach Kuba zu fliegen. Er erzählte ihr von dem CIA-Auftrag und daß es eben unverdächtiger wäre, wenn sie als Liebespaar in Erscheinung träten. Mit dem Ministerialrat war alles abgesprochen, finanzielle Probleme gab es keine. Wer also könnte so ein Angebot schon abschlagen?

Auch Peter Brucker grinste erfreut, als ihm Jo die Geschichte erzählte. »Natürlich komme ich mit«, kicherte er. »Wir machen es in Havanna dann wie der Staubsaugervertreter Wormold.« Das verstand Jo nicht, und der Alte schenkte ihm ein Buch von Graham Greene. *»Unser Mann in Havanna«,* las der Major erstaunt.

Um Sonja brauchte sich Peter also keine Sorgen zu machen. Sie arbeitete, war vernünftig geworden und eine liebe, verständnisvolle Tochter. Sie hatte ihm einen jungen Mann vorgestellt, mit dem sie jetzt oft zusammen war. Zu Peters großer Erleichterung ein recht verläßlicher Bursche, der wochentags in einer Autowerkstatt als Mechaniker ehrlich arbeitete und sonntags bei einem Unterligaverein ebenso ehrlich Fußball spielte. Er hieß Hans und fuhr einen Kleinwagen. Vorsichtig, wie er war, trank er niemals Alkohol, wenn er mit dem Auto unterwegs war. Wie oft hatte Peter Brucker seiner Tochter in früheren Jahren eingebleut: »Mädel, ich flehe dich an, bring mir von mir aus einen Neger oder einen Chinesen heim, aber um Gottes willen keinen Motorradfahrer.« Er hatte panische Angst bei dem Gedanken, seine Sonja könnte mit Sturzhelm bewehrt auf dem Rücksitz des Motorrads so eines Narren sitzen und mit 160 Stundenkilometern von einer Disco zur anderen rasen. Heute lachten beide über dieses ständige Zitat, und wenn Hans dabei war, lachte er herzlich mit.

So also stand für Peter Brucker einem von der CIA bezahlten Urlaub auf Kuba nichts im Wege. Wenn er sich nicht mehr anstrengen mußte als auf Gran Canaria, konnten ihn die Amis seinetwegen durch das Reisebüro »Staatspolizei« sechsmal im Jahr auf »Urlaub« schicken. Und das alles nur, weil er in diesem Spielchen der einzige war, der Kravtschenko persönlich kannte und ihn demnach hätte identifizieren können. Und weil von diesem russischen Obergeheimdienstler angeblich keine Fotos existierten. Irgendwie fühlte sich Peter als Glückspilz. Andere Pensionisten seines Alters mußten viel dafür bezahlen, auf Mallorca oder in Cesenatico einmal jährlich in der Sonne liegen zu können. Noch dazu brauchte er sich um gar nichts zu kümmern, alle nötigen Reisevorbereitungen erledigte sein junger Freund, der Major.

»Wir fliegen über Prag und Gander«, hatte Jo Heller gesagt. Peter war in seinem Leben viel herumgekommen, aber von einer Stadt namens Gander hatte er noch nie gehört. Staunend erfuhr er, daß diese Stadt in Neufundland auf kanadischem Territorium liegt. Jo hatte herausgefunden, daß ein Reisebüro solche Urlaubsausflüge neuerdings stark propagierte, um die devisenschwachen Kubaner gegenüber den bösen Dollar-Imperialisten zu unterstützen. Der Tourismus auf Kuba war erst im Aufbau, und in Prag stiegen die Ost-Touristen zu, gewissermaßen auch aus Solidarität zu Fidel Castro. »So ein organisierter Urlaubsausflug ist unverdächtig«, hatte der Major gemeint, und damit hatte er sicher recht. Und relativ billig war die Sache auch.

Jo und die Kriminalbeamtin Wimmer würden also die Rolle eines Liebespaares spielen müssen, Peter war überzeugt, daß das den beiden nicht schwerfallen würde. Jo Heller hatte ihn auch allen Ernstes gefragt, ob er nicht irgendeine geeignete Frau wisse, die man noch mitnehmen könne. Zwei Pärchen waren noch unverfänglicher, und Geld spielte ja keine Rolle. Peter hatte lange darüber nachgedacht, aber es fiel ihm niemand ein. Das war schon seltsam, und es stimmte ihn nachdenklich, fast traurig. Immer waren eine Menge Frauen in seinem Leben gewesen. Seit den Schwierigkeiten mit Sonja hatte er sie alle aus den Augen verloren. Jetzt irgend jemanden zu suchen, dafür war wohl die Zeit zu kurz. Auch verspürte er gar keine rechte Lust dazu. War für ihn mit sechzig Jahren wirklich alles schon zu Ende? Es sah ganz so aus.

Die Maschine der Cuba-Air, eine sowjetische Iljuschin, landete pünktlich in Havanna. Es war ein Uhr nachts Ortszeit. Man hatte einen fünfzehnstündigen Flug überstanden und war dementsprechend müde.

Dorothea am wenigsten, sie hatte im Flugzeug an Hellers Schulter mehrere Stunden fest geschlafen. Jo konnte nicht schlafen, er war zu nervös. Peter Brucker auch nicht, er brauchte nicht mehr viel Schlaf.

Wie die anderen Reisenden holten sie ihre Reisepässe hervor. Die Menschenschlangen vor den Paßkontrollstellen wurden immer länger. Und dann hatten die drei einige zwar im Grund unwesentliche, aber dennoch wenig erfreuliche Erlebnisse:

Im Glaskasten ihres Kontrollschalters saß ein uniformierter Polizist und studierte jeden Paß langsam und gründlich wie ein Jurist eine oberstgerichtliche Entscheidung. Er schien alle Zeit dieser Welt zu haben, und die wartenden Menschenmassen beeindruckten ihn überhaupt nicht. Die Iljuschin war voll besetzt gewesen, über einhundertsechzig Passagiere. Der kontrollierende Polizeioffizier brauchte für jeden Einreisenden drei bis fünf Minuten. Trotzdem murrte niemand unter den Wartenden. Die Menschen aus den Oststaaten waren daran offenbar gewöhnt, und die Österreicher waren zu eingeschüchtert, um sich zu beschweren. Überall standen schwer bewaffnete Soldaten herum, und ihre Gesichter schienen auszudrükken, sie seien jederzeit bereit, für Fidel Castro den Heldentod zu sterben.

Bei der anschließenden Zoll- und Gepäckkontrolle ging es nicht viel anders zu als am Paßschalter. Es war drei Uhr morgens, als die drei neben ihren Koffern vor dem Flughafen standen und auf den Weitertransport warteten. Das letzte Reiseziel hieß Punta Blanca in Varadero, außerhalb von Havanna. Eine Art Bungalow-Hotelkette direkt am Strand und unter Palmen. So stand es im Reiseprospekt.

Es war 6 Uhr früh, und der Morgen dämmerte, als sie dort ankamen. Die Bungalows entpuppten sich als Prachtvillen, die früher reichen Amerikanern gehört hatten. Man hatte sie enteignet und verwendete ihre Villen jetzt für den Tourismus. Im Innern dieser Villen war von Pracht aber nichts mehr spürbar. Im Zuge der Enteignung hatten die siegestrunkenen Kubaner alles geplündert, was abmontierbar war. Die Zimmer waren jetzt eher spartanisch eingerichtet, und Kühlschränke sowie sanitäre Einrichtungen trugen sowjetische Firmenbezeichnungen.

Eine weitere Stunde dauerte die Zimmerzuteilung. Peter wollte sich waschen und rasieren, aber in seinem Badezimmer gab es kein Wasser. So putzte er sich im Doppelzimmer des jungen Paares die Zähne, und man beschloß, gar nicht mehr zu Bett zu gehen und bis zum Frühstück im Meer zu baden.

Was sich als großartige Idee erwies.

Das Wasser war warm und kristallklar. Die aufgehende Sonne spiegelte sich im Meer, ein schneeweißer Sandstrand mit vereinzelten Palmen stimmte die drei versöhnlich und ließ sie die überstandenen Strapazen vergessen.

»Was für ein wunderschönes Land!« rief Dorothea ganz benommen. Sie sah hinaus auf das dunkelblaue Meer; eine leichte Brise hatte glitzernde Schaumkronen hineingezaubert. »Sieht es nicht aus, als wären alle Sterne vom Himmel ins Meer gefallen?« rief sie. Der Vergleich stimmte, es wirkte tatsächlich so.

Auch die beiden Männer waren beeindruckt, jeder auf seine Art. »Bist ein kleines romantisches Vögelchen, Dorli«, lächelte Peter. Jo Heller meinte, es sei schade, daß sie in so einer schönen Umgebung eine so häßliche Arbeit verrichten müßten. Aber vorerst war ja noch Zeit. Es war abgemacht, daß man die erste Woche gar nichts Dienstliches unternehmen würde. Schließlich sollte man in einem fremden Land erst einmal wissen, wo links und rechts ist, bevor man etwas tut, was zudem schwierig und ziemlich riskant ist.

Beim Frühstück lernten sie freundliche Einheimische aller Hautfarben kennen. Es gibt tiefschwarze Kubaner, aber auch rothaarige, wahrscheinlich Nachkommen keltischer Stämme. Die schokoladenbraunen Mischtypen sind jedoch in der Mehrzahl. Ein schöner Menschenschlag alles in allem. Die gesamte Geschichte dieser Insel spiegelt sich geradezu im Aussehen ihrer Bewohner.

Nachdem Peter eine diesbezügliche Bemerkung über Kuba und seine Einwohner gemacht hatte, wurde Dorothea neugierig und wollte wissen, woher er denn so profunde Kenntnisse habe. Der Alte lachte. »Wenn ich in ein Land fahre, wo ich noch nie gewesen bin, dann informiere ich mich vorher darüber. Nachschlagewerke über Kuba gibt es bei uns genug. Das hättet ihr beiden auch tun sollen.« Sie hatten es aber nicht getan.

»Na, gib uns schon ein bißchen Nachhilfe«, bettelte Dorothea. Peter holte sich vom Buffet zuerst noch einen Kaffee, dann begann er:

»Einen Geschichtsvortrag halte ich euch hier nicht. Aber vielleicht wißt ihr noch aus der Schulzeit, daß Havanna einmal das Zentrum des lateinamerikanischen Sklavenhandels war. Die spanischen Eroberer brauchten Arbeitskräfte. So verschafften sie sich in Afrika Zehntausende von Negern und verschifften sie hierher, wo man sie dann wie Haustiere verkaufte.« Dorothea sah ganz betroffen aus. »Und was glaubt ihr, wann dieser grausame Menschenhandel hier zu Ende war?« fragte er.

Die Meinungen gingen auseinander. Etwa vor zwei- oder dreihundert Jahren?

»Nein, erst 1886 wurde die Sklaverei hier abgeschafft. Vor nicht einmal hundert Jahren. Überlegt einmal, 1886 war das Geburtsjahr meines Vaters.« Jetzt lachte Peter. »Wenn mein alter Herr nicht in Wien, sondern hier zur Welt gekommen wäre, dann hätte ich womöglich einen Sklaven zum Vater gehabt. Das muß man sich einmal vorstellen.«

Dorothea war ganz ernst. »Nicht einmal hundert Jahre ist das her«, hauchte sie, »da gab es hier noch Sklavenmärkte.«

»Das muß man wissen, wenn man die Menschen hier verstehen will«, sagte Peter. »Den Freiheitsdrang dieses Volkes, die Angst vor einer neuen, modernen Art der Versklavung. In den letzten hundert Jahren folgte hier eine Revolution der anderen. Ihr wißt vielleicht noch aus den Zeitungen, daß 1952 Fulgencio Batista eine Diktatur ausgerufen hatte und das Land völlig den USA auslieferte. Sieben Jahre später wurde er von Fidel Castro gestürzt.«

»Und jetzt haben die Iwans hier das Sagen«, meinte Jo Heller. »Immerhin schon mehr als zwanzig Jahre. Die Sache scheint sich einzupendeln.« Dann lachte er. »Hoffentlich bleibt es ruhig, solange wir hier sind.«

Peter Bruckers Zimmermädchen war tiefschwarz und hieß Aida. Ein Vorderzahn fehlte ihr, ansonsten war sie recht hübsch. »Hast du was mit deinem Besenweib?« fragte Dorothea eines Morgens neugierig. Die Frage war berechtigt. Denn wann immer Aida in Peters Nähe kam, rollte sie ihre Augen schelmisch und lächelte freundlicher, als es ortsüblich war, trotz Zahnlücke.

»Wir haben ein Geheimnis, wir beide«, antwortete Peter und grinste.

Er hatte der staubwischenden Aida schon in den ersten Tagen ab und zu ein Päckchen Zigaretten geschenkt. Zigaretten sind lächerlich billig auf Kuba, aber natürlich nur in den Intourist-shops für Ausländer. Daraufhin wurde Aida so zutraulich, daß Peter schon befürchtete, sie erwarte Sex von ihm. Woran auch sonst sollten Männer denken, wenn ein Mädchen mit den Augen zwinkert und mit dem Popo wakkelt? Seine Besorgnis war unbegründet. Eines Vormittags zwischen Bettenmachen und Badputzen eröffnete ihm Aida in englischgetrübtem Spanisch, daß sie daheim eine zweijährige Tochter habe. Und im Intourist-shop des Hotels wären gerade reizende Kleidchen für Kleinkinder angekommen. Natürlich besorgte ihr Peter eins, es kostete ganze drei Dollar, und er schenkte es ihr. Aida war überglücklich.

»Scheiß Kommunistenstaat«, sagte Dorothea böse.

»Was meckerst du denn«, widersprach Jo Heller. »Den Leuten geht es doch gut hier, soweit man sieht.« Dorothea wurde noch böser.

»Und du meinst, diese Menschen hier denken sich nichts dabei? Möchtest du in einem Land leben, wo du Ausländer anbetteln mußt, wenn du ordentliche Tennisschuhe oder ein Kleid kaufen willst?« Richtig zornig war Dorothea jetzt. »Wir schimpfen zu Hause über unsere Demokratie, über Parteibuch- und Vetternwirtschaft! Aber das ist mir ja noch tausendmal lieber als dieses beschissene System hier!«

»Sei nicht so ordinär, Frau Inspektor«, grinste Jo. »Du bist hier nicht im Sicherheitsbüro.«

Dorothea beruhigte sich und korrigierte:

»Bei Gott lebe ich in einer Demokratie lieber als bei den Kommunisten.«

Dann war es Zeit für den Autobus, der sie nach Havanna bringen sollte.

Die erste Woche verging wie im Fluge. Die Tage waren ausgefüllt mit Faulenzen in der Sonne und Schwimmen. Abends saßen sie in einer der romantischen strohbedeckten Strandbars und tranken Cuba libre, einen Rum-Cocktail mit Eiswürfeln und Früchten. Den Wein verschmähten die verwöhnten Österreicher; Peter brummte, den könne man nicht genießen. Dorothea meinte spitz, das käme wohl daher, weil man von daheim schon so an das Glykol gewöhnt sei. Hochgewachsene, schlanke Kubaner mit herrlichen Stimmen sangen »La Paloma« und »La Cucaracha« und klimperten virtuos dazu auf ihren Gitarren. Wenn sich das junge Liebespaar gegen Mitternacht ins Bettchen trollte, bestellte Old Peter noch einen Cuba libre und sang mit. Zur großen Freude der kubanischen Heurigensänger. Weil sich dieser gemütliche Österreicher, spanisch-englisch radebrechend, beim Personal über alles mögliche erkundigte, war er alsbald der Liebling der Einheimischen. Wohl auch deshalb, weil er mit Dollar-Trinkgeldern nicht kleinlich war. Denn die Kubaner verabscheuen zwar den amerikanischen Imperialismus, aber der US-Dollar ist dennoch ihre bevorzugte Währung. Auf diese Weise erfuhr Peter erstaunlich schnell eine Menge über Land und Leute auf Kuba. Er lernte nicht nur, daß »La

Cucaracha« nichts anderes bedeutete als »der Kakerlak«, diese übergroße Küchenschabe. Er lernte auch Dinge, die ihm in der nächsten Woche von großem Nutzen sein konnten.

Es war genau eine Woche nach ihrer Ankunft auf Kuba. Sie saßen im Restaurant und frühstückten, als der Kellner Pedro zu Peter kam und ihm etwas ins Ohr flüsterte. Peter Brucker lächelte, worauf Jo Heller wissen wollte, was er denn mit dem Hotelkellner für Geheimnisse habe. »Wir sind Schwarzhandels-Partner geworden«, grinste der Alte. Dann wurde er ernst: Am Abend zuvor hatte ihn der Kellner Pedro im Vertrauen und höchst konspirativ gefragt, ob er ihm in einem Intourist-shop nicht ein Paar Tennisschuhe Größe 7 besorgen könne. Das hatte Peter getan, und jetzt hatte ihm der glückliche Kellner nur mitgeteilt, daß die Schuhe tatsächlich paßten.

»Bist du wahnsinnig geworden?« fragte Jo bissig. »Willst du uns mit solchen Sachen die Polizei auf den Hals hetzen? Das ist doch strengstens verboten bei den Kommunisten. Die werden dich noch des Landes verweisen wegen staatsgefährdender Umtriebe oder Wirtschaftssabotage.« Worauf alle drei lachten.

»Fangen wir heute an?« fragte Peter plötzlich, und mit der Heiterkeit war es mit einem Schlag vorbei.

Der alte Ministerialrat Roßmanek wunderte sich ein wenig, als ihm sein Gruppeninspektor Nowotny Bericht gab. Nichts Besonderes war vorgefallen – ein junger Inspektor von der Fremdenpolizeilichen Abteilung hatte sich lediglich im Paßamt ein Foto der Rosemarie Maschke besorgt. Das verstand der Ministerialrat. Er wußte seit langem, daß besagter Inspektor Kontakt zu Coopers Leuten hatte. In Ordnung war das nicht, und der Ministerialrat hätte die Verbindung längst unterbinden können. Was aber wäre die Folge gewesen? Die Amis hätten sich einen anderen Beamten eingekocht, und wer weiß, wie lange es wieder gedauert hätte, bis man wußte, wer das war. Da war es dem Ministerialrat schon lieber, er wußte Bescheid. Und mit derart kleinen Untugenden in seiner Abteilung mußte außerdem ein Chef der österreichischen Spionageabwehr schon leben können.

Daß Cooper und seine Leute jetzt wissen wollten, ob diese Maschke diese »Igolka« war, war verständlich. Auch daß sie dazu ein Foto der Rosemarie benötigten. Verwunderlich aber war, daß Cooper bei seinem kürzlichen Besuch kein Wort von einem Foto gesagt hatte. Er hätte offiziell ohne weiteres eines bekommen.

Ganz und gar unverständlich war Roßmanek jedoch der zweite Teil des mündlichen Berichts von Nowotny: Der junge Inspektor hatte im Meldeamt auch die Daten des Vaters von Rosemarie notiert. Das begriff der Ministerialrat nicht. Der alte Maschke war ein biederer Arbeiter, und man sollte meinen, für einen Geheimdienst völlig uninteressant. Eine Weile überlegte der Ministerialrat, ob er irgend etwas unternehmen sollte. Aber dann beschloß er, nichts zu tun, bis Heller und die Kriminalbeamtin Wimmer wieder in Österreich waren. Auch bei der Staatspolizei ist es manchmal am gescheitesten, einfach abzuwarten.

Viel zu tun und keine Zeit zu verlieren hatte indessen Botschaftsrat Cooper. Die »Operation Doublecross« hielt ihn ganz schön auf Trab. Er war nicht der Erfinder dieser geheimdienstlichen Operation, auch nicht der dafür verantwortliche Chef. Das war Colonel Hardbottle von der Military-Section. Cooper hatte gewissermaßen nur Assistenzdienste zu leisten, aber auch das war Arbeit genug. Er pendelte jetzt permanent zwischen Wien und Washington hin und her und hatte es ständig eilig. Denn Hardbottle war der Meinung, seine Operation solle in dem Zeitraum stattfinden, in dem die »Austrians« auf Kuba waren. Vielleicht konnten sie ja irgendeine für den Oberst wichtige Beobachtung machen.

Alles ist schon einmal dagewesen auf dieser Welt, meinte schon vor mehr als tausendfünfhundert Jahren der jüdische Gelehrte Ben Akiba. Der Mann hatte recht, zumindest was die Idee der »Operation Doublecross« betraf. Denn schon 1944, während des Zweiten Weltkriegs, ließen die Engländer die Leiche eines Mannes in der Uniform eines britischen Offiziers an die spanische Küste anschwemmen. Der Mann hatte geheime Aufzeichnungen bei sich, die auf eine bevorstehende Invasion der Alliierten in Südfrankreich schließen ließen. Tatsächlich ließen sich die Deutschen täuschen und verlegten ein paar Divisionen aus der Normandie nach dem Süden. Hardbottle hatte nun Ähnliches mit den Kubanern vor. Dabei hatte er durchaus nicht die Absicht, einen Krieg zu beginnen; sein einziges Ziel war, die Insulaner in Furcht und Unruhe zu versetzen. Und ihre anschließenden militärischen Bewegungen zu beobachten. Als besonderen Gag hatte sich der Colonel nun ausgedacht, seine postalische Leiche zusätzlich mit Personaldokumenten des Vaters dieser gefährlichen österreichischen Agentin zu versehen. Die Verwirrung in der sowjetischen Botschaft in Havanna mußte komplett sein, wenn alles klappen sollte. Und Cooper hatte dem Plan zugestimmt, weil ihn die Reaktion der Iwans in Wien interessierte. Sie mußten sich ja um den angeblich toten Maschke kümmern. Natürlich konnte Cooper mit dem Ministerialrat über dieses Vorhaben nicht reden. Erstens aus Geheimhaltungsgründen und zweitens, weil er wußte, daß Roßmanek auch einer passiven Teilnahme seiner Leute an einer solchen Operation niemals zustimmen würde. Dazu kannte er den Alten zu gut.

Es ist auch für einen Geheimdienst von der Größenordnung der CIA nicht ganz leicht, in kurzer Zeit eine passende Männerleiche aufzutreiben. Schließlich fand man in Houston/Texas einen Selbstmörder durch Erhängen, der keine Angehörigen mehr hatte. Ein fünfzigjähriger Landstreicher und Alkoholiker, den niemand vermissen würde. Er hieß John Walker, und das Motiv für sein trauriges Ende war unbekannt. Wahrscheinlich hatte er nichts mehr zu saufen. Drei Tage lang hing der Unglückliche an einem Baum, bevor man ihn fand. Sein Gesicht war von Tierfraß unkenntlich, das war den Geheimdienstlern nur recht. Fachleute kümmerten sich um ihn, wuschen und kneteten den toten Walker, so daß die Todesursache nicht mehr offenkundig war, steckten den Leichnam in Wäsche und Kleider, die sich der Landstreicher zu Lebzeiten niemals hätte leisten können. Auch die Armbanduhr, Zigarettendose und Feuerzeug vergaßen die Experten nicht. Der österreichische Reisepaß auf den Namen Maschke und einige Kuverts mit Schriften und Skizzen waren das letzte, was man Johnny Walker in die Taschen steckte, bevor man ihn auf seine gespenstische Reise schickte.

Leutnant zur See Paolo Gonzales von der kubanischen Marine war mit seinem Patrouillenboot routinemäßig zum Küstenschutz in der Bucht von Varadero unterwegs. Er dachte sich gar nichts dabei, als sein diensthabender Obermaat mit dem Feldstecher einen Punkt am Horizont fixierte und dann ein treibendes Schlauchboot meldete. Man war innerhalb der Dreimeilenzone, und der Leutnant nahm Kurs auf das Schlauchboot.

Leutnant Gonzales dachte sich auch nichts dabei, als man beim Näherkommen auf dem Schlauchboot die Aufschrift »US Navy« lesen konnte. Die Regenzeit hatte gerade begonnen, und sie brachte in der Karibik oft orkanartige Gewitterstürme mit sich. Wahrscheinlich war das Schlauchboot irgendwo in Florida losgerissen worden und trieb jetzt der kubanischen Nordküste zu.

Als man die Leiche in dem Schlauchboot fand, daneben ein modernes Funkgerät amerikanischer Bauart, ein Fernglas und eine Provianttasche sowie eine Pistole und Munition, da schlug der Leutnant Alarm und meldete die Sache per Funk an seinen Stützpunkt nach Havanna. Er bekam den Befehl, im Schlauchboot nichts zu verändern, das Ding ins Schlepptau zu nehmen und zum Stützpunkt zurückzukehren.

Es war sicherlich eine kluge taktische Maßnahme des Kreml gewesen, im Jahre 1975 bei der Krise in Angola kubanische Truppen einzusetzen. Die Militärdrill gewohnten Kubaner waren unter dem Befehl sowjetischer »Berater« genauso verläßlich wie russische Soldaten, und durch ihre vornehmlich dunkle Hautfarbe war jegliches Rassenproblem von vornherein ausgeschlossen. In einem Land, das an Namibia grenzt und im permanenten Kriegszustand mit Südafrika liegt, muß man auf die Gefühle der Bewohner Rücksicht nehmen. Major Leonid Wolkow war zwei Jahre in Angola Berater des kubanischen Militärkontingents gewesen, und jetzt war er in Havanna Verbindungsoffizier des sowjetischen Militärattachés zum kubanischen Armee-Führungsstab. Auch schon seit drei Jahren. Er kannte also die kubanische Mentalität zur Genüge, sprach perfekt spanisch und fühlte sich in Havanna beinahe ebenso zu Hause wie in seiner Heimatstadt Kiew. Deshalb empfand er das Mißtrauen seiner Vorgesetzten den Angaben des Marineleutnants Paolo Gonzales gegenüber als überflüssig und unbegründet. Er hatte Gonzales zwei Stunden lang unter vier Augen befragt. Anschließend verhörte er die sieben Besatzungsmitglieder des Patrouillenbootes, und alle Aussagen stimmten miteinander überein.

Eigentlicher Grund, weshalb die Iwans Mißtrauen zeigten, war die Tatsache, daß man bei dieser verdächtigen Leiche kein Geld gefunden hatte. Das war doch einfach lächerlich: Wenn dieser Mann als Agent nach Kuba eingeschleust werden sollte und irgendeinen Auftrag hatte – dafür sprach ja seine ganze Ausrüstung –, dann mußte er doch auch über Geldmittel verfügen. Eine Erklärung für das Fehlen von Geld war, daß es Leutnant Gonzales und seine Männer hatten verschwinden lassen. Das hätte auch Major Wolkow für möglich gehalten, wäre Gonzales entweder allein oder mit einem Freund zusammengewesen, der ihn nicht verraten würde. Bei acht Kubanern aber hätte bestimmt einer geplaudert, dessen war sich Leonid ganz sicher. Er kannte doch seine Insulanerfreunde und verteidigte sie bei den Stabsbesprechungen in der Botschaft jetzt vehement. Auch konnte er die Spannung und Aufregung bei den Genossen des KGB nicht ganz begreifen. Sicher, er kannte nicht alle Hintergründe dieser Affäre, aber die Nervosität seiner Geheimdienst-Genossen grenzte ja schon an Hysterie.

Dann kam der Obduktionsbefund des staatlichen Medizinischen Instituts von Havanna über die Todesursache der Leiche, und die Verwirrung wurde noch größer: Der Mann war schon vor mindestens zehn Tagen offenbar erdrosselt worden.

Die elegante Dame mit dem deutschen Reisepaß ging zielstrebig zum Diplomatenausgang des Flughafens Havanna. Sie wußte, daß sie dort erwartet wurde. Die übrigen Passagiere aus Mexiko-City stellten sich bei den Kontrollschaltern an. Die blonde Deutsche stieg schon in einen Diplomatenwagen, noch ehe einer ihrer Mitreisenden kontrolliert worden war. Trotzdem war sie von dem Empfang enttäuscht. Sie hatte drüben in Mexiko erstklassige Arbeit geleistet, alles entwickelte sich nach Wunsch, und sie hatte sich eigentlich einen herzlicheren Empfang vorgestellt. Aber anstatt der sonst üblichen Umarmung und Küsse schob sie der Mann nur rasch in das Auto. Sein Gesicht war finster.

»Gut, daß du da bist«, sagte er nur.

»Ist was passiert, Sergej?« fragte sie erstaunt.

»Du sollst hier nicht Sergej zu mir sagen«, war die Antwort. »Ich heiße Igor. Merk dir das endlich.« Es klang nervös, fast feindselig. Sie fuhren in ihre Wohnung in Nuevo Vedado. Igor lenkte den Wagen und war während der ganzen Fahrt nicht bereit, irgendwelche Erklärungen zu geben. »Später, Igolka«, knurrte er nur.

In der Wohnung angekommen, erlebte Igolka eine weitere unangenehme Überraschung. Zwei Kollegen Igors waren da, darunter sein Chef, der Genosse General. Man ließ ihr nicht einmal Zeit für einen Drink oder zum Händewaschen, und sie stellten ihr eine Menge für sie unverständliche Fragen. Je länger sie fragten, desto verwirrter wurde die Blonde.

Die Fragen wiederholten sich.

Manchmal hatte sie den Eindruck, als ob die Männer mißtrauisch wären. Ob sie irgendeine Verbindung zu ihren Eltern aufgenommen habe, wollten die Herren ständig wissen. Das hatte man ihr seinerzeit verboten, und sie hatte es auch nicht getan. Dann sah der General auf die Uhr. »Fünfzehn Uhr«, sagte er und nickte Igor zu. »In Wien ist es jetzt einundzwanzig Uhr.«

Igor ging zum Telefon und wählte eine Nummer.

»Du rufst jetzt deine Eltern an«, sagte er zu ihrer größten Überraschung. »Du fragst, wie es ihnen geht, und sagst, daß du bald wieder nach Wien kommst. Du sagst nicht, wo du bist. Sei gescheit und frag deinen Vater, ob er seinen Reisepaß verloren hat.«

Jetzt verstand sie überhaupt nichts mehr.

»Ja, daß du dich wieder einmal meldest«, keifte Mutter Maschke böse und erfreut zugleich ins Telefon. »Ist das denn anständig? Monatelang kein Brief, keine Karte... Wo bist du denn...? Wo? Wie es Papa geht? Na gut, wie immer... Wo er ist...? Na, im Wirtshaus. Heute ist doch Samstag, sein Tarockabend... Wie...? Ob er seinen Reisepaß verloren hat...? Sag einmal, spinnst du...? Oder bist besoffen...? Papa hat doch gar keinen Paß, wozu auch... Wie...? Du kommst bald nach Wien? Wie geht es dir denn, und wo bist du denn? Hallo...? Hallo...«

Die Leitung war unterbrochen.

Mutter Maschke schüttelte den Kopf und legte den Telefonhörer auf. Komische Fragerei von ihrer Tochter. Aber wenigstens ein Lebenszeichen, und offenbar ging es ihr nicht schlecht. Und wenn sie bald wieder nach Wien kam, war ja alles in Ordnung. Sie ging wieder ins Wohnzimmer und setzte sich vor den Fernseher. Gleich ärgerte sie sich. Der Tatort-Krimi war zu Ende, und jetzt wußte sie nicht, wer der Mörder war.

Wenn es Mitternacht wurde und die kubanischen Schrammelmusikanten aufgehört hatten zu spielen, saß man oft noch lange beisammen, und die Insulaner lachten Tränen, wenn Old Peter Witze erzählte. Es war ja eine Männerrunde, und die Witze konnten gar nicht ordinär genug sein. An diesem Abend erzählte Peter voll guter Laune und Mojito eine uralte vulgäre Geschichte und wurde mit einem Schlag nüchtern, als statt des erwarteten Gelächters eisiges Schweigen folgte.

Es kam ihm wieder zu Bewußtsein, daß er sich ja in einem kommunistischen Polizeistaat befand.

Der Witz begann etwa folgendermaßen: Es war einmal eine Prostituierte, die war ein fanatischer Fußballfan. Sie ließ sich auf ihre Oberschenkel den Maradona und den Beckenbauer tätowieren, und jeder Kunde, der die beiden erkannte, bekam Preisnachlaß. Einmal hatte sie einen betrunkenen Matrosen, der riß die Augen auf und lallte: »Die kenne ich alle drei. Der links ist der Maradona und der rechts der Bekkenbauer. Und der in der Mitte, der Bärtige, der das Maul so weit aufreißt, das ist der Fidel Castro.«

Seine Freunde blickten erschrocken in die Runde.

Der Gitarrist faßte sich als erster. »Erzähle hier auf Kuba so etwas nicht«, mahnte er. »Es könnte falsch ausgelegt werden.«

Felipe, der Trommler, meinte sogar, daß man doch bestimmt auch in Österreich eingesperrt würde, wenn man Ähnliches von einem Kanzler oder Minister erzählte. Er konnte es gar nicht glauben, als ihm Peter versicherte, in seiner Heimat könne man ausgiebig und ungestraft über die Regierung schimpfen. Nur unter Hitler war das anders, belehrte ihn Peter. Und dann fiel ihm ein, daß er als Rekrut der großdeutschen Armee einmal drei Tage Arrest aufgebrummt bekommen hatte wegen einer ähnlichen Geschichte. Damals nannte man das »Wehrkraftzersetzung«. Das verstanden die Kubaner. Peter erzählte dann alte Witze über Göring und Goebbels, und seine Freunde lachten wieder. Aber bei weitem nicht mehr so herzlich wie vor dem Witz über Fidel Castro. Erst als er weiter politisierte und Reagan als miesen Cowboydarsteller und ebenso unbegabten Präsidenten bezeichnete, waren alle wieder versöhnt.

Wenig zu lachen hatten indes die drei Österreicher, was den eigentlichen Grund ihres Urlaubs betraf. Hatten sie anfangs noch gehofft, eine kleine Chance zu haben, den Sergej oder die Maschke irgendwann einmal zu Gesicht zu bekommen, so hielten sie drei Tage vor ihrer termingemäßen Rückreise Coopers Plan für eine ausgesprochene Schnapsidee. Auch hatte sich herausgestellt, daß die von Cooper als bevorzugte Plätze der sowjetischen Diplomaten genannten Stellen in Havanna wahrscheinlich noch aus Informationen aus der Batista-Ära stammten. Oder irgendein CIA-Agent war ein augesprochener Spaßvogel. Zumindest fand Jo Heller unter einer angegebenen Adresse in der Avenue Calcada anstatt eines Diplomaten-Tennisclubs ein »Komitee zur Verteidigung der Revolution«, wo ihn ein aufgeweckter Parteifunktionär fragte, ob der Genosse aus Österreich am heutigen Heimabend der Kubanischen Junggenossen teilnehmen möchte. Der Genosse aus Österreich dankte herzlich, und auf dem Heimweg fluchte er ordinär und anhaltend.

Am ehesten gab noch das *Café Moscu* in der Avenue Menocal zu gelinden Hoffnungen Anlaß. Dort verkehrten tatsächlich sowjetische Berater oder Diplomaten, an Sprache und Kleidung unschwer zu erkennen. Viele Stunden verbrachte Peter in diesem Lokal und seiner Umgebung. Sehnlich wünschte er, der gute Sergej würde dort einmal auftauchen. Oder die Rosa Maschke. Aber das war wie das Warten auf einen Totozwölfer, und außer mißtrauischen Blicken des Personals und unauffälliger Herren in unauffälligem Zivil war nichts zu holen.

Sie würden also ganz ohne jedes Ergebnis nach Wien zurückkehren. Eigentlich konnte es ihnen gleichgültig sein. Und mehr aus einer Laune heraus fragte Peter die beiden andern unvermittelt: »Was haltet ihr davon, wenn ich noch drei Wochen hierbleibe und allein mein Glück versuche?«

Es gab eine lange Debatte über dieses Thema.

Grundsätzlich hatte Jo ja nichts dagegen, aber er war der Meinung, daß so eine Verlängerung gar nicht möglich wäre. Es war ja ein Charterflug gebucht, und derartige Sonderwünsche von einzelnen Touristen waren sicherlich nicht im Sinne der staatlichen und bürokratischen Fremdenverkehrsorganisation auf Kuba. Peter versuchte es am nächsten Tag im Büro der Reiseleitung, und tatsächlich tat man dort sehr überrascht. Offenbar war eine derartige Eigenmächtigkeit noch nie dagewesen, und es gab zwischen den Herren Beamten zuerst lange Diskussionen und anschließend lange Telefonate mit übergeordneten Dienststellen. Peter Brucker wurde mit einer Menge Fragen bombardiert, und man konnte nicht recht begreifen, daß dieser Österreicher lediglich den schönen Strand und den hervorragenden Rum als Hauptmotiv seines Wunsches, noch zu bleiben, nannte. Schließlich geschah Unerwartetes: Nach vielem Hin und Her von guten Worten sowie von Dollarnoten erfuhr Peter, daß er tatsächlich noch drei Wochen bleiben könne. Sogar sein Zimmer durfte er behalten. Der Abschied war herzlich.

»Viel Glück und mach keinen Blödsinn, Alter«, sagte Jo am Flughafen. Dorothea küßte ihn. Sie nahm Geschenke für Sonja mit und versprach, ihr schon übermorgen die Sachen zu bringen.

»Auf Wiedersehen in Wien«, sagte Peter. Dann nahm er ein Taxi und fuhr ins *Café Moscu.*

Die russische oder, präziser ausgedrückt, die sowjetrussische Mentalität hatte Peter Brucker nicht auf Universitäten oder in Seminaren erlernt. Er kannte sie aus seiner Zeit als großdeutscher Soldat an der Ostfront, dann aus der Besatzungszeit in Österreich nach dem Krieg und schließlich von seiner Frau Natascha, die ja gebürtige Russin gewesen war. Nichts ist dem im Ausland befindlichen Sowjetbürger verdächtiger, als wenn er von einem dekadenten Westler in seiner Muttersprache angeredet wird. Da wittert er sofort Konspiratives! Peter sprach ein wenig Russisch, das heißt, er konnte in dieser Sprache einen Wodka bestellen, sich über das Wetter unterhalten und ein paar Volkslieder singen. Und ausgiebig fluchen. Er beschloß, einen der Sowjetdiplomaten im *Café Moscu* bei nächster Gelegenheit russisch anzusprechen. *»Nasdrowje Towarisch«,* würde er sagen. *»Kak wui schewajete?«* Eine Antwort erwartete er nicht, erhoffte aber trotzdem irgendeine Reaktion von seiten der Iwans.

Die Kellnerin im *Café Moscu* hieß Odais und war ein bildhübsches kaffeebraunes Mädchen. Sie hatte sich an diesen seltsamen Gast aus Austria gewöhnt, so wie ihre Kolleginnen auch. Der Alte brachte es fertig, stundenlang nur einfach in einer Ecke zu sitzen, freundlich um sich zu blicken und einen Mojito nach dem anderen in sich hineinzuschütten. Für einen normalen Touristen war er eigentlich schon zu lange da, auch bevorzugten Touristen doch eher die Badeplätze am Meer. Anfangs war Odais neugierig und hätte gerne gewußt, was der Kerl in Havanna eigentlich so trieb, außer Rum trinken. Auf ihre diskreten Fragen bekam sie aber nur lustige Antworten, und schließlich gab sie es auf.

Sie nannte ihn »Papa«, weil sie ja seinen Namen nicht wußte. Diese Bezeichnung ist auf Kuba durchaus nichts Außergewöhnliches und hat nicht die enge Bedeutung, die sie bei uns besitzt. »Papa« ist eher eine ehrenvolle Verbeugung vor dem Alter und stammt aus einer Zeit, als ältere und alte Menschen tatsächlich noch respektiert wurden. Wahrscheinlich noch aus der Zeit des Sklavenhandels.

Somit war Odais zwar überrascht, aber ziemlich hilflos, als ihr Chef sie eines Nachmittags in die Küche rief und sie dort von einem Polizisten in Zivil über »Papa« befragt wurde. Sie sagte, was sie wußte, das war nicht viel. Ziemlich barsch schärfte ihr der Polizist ein, daß sie dem Papa über diese Befragung nichts sagen durfte. Odais versprach es. Während dieses kurzen Gesprächs in der Küche stand ein sehr ernst dreinblickender Mann neben dem Polizisten. Der sprach kein Wort und hörte nur zu. Schon allein deshalb vermutete Odais in diesem Mann einen Genossen aus dem Paradies der Werktätigen.

Die hübsche Odais wollte die Küche gerade verlassen, als ihr doch noch etwas einfiel. Eine Kleinigkeit. Gestern, so wußte sie zu berichten, hatte Papa nach dem fünften Mojito einen Stammgast angesprochen. Der Stammgast war ein Angehöriger der nahe gelegenen sowjetischen Botschaft, und Papa wollte in gebrochenem Russisch mit ihm ins Gespräch kommen. Der Polizist und sein schweigsamer Freund nickten, waren aber nicht sonderlich interessiert. Vermutlich kannten sie die Geschichte schon. Darauf ging Odais wieder ins Gastzimmer zurück, gerade zur rechten Zeit. Denn Papas Glas war leer, und er verlangte ein neues. Das fünfte. Normalerweise trank er sechs, aber heute bezahlte er schon nach dem fünften und ging hinaus auf die Avenida Menocal.

Die beiden unauffälligen Männer, die ihm nachgingen, waren ziemlich überrascht, als der Alte nach etwa hundert Metern zu einem abgestellten Fahrrad ging. Er schwang sich auf das Rad und fuhr weg. Damit hatte man natürlich nicht gerechnet. Na, morgen würde man schlauer sein, und Fahrräder würden bereitstehen.

Hätte Peter Brucker etwas von der CIA-Operation mit der Leiche im Schlauchboot gewußt – nie im Leben wäre er auf die Idee gekommen, die Iwans noch zusätzlich zu provozieren. Es wäre ihm zu riskant gewesen. Aber so ist das eben bei den Geheimdiensten: Weil alles so schrecklich geheim sein soll, weiß der eine nicht, was der andere tut, und so passieren oft die größten Dummheiten.

Seine Überlegung war einfach: Wenn er Sergej nicht fand, dann sollte Sergej auf ihn aufmerksam gemacht werden. Der Gedanke amüsierte ihn, und sein auffälliges Verhalten im *Café Moscu* war nur ein Teil seines Plans. Seine Beschatter hatten ja sicherlich den Auftrag, erst einmal vertraulich seine Identität festzustellen. Nun ist es auf Kuba so, daß Touristen sich zwar überall Fahrräder ausleihen können, bei diesen Leihanstalten aber ihren Paß vorweisen müssen. Ein Fahrrad ist ein kostbares Gut, und der Verleiher notiert Namen und Hotel des Fremden, damit nichts passieren kann. So war es auch bei Peter Brukker. Am Abend vor seinem Abflug wollte er das Fahrrad jedoch nicht zurückbringen, sondern an einem bestimmten Platz zurücklassen. Name und Adresse der Leihanstalt waren ja am Fahrrad abzulesen, und dort würden die Geheimdienstler dann erfahren, wer er war. Nach seinem Zeitplan aber war er bis dahin schon in Europa oder zumindest in Gander, Neufundland.

Von seinen langen Strandwanderungen wußte er von einer weit ins Meer reichenden Mole mit einem Leuchtturm. Zu beiden Seiten der Mole befanden sich Betonbunker. Seit die Amerikaner 1961 in der Schweinebucht einmarschiert waren, konnte man ja nicht wissen, was den verdammten Imperialisten noch alles einfallen würde. Die Bunker waren jetzt leer, und von dort hatte er den Strand entlang keine Viertelstunde zu seinem Hotel. Wenn er sein Fahrrad in einem solchen Bunker abstellte, fände man es sicherlich erst am nächsten Tag, außerdem waren seine Beschatter dort in der Dunkelheit leicht abzuschütteln. Alles funktionierte vorzüglich. Nur hatte er übersehen, daß die Bunker mit Stacheldraht gesichert waren, und er zerkratzte sich beim Hindurchkriechen Rücken und Schenkel. Es blutete ganz ordentlich. In seinem Hotelzimmer wischte er sich mit seiner Unterwäsche ab. Die blutige Wäsche warf er in den Abfallkorb.

Aida war zuerst erschrocken und dann erstaunt, als sie die blutige Unterwäsche im Abfallkübel des Badezimmers entdeckte. Es war eine noch fast neue Unterhose und ein Unterhemd. Wenn sie das Zeug ordentlich auswusch, würde es wieder tadellos aussehen, und es paßte in der Größe ihrem Mann. Sie verstaute beides in ihrer Tasche.

Aida hatte einen langen Arbeitstag hinter sich, weil eine Menge Touristen abgeflogen waren und alle Zimmer wieder gründlich saubergemacht werden mußten. Die Betten frisch überziehen und so weiter. Als sie endlich fertig war und weggehen wollte, kam noch ein Capitano von der Sicherheitspolizei und befragte sie über den abgereisten Touristen aus Österreich. Ob ihr irgend etwas Besonderes aufgefallen war? Aida dachte zuerst an die blutige Unterwäsche und dann an die reizenden Kleidchen für ihre Tochter, die er ihr aus dem Intouristshop besorgt hatte. Nein, es war ihr gar nichts Besonderes aufgefallen. Der Capitano schaute sie finster an und trollte sich wieder.

Am Flughafen Wien-Schwechat wurde Peter Brucker von Jo Heller in Empfang genommen, der sich über das Wiedersehen sichtlich freute. Er umarmte den Alten und klopfte ihm auf die Schulter, so daß Peter Mühe hatte, einen Schmerzensschrei zu unterdrücken. »Was ist?« fragte Jo. »Ich bin ganz zerkratzt am Rücken«, grinste Peter, und Jo grinste auch. Weil er an Aidas Fingernägel als Ursache der Kratzer dachte. Den wahren Sachverhalt erfuhr er auf der Fahrt in die Stadt, und dann wurde er sehr ernst. »Ich bin froh, daß du wieder heil da bist«, sagte er. »Inzwischen hat sich in der Sache nämlich allerhand getan.« Dann erzählte er:

Gleich nach seiner Rückkehr vor drei Wochen wurde er durch Roßmanek von dem plötzlichen Interesse der CIA am alten Maschke informiert. Niemand konnte dafür eine plausible Erklärung finden. Die Kriminalbeamtin Wimmer wurde nach Floridsdorf geschickt, und nach ihrer unauffällig geführten Plauderei mit Mutter Maschke wußte man nun auch von dem Anruf der Rosemarie und ihrer seltsamen Fragerei nach Vaters Reisepaß. Der Ministerialrat entschloß sich daraufhin zu einer Gewaltaktion. Er rief Cooper zu sich und verlangte Aufklärung. Sagte ihm klipp und klar, entweder lege die CIA jetzt die Karten auf den Tisch, oder mit der freundschaftlichen Zusammenarbeit wäre es vorbei. Cooper wand sich eine Weile, dann beichtete er die ganze Geschichte von der Leiche im Schlauchboot mit den falschen militärischen Unterlagen und dem gefälschten Reisepaß mit Vater Maschkes Daten. Der Ministerialrat war stinkwütend ob dieser Eigenmächtigkeiten, aber jetzt wußte man wenigstens Bescheid. Die Grenzkontrollstellen wurden angewiesen, eine eventuelle Einreise der Rosemarie Maschke sofort zu melden. Ihre elterliche Wohnung wurde gelegentlich überwacht.

Peter Brucker verzog wieder schmerzhaft das Gesicht, diesmal nicht wegen der Kratzer. »Diese Ami-Schweine«, schimpfte er. Dann wurde er nachdenklich. »Und ich Idiot«, murmelte er, »ich laß den Sergej noch wissen, daß ich in Havanna war. Bin neugierig, was er jetzt tun wird, der Sergej.«

Als sich Jo und Peter voneinander verabschiedeten, war beiden klar, daß die Geschichte eine Fortsetzung haben würde, höchstwahrscheinlich hier in Wien. »Immer noch besser als in einem Gefängnis auf Kuba«, trösteten sie sich gegenseitig.

Josef Maschke saß in seinem Stammwirtshaus und spielte Tarock, wie jeden Mittwochabend. Er hatte schon drei Solopagate angesagt und gewonnen, dementsprechend gut war seine Laune. Seine Kartenbrüder beschimpften ihn wegen seines Spielgücks, und er verteidigte sich lautstark. Nicht Glück, sondern Können sei die Ursache seiner Erfolgsserie. Dann bestellte er eine Runde Weißwein. Es wurde ja um Geld gespielt, und er ließ sich nicht lumpen.

Die Karten wurden gerade wieder gemischt, als der Wirt Maschke zum Telefon rief. Das war ganz außergewöhnlich, da mußte eigentlich was passiert sein. Man hörte ihn an der Theke telefonieren. »Was ...? Wirklich ...?« rief er einige Male in den Hörer, es klang erfreut. Dann kam er wieder zum Tisch. Leider müsse er Schluß machen, erklärte er. Seine Tochter, die Rosy, wäre überraschend auf Besuch gekommen. Aus Amerika. Das war aber noch nicht alles. Geheiratet habe sie, die Rosy! Einen reichen Amerikaner!

Die Stammtischrunde gratulierte und zeigte volles Verständnis dafür, daß Maschke nach Hause wollte. Man würde sich eben einen Ersatzspieler suchen. Der fesche junge Mann in der Ecke wurde gefragt. Tarockspielen könne er schon, sagte dieser, aber leider habe er keine Zeit. Er stand auf und ging. Dem Wirt blieb nichts anderes übrig, als selbst in die Kartenrunde einzuspringen.

Der junge Mann fuhr geradewegs in die Wohnung Peter Bruckers, der soeben von seiner Tochter verarztet wurde. Einer dieser Kratzer hatte sich entzündet und war eitrig geworden. »Was gibt es denn, Jo?« fragte Peter. »Du wirst lachen«, sagte Jo Heller, »manchmal erfährt man in einem Vorstadtwirtshaus mehr Geheimdienstliches als im Innenministerium.« Er erzählte die Geschichte von der unterbrochenen Tarockpartie, während Sonja ihrem Vater die Schulter mit Jod einpinselte. »Gefällt mir gar nicht«, sagte Sonja. »Du solltest wirklich lieber zu einem Arzt gehen.«

»Gefällt mir gar nicht«, sagte Ministerialrat Roßmanek am nächsten Tag, als ihm der Kriminalmajor die Sache berichtete. »Wenn die Rosemarie wieder in Wien ist, hat sie garantiert einen Auftrag vom KGB.« Dann schimpfte der Ministerialrat auf die Grenzkontrollstellen, auf die kein Verlaß wäre. Die Einreise der Rosemarie war nicht berichtet worden. Major Heller gab zu bedenken, daß sie ja jetzt vermutlich einen amerikanischen Paß auf den Namen ihres Gatten habe. Wenn die Geschichte mit ihrer Heirat stimme. Daran hatte der Ministerialrat nicht gedacht. »Wir knöpfen uns diese Igolka jetzt vor«, sagte er schließlich. »Entweder sie läßt sich umdrehen, oder wir konstruieren ihr ein Vergehen nach dem Staatsschutzgesetz.«

Der Direktor des Wohnungsvermittlungsbüros war ungemein höflich zu der hübschen Amerikanerin. Solche Kundschaft wünschte er sich mehr. Eine moderne Mietwohnung in der Innenstadt war ihr Wunsch, und selbstverständlich gab es so etwas, allerdings nicht billig. Ohne Zögern hatte die Blonde aber dem Kaufpreis zugestimmt und gleich in bar die Anzahlung geleistet. Der Kaufvertrag war unterschrieben. Morgen am Vormittag konnte die Wohnung besichtigt und dann auch gleich bezogen werden. »Missis Farmer«, fragte der Direktor, »ist es Ihnen morgen um zehn Uhr recht? Treffen wir uns vor dem Haus Brandstätte Nummer eins, ich werde mit dem Wohnungsschlüssel dort sein.« Der Missis Farmer war es recht, sie sprach überdies ausgezeichnet Deutsch. Der Direktor gab darauf noch seiner Überzeugung Ausdruck, daß sie mit der Wohnung zufrieden sein werde. »Zwei Zimmer mit Küche und Bad im zweiten Stock, Fenster auf den Stefansplatz«, dienerte er. »Genau das, was Sie sich wünschen.« Dann geleitete er seine vornehme Kundin bis vor sein Büro. Als er wieder zurückging, rieb er sich die Hände.

Die Amerikanerin war auf dem Weg zum Taxistand, als ein Mann und eine Frau auf sie zutraten. »Kriminalpolizei«, sagte der Mann und hielt ihr eine Kokarde vor die Nase.

»Sie sind festgenommen, Fräulein Maschke«, sagte die Kriminalbeamtin und nahm ihr die Handtasche weg.

»My name is Farmer«, protestierte die Missis erschrocken, aber die beiden waren weit weniger höflich, als es zuvor der Direktor gewesen war. Sie grinsten nur und schoben sie in ein Polizeifahrzeug. Eine Viertelstunde später schob man sie in ein Bürozimmer. »Staatspolizeiliche Abteilung« hatte sie an der Tür gelesen, und dort fingen die wirklichen Unhöflichkeiten für die fesche Rosy erst an.

Dabei hatte der Tag so gut begonnen.

Jetzt wurde es schon dunkel, und dieser grantige Ministerialrat sah ihr in die Augen. Sie war ziemlich erschöpft und hörte ihn wie aus weiter Entfernung. »Ich lese Ihnen jetzt Ihr Geständnis vor«, hörte sie. »Wenn Sie vernünftig sind, können Sie dann heimgehen und morgen Ihre neue Wohnung beziehen. Andernfalls übernachten Sie im Polizeigefängnis und sind morgen im Landgericht. Haben Sie mich verstanden?«

»Ja«, hauchte Rosemarie.

Dann begann der Ministerialrat zu lesen. Er verlas das Protokoll, das diese unfreundliche Kriminalbeamtin den ganzen Tag über getippt hatte. Er las langsam und monoton:

»Niederschrift, aufgenommen mit Maschke, Rosemarie, Nationale im Akt, welche nach Wahrheitserinnerung Nachstehendes angibt. Ich gebe zu, seit Herbst 1975 für den Sowjetischen Geheimdienst tätig zu sein. Ich habe damals im Café Martha in Wien als Serviererin gearbeitet und lernte dort einen Gast kennen, der sich mir als Sergej Kravtschenko vorstellte und angab, als Diplomat in Wien an der Botschaft tätig zu sein. In den folgenden Monaten . . .«

Was blieb ihr anderes übrig, als alles zu erzählen? Alles, wie es war, oder fast alles? In Kleinigkeiten hatte sie gelogen oder abgeschwächt, aber dieser Ministerialrat wußte so viele Einzelheiten über sie und ihre Tätigkeit, daß Abstreiten einfach sinnlos gewesen wäre. Und wer läßt sich schon gerne einsperren? Sollte sie etwa eine kommunistische Heldin spielen? Ein echter Schock war es für sie, als der Ministerialrat den

Kriminalmajor kommen ließ, ihren Jugendfreund. Wenn es so war, daß die Staatspolizisten schon seit damals von ihrer Verbindung mit Sergej wußten, war es doch wirklich besser, die Fronten zu wechseln. Also hatte sie versprochen, in Zukunft doppelt zu spielen. Den Österreichern alles zu berichten, was sie für die Iwans tun mußte. Nur für den Preis ihrer Freiheit, bezahlen würde man ihr dafür nichts, aber Geldsorgen hatte sie im Moment ja ohnehin keine. Und morgen würde sie in ihre elegante Wohnung ziehen, als Missis Farmer. Einen zweiten Schlüssel mußte sie sich noch machen lassen. Für Sergej Kravtschenko.

Die Fähigkeit, nachzudenken und aus dem Nachdenken Schlüsse zu ziehen, war eine der starken Eigenschaften des Ministerialrats Roßmanek. Und nach dem Dauerverhör der Rosy Maschke gab es für ihn allerhand zu sinnieren. Er tat dieses aus alter Gewohnheit in seinem Stammcafé, und dieser Denkprozeß dauerte bis zur Sperrstunde. Das war immerhin bis lange nach Mitternacht.

Vieles war ihm jetzt klar. Bei der Maschke handelte es sich um die Agentin mit dem Decknamen Igolka, von deren Existenz er vor Jahren erfahren hatte. Mit ihrer Hilfe hatte der Kravtschenko damals in Wien den Miller umgedreht, und jetzt war ihm dasselbe mit dem US-Diplomaten Farmer in Mexiko gelungen. Der amerikanische Reisepaß der Maschke auf den Namen Farmer war natürlich eine Fälschung. Aber es war zu vermuten, daß die beiden jetzt als Ehepaar auftreten sollten. Die Frage war nur, wo und mit welchem Ziel. Es sah so aus, als hätten die Iwans in Wien Größeres vor. Sonst hätte Sergej seiner Igolka nicht so viel Geld für die Wohnung gegeben. Sicher war, daß sie Klarheit über diese CIA-Operation mit der Leiche vor Kuba gewinnen wollten. Aber das konnte nicht alles sein. Dazu hätte die Maschke nicht Missis Farmer werden müssen. Auch paßte die mißglückte KGB-Operation auf Gran Canaria überhaupt nicht ins Bild.

Die Eigenmächtigkeit des Peter Brucker in Havanna machte die Sache sicherlich noch komplizierter. Denn der KGB würde sich gewiß etwas einfallen lassen, um Bruckers Rolle auf Kuba zu klären. Es würde in Wien in nächster Zeit also einiges über die Bühne gehen.

Irgendwie erinnerte den Ministerialrat die jetzige Situation an die peinlichen Geschehnisse vor fünf Jahren. Alle damals Beteiligten waren wieder in Wien versammelt. Und lange dachte Roßmanek darüber nach, ob er Cooper über Rosy Maschke alias Farmer und deren neue Tätigkeit in Wien informieren sollte. Als er zahlte und heimging, stand sein Entschluß fest: Er würde es nicht tun.

William Harold Farmer war jetzt 36 Jahre alt und hatte sich zeit seines Lebens bemüht, seine unheilvolle homosexuelle Neigung zu verbergen. An der Universität in Houston, Texas, wo er Linguistik studierte, hatte er einen farbigen Freund und keine Probleme mit Sex. Als er mit 25 aber Nancy Blackmore heiratete, gab es beträchtliche Schwierigkeiten. Natürlich hielten die beiden das geheim. Die Blackmores waren eine vermögende und einflußreiche Familie, und William Farmer, den alle nur Bill nannten, hätte ja auch normalerweise niemals geheiratet. Aber ohne die Blackmore-Family wäre er nicht in den Diplomatischen Dienst gekommen, und das war sein Lebensziel. Sein erster Auslandsposten war Ciudad de Mexico.

Bill gefiel es dort recht gut, seiner Nancy weniger. Immer häufiger flog sie heim nach Houston, und ihre Aufenthalte daheim wurden immer länger. Kinder bekam sie keine, und sie ließ sich vom Hausarzt der Familie deswegen behandeln. Sie könne kein Baby bekommen und schon gar keinen Orgasmus, klagte sie dem Doktor. Dieser untersuchte sie gründlich und meinte dann, sie wäre ganz in Ordnung, es werde wohl an ihrem Mann liegen, und der solle einmal in seine Sprechstunde kommen. Ein Ansinnen, welches der Herr Botschaftssekretär aber strikt ablehnte.

Als Nancy die Scheidung verlangte und überall herumerzählte, ihr Bill wäre ein glatter Versager und impotent, empfand er dies als ungerecht und peinlich. Seine Kollegen witzelten über ihn, und die Diplomatengattinnen kicherten bei den Partys hinter seinem Rücken. Das mögen Männer nicht, am allerwenigsten Amerikaner. Somit empfand er es geradezu als glückliche Fügung des Schicksals, als er diese blonde Deutsche im Tennisclub kennenlernte. Von Anfang an machte sie ihm schöne Augen, und das schmeichelte seinem männlichen Stolz. Er zeigte sich gerne mit ihr in seinen gesellschaftlichen Kreisen, und als es offenbar wurde, daß er mit ihr ein Verhältnis hatte, hörten die Diplomatenweiber auf zu kichern, und die Kollegen klopften ihm wieder auf die Schulter. War also alles nur böswilliger Tratsch von dieser Nancy.

Tatsächlich lagen die Dinge völlig anders:

Die blonde Rosemarie verstand es, mit ihm sexuelle Höhepunkte zu basteln, wie er sie bisher nicht annähernd erlebt hatte. Weder mit seinem Negerfreund noch mit Nancy, mit ihr schon gar nicht. Es machte ihm überhaupt nichts aus, ihr hörig zu werden. Im Gegenteil, es gefiel ihm. Als sie ihm eines Nachts den Vorschlag machte, zu den Kommunisten nach Kuba zu emigrieren und anschließend mit ihr im Paradies der Werktätigen ein herrlich sorgenfreies Leben zu führen, schnaufte er nur zustimmend. Sie arrangierte alles, und auch der Genosse Kravtschenko war zufrieden, insbesondere mit den vielen CIA-Geheimakten, die Bill mit nach Havanna nahm. Dann flog man ihn nach Moskau und anschließend nach Simferopol auf die Krim, wo er Rosy treffen und mit ihr eine Villa beziehen sollte.

Irgend etwas war aber dazwischengekommen, und er mußte überraschend nach Wien. Dort würde er erfahren, was er zu tun hatte. Ihm war alles recht, Hauptsache, er würde in Wien wieder seine Rosy treffen. Das hatte man ihm versprochen.

Vorerst aber traf er in Wien den Genossen Kravtschenko.

Sergej war ungewöhnlich ernst, und die Fragen nach Rosemarie beantwortete er nur mit einem knappen »später«. Alles über diesen Kulturattaché der Wiener US-Botschaft wollte er wissen, und Bill berichtete. Das war nicht viel. Er war ihm noch nie persönlich begegnet, und man erzählte in diplomatischen Kreisen, daß Cooper ein CIA-Mann sei und gute Beziehungen zur Wiener Polizei habe. Das waren offenbar für Kravtschenko keine Neuigkeiten. Ob Bill etwas dagegen habe, mit Cooper einmal ein Gespräch zu führen, wenn Sergej alles organisiert habe? Bill hatte nichts dagegen und fragte wieder nach Rosy. Als es dunkel war, brachte Sergej Bill in die Innenstadt in eine Wohnung und eröffnete ihm, daß er die nächsten Wochen oder Monate hier wohnen werde. Zusammen mit Rosy, die inzwischen Farmer hieß und seine Frau geworden war. Der also vom KGB neuvermählte Bill war zufrieden, und bei einer Flasche Whisky wartete er geduldig auf seine Gattin. Als sie nach einer Stunde kam, war er leicht betrunken, aber mit allem einverstanden, was Sergej demnächst hier in Wien von ihm verlangen würde.

In den nächsten Tagen war für ihn nicht viel zu tun. Er sollte die Wohnung möglichst wenig verlassen, so wollte es Sergej. Blieb ihm also nur, Zeitungen zu lesen, Whisky zu trinken und aus dem Fenster zu schauen. Stundenlang beobachtete er die vielen Menschen, die den Stefansdom besichtigten, das Wahrzeichen Wiens. Der Kleidung nach waren es meist amerikanische Touristen, und manchmal hatte Bill den Wunsch, hinunterzugehen und mit ihnen zu plaudern. Aber er war diszipliniert und unterließ es. Schließlich war sein Gesicht wochenlang in allen Zeitungen gewesen, nach seinem spektakulären Absprung in Havanna, und womöglich würde ihn jemand von seinen Landsleuten erkennen. Das würde ihn in eine sehr dumme Situation bringen.

Sergej besuchte ihn täglich. Es ginge alles planmäßig, berichtete er.

Langsam lernte Bill seine Aufgabe in Wien kennen. Er sollte mit Cooper zusammentreffen und sich ihm anvertrauen. Ihm sagen, wie sehr er seinen Absprung bedauere und zu welchen Bedingungen er wieder in die USA kommen könne. Alles das natürlich nur zum Schein. Aber für Sergej war es ungemein wichtig zu wissen, wie Cooper reagieren würde. Das war die Situation, und jetzt hieß es nur abzuwarten.

Rosemarie vertrieb ihm die Wartezeit in gekonnter Weise. Tagsüber hatte sie in der Stadt irgendwelche Dinge zu erledigen, aber sie kam immer nach ein paar Stunden zurück und sorgte für sein leibliches Wohl. Dasselbe tat sie auch nachts, und alles war wie damals in Mexiko-City.

Viel zu tun in diesen Tagen hatte hingegen Ted Cooper. Seine Chefs in Washington wollten unbedingt eine Information bestätigt haben, wonach Kravtschenko wieder in Wien war und irgendeine Teufelei vorbereitete. Cooper wußte nicht recht, wie er das herausfinden sollte. Sein Staatspolizei-Partner, der Ministerialrat Roßmanek, war merkwürdigerweise zugeknöpft und schien an den Sorgen Coopers völlig desinteressiert. Dieser Major Heller tat nichts ohne Auftrag des Ministerialrats, und der ehemalige Detektiv Brucker war angeblich krank. Irgendwelche eitrigen Geschwüre und leichtes Fieber, das wußte Cooper von Jo Heller. Eine tagelange geheime Beobachtung des sowjetischen Botschaftsgebäudes durch eine Observationsgruppe hatte nichts ergeben. Alle ein und aus gehenden Personen hatte man fotografiert, aber es war kein Fremder darunter, nur das bekannte Personal.

Auch sonst hatte Kulturattaché Cooper beträchtlichen Ärger. Der Herr Botschafter hatte ihn zu einer Trauerfeier geschickt. Ein gewisser Nico Dostal war gestorben, ein österreichischer Operetten- und Filmkomponist. Alles, was in Wien mit Kultur und Kunst zu tun hatte, war dort vertreten, und man sprach von »Monika«, »Clivia« und »Manina«. Ted wußte gar nicht, daß Dostal dreimal verheiratet gewesen war, und das sagte er auch zum Wiener Bürgermeister. Der sah ihn daraufhin ganz merkwürdig an, und ein Geraune ging plötzlich durch die Trauergemeinde. Erst am nächsten Tag erfuhr Cooper, daß Clivia, Monika und Manina keine Witwen, sondern Titel von Operetten von Nico Dostal waren. Eine peinliche Situation für einen Kulturattaché. Der Botschafter war wütend. Womöglich berichtete er darüber nach Washington. Irgendein Erfolgserlebnis konnte Cooper jetzt also dringend brauchen.

Seine Pechsträhne schien zu Ende, als sich seine Frau Eleanor doch wieder entschloß, einen Papagei zu kaufen. Sie nannte den Vogel sinnigerweise »Sergej«, angeblich deshalb, weil er diesen Namen so oft im Schlaf stöhnte und ihr absolut nicht erklären wollte, was es damit für eine Bewandtnis hatte. Seit die gute Eleanor also ihren Vogel pflegte, begleitete sie ihn nicht mehr bei seinen abendlichen Spaziergängen und Kaffeehausbesuchen. So ein Papagei braucht besondere Betreuung, und abends gab ihm Mrs. Cooper Sprachunterricht. Sergej war sehr gelehrig, und schon nach einer Woche konnte er fehlerfrei »Reagan for President« krächzen. Wenn er zwischendurch immer wieder »Scheiße, Scheiße« schrie, war das nur ein Armutszeugnis für seine Vorbesitzer.

Ted Cooper machte also jetzt abends seine Spaziergänge allein. Nicht nur jeder Wiener hat sein Stammcafé, auch jeder in Wien akkreditierte Diplomat. Bei Cooper war es die *Bambi-Diele*, etwa zehn Gehminuten von seiner Wohnung entfernt. Als er dort eines Abends an der Bar stand und seinen Campari schlürfte, trat eine hübsche blonde Frau zu ihm und fragte schüchtern: »Entschuldigen Sie, sind Sie nicht ein amerikanischer Diplomat?«

Er nickte irritiert. Aber schließlich kannte man ihn ja in der *Bambi-Diele*.

Scheu um sich blickend, flüsterte die Frau dann, daß sie von der Kellnerin seine Identität erfahren habe. Zufällig. Und daß ihr Gatte Amerikaner und in Schwierigkeiten sei. Sie wäre schon gerne in die US-Botschaft gekommen, aber sie habe solche Hemmungen. Abweisend meinte Ted, sie könne ruhig in die Embassy kommen, während der Amtsstunden selbstverständlich. Dann erschrak er heftig. Es handele sich um den Fall William Harold Farmer, hauchte die Blonde. Das wäre ihr Mann. In Mexiko hatte sie ihn kennengelernt, und er bereue es jetzt, damals zu den Russen übergelaufen zu sein. Ganz verzweifelt wäre er schon. Was man denn jetzt tun könne ...?

Nun war es an Cooper, sich scheu umzublicken. Es war niemand im Lokal, der nach Geheimdienst aussah. Nur ein paar Pensionisten, die er vom Sehen kannte. »Wo ist er denn, Ihr Mann?« fragte er, und seine Stimme war heiser vor Erregung. »Wir leben jetzt hier in Wien«, jammerte die Blonde. Und alles wäre eigentlich ihre Schuld. Sie habe da einen russischen Diplomaten kennengelernt, den Kravtschenko. Der habe ihre Gutmütigkeit schamlos ausgenutzt, und jetzt mache sie sich solche Vorwürfe. Weil ihr Bill doch jetzt so unglücklich wäre. Tatsächlich, sie hatte Tränen in den Augen. »Wie heißen Sie denn mit Mädchennamen?« fragte Cooper, und sein Herz klopfte. »Maschke, Rosemarie Maschke«, hörte er sie sagen. Und ob ihr der Herr Diplomat vielleicht einen Rat geben könne?

»Erzählen Sie mir zuvor alles«, bat Cooper immer noch heiser und geleitete sie zu einem Ecktisch.

Nun – so naiv war Ted Cooper nicht, daß er die Möglichkeit einer Provokation nicht bedacht hätte. Aber je länger er dieser Rosemarie zuhörte, desto plausibler klang ihre Geschichte. Zudem deckten sich viele Einzelheiten mit seinen eigenen Erkenntnissen. Darüber hinaus erfuhr er von ihr sensationelle Dinge: daß Kravtschenko tatsächlich in Wien war, daß er mit Bill hier in Wien etwas vorhabe. Bereitwillig gab ihm Rosemarie ihre Adresse und Telefonnummer. Zeigte ihm ihren US-Paß, von dem sie wußte, daß er gefälscht war. Weil sie ihn doch von Sergej hatte. Beichtete auch, daß sie ja gar nicht wirklich geheiratet hatten. Aber Sergej wollte, daß sie als Ehepaar auftraten. Eine phantastische Story und eine Fülle wertvollster Informationen! Und ganz ohne Gegenleistung. Alles, was Ted versprach, war, daß er über eine Lösung nachdenken werde.

Auf dem Heimweg überlegte er, ob er noch ins Büro fahren und mit Washington telefonieren sollte. Dann verwarf er den Gedanken wieder. Er würde seiner Zentrale die Herkunft dieser Informationen ganz anders darstellen. Von den Mühen und Schwierigkeiten würde er berichten, wie hart er gearbeitet hatte, bis es ihm gelungen war, an diese Maschke heranzukommen und sie umzudrehen. Die in der CIA-Zentrale sollten staunen.

Eleanor erzählte ihm zu Hause freudig, daß Sergej schon »Stars and Stripes« sagen könne, aber der verdammte Vogel schrie wieder nur »Scheiße!«, als sie es ihm vorführen wollte.

Ted rief die Nummer der Maschke an. Eine betrunkene Männerstimme meldete sich mit »Farmer«. Ted brummte nur »falsch verbunden« und legte auf. Es schien also alles in Ordnung.

Bill Farmer war betrunken, weil seine Rosy so lange nicht heimkam. Er konnte nicht wissen, daß sie in einem Kaffeehaus gleich um die Ecke saß und dort einem Mann ihr Gespräch mit Cooper haarklein wiedergab. Das war schließlich eine Bedingung des Ministerialrats Roßmanek. Der Mann machte sich Notizen. Er war ihr Jugendfreund, der jetzige Staatspolizist Jo Heller.

Sonja war mit ihrem Freund auf dem Fußballplatz, und Peter Brucker verbrachte den Nachmittag allein zu Hause. Die kubanischen Kratzer waren halbwegs verheilt. Vor einer halben Stunde hatte er einen überraschenden Anruf bekommen von Ted Cooper, der mit ihm reden wollte. Jetzt ärgerte sich Peter ein wenig, daß er den Ami eingeladen hatte. Aber er war überrascht über den Anruf gewesen und wohl auch neugierig, was Cooper ihm zu sagen hatte. Er tauschte seinen alten Morgenmantel mit einem ebenso alten Pullover, als es auch schon an der Tür klingelte.

Sehr freundlich war er, der Herr Diplomat. Peter stellte ihm einen Whisky vor die Nase und fragte sehr direkt nach dem Grund seines Besuches. Der gute Ted redete von alter Freundschaft und bedauerte, daß sie sich lange nicht gesehen hatten, witzelte dann über »unseren Mann in Havanna«, bis es dem Alten zu blöd wurde. »Also, was soll das?« brummte er ärgerlich. »Sagen Sie mir, was Sie wollen, oder trinken Sie aus, und auf Wiedersehen.« Ted Cooper wurde daraufhin sehr ernst und zog ein Kuvert aus der Tasche. Peter konnte ein Bündel Dollarnoten erkennen.

Es handele sich immer noch um die alte Geschichte mit Kravtschenko, erklärte Cooper. Auf Gran Canaria war es der falsche gewesen, und auf Kuba habe es auch nicht geklappt. Jetzt aber wäre Sergej Kravtschenko in Wien. Cooper wisse zuverlässig eine Adresse, wo er fast täglich verkehre. Ob Mister Brucker dort vielleicht vorstellig werden könnte? Nur zu dem Zweck, ihn zu sehen. Und dann zu berichten, daß es auch der echte war? Natürlich nicht unentgeltlich. Cooper deutete auf das Kuvert. »Sie sind immerhin der einzige in Wien, der ihn persönlich kennt und mir dann sagen kann, ob er es wirklich ist.«

Peter überlegte.

»Und wenn ich ihn dort treffe und er mich auch sieht und wiedererkennt?« brummte er. »Was ist dann?«

Das wäre unangenehm, meinte Ted. Aber er verlasse sich da ganz und gar auf die Geschicklichkeit des ehemaligen Privatdetektivs. Und man könnte sich ja ein wenig verändern, zum Beispiel einen falschen Bart tragen und sich die Haare färben lassen. Für Mister Brucker würde das doch sicherlich kein Problem sein.

»Na schön«, meinte Mister Brucker. »Sagen Sie mir, wo ich hin soll.«

»Brandstätte Nummer eins im zweiten Stock, bei Familie Farmer«, sagte Cooper. Peter nickte. »Okay, ich mache es.«

Ted Cooper trank aus und ging. Das Kuvert ließ er liegen.

Als er draußen war, zählte Peter nach. Es waren stolze tausend »green bucks«. Dann telefonierte er. Mit Jo Heller von der Staatspolizei.

Der Hausmeister des Hauses Brandstätte Nr. 1 war ein älterer Herr, der vorbildlich für Ordnung in dem achtstöckigen Gebäude sorgte. Unter Ordnung verstand er nicht nur Sauberkeit im Treppenhaus und im Lift. Er war der Auffassung, die Hausparteien hätten sich seinen Anweisungen zu fügen. Denn wo käme man hin, wenn jeder das täte, was er wollte. Da war zum Beispiel das Haustor. Es hatte ständig verschlossen zu sein, denn schließlich gab es eine Sprechanlage mit automatischem Türöffner für Besucher. Fremde Menschen hatten im Haus nichts verloren. Und es war eine Frechheit, wenn jemand ein Zündholz unter die Haustür klemmte, so daß sie sich nicht automatisch schließen und jeder Unbefugte eintreten konnte.

Überhaupt passierten dem Hausmeister in den letzten Tagen seltsame Dinge. Da war einmal dieser Kriminalbeamte und der Techniker vom Telefondienst. Die beiden hatten sich ordentlich ausgewiesen, das war richtig. Dann hatte der Postbedienstete den Telefon-Schaltkasten geöffnet und mit den Drähten und Kabeln hantiert. Der Kriminalbeamte hatte nur zugesehen. Sie hatten dem Hausmeister nicht gesagt, was sie eigentlich wollten. Trotz seiner Fragen. War es möglich, daß der Telefonanschluß einer Hauspartei von der Polizei überwacht wurde? Das hätte man ihm ja sagen können.

Vom Küchenfenster seiner ebenerdig gelegenen Wohnung konnte er den Gehsteig vor dem Haustor beobachten. Was nur dieser alte Mann mit dem Gehstock und dem weißen Vollbart da zu suchen hatte? Stundenlang ging der Alte langsam auf und ab. Warum setzte er sich nicht in den Stadtpark und fütterte Tauben?

Der Alte dachte gar nicht daran, die Tauben zu füttern. Eines Abends ging er plötzlich seltsam rasch und beschwingt über die Straße in eine Telefonzelle. Ohne seinen Gehstock zu benutzen. Der Hausmeister wunderte sich. Er hätte sich noch mehr gewundert, wäre ihm der Grund für den beschwingten Gang des Alten bekannt gewesen. Der Bärtige hatte nämlich soeben eintausend amerikanische Dollar verdient. Wirklich verdient, nicht geschenkt bekommen.

Die Central Intelligence Agency in Washington ist in einem imposanten Gebäude untergebracht. Die Europa-Sektion in den unteren Stockwerken leider unter permanentem Platzmangel, und Direktor Parkinson, der Chef der Europa-Sektion, hatte deswegen schon mehrmals beim Präsidenten vorgesprochen. Jetzt ließ sich Parkinson wieder beim Präsidenten anmelden, aber diesmal nicht wegen der leidigen Büroraum-Knappheit. Er hatte Wichtiges zu berichten.

Geradezu sensationell, diese Meldung aus Österreich. Sehr tüchtig, »unser Mann in Vienna«. Wie hieß er doch gleich? Richtig, Ted Cooper. Was machte es da schon aus, daß er als Kulturattaché die Operetten irgendeines verstorbenen Komponisten nicht gekannt hatte. Lächerlich, dieses Getue des Botschafters. Auf operativem Gebiet war dieser Cooper einfach ein As. Den KGB-Kravtschenko hatte er eindeutig identifiziert, die Agentin Maschke umgedreht und den abtrünnigen Diplomaten William Harold Farmer aufgespürt. Sogar telefoniert hatte er mit Farmer, mehrmals. Daß der es nicht wagte, zu einem Gespräch in die Botschaft zu kommen, war verständlich. Schließlich hätte man ihn dort nach amerikanischem Recht verhaften können. Und als sehr diszipliniert betrachtete Direktor Parkinson die letzte Anfrage von Mister Cooper. Ob er die Erlaubnis bekomme, mit Farmer in dessen Wiener Wohnung zu verhandeln, und welche Vollmachten er habe, beziehungsweise ob er Versprechungen oder Zusagen machen könne hinsichtlich einer eventuellen Rückführung von Farmer in die USA. Diese Frage zu entscheiden überstieg ja sogar die Kompetenzen eines CIA-Direktors, das mußte der Präsident persönlich klären.

Beinahe eine Stunde war Parkinson beim Präsidenten, eine beachtliche Zeitspanne. Als er in sein Büro zurückkam, waren seine engsten Mitarbeiter natürlich neugierig zu wissen, was beschlossen worden war. Sie konnten sehr stolz sein: Der Präsident hatte verfügt, daß Direktor Parkinson nach Wien fliegen und die Gespräche mit Farmer persönlich führen sollte. Mit allen Vollmachten! Eine mutige Entscheidung des Präsidenten; da konnte man wieder einmal sehen, wie wichtig die Arbeit der CIA war. Wenn es auch Journalisten gab, die nur hämische Bemerkungen über angebliche »Geheimdienstpannen« übrig hatten.

Oft schon hatte sich Ministerialrat Roßmanek über Sinn und Unsinn der Geheimdienste Gedanken gemacht. Je länger er darüber nachdachte, desto klarer wurde ihm, daß letzteres bei weitem überwog. Als er jetzt Hellers Bericht über das Treffen der Maschke mit Cooper studierte, entrang sich ihm ein trauriger Seufzer. Seine Aufgabe als Chef der Staatspolizei des neutralen Österreich bestand darin, zu wissen, was im eigenen Land vorging, und alles zu verhindern, was dem Land schaden könnte. Gleichgültig, wer in dem Spielchen um den abtrünnigen Farmer den Sieg davontragen würde: Irgendwann war die ganze Geschichte eine Sensation für die Weltpresse, und Wien würde wieder einmal der Schauplatz des Schlußaktes, des dramatischen Höhepunktes sein. Das war Roßmanek überhaupt nicht recht. Irgend etwas mußte er also dagegen unternehmen. Aber was?

Ministerialrat Roßmanek schloß einen Aktenordner in seinen Stahlschrank, seine Stirn war in Falten gelegt. Die Geheimakte »Maschke Rosemarie, Tätigkeit für ausländische Nachrichtendienste« wurde immer umfangreicher. Dazu kamen jetzt auch noch täglich die Tonbänder von der Telefonüberwachung. Die Gespräche wurden aufgezeichnet, der jeweilige Wortlaut wurde dann auch noch schriftlich festgehalten. Die englischen Texte übersetzte Major Heller. Roßmanek hatte gerade ein übersetztes Telefonat des vorhergehenden Abends vor sich liegen. Er las:

Rosy Farmer...?

Cooper hier. Kann ich mit Mister Farmer sprechen?

Einen Moment... Billy...!

Farmer?

Ja, Cooper hier. Ich habe eine Neuigkeit für Sie... Hallo...?

Ja, ich höre.

Eine gute Neuigkeit. Übermorgen kommt ein Bevollmächtigter aus Washington. Er wird mit Ihnen verhandeln.

Das ist gut... äh... Sie verstehen, Mister Cooper. Es ist mir unmöglich, in die Botschaft zu kommen, bevor...

Ja, ja, ich verstehe... haben wir ja schon oft besprochen.

Werden Sie bei dem Gespräch dabeisein, Mister Cooper?

Vermutlich ja. Vermutlich.

Können wir vielleicht hier...? Ich meine, hier in unserer Wohnung...? Das wäre doch das beste...

Das wird der Bevollmächtigte entscheiden. Ich rufe Sie übermorgen an, okay?

Okay, Mister Cooper, okay, ich warte...

Dann bis übermorgen. Ende.

Roßmanek las den Text zweimal. Seine Laune wurde mit jeder Zeile schlechter. Dann rief er den Kriminalmajor zu sich: »Was halten Sie davon?«

»Ich weiß nicht recht«, antwortete der unschlüssig. »Wie mir die Maschke erzählt, liegt Sergej sehr viel daran, Cooper in diese Wohnung zu locken. Wenn jetzt noch ein so hohes Tier aus Washington dazukommt...« Der Major zog die Schultern hoch.

»Halten Sie es für möglich, daß Kravtschenko in der Wohnung irgendeinen Gewaltakt vorhat? Ein Kidnapping oder etwas Ähnliches?«

Da war der Major überfragt.

»Das weiß Rosy ja auch nicht, Sergej sagt ihr ja nicht alles. Ihre Aufgabe ist es nur, Cooper in die Wohnung zu bringen. Und möglichst bald vorher möchte der Iwan wissen, wann das Fest stattfindet. Keine Ahnung, was er damit bezweckt.«

Eine ganze Weile dachte Roßmanek nach. Dann fragte er, ob die Kriminalbeamtin Wimmer viel zu tun habe.

»Im Augenblick nicht«, antwortete Heller.

»Sie soll sich einmal unauffällig um die Privatwohnung von Ted Cooper kümmern«, ordnete der Ministerialrat an. »Und um Missis Cooper. Von der wissen wir eigentlich gar nichts.«

Der Major ging wieder.

Manchmal verstand er seinen alten Chef wirklich nicht.

Im eintönigen Leben der Diplomatengattin Eleanor Cooper gab es außer dem Papagei nur noch einen Lichtblick. Der hieß Thomas Fallmann, den sie seit drei Wochen Tommy nannte und mit dem sie sich fast täglich traf. Heimlich, wenn Ted im Büro war. Sie erzählte ihrem Gatten nichts von dieser Bekanntschaft, womöglich wäre er noch eifersüchtig geworden. Dazu bestand wirklich kein Grund. Sie hatte kein Liebesverhältnis zu Tommy, aber es war angenehm, einen Freund zu haben, mit dem man plaudern und dem man seine Problemchen mitteilen konnte. Ted hatte ja nur seinen Beruf im Kopf. Sie sprach nur englisch, und die gelegentlichen Diplomatenpartys waren auch nicht gerade ein reines Vergnügen.

Sie hatte ihn beim Einkaufen im Supermarkt kennengelernt. Wieder einmal hatte sie sich einer begriffsstutzigen Verkäuferin nicht recht verständlich machen können. Daraufhin fragte er höflich und in tadellosem Englisch, ob er ihr behilflich sein und dolmetschen solle. Anschließend lud er sie auf einen Kaffee in das Kaufhausrestaurant ein, und plaudernd kam man sich menschlich näher.

Thomas Fallmann war in ihrem Alter, so etwa vierzig. Er sah recht gut aus, war von Beruf Maschinenbauingenieur, und sein Englisch hatte er bei amerikanischen Erdölfirmen in verschiedenen arabischen Staaten perfektioniert. Im Augenblick wartete er wieder auf ein Auslands-Engagement und hatte daher genügend Zeit. Er war geschieden, erzählte er, und lebte nicht weit von Coopers Wohnung entfernt. Eleanor war noch nie in seiner Wohnung gewesen, aber vielleicht würde der Tag einmal kommen, wo sie es täte. Aufdringlich war Fallmann jedenfalls nicht.

Sie saßen also wieder einmal nach dem täglichen Einkaufen im Restaurant beim Kaffee und plauderten über dies und jenes, über die Dollarabwertung, den Benzinpreis und dieses gräßliche Attentat auf den Papst in Rom. Am Nebentisch saß ein offensichtlich verliebtes Paar, der Mann hatte einen Fotoapparat und fotografierte seine Freundin von allen Seiten. Dann kam er auf Tom Fallmann zu und fragte ihn höflich, ob er vielleicht so freundlich sein und von beiden ein Foto machen könnte. Es sei ganz einfach, er brauche nur den Knopf zu drücken. Tommy war so freundlich, die beiden setzten sich in Positur und bedankten sich anschließend mit großer Herzlichkeit.

Es war nun Zeit, zu gehen. Eleanor kehrte zu Fuß heim zu ihrem Papagei. Tommy ging zum Parkplatz und fuhr mit seinem Auto davon. Das junge Paar hatte offensichtlich auch genug vom Fotografieren und stieg in ein Auto. »Hast du die Nummer?« fragte der Mann. Die Frau notierte das Kennzeichen des wegfahrenden Tommy. »Aber sicher, Jo«, sagte sie, »ich wette, es ist ein Leihwagen.« Dann nahm Frau Inspektor Wimmer ein Sprechfunkgerät und fragte in der Zentrale an. Sie hatte recht, es war ein Leihwagen, gemietet von einem Ingenieur namens Thomas Fallmann. Sie notierte die Daten, und dann fuhren Jo Heller und Dorothea Wimmer geradewegs zur Polizeidirektion.

In der Zentralkartei beim Priorieren sollte die Frau Inspektor dann aus Karteiblättern und alten Akten eine ganze Menge über diesen Ingenieur Fallmann erfahren. Vorhergehende Wohnorte, kleinere Verwaltungsstrafen, Reisepaßanträge, was eben bei den Behörden alles so über einen normalen Staatsbürger registriert ist. Die Sache hatte nur einen Haken: Thomas Fallmann war schon vor zwei Jahren bei einem Verkehrsunfall ums Leben gekommen.

Während Dorothea ihren Bericht tippte, entwickelte Major Heller beim Erkennungsdienst den Film vom Kaufhaus-Restaurant. Abzüge machte er nur von zwei Aufnahmen. Auf diesen waren Tom Fallmann und Mrs. Cooper ganz deutlich zu erkennen. Dorothea hatte es heute mit dem Wetten. »Ich wette«, sagte sie wieder, »der Kravtschenko hat der vernachlässigten Eleanor diesen Seelentröster geschickt, und der falsche Fallmann ist ein KGB-Agent.«

»So eine Wette nimmt doch niemand an«, grinste Jo und ging dann mit dem Bericht und den Fotos zum Ministerialrat. War doch keine so dumme Idee von dem Alten gewesen, die Cooper beobachten zu lassen.

Roßmanek war bei seiner Lieblingsbeschäftigung, als der Major hereinkam. Beim Zeitunglesen. Er fluchte gehörig: »Die Menschen werden immer blöder heutzutage. Kein Tag vergeht, an dem nicht von irgendwo ein sensationeller Spionagefall gemeldet wird. Die Geheimdienstleritis grassiert, das muß ansteckend sein!«

Jo Heller grinste, dann berichtete er sachlich vom Resultat der Cooper-Überwachung. Der Alte hört aufmerksam zu. Seine Laune besserte sich aber dabei nicht.

»Natürlich steckt Kravtschenko dahinter«, nickte er dann. »Diesmal ist die Cooper-Family das Ziel seiner Operation. Es ist ja immer dieselbe Tour, dem Sergej fällt wirklich nichts Neues ein. Dem Ehemann wird ein Weib zugespielt, der Gattin ein smarter Mann. Das war so im Fall Miller damals hier in Wien und im Fall Farmer in Mexiko. Jetzt ist unser Cooper an der Reihe.«

»Der Modus operandi«, stimmte Heller zu.

Der Ministerialrat dachte eine Weile nach, dann wollte er wissen, wie es um Hellers Kontakt zu der Maschke bestellt sei. »Alles in Ordnung«, berichtete Jo, »ich treffe mich täglich mit ihr. Wenn es was Neues gibt, ruft sie mich an.«

Es werde jetzt bald etwas Neues geben, orakelte der Alte düster. Dann ordnete er die lückenlose Observation von Fallmann an. »Sie informieren mich ab jetzt über jede Kleinigkeit unverzüglich«, sagte er abschließend. »Auch nachts, ich bin ab jetzt immer erreichbar.« Der Major versprach es. Auch er hatte jetzt das Gefühl, daß sich in allernächster Zeit irgend etwas ereignen würde.

Vom Fenster seines Büros konnte Oberst Leonid Bogdanow das trübe Wasser der träge dahinfließenden Moskwa sehen. Öffnete man das Fenster, hörte man das leise Rauschen des Flusses. Es war ein lauer Frühlingstag, und die Sonne spiegelte sich in den vergoldeten Zwiebeltürmen des Kreml. Der Oberst war dieses romantische Panorama gewöhnt. Seit neun Jahren arbeitete er in diesem Büro. Es war das Chefzimmer der Abteilung »Psychopolitik und Desinformation« des KGB.

Der Oberst hatte Sorgen.

Er dachte an den Ausspruch des Chinesen Ssun-Dsi, der zwischen 550 und 470 v. Chr. lebte und ein »Traktat über die Kriegskunst« geschrieben hat. Zugegeben, seit damals hatte sich viel geändert. Dem Sinn nach aber hatte dieser weise Spruch auch heute noch Gültigkeit. Trotz seiner Länge kannte ihn der Oberst auswendig. Und wie immer, wenn er Sorgen hatte, murmelte er ihn vor sich hin:

»Das Wissen um die Zukunft kann man nicht von Göttern und Dämonen erlangen; man kann es auch nicht durch Nachahmung oder Messungen und Berechnungen erwerben. Die Kenntnis des Gegners wird nur durch Menschen vermittelt.

Es werden fünf Arten von Spionen verwandt: Es gibt ortsansässige Spione, es gibt innere Spione, es gibt zurückkehrende Spione, es gibt Spione des Todes, es gibt Spione des Lebens.

Wenn alle fünf Arten von Spionen eingesetzt sind, kann niemand die geheimen Wege erfahren. Das wird das göttliche Geheimnis genannt. Es ist der kostbarste Besitz des Herrschers.

Die Arbeit der Spione muß der Herrscher persönlich leiten. Die zurückkehrenden Spione ermöglichen die Kenntnis des Gegners; darum verhalte dich ihnen gegenüber besonders großzügig.«

Ursache der sorgenvollen Stimmung des Obersten war ein Bericht der Quelle »Fünfeck«, der soeben eingelangt war und jetzt dechiffriert auf seinem Schreibtisch lag. Diese ungewöhnliche Quellenbezeichnung hatte der Oberst vor sechs Jahren für die Vertrauensperson gewählt, als die Arbeit mit ihr begann. Fünfeck ist die Übersetzung des griechischen Wortes »Pentagon«. Die Quelle hatte Zugang zum Archiv des US-Verteidigungsministeriums in Washington, ein fünfeckiges Gebäude, deshalb Pentagon genannt. Der Oberst war recht stolz auf seinen Einfallsreichtum.

Mit der Quelle Fünfeck war alles in Ordnung. Nur der Inhalt ihrer Informationen bereitete Bogdanow Kopfzerbrechen. Schon zum zweiten Mal innerhalb eines Jahres wurde offensichtlich, daß die CIA von KGB-Operationen Kenntnis bekam. Und ebenso deutlich ging aus den Berichten hervor, daß die verdammten Amis dieses Wissen nicht aus eigener Tätigkeit schöpften. Sie bekamen es von einem befreundeten Dienst geliefert. Vom staatlichen Israelischen Geheimdienst, dem Mossad.

Eines war erfreulich: Die Amis erhielten die Informationen stets nach Abschluß der Operation, dann, wenn schon alles vorbei war. Der Grund dafür konnte nur darin liegen, daß die Israelis ihren Informanten schützen wollten. Der Informant mußte ein Offizier des KGB sein, der alle Details der Operation kannte. Ein Verräter in den eigenen Reihen also. Und das war alles andere als erfreulich.

Leonid Bogdanow dachte an den Genossen Israel Beer, den alle Pipke nannten und mit dem er in jungen Jahren persönlich befreundet gewesen war. Towarisch Pipke war schon 1950 als österreichischer Jude vom KGB nach Jerusalem eingeschleust worden und hatte es in den nächsten Jahren verstanden, einen hohen militärischen Rang zu erreichen und sogar das Vertrauen des Staatsoberhaupts Ben Gurion zu gewinnen. Ein Spitzenagent also! Wie einfach wäre es jetzt, ihn zu aktivieren. Aber die verfluchten Israelis hatten ihn enttarnt und zu fünfzehn Jahren Haft verurteilt. Das hatte sich schon in den sechziger Jahren ereignet, und für den Mann hatte man bis jetzt noch keinen geeigneten Nachfolger gefunden.

Was also blieb anderes übrig, als mit reinen Routinemaßnahmen zu beginnen. Er beschloß, zunächst alle Mitarbeiter der beiden verratenen Operationen auf eine eventuelle jüdische Abstammung zu überprüfen. Er würde das selber tun, im Alleingang. Wieder zitierte er Ssun-Dsi: »Die Arbeit der Spione muß der Herrscher persönlich leiten . . .«

Lange dachte Oberst Bogdanow über Oberleutnant David Goldmann nach. Er war der einzige Offizier jüdischer Herkunft, der bei den beiden verratenen Operationen beteiligt gewesen war. Der Oberst studierte alte Akten, vergilbte Papiere über die Eltern Goldmanns, denen man seinerzeit die Ausreise nach Israel genehmigt hatte. Der Sohn wollte offenbar nicht mit, fühlte sich als Sowjetrusse und blieb im Land. Soweit also schien alles in Ordnung.

Es konnte doch kein Problem sein, dachte Bogdanow, über den Verbleib der Eltern Goldmanns Klarheit zu erhalten. Er beauftragte einen jungen Leutnant damit, das war schließlich eine Bagatellsache. Schon nach zwei Wochen hatte er das erste Resultat. Die Eltern Goldmanns lebten jetzt in bescheidenen Verhältnissen in Elat am Roten Meer. Sogar im Telefonbuch waren sie zu finden. Sie hatten einen Sohn, stand in dem Bericht, der irgendwo in Westeuropa lebte und angeblich Kaufmann war. Ab und zu besuchte der Sohn seine Eltern, es waren stets nur kurze Besuche. Offenbar, wenn er in der Nähe geschäftlich zu tun hatte. Ein Name des Sohnes war nicht angegeben.

Wieder studierte der Oberst die alten Akten. Nirgends war von einem Bruder des David Goldmann die Rede. Nach den Akten hatten die Goldmanns nur ein Kind. Leonid Bogdanow wurde sehr nachdenklich. Er ließ sich noch einmal alle Unterlagen über die beiden Operationen kommen, las die Berichte des Major Igor Kravtschenko.

Es waren sehr genaue Berichte, der Major war ein ausgezeichneter Mann. Stets hatte bei den Aktionen Oberleutnant Goldmann die Rolle des »Schauspielers« erstklassig eingefädelt, war dafür auch gelobt worden. Aber in der Funktion des Schauspielers hatte er natürlich selbständig zu arbeiten, war also oftmals weitgehend unkontrollierbar. Schließlich operierte er ja im kapitalistischen Ausland, von dort hatte er also durchaus die Möglichkeit zu unerlaubten Kontakten. Theoretisch sogar die Zeit für Kurzbesuche in Israel. Natürlich war das reine Theorie, kein Beweis. Aber ein solcher Beweis war ja zu beschaffen. Oberst Bogdanow beschloß, Goldmann eine raffinierte Falle zu stellen. Dann würde man ja weitersehen . . .

Die Observationsgruppe der Staatspolizei hatte wieder einmal zu wenig Leute für die »Rund-um-die-Uhr-Beobachtung« des Thomas Fallmann. Es mußten daher Kollegen von der Rauschgiftsektion angefordert werden. Major Heller instruierte sie und schärfte ihnen besondere Vorsicht ein. »Vergeßt nicht«, sagte er eindringlich, »es handelt sich hier nicht um einen vertrottelten Hasch-Dealer, sondern um einen KGB-Agenten.« Ein jüngerer Beamter wollte wissen, was die Abkürzung KGB eigentlich bedeute, und so hielt der Major gleich einen Kurzvortrag:

»Es ist die russische Abkürzung für Komitet Gosudarstwenije Bedarstwo, das heißt Komitee für Staatssicherheit. Besteht seit 1954 und ist direkt dem Obersten Sowjet unterstellt. Vorher hieß der Verein NKWD, Narodnyj Kommissariat wnutrennich djel – Volkskommissariat für Inneres.«

»Warum sperren wir den Kerl nicht einfach ein?« wollte ein anderer Kollege wissen. »Wo er doch einen falschen Paß hat, auf den Namen eines Toten, das gibt doch einen glatten Haftbefehl.« Der Major versuchte zu erklären, daß in der Geheimdienstwelt eben andere Maßnahmen gelten als bei den normalen Kriminellen. Sehr überzeugend wirkte er nicht. Die Observanten gingen an ihre Arbeit, und Jo hoffte, daß alles glattgehen würde.

Thomas Fallmann war 1938 in Zyradow in Polen geboren, einer kleinen Stadt westlich von Warschau. Er war ein Jahr alt, als die deutschen Truppen die Stadt besetzten. Seine Eltern waren Juden, der Vater Schneider von Beruf und seine Mutter Krankenschwester. Die beiden machten sich beträchtliche Sorgen wegen der deutschen Besatzung, man hörte ja so viel von Judenverfolgungen im Großdeutschen Reich.

Davon merkte das hübsche einjährige Bübchen natürlich nichts. Außerdem hieß er damals David Goldmann wie sein Vater. Die Goldmanns stammten aus Leipzig und waren erst 1933 nach Zyradow gekommen. Innerhalb der Familie wurde deutsch gesprochen.

Es stellte sich heraus, daß die polnische Bevölkerung Zyradows sehr antisemitisch eingestellt war. Denunziationen bei den deutschen Besatzungsbehörden waren an der Tagesordnung. Um einer Deportation in ein Ghetto oder in ein Konzentrationslager zu entgehen, flüchtete der Schneidermeister Goldmann mit seiner Familie auf abenteuerlichen Wegen in die Sowjetunion. Die Freude der Russen über die jüdischen Flüchtlinge hielt sich in Grenzen, und man verfrachtete die Goldmanns nach Tobolsk in Sibirien, wo David sen. in einer Traktorenfabrik und seine Frau im Krankenhaus arbeiten mußten. Der kleine David war tagsüber in einer Kindertagesstätte.

Als 1948 der Staat Israel gegründet wurde, versuchten die Goldmanns, eine Auswanderungsgenehmigung zu bekommen. Es dauerte volle zehn Jahre, bis sie ihnen gewährt wurde. Doch nur für die beiden Alten, denn David junior war inzwischen zwanzig geworden und mußte seinen Wehrdienst in der Roten Armee leisten. Auch fühlte er sich mehr als Russe denn als Jude. Die Eltern wanderten aus und lebten seitdem in Elat am Golf von Akaba.

Der Rekrut David Davidowitsch Goldmann kam zu einer Panzerbrigade nach Bobruisk an der Beresina, weil er in Tobolsk das Schlosserhandwerk erlernt hatte und mit Motoren umgehen konnte. In seiner Kompanie war er sehr beliebt. Er konnte die Balalaika spielen, und wenn er mit seiner beachtlichen Baritonstimme die alten, melancholischen Lieder von Mütterchen Rußland und den Abendglocken sang, kamen seinen Vorgesetzten vor Rührung die Tränen. Oft holte ihn eine feiernde Offiziersrunde aus dem Bett, und er mußte dann bis zum Morgengrauen singen und spielen. Er tat es gern. Daneben war er ein ausgezeichneter Sportler. Er war Regimentsmeister im militärischen Zehnkampf, und in der Fußballmannschaft des Distrikts spielte er den Mittelstürmer und war Torschützenkönig.

Es war daher kein reiner Zufall, daß der Vorsitzende des regionalen Polit-Komitees auf den talentierten Goldmann aufmerksam wurde. Reiner Zufall aber war es, daß der Bruder des Vorsitzenden der KGB-Direktor der Stadt Bobruisk war. Durch dessen Vermittlung wurde der Rotarmist Goldmann zu einem Lehrgang des staatlichen Sicherheitsdienstes kommandiert. Dort erfuhr man von seinen Sprachkenntnissen und entdeckte sein Talent für Fremdsprachen. Nach Abschluß des Lehrgangs wurde Goldmann auf die KGB-Grundschule nach Moskau geschickt.

Zwei Jahre lang brachte man ihm dort die Grundregeln eines geheimen Nachrichtendienstes bei. Die klassische Dreigleisigkeit jeder Informationsbeschaffung: Diplomatischer Dienst, Militärischer Dienst und Polizei. Die Koordinierung dieser drei Quellen. Die Ausnützung der modernsten technischen Geräte. Die Aufgaben der »Beschaffung« und der »Auswertung«. Die Rolle der einzelnen Spezialisten, vom Tipper, Werber bis zum Agentenführer beziehungsweise Führungsoffizier. Schließlich die Bedeutung des sogenannten »Schauspielers«. Dieser Spezialistentyp interessierte David ganz besonders.

Unter »Schauspieler« versteht man im geheimen Nachrichtendienst jene Figur, welche mit der Zielperson den ersten Kontakt herzustellen hat. Auf möglichst unverdächtige Weise. Die genaue Kenntnis der Lebensgewohnheiten und der Eigenschaften der Zielperson sind natürlich Voraussetzung. Einem hoffnungslos homosexuellen Mann wird man also keine verführerische Frau schicken, einer alkoholsüchtigen Sekretärin keinen Abstinenzler. Hat der Schauspieler sein Opfer gründlich studiert, obliegt es seiner Phantasie, auf welche Weise er den Kontakt herstellt. Er muß also großes Einfühlungsvermögen besitzen, muß zur richtigen Zeit und am richtigen Ort die richtige Idee haben.

Gegen Ende der zweijährigen KGB-Grundausbildung wurden realitätsnahe Planspiele durchgeführt. Jeder Absolvent erhielt eine Zielperson zugewiesen und den Auftrag, die Umgebungsstudie zu machen und dann einen unverfänglichen Kontakt herzustellen. Die Zielperson wußte natürlich nichts von ihrem Glück. Es waren durchweg Ausländer – diplomatisches Personal, Wirtschaftsdelegationen und akkreditierte Korrespondenten der internationalen Presse.

Der Verlag der sowjetischen Zeitung TRUD ist in Moskau am Puschkinskaja-Platz untergebracht. Die Zeitung erscheint in russischer, deutscher, englischer, französischer, spanischer, portugiesischer, polnischer und tschechischer Sprache. Hergestellt wird sie in der Druckerei Moskowskaja prawda. Dort war auch die Redaktion für die deutschsprachige Ausgabe etabliert, und im Redaktionsstab arbeitete eine Journalistin aus der DDR namens Johanna Hoffmann. Sie war 25 Jahre alt und galt als verläßliche Kommunistin. Trotzdem hatte man sie David Goldmann als Zielperson zugewiesen.

Die Genossin Hoffmann hatte zwei Hobbys, wie David bald herausfand. Das war zum einen Schlittschuhlaufen und zum zweiten Richard Schäffler von der Konsularabteilung der BRD-Botschaft. Ihrem ersten Hobby gab sie sich leidenschaftlich auf dem öffentlichen Eislaufplatz an der Leninstraße hin, ihrem zweiten ebenso leidenschaftlich, aber geheim, in ihrer Wohnung. Denn der Reputation einer Kommunistin ist eine Liebschaft zu einem dekadenten Westler nicht gerade förderlich.

Eines Nachmittags tanzte Johanna Hoffmann wie üblich mit ihren Schlittschuhen wild über das Eis, die Musik, spielte den »Schwanensee« von Tschaikowsky, da stieß sie mit einem anderen Eisläufer zusammen. Der Kerl stürzte völlig ungeschickt und verstauchte sich dabei ein Handgelenk. Weil doch alles ihre Schuld war, spielte sie die barmherzige Samariterin. Am nächsten Tag traf sie ihn wieder; aber beim Eistanzen konnte er nur zusehen, seine linke Hand war dick bandagiert. Irgendwie war dieser Unfall der Beginn einer Art Freundschaft. Der verletzte junge Mann stellte sich als David Davidowitsch vor.

An einem der nächsten Abende wurde Johanna Hoffmann von Richard Schäffler am Eislaufplatz abgeholt, man wollte zusammen zu Abend essen. Natürlich sprachen Johanna und Richard deutsch miteinander. Richards Russisch beschränkte sich nur auf gelegentliches Fluchen. Die Überraschung war groß, als sich herausstellte, daß David auch ausgezeichnet deutsch sprach. Die beiden nahmen ihn mit ins Restaurant. Es wurde ein gemütlicher Abend, und als Richard im Laufe des Gesprächs erfuhr, daß der junge Mann als Übersetzer im Ministerium für Forschung und Technik beschäftigt war, interessierte ihn das sehr. Man verabredete sich für den übernächsten Abend, und David versprach, seine Verlobte mitzubringen.

Als der Schulungsleiter der KGB-Grundschule am nächsten Tag den Bericht über das Planspielergebnis David Davidowitsch las, veranlaßte er zweierlei. Einen Dienstausweis des Forschungsministeriums auf den Namen Goldmann und eine Verlobte. Derart ausgestattet, spielte David das Spielchen gekonnt weiter. Der Schulungsleiter war sehr zufrieden. Er hieß übrigens Sergej Kravtschenko.

Richard Schäffler wartete noch vier Wochen, dann erst ließ er die Hose runter – wieder so ein Spezialausdruck im Geheimdienstjargon. »Die Hose runterlassen« bedeutet soviel wie sich zu deklarieren, die wirklichen Absichten bekanntzugeben. Er tat es sehr vorsichtig. Er wäre an allen Einzelheiten aus dem Forschungsministerium interessiert, bekannte er lauernd. Natürlich gegen Bezahlung. In ausländischer Währung, D-Mark oder US-Dollar. Der schüchterne David zögerte noch eine Weile. Schließlich brachte er eines Abends den Konstruktionsplan eines neu entwickelten Motors für Hubschrauber mit. Er kassierte dafür stolze eintausend Dollar in kleinen Noten. Das Geld lieferte er Kravtschenko ab und bekam dafür einen anerkennenden Vermerk in seiner Personalakte. Die Dollarscheine wurden geprüft, sie waren echt. Im Gegensatz zu dem Konstruktionsplan.

Schon zwei Jahre später wurde David Goldmann bei Operationen im westlichen Ausland eingesetzt. Im Laufe der nächsten Jahre lernte er fast alle kapitalistischen Länder kennen. Immer wurde er als Schauspieler eingesetzt, und fast immer war er erfolgreich. Er sprach fließend deutsch, englisch und französisch und natürlich russisch. Meist leitete Sergej Kravtschenko die Operationen. Der war recht stolz auf seinen ehemaligen Schüler und forderte ihn immer wieder an. Mit der Begründung, daß es in heiklen Situationen sehr wichtig sei, seine Mitarbeiter genau zu kennen, alles von ihnen zu wissen. Und über die Person David Goldmann wußte Kravtschenko ja wirklich Bescheid. Davon war er überzeugt.

Was er nicht wußte, war, daß David Goldmann mit seinem Vater in Elat telefonierte, wann immer er in einem freien Land eingesetzt war. Und daß dabei nicht nur familiäre Dinge besprochen wurden.

Thomas Fallmann war auf dem Weg zu seinem täglichen Treffpunkt mit Sergej. In einem kleinen Café im 20. Wiener Gemeindebezirk. Man hatte von dort einen schönen Blick auf die Donau, die graubraun und träge dahinfloß. Er fuhr mit seinem Mietwagen, den Weg kannte er auswendig.

Wie immer fuhr er langsam und vorsichtig, wie immer wurde er von streßgeplagten Tempobolzern ständig überholt. Time is money. Und wie immer blickte er oft in den Rückspiegel. Nicht nur wegen des Straßenverkehrs.

Ein Opel Ascona war ständig hinter ihm, er fuhr genauso diszipliniert wie er. Das war ungewöhnlich. Zwei jüngere Männer saßen im Fond. Auf alle Fälle fuhr Thomas auf einen Parkplatz. Der Opel folgte. Die beiden Männer sahen sehr unauffällig aus.

Es war der Kundenparkplatz einer Möbelfirma, und Thomas ging ins Geschäft und besichtigte eine halbe Stunde lang eine Ausstellung über »Modernes Wohnen«. Er erkundigte sich dann nach den Preisen einer holzvertäfelten Kücheneinrichtung und erfuhr dabei Erstaunliches. Nichts jedoch, was die Preise oder Qualität der Möbel betraf. Da gingen doch diese beiden Unauffälligen so wie er von einer Abteilung zur anderen und schienen an den Erzeugnissen der Firma auch sehr interessiert!

Thomas ging zielstrebig zu einer Straßenbahn-Haltestelle. Er stieg in die erste Tram. Die beiden Herren nahmen den zweiten Waggon. Kurz vor der Abfahrt stieg Tommy aus. Da war es für die beiden zu spät, sie fuhren gezwungenermaßen eine Station weiter in Richtung Floridsdorf.

In seinem Mietwagen notierte sich Thomas das Kennzeichen des verlassenen Opel und fuhr dann in das Café an der Donau. Sergej beobachtete dort schon besorgt die Donauwellen. Unpünktlichkeit von Fallmann war er nicht gewöhnt.

»Ich hatte einen Schwanz«, erklärte Tom.

Sergej war darüber richtig schockiert. »Bist du sicher?« fragte er nervös.

In der Geheimdienstsprache bedeutet »einen Schwanz haben« soviel wie eine Verfolgergruppe nach sich ziehen. Thomas berichtete von den beiden Unauffälligen und auf welche Weise er sie losgeworden war. Das Autokennzeichen des Opel gab er Sergej weiter. Für diesen würde es kein Problem sein, denjenigen, auf den das Auto zugelassen war, herauszufinden. Auch der KGB hatte ja seine Beziehungen zur Polizei. Wenn diese auch weniger offiziell waren als die von Ted Cooper.

Noch am selben Abend führte Kravtschenko ein langes Telefonat mit Moskau. Ziemlich besorgt berichtete er über den letzten Stand der Dinge. Auch war er leicht irritiert. Denn die Autonummer des Opel war ein Deckkennzeichen der Rauschgiftabteilung der Wiener Polizei.

Rosy Maschke ging jetzt täglich noch kurz vor Ladenschluß einkaufen. Sie besorgte das Nötigste für den nächsten Tag. Mit voller Einkaufstasche ging sie dann noch schnell auf einen kleinen Braunen ins *Körberl*, das kleine, typisch wienerische Lokal, das eigentlich *Café Korb* hieß. Und täglich um diese Zeit saß dort in einer Ecke Jo Heller und hörte sich von ihr an, was es Neues gab.

An diesem lauen Maiabend gab es allerhand Neuigkeiten. Rosy hatte mittags ihr Treffen mit Sergej gehabt. Sie hatte ihm berichtet, daß Cooper und der bevollmächtigte Direktor aus Washington am folgenden Tag mit Farmer verhandeln wollten. In ihrer Wohnung in der Brandstätte. Eigentlich war dies keine Überraschung mehr für Jo, denn Cooper hatte diesen Sachverhalt mit Farmer telefonisch besprochen, und das Tonband war bereits übersetzt und bei Roßmanek. Dann aber wurde es auch für den Kriminalmajor spannend. Kravtschenko hatte Rosemaries Bericht sehr erfreut zur Kenntnis genommen. Dann gab er ihr ein kleines Fläschchen mit einer braunen Flüssigkeit und den Auftrag, einige Tropfen davon in die Getränke der beiden Gäste zu mischen. Auch Farmer sollte seine Tropfen in den Whisky bekommen. Die drei Amis würden dann alsbald in einen tiefen Schlaf fallen, lächelte Kravtschenko. Und sicherlich würden sie ja nach amerikanischer Sitte nicht ohne Drinks verhandeln. Rosy sollte sich dann nicht weiter um die schlummernden Gentlemen kümmern. Alles, was sie zu tun hatte, war, die Deckenbeleuchtung des Wohnzimmers dreimal aus- und einzuschalten. Langsam. Nach einigen Minuten würde Sergej in die Wohnung kommen. Alles weitere würde sie dann selbst sehen. Jo Heller bestellte sich einen Magenbitter, den man in Wien in kleinen Fläschchen serviert. Den Magenbitter trank er aus, mit dem leeren Fläschchen verschwand er auf der Toilette. Dort wusch er es aus und füllte einige Tropfen von Sergejs Fläschchen in das seine. Nur so viel, daß die Kriminalchemiker die Flüssigkeit bestimmen konnten. Rosemarie Maschke ging daraufhin nach Hause. Es blieben ihr immer noch genügend Tropfen für das morgige Fest. Jo Heller telefonierte mit dem Minsterialrat.

Roßmanek hatte den Wortlaut des Gesprächs zwischen Cooper und Farmer gelesen und anschließend den Observationsbericht über die mißglückte Beobachtung von Thomas Fallmann. Beides bereitete ihm Sorgen. Daß diese Rauschgift-Observanten versagt hatten, war ja eigentlich zu erwarten gewesen. Ein KGB-Profi war den Burschen von der Rauschgiftabteilung eben eine Nummer zu groß.

Er hatte eine ungefähre Vorstellung von den Plänen Kravtschenkos, und es kamen ihm leichte Zweifel, ob er sein eigenes Vorhaben durchsetzen sollte. Es war riskant, aber schließlich konnte er im eigenen Land nicht länger den unbeteiligten Zuschauer spielen.

Seine letzten Zweifel schwanden jedoch, als das Ergebnis der gerichtsmedizinischen Untersuchung über die dunkelbraunen Tropfen eintraf. Ein starkes Alkaloid, stand in dem Bericht, welches zuerst Euphorie und in der Folge Tiefschlaf, zentrale Atemlähmung und Bewußtlosigkeit auslöst. Der liebe Genosse Kravtschenko wollte die drei Amis also zuerst in einen hilflosen Zustand versetzen und sie anschließend vermutlich in sehr verfänglichen Situationen mit der Maschke fotografieren. Insbesondere Ted Cooper würde es schwer haben, beim

Anblick solcher Fotos Kravtschenkos Vorschläge abzulehnen. Nicht nur wegen seiner Eleanor. Man mußte sich vorstellen, was man in Washington von Cooper halten würde, wenn er den sonderbevollmächtigten CIA-Direktor in Wien in eine solche Situation gebracht hatte.

Für den Ministerialrat Roßmanek war also der Zeitpunkt gekommen, aktiv zu werden. Er entschloß sich zu einer recht drastischen Aktion.

Der nächste Spätnachmittag war trüb, es regnete leicht. Am Stefansplatz standen vereinzelte Menschengruppen unter Regenschirmen, warteten auf Verkehrsmittel und schimpften über das Wetter. Sergej Kravtschenko hatte keinen Schirm; er hatte deshalb den Rockkragen aufgestellt und den Hut tief in die Stirn gezogen. Als das beleuchtete Fenster gegenüber dreimal dunkel und ebensooft wieder hell wurde, nickte er befriedigt und ging über den Platz, Hände in den Hosentaschen. Mit der linken Hand spielte er mit einem Mini-Fotoapparat, mit der rechten mit Wohnungs- und Haustorschlüssel.

Beim Anblick dieser drei auf Teppich und Couch herumliegenden ehrenwerten Gentlemen grinste Sergej und gab seiner Igolka einen anerkennenden Klaps auf den Hintern. Dann entkleidete er die drei Feinde der kommunistischen Weltrevolution. Die Maschke half ihm dabei. Daraufhin zog sie sich selber aus, Hilfe dabei brauchte sie keine.

Sergej verbrauchte den ganzen Film, und die von ihm angeordneten und von Igolka arrangierten Motive wären ob ihrer Scheußlichkeit nicht einmal für schwedische Porno-Heftchen geeignet gewesen. Dann empfahl Sergej seiner Igolka, auch ein kleines Schlückchen von dem K.o.-Getränk zu nehmen und sich zu den Gentlemen zu legen. Nach dem Tiefschlaf am nächsten Morgen sollte sie die Unschuldige vom Lande spielen und alles weitere ihm überlassen. Sie versprach es und geleitete ihn zur Tür. Dann aber passierte Schreckliches:

Sergej hatte die Wohnungstür gerade geöffnet, als vier Kriminalbeamte hereinstürmten, Pistolen im Anschlag. »Sie sind festgenommen«, sagte Major Heller zu Kravtschenko. Ein zweiter Kriminalbeamter nahm ihm den Fotoapparat ab. Dann stellten sie den völlig verdutzten und vage protestierenden sowjetischen Diplomaten zu den herumliegenden amerikanischen Berufskollegen. Die ebenfalls protestierende und nur leicht bekleidete Rosemarie Maschke stellten sie dazu. Dann blitzte es wieder. Einer der Kriminalbeamten fotografierte. Dieses Mal waren alle Beteiligten im Bild, mit Ausnahme der Kriminalbeamten natürlich. Es wurden echte »Gruppenbilder mit Dame«.

Sergej Kravtschenko hatte sich jetzt gefaßt, er zeigte seinen Diplomatenpaß und protestierte laut. Die Kriminalbeamten lachten ebenso laut, und einer verpaßte Kravtschenko ungerührt eine Handschelle. Dann führten sie ihn hinaus. Im Treppenhaus trafen sie den Hausmeister. Der war ganz entsetzt über die Vorgänge in seinem ehrenwerten Wohnhaus. Die Kriminalbeamten fuhren den gefesselten Kravtschenko bis vor die sowjetische Botschaft. Dort nahm man ihm die Handschellen ab. »Sie können jetzt gehen«, sagte der Major knapp.

»Das wird Folgen für Sie haben!« schrie Kravtschenko wütend beim Aussteigen. »Für Sie auch«, lachte Jo Heller. Die anderen Kriminalbeamten lachten mit.

Die Filme wurden noch in der Nacht entwickelt. Die Kriminalbeamten des Erkennungsdienstes hatten ihren Spaß dabei, und Major Heller ließ sie nicht aus den Augen. Womöglich kam einer auf die Idee, ein paar Abzüge zum privaten Gebrauch abzuzweigen. Fotos und Filme verschloß er in einem Briefumschlag, erst dann war der Dienst für ihn heute zu Ende. Ins Bett zu gehen zahlte sich nicht mehr aus. Den Ministerialrat hatte er telefonisch darüber verständigt, daß alles planmäßig verlaufen war. Roßmanek schien erleichtert. Jo Heller nahm ein heißes Bad und rasierte sich, frühstückte in einem Kaffeehaus, und dann war es auch schon Zeit, seinem Chef alles zu berichten.

Der Ministerialrat sah sich die Fotos nur flüchtig an und steckte sie dann in zwei verschiedene Kuverts. Anschließend telefonierte er zuerst mit dem sowjetischen und dann mit dem amerikanischen Botschafter. Er kündigte jeweils seinen persönlichen Besuch in einer dringenden Angelegenheit an. Beide Herren Diplomaten schienen darüber nicht sonderlich überrascht zu sein.

Bevor Roßmanek die beiden Besuche machte, informierte er den Major noch über seine Absichten. »Beide Seiten«, so sagte er böse, »haben die tolerierbare Grenze ihrer Aktivitäten in einem neutralen Staat bei weitem überschritten.« Er werde jetzt von den Herren Botschaftern die sofortige Ablösung aller an dem Fall Beteiligten verlangen. Und er wäre ziemlich sicher, daß es angesichts des Beweismaterials keine Widerstände geben werde. »Wenn Cooper und Kravtschenko wieder Heimatluft schnuppern, wird die Luft hier bei uns reiner sein. Zumindest vorübergehend«, brummte der Alte.

»Was wird mit diesem angeblichen Fallmann?« fragte Jo Heller. Die Frage war berechtigt. Eigentlich hatte Roßmanek erwartet, daß der Kerl als Assistent Kravtschenkos ebenfalls in der Maschke-Wohnung auftauchen würde. Weil dies nicht der Fall war, wollte ihn Roßmanek gar nicht erwähnen. So, als ob man von dieser Person überhaupt nichts wüßte. Dann verließ der Ministerialrat das Haus. Der Major sollte sich auch weiterhin um die Maschke kümmern, ordnete er noch an.

Am Flughafen Wien-Schwechat gab es einige Aufregung, als das Ehepaar Cooper die Maschine der Pan American zum Direktflug nach New York besteigen wollte. Missis Cooper deklarierte den Vogelkäfig mit ihrem Papagei als Handgepäck, und engstirnige Zollbeamte und PanAm-Funktionäre machten ihr verständlich, daß die Mitnahme von Haustieren nicht gestattet sei. Das war zuviel für Eleanors Nerven. Zuerst diese überstürzte Abreise aus dienstlichen Gründen – nicht einmal von ihrem Seelentröster Thomas Fallmann hatte sie sich verabschieden können –, und jetzt auch noch das. Sie wurde daraufhin richtig hysterisch, sie war mit ihren Nerven am Ende. Der Papagei ebenfalls. Und als ob er wüßte, daß die lautstarke Auseinandersetzung seinetwegen stattfand, krächzte er andauernd »Scheiße, Scheiße«. Eine recht ungemütliche Situation. Schließlich fand man nach diplomatischer Intervention von Mister Cooper, der seinen Diplomatenpaß vorzeigte, eine diplomatische Lösung. Der Papagei durfte in der Kochnische der Air-Hostessen mitfliegen.

Observanten der Staatspolizei hatten den Vorgang beobachtet und berichteten darüber auftragsgemäß an Ministerialrat Roßmanek. Es wurde ein langer und präziser Bericht, sogar die Verbalinjurien des Papageis waren darin erwähnt.

Am nächsten Tag, beim Abflug des sowjetischen Kulturattachés Kravtschenko, hatte es die Observationsgruppe ungleich schwerer. Zwar stand der Name Igor Kravtschenko auf der Passagierliste der Aeroflot für den Direktflug nach Moskau, doch fünf Minuten vor dem planmäßigen Abflug war von ihm immer noch nichts zu sehen. Die Turbinen der Iljuschin waren schon eingeschaltet, als zwei finster blickende Männer mit schwarzen Hüten Kravtschenko im Eiltempo durch die VIP-Eingänge schleusten. Die Staatspolizisten waren verunsichert. War das nun wirklich der richtige Kravtschenko, den man in die Maschine verfrachtet hatte? Major Heller hatte den Vorgang von der Flughafenterrasse mit einem Feldstecher beobachtet. »Er ist es«, lächelte er seinen Kollegen beruhigend zu. »Ein Irrtum ist ausgeschlossen. Schließlich kenne ich doch jetzt meinen alten Freund.«

Ministerialrat Roßmanek war mit sich und seinen Mitarbeitern recht zufrieden. Er steckte die Akte »Operation Igolka« in einen Stehordner und schloß ihn in seinen Wandsafe. Eine periodische Observation des Thomas Fallmann ordnete er noch an, dann war in der Sache vorerst nichts weiter zu veranlassen. Wer die Nachfolger der beiden Herren Kulturattachés sein würden, war abzuwarten. Eines schönen Tages würde es sich ja herausstellen.

Und eines schönen Tages erlebte Peter Brucker eine recht erfreuliche Überraschung. In den Abendnachrichten hörte er gerade von dem Attentat auf den Papst in Rom, als Sonja mit ihrem Hans ankam, beide freudig erregt. Bald erfuhr er den Grund ihrer guten Laune: In drei Wochen wollten sie heiraten, erklärten sie ihm.

Natürlich hatte er eine Menge Fragen. Wie sich die beiden ihr weiteres Leben vorstellten, wo sie wohnen würden und so weiter. Je länger er zuhörte, desto besser gefiel ihm die Geschichte. Hans war sehr sparsam gewesen und hatte eine Eigentumswohnung gekauft. Vorerst nur dürftig eingerichtet, aber mit der Zeit würden sie sich alles anschaffen, was man braucht. Er verdiente ja recht ordentlich. »Ein Bankkredit kommt nicht in Frage«, sagte Hans. »Schulden machen wir keine.« Ein gescheiter Kerl, sein zukünftiger Schwiegersohn.

Dann fragte ihn Sonja schelmisch, ob es ihm etwas ausmachen würde, Großvater zu werden. Er konnte seine Verblüffung nicht verbergen. Im Dezember werde sie ein Baby haben. Peter freute sich aufrichtig. Spontan schenkte er den beiden einen Briefumschlag mit eintausend Dollar und erzählte von einem Onkel in Amerika, der ihm Geld geschickt habe.

Als die beiden gegangen waren, überschlug Peter seine finanzielle Situation.

Er hatte vierzig Jahre lang gearbeitet und ebenso lange seinen Pensionsbeitrag bezahlt. Von seiner Pension konnte er notdürftig leben. Schulden hatte er nie gemacht, er war ja eher bescheiden, stellte keine großen Ansprüche an das Leben. Ersparnisse hatte er keine, und jetzt würde er Großvater werden. Plötzlich hatte er den Wunsch, den jungen Leuten Geld schenken zu können. Keine lausigen tausend Dollar, viel mehr. Den großen Geheimdiensten mußte seine Diskretion eigentlich allerhand wert sein. Cooper oder Kravtschenko würden das zwar als glatte Erpressung empfinden, aber sie selbst verhielten sich ja auch nicht gerade moralisch. Peter lächelte, als er sich an seine Schreibmaschine setzte und zu tippen begann. Er schrieb die ganze Geschichte auf und begann mit seinem Erlebnis auf Gran Canaria. Es würde einige Tage dauern, bis er das alles zu Papier gebracht hatte. Er machte drei Durchschläge.

Jo Heller war ein wenig verwundert, als ihn Peter Brucker um einen Termin für eine Aussprache beim Ministerialrat bat. Verwundert deshalb, weil ihm der Alte den Grund dieses Treffens nicht sagen wollte. Sie hatten doch auch sonst keine Geheimnisse voreinander. Aber auf seine bohrenden Fragen grinste Peter diesmal nur und meinte, das wäre eine Angelegenheit zwischen älteren Herren, und so ein junger Schnösel von einem Kriminalmajor verstehe davon nichts.

Am folgenden Tag also saß Peter Brucker in Roßmaneks Büro. Der Empfang war höflich, fast freundschaftlich gewesen, und der Ministerialrat ließ Kaffee servieren. Beide tranken ihn schwarz und ohne Zukker, auch diese Gewohnheit hatten sie gemeinsam. Dann nahm Peter einige Papiere aus der Tasche. »Wenn Sie sich das bitte ansehen«, sagte er leichthin. »Ich gebe dazu dann gleich eine Erklärung.«

Roßmanek überflog die Schreibmaschinenseiten. »Warum haben Sie sich diese Mühe gemacht?« fragte er dann verwundert. »Das ist ja ein fast kompletter Bericht zur Operation Igolka.«

Da begann Peter Brucker zu reden. Er erzählte von der Zeit, als er noch sein Detektivbüro hatte und gut verdiente. Und wie er es dann auf Druck der Russen schließen mußte, einzig und allein wegen der Dummheit der Amerikaner.

Der Ministerialrat wurde ungeduldig. »Warum erzählen Sie mir diese alten Geschichten?« unterbrach er ihn. »Das weiß ich doch alles längst.«

Er habe oft darüber nachgedacht, plauderte Peter weiter, auf welche Weise er seinen damaligen finanziellen Verlust wieder ausgleichen könnte. Und jetzt bräuchte er Geld. »Ich werde nämlich bald Großvater«, grinste er. Na, und da habe er sich gedacht, er könnte diese sensationelle Geheimdienstgeschichte einer finanzkräftigen Presseagentur verkaufen. Oder einem Nachrichtenmagazin. Die würden sich das sicherlich was kosten lassen, und die Story wäre ja auch von einem geschickten Journalisten leicht auf ihren Wahrheitsgehalt zu überprüfen.

»Und was hat das mit mir zu tun?« fragte der Ministerialrat jetzt unfreundlich.

Peter redete weiter, in einem Ton, als ob es sich um den Verkauf eines alten Fahrrads handelte. Cooper und Kravtschenko wären ja jetzt außer Landes. Die Nachfolger der beiden kenne er nicht. Und er meine halt, bevor er das ganze Material der Presse anbiete, sollte man es dem KGB und der CIA zur Ansicht zuschicken. Vielleicht würden diese beiden Organisationen dafür bezahlen, daß die Geschichte *nicht* in die Öffentlichkeit kommt. Ob der Herr Ministerialrat so freundlich wäre, die zuständigen Herren zu informieren?

Roßmanek stand auf und ging ans Fenster, sah hinaus. »Mit anderen Worten«, sagte er nach einer Weile ruhig, »Sie wollen KGB und CIA erpressen. Und ich soll Ihnen dabei helfen.«

»So ist es«, sagte Peter ebenso ruhig.

Eine Minute lang war es ganz still im Zimmer. »Verlassen Sie bitte mein Büro«, sagte Roßmanek dann. Er drehte sich nicht um.

Peter verließ den Raum. Die Papiere ließ er auf dem Tisch liegen.

Roßmanek hatte Jo Heller zu sich gerufen, er war sehr ernst. Detailgetreu informierte er seinen Kriminalmajor über den Besuch von Peter Brucker. »Der Mann muß wahnsinnig sein«, beendete der Ministerialrat seine Ausführungen. »Will Russen und Amerikaner erpressen! Das ist doch sein Todesurteil!« Dann wurde er sachlich: »Sie kennen ihn doch besser als ich. Meinen Sie, daß er es wirklich ernst meint? Oder blufft er nur?«

Jo hatte ein schlechtes Gewissen. In den letzten Wochen war er zu Peter sehr offen gewesen. Zu offen für einen Staatspolizisten. Er hatte ihm über die Operation Igolka Dinge erzählt, die der Alte eigentlich nicht hätte wissen müssen. »Er blufft sicher nicht«, antwortete er jetzt. »Ich kenne ihn. Er hätte damals auch den Shahnazarian umgelegt, wenn wir nicht dazwischengekommen wären.«

»Meinen Sie, daß es einen Sinn hat, wenn Sie noch einmal mit ihm darüber sprechen? Wenn Sie versuchen, ihm diese Wahnsinnsidee auszureden?« Der Ministerialrat fragte es zögernd.

»Probieren kann ich es ja. Ich besuche ihn noch heute abend«, sagte Jo. Recht wohl war ihm aber nicht dabei.

Da glaubt man, einen Menschen zu kennen. Jemanden, mit dem man lange Jahre zusammengearbeitet, gute und schlechte Erfahrungen geteilt hat. Und dann stellt sich heraus, daß der Betreffende Eigenschaften besitzt, die einem völlig verborgen geblieben sind. So jedenfalls erging es Jo Heller, nachdem er eine Stunde lang vehement versucht hatte, seinen alten Freund Peter von seiner gefährlichen Idee abzubringen. Sie saßen in Peters Stammkneipe, die Aschenbecher waren voll, die Gläser leer. »Sie werden dich umbringen, du sturer Hund«, sagte Jo resignierend und bestellte eine neue Flasche Wein.

»Den Teufel werden sie«, grinste der Alte gemütlich. »Sie werden im Gegenteil sehr um meine Gesundheit besorgt sein.« Dann erklärte er, wie er zu dieser Annahme komme. Bei einem Notar hatte er eine Art Testament mit all den Fakten zum Fall Igolka hinterlegt. Versiegelt und mit dem Auftrag, es nur im Fall seines Ablebens zu öffnen. »Das hab' ich übrigens deinem Ministerialrat nicht mehr sagen können, weil er mich so schnell rausgeworfen hat. Bitte sag du es ihm.«

Jo Heller seufzte.

»Überlegst du dir denn gar nicht, daß er dich wegen versuchter Erpressung einsperren und vor Gericht bringen kann?«

Peter Brucker war davon wenig beeindruckt. Wieder lächelte er. »Bei der Hauptverhandlung muß er dann unter Eid als Zeuge aussagen. Und du auch.« Der Gedanke daran erheiterte den Alten sichtlich. »Ich werde dann beantragen, daß auch die Maschke als Zeugin geladen wird. Und auch diese Kriminalbeamtin, die Dorothea. Und die Öffentlichkeit soll nicht ausgeschlossen werden. Ein gesundes Fressen für die Journalisten. Wie gefällt dir das?«

Jo Heller gab keine Antwort. Er dachte daran, daß er dies alles seinem Ministerialrat berichten mußte. Und das stimmte ihn traurig. Am liebsten hätte er sich jetzt betrunken, aber das ging nicht. Er war noch mit Rosemarie verabredet.

Die Verabschiedung der beiden Männer war eigenartig. Jo Heller war ein wenig nachdenklich und besorgt, Peter Brucker unbekümmert und herzlich. »Grüße an Rosy«, sagte er leichthin, so als ob es auf dieser Welt keine Probleme, keine Geheimdienste gäbe. Und keinen Erpressungsversuch.

Die Grüße an Rosy richtete Jo aus, eine halbe Stunde später in ihrer Wohnung. Und dann erzählte er ihr auch Dinge, die er normalerweise für sich behalten hätte. Aber keiner ist vollkommen, und er machte sich Sorgen, er mußte sich abreagieren, und außerdem zeigte der Wein jetzt seine Wirkung. Auch Geheimdienstler sind nur Menschen mit all ihren Schwächen. Die vom KGB, von der CIA, warum nicht auch die von der österreichischen Staatspolizei.

Mit der »sporadischen Überwachung« von Fallmann hatte es seine eigene Bewandtnis. Wenn Ministerialrat Roßmanek die Observationsberichte las, gewann er manchmal den Eindruck, daß der Kerl sehr genau darüber Bescheid wußte, daß man ihn beobachtete. Wenn er einkaufen ging oder harmlose private Besorgungen erledigte, bewegte er sich so langsam und unauffällig, daß die Observanten jeden Schritt und jede Minute genau beschreiben konnten. Dann plötzlich aber war er wie vom Erdboden verschluckt, und der Teufel wußte, wo er sich herumtrieb und was er machte. Immerhin, erkannte Geheimdienstler sind jeder Staatspolizei am liebsten, und so war Roßmanek mit seiner Entscheidung zufrieden, Fallmann in seinem Anschuldigungs-Elaborat an den Botschafter nicht erwähnt zu haben. Doch rein gefühlsmäßig verstärkte sich bei dem Ministerialrat der Eindruck, die Sache mit Fallmann nicht unter Kontrolle zu haben und wesentliche Dinge nicht zu wissen.

So war es auch.

Tatsächlich waren es zwei Dinge, die in Wien niemand wußte. Nicht die Stapo, nicht der KGB und schon gar nicht die CIA. Das waren die ständigen und langen Telefonate Fallmanns nach Elat in Israel und seine Zusammenkünfte mit Igolka. Davon wußten in Wien nur zwei Menschen. Fallmann selber und seine zukünftige Frau Rosemarie Maschke.

Sie lagen im Bett wie so oft in diesen Nächten, und Rosy erzählte, was sie von Jo erfahren hatte. Die ganze Geschichte von der beabsichtigten Erpressung durch den alten Peter Brucker. »Schläfst du?« flüsterte sie, weil er gar nichts sagte. »Im Gegenteil«, hörte sie ihn antworten, »mein Hirn arbeitet auf Hochtouren. Hör mir zu, Mädchen. Es wird Zeit für uns beide. Du fliegst nächste Woche zu meinen Eltern nach Elat, und für dich beginnt ein neues Leben. Du verschwindest einfach von dieser Geheimdienstbühne. Aber diesen Brucker brauche ich noch. Ich muß ihm ein Angebot machen, das er nicht ablehnen wird.«

»Du willst, daß er nicht erpreßt. Ist es so?«

»Genau«, lächelte er, »gescheites Mädel.«

»Willst du ihn nicht gleich nach Israel einladen? Auf eine Urlaubsreise?« Sie kicherte. »Er ist es ja schon gewöhnt, seinen Urlaub auf Geheimdienstkosten zu verbringen.«

»Gar keine schlechte Idee«, meinte er anerkennend.

Rosemarie knipste das Licht aus. Sie schmiegte sich an ihn. »Ich bin dem Herrgott so dankbar«, flüsterte sie, »daß es dich gibt.«

Außergewöhnlich hübsche junge Mädchen haben es in vielen Dingen dieses Lebens leichter als andere. In manchem aber auch schwerer. So war es auch mit Rosemarie Maschke.

Im letzten Schuljahr schon waren die Burschen hinter ihr her. Kein Wunder, wenn ihre Klassenkameradinnen eine einzige Neidgemeinschaft bildeten. Ihre Freundinnen sonderten sich von ihr ab. Verständlich. Welches Mädchen hat es schon gerne, wenn es ständig im Schatten der umschwärmten Schönen sein soll.

Es war leicht für sie, einen Posten als Serviererin zu bekommen. Männliche Gäste wollen nicht nur gerne bedient werden, sondern mögen es auch, wenn die Bedienung attraktiv ist. Sie können sich Dinge erlauben, anzügliche Bemerkungen bis Zudringlichkeiten, das Mädchen muß stets versuchen, freundlich zu bleiben. Sie wird ja bezahlt dafür. Rosemarie lernte rasch, die Männer richtig einzuschätzen, und ihr verheißungsvolles Lächeln richtete sich nach der Höhe der Trinkgelder.

Als sie ihrem Jugendfrreund Jo Heller wieder begegnete, damals im *Café Martha*, da imponierte es ihr mächtig, daß Jo es zum Kriminalinspektor gebracht hatte. Dann kam Igor, der russische Diplomat, er gab ihr viel Geld und versprach ihr die Welt, nur, weil sie ihm alles über Jo erzählte und sein Notizbuch fotografierte. Gewissensbisse hatte sie keine. Dies um so weniger, als Igor sein Versprechen hielt und sie ins Ausland mitnahm. In die USA, nach Mexiko und Kuba. Immer schon hatte sie davon geträumt, die weite Welt kennenzulernen. Was machte es schon aus, wenn sie als Preis für ihr luxuriöses Leben mit ein paar Männern schlafen mußte. Die Gewinnung dieser Dummköpfe war eine Kleinigkeit für sie. Igor war mit ihr zufrieden, kaufte ihr Schmuck und die teuersten Kleider, das Leben war einfach herrlich. Das änderte sich mit einem Schlag, als sie zum erstenmal David Goldmann traf. Nicht nach außen hin, aber in ihrem Innenleben. Denn eigentlich war sie eine sensible junge Frau, die sich nach Liebe sehnte. Aber das wußte sie vor ihrer Begegnung mit David wahrscheinlich selber nicht.

»Abwarten und Tee trinken«, lautete die Devise für Peter Brucker. Wörtlich durfte man das nicht nehmen, denn Tee mochte der Alte nicht sonderlich. Aber er hatte sicherlich recht mit der Annahme, daß man bei den Geheimdiensten auf sein erpresserisches Angebot in irgendeiner Weise reagieren werde. Eigentlich rechnete er damit, daß Ministerialrat Roßmanek noch einen Versuch machen würde, ihn von seinem Vorhaben abzubringen. Die Tage vergingen, und es geschah vorerst nichts. Dann kam die erwartete Geheimdienstaktion. Aber weder die Art, in der sie sich ereignete, noch die Person, die ihn damit konfrontierte, entsprach seinen kühnsten Erwartungen.

Es begann damit, daß es eines späten Abends an seiner Wohnungstür klingelte. Durch das Guckloch erkannte er Rosemarie Maschke. Überrascht öffnete er. »Ja, was machst denn du bei mir?« fragte er erstaunt. Sie nahm dieses »Du« gelassen zur Kenntnis und retournierte es sogleich. »Ich bin deine gute Fee«, lächelte sie freundlich, »und ich bin gekommen, um dich zu beschenken.«

Eine Sekunde lang dachte er, sie wäre betrunken. Aber seine Einladung auf ein Glas Wein lehnte sie ab, und mit den angekündigten Geschenken hatte es seine Richtigkeit. Fassungslos starrte Peter auf zwei Briefumschläge, die sie auf seinen Tisch legte. Der eine voll mit Dollarnoten, der andere enthielt ein Flugticket und Hotelvouchers. »Man will mit dir reden«, sagte sie dabei sachlich. »Über deine Geldschwierigkeiten und deine angedrohten Enthüllungen. Man wird dir ein finanzielles Angebot machen.«

»Wer ist *man* . . .?« Seine Stimme klang heiser.

»Leute, die es gut mit dir meinen«, lächelte sie wieder. »Alles Nähere wirst du an Ort und Stelle erfahren.«

Er hatte sich wieder unter Kontrolle.

»Und wann und wo soll das Fest stattfinden?« fragte er.

»In Elat am Roten Meer«, antwortete sie. »Wir fliegen übermorgen ab München. Nimm dir Badezeug mit, es ist jetzt sehr heiß dort.«

»*Wir* fliegen?«

»Ich begleite dich«, sagte sie freundlich, »als deine gute Fee.« Dann stand sie auf. »Sei pünktlich am Flugplatz«, hörte er noch.

Tatsächlich! Hätte er die beiden Kuverts mit Geld und Reiseunterlagen am nächsten Morgen nicht wiedergesehen, wäre dieses Erlebnis ihm nur als Traum in Erinnerung geblieben.

Am Münchener Flughafen erlebte Peter Brucker dann noch eine Überraschung. Rosemarie ersuchte ihn, Roßmanek anzurufen und ihn zu bitten, in der Angelegenheit »Igolka« vorerst nichts zu unternehmen. »Du bleibst ja zwei Wochen weg, und womöglich alarmiert er inzwischen die Amis und die Iwans«, sagte sie. Er tat wie geheißen, warum auch nicht. Zwei Wochen mehr oder weniger spielten keine Rolle, und er stellte auch keine weiteren Fragen mehr, weil er ihre Antwort im voraus wußte. »In einer Woche erfährst du alles«, sagte sie stets stereotyp, und mehr war aus ihr nicht herauszubekommen.

Beim Einchecken bemerkte er, daß sie kein Retourticket hatte. Wieder wunderte er sich, blieb aber stumm.

Das Hotel *King Salomon* in Elat am Roten Meer unterschied sich kaum von den anderen Viersternehotels in aller Welt. Höchstens durch die Gäste. Es war ausgebucht von sonnenhungrigen Juden aus Amerika und Europa, die sich allesamt so benahmen, als wäre das Hotel ihr persönliches Eigentum.

Die einheimischen Israelis und vereinzelte nichtjüdische Gäste bildeten eine verschwindend kleine unterdrückte Minderheit. Überrascht war Peter von den vielen herzigen Kindern, die überall herumtollten. Er mußte an den Ausspruch des weisen Ben Akiba vor fast zweitausend Jahren denken: »Die Welt ist voll von entzückenden Kindern, ich möchte wissen, woher all die miesen Erwachsenen kommen.«

Bei der Beobachtung seiner Umgebung machte Peter eine überraschende Entdeckung: Das Verhältnis zwischen den Kleinen und den Erwachsenen war ganz anders, als er es von Mitteleuropa gewöhnt war. Die Kinder bewegten sich viel freier, wurden niemals ausgeschimpft oder zurechtgewiesen, wenn sie laut waren oder herumsprangen. Ermahnungen der Eltern wie: »Bleib jetzt sitzen und sei artig«, oder »Sei jetzt still und mach keinen Lärm« waren nicht zu hören. Peter erinnerte sich an seine eigene Kindheit. Von den Erziehungsbegriffen im deutschsprachigen Raum, der vielgepriesenen »Zucht und Ordnung« war hier nichts zu merken. Vielleicht war auch das der Grund, warum man in seiner Heimat immer wieder zum »Obrigkeitsstaat« tendierte. Was man Kindern beibringt, praktizieren sie eben als Erwachsene.

Fünf Gehminuten vom Hotel, direkt am Meer, fand er ein gemütliches Lokal, von wo aus man einen herrlichen Ausblick auf die jordanische Hafenstadt Akaba hatte. Zum Greifen nahe sah man Moscheen und Minarette, unter normalen Verhältnissen hätte man in einer halben Stunde leicht dort sein, die arabische Welt studieren können. Aber die Verhältnisse waren nicht normal. Israel und Jordanien waren ja verfeindet, und zwischen Elat und Akaba sah man Stacheldrahtzäune, Wachtürme und militärische Anlagen. Das Lokal hieß *Red Sea*, aber Peter nannte es »Kaffeehaus zum Sonnenuntergang«, weil er zumeist dort saß, wenn die Sonne als roter Ball hinter dem Felsgebirge des Negev im Westen verschwand. Wenn die letzten Sonnenstrahlen die Gebirgskette hinter Akaba rot färbten und das Meer tiefblau wurde. Manchmal war Rosy mit ihm dort auf seinem Lieblingsplatz, der romantische Zauber dieser Gegend gefiel ihr. Wenn aber Peter versuchte, sie in ein Gespräch über die Unsinnigkeit dieser Welt zu verwickeln, über diesen grauenhaften Zustand, darin bestehend, daß hier Israelis und Araber so nahe beieinander wohnen und dennoch keinen Kontakt haben, da winkte sie ab. Das interessierte sie nicht. »Reden wir nicht von Politik«, sagte sie. Also bestellte er noch zwei Gläser Wein, und sie plauderten über das Abendessen, über die örtlichen Preise und darüber, daß Goldschmuck in Israel relativ billig war. Alles Themen, die Peter überhaupt nicht interessierten, und resignierend nahm er zur Kenntnis, daß diese junge Frau eben einer anderen Generation angehörte. Einer Generation, die sich vorwiegend für Vergnügungen und die Annehmlichkeiten des Lebens interessierte. Einer Generation, die nicht gerne nachdachte.

Täglich las er die *Jerusalem Post*, eine englischsprachige Zeitung. Er las von einer Massendemonstration in Bonn für den Frieden, von einem sozialistischen Wahlsieg in Griechenland und von Verhandlungen Leonid Breschnews mit dem deutschen Bundeskanzler Helmut Schmidt. Die Lokalnachrichten waren aufregender. Zwei junge Israelis waren in Jerusalem von einer Bande arabischer Jugendlicher angefallen und durch Messerstiche schwer verletzt worden. Die Polizei suchte die Täter. Ein Reporter interviewte Israelis zu diesem Vorfall. *»We've got to kill all the Arabs, says a youth without hesitation, his face devoid of anger«,* las er; so hatte ein junger Jude geantwortet. *»Wir müssen alle Araber umbringen, sagte ein Jugendlicher ohne Zögern, sein Gesicht vor Zorn verzerrt.«* Peter wunderte sich über die Leichtfertigkeit, mit welcher dieses Zitat veröffentlicht wurde. Dachten sich die Juden nichts mehr dabei? Vor zwanzig Jahren war Adolf Eichmann in dieser Stadt zum Tode verurteilt und hingerichtet worden. Weil er im Krieg den Plan Hitlers mitrealisierte, alle Juden umzubringen. In der Bundesrepublik und in Österreich gab es heute noch Gesetze, die eine Gefängnisstrafe für den zur Folge hatten, der öffentlich den Tod aller Juden forderte. Peter war betroffen. Gerade von den Israelis hätte er mehr Toleranz und Verständnis erwartet. »So geht es eben auch nicht«, seufzte er traurig und legte die Zeitung weg.

Eine Woche war vergangen.

Peter saß auf der Terrasse des Coffee-shops in der Nähe des hoteleigenen Swimmingpools. Amüsiert beobachtete er eine Menschengruppe, die unter Anweisung einer durchtrainierten Vorturnerin Aerobic-Übungen machte. Die Musik dröhnte. Rosy war unter den hüpfenden und wackelnden Aerobicfans. Mit ihrem hellblonden Haar und ihren graziösen Bewegungen unterschied sie sich wohltuend von den meisten ihrer Turnschwestern. Ein gutaussehender Mann in Bluejeans spazierte langsam vorbei. Hinter Rosy blieb er stehen, sagte ein paar Worte. Ohne die Gymnastik zu unterbrechen, deutete Rosy in Richtung Terrasse. Der Mann kam langsam näher, setzte sich zu Peter. »Shalom«, sagte er freundlich. »Shalom«, sagte Peter und sah wieder in die Zeitung. Es war ihm klar, der Hübschling war sein erwarteter Gesprächspartner, aber allzu leicht wollte er es ihm auch nicht machen. Schließlich wollte man etwas von ihm und nicht umgekehrt.

Der Mann lächelte nachsichtig. »Sie sollten das nicht tun«, sagte er milde. Er sprach tadellos deutsch.

»Ich soll was nicht tun?« fragte Peter erstaunt.

»Na, die Russen und Amis erpressen«, lächelte der Mann leichthin. »Das bringt Sie nur in Schwierigkeiten, und uns paßt es auch nicht ins Konzept. Wir wollen das nicht.«

»Wer ist *wir*?« fragte Peter überrascht.

»Na, wir hier«, war die Antwort. Der Mann machte eine weitausholende Armbewegung. »Wir hier in diesem Land.«

»Sie sind vom Mossad?« Peter war leicht schockiert.

»Natürlich«, meinte der Kerl ruhig. »Sie gestatten, daß ich mich vorstelle: David Goldmann. Das ist übrigens mein richtiger Name.«

Peter hatte Mühe, ruhig zu bleiben. »Jetzt verstehe ich überhaupt nichts mehr. Was zum Teufel kümmert euch hier dieser blöde Geheimdienstkrieg in Wien?«

»Ich will es Ihnen erklären«, sagte David. »Dazu bin ich ja hier. Gehen wir an die Bar?«

An der Hotelbar, bei zwei Whisky mit Soda, erfuhr Peter dann erstaunliche Dinge.

»Ich bin Kravtschenkos Nachfolger in Wien«, begann David Goldmann. Er lächelte: »Seit zwei Monaten habe ich den Rang eines Majors beim KGB. Hier im Israelischen Nachrichtendienst, beim Mossad, bin ich nur Leutnant. Verstehen Sie?«

»Nein«, sagte Peter wahrheitsgetreu.

Darauf begann David die Geschichte seines Lebens zu erzählen. Von seinen jüdischen Eltern, von seiner Kindheit in einer kleinen polnischen Stadt. Von der Flucht seiner Familie vor den einmarschierenden Deutschen. Vom Antisemitismus der Polen und Russen, und wie schließlich seine Eltern nach Sibirien deportiert wurden. Wie er als junger Soldat der Roten Armee in der Sowjetunion blieb, als seine Eltern endlich die Ausreisegenehmigung nach Israel erhielten. »Sie leben übrigens hier in Elat«, sagte er, »verstehen Sie jetzt?«

»Kein Wort«, sagte Peter wiederum wahrheitsgetreu.

David plauderte weiter. Durch seine Sprachkenntnisse war er zum KGB gekommen, durch Glück und Zufälle wurde er zu operativen Einsätzen ins westliche Ausland entsandt. Die briefliche Verbindung zu seinen Eltern war niemals ganz abgerissen. Die ersten Möglichkeiten, von kapitalistischen Staaten unbelauscht mit seinem Vater zu telefonieren, hatte er wahrgenommen. In den folgenden Jahren hatte er mehrmals Gelegenheit zu Kurzbesuchen in Israel. Ohne daß seine KGB-Vorgesetzten davon wußten, versteht sich.

»Aha«, sagte Peter jetzt. »Und bei einem dieser Besuche wurden Sie vom Mossad angeworben.«

»Na endlich«, meinte David erleichtert. »Angeworben« wäre aber nicht ganz richtig. Er selber habe die Verbindung zu den Israelis gesucht, sich angeboten. »Dieses Land hier ist meine Heimat. Dafür will ich arbeiten.«

»Und was hat das alles mit mir zu tun?« wollte Peter wissen.

David wurde jetzt ganz sachlich. Eine Vertrauensperson beim KGB zu haben wäre auch für die Israelis von beträchtlichem Wert. »Ich bin Jude«, sagte er, »und ich werde so lange für mein Volk arbeiten, wie es möglich ist. Wenn Sie Ihre Erpressung wahrmachen, werde ich als gefährdete Person sofort nach Moskau zurückberufen. So wie auch Kravtschenko. Mit Auslandseinsätzen ist es dann vorbei, und ich bin für meine Freunde hier wertlos. Das wollen sie nicht und ich auch nicht. Deshalb werden Sie gefälligst Ihre Schriftstücke bei Roßmanek wieder abholen und ihm erklären, Sie hätten es sich anders überlegt.«

»So, werde ich das?« meinte Peter Brucker aufsässig. Er war verblüfft über die Offenheit, mit der dieser David Goldmann mit ihm redete. Zugleich wurde er jedoch ärgerlich. »Sie werden mir nicht vorschreiben, was ich zu tun habe«, gab er barsch zurück. »Und einschüchtern lasse ich mich nicht. Sicherlich haben Sie hier jetzt alle Möglichkeiten, mich verschwinden zu lassen. Aber ich bin ein alter Mann und hänge nicht mehr besonders an diesem irdischen Dasein.«

Eine abwehrende Handbewegung Davids ließ ihn verstummen. »Aber wer denkt denn an so etwas!« Er lächelte wieder. »Außerdem würde mir das nichts nützen. Wenn Ihr Notar in Wien das Testament öffnet und die Presse informiert, ist mein Doppelspielchen ja auch zu Ende. Nein, ich werde Ihnen einfach ein Angebot machen, das Sie nicht ablehnen werden.«

Peter unterbrach ihn: »Was macht Sie so sicher? Warum sind Sie so überzeugt, daß ich nicht ablehne?«

»Weil ich Sie für einen gescheiten Menschen halte«, war die Antwort.

Geschäftsmäßig erkundigte sich David dann über die Höhe seiner Forderungen an KGB und CIA. Peter meinte, er halte zehntausend Dollar pro Organisation für angemessen, und David nickte zustimmend. »Ich werde mit Ihnen nicht feilschen«, sagte er. »Sie bekommen von uns zwanzigtausend auf Ihr Konto in Wien überwiesen. Dafür machen Sie bei Roßmanek alles rückgängig und vernichten die Papiere. Das war mein Angebot.«

Peter dachte nach.

Eigentlich klang alles sehr logisch, und wenn den Israelis sein Schweigen so viel wert war, warum sollte er noch zögern? »Ein solches Angebot kann ich wirklich nicht ablehnen«, sagte er nach einer Weile.

Sie schüttelten sich die Hände, und dann hatte es David eilig. »Ich fliege heute noch ab«, sagte er. »Bleiben Sie ruhig noch diese Woche hier und genießen Sie den Urlaub.« Dann ging er. Peter bestellte sich noch einen Whisky. Er hatte ihn nötig.

Der Koffer war gepackt. Er wollte vor dem Abflug noch einen Kaffee trinken, als es an der Tür klopfte. Es war Rosy, die sich verabschieden wollte. »Was wird eigentlich mit dir?« fragte Peter. »Nach allem, was passiert ist, wirst du es in Wien nicht leicht haben.«

Rosemarie lächelte. »Ich bleibe hier, in diesem Land«, sagte sie ruhig. »Ich werde David heiraten.«

Das war nun wirklich eine Überraschung.

»Geht denn das so einfach?«

Sie nickte. »Ich habe hier seine Eltern kennengelernt. Die mögen mich gern. Ich bin jetzt alt genug und will Kinder haben. Kleine, blonde Judenkinder«, lachte sie. Dann wurde sie ernst. »David ist der erste und einzige Mann, den ich liebe. Für den ich etwas empfinde. All die anderen, von Jo Heller bis Kravtschenko und Farmer – das war doch alles nichts. Denen habe ich nur was vorgespielt, auch im Bett. Mit David bin ich glücklich.«

Es war Zeit für die Abfahrt.

»Alles Gute, Rosy«, sagte Peter. Er meinte es ehrlich.

Sie küßte ihn auf die Wangen. »Paß gut auf dich auf«, hörte er sie noch rufen.

Major David Goldmann war also immer noch der arbeitslose Ölingenieur Thomas Fallmann und verplemperte seine Zeit in Wien. Er wunderte sich, daß man ihn noch nicht abberufen hatte, nach allem, was passiert war. Nach den Regeln der KGB-Zentrale mußte er doch jetzt als »wirklich gefährdet« und als »Sicherheitsrisiko« eingestuft werden. »Nichts wie heim ins Mutterland der Werktätigen«, hätte also die Devise lauten müssen. Aber im Gegenteil erhielt er telefonisch den Auftrag, bei der Ankunft einer bestimmten Aeroflot-Maschine aus Moskau im Flughafenrestaurant Schwechat zu sitzen und ein Bier zu trinken. Er würde dann dort kontaktiert werden und alles weitere erfahren.

Die Maschine war gelandet, vom Fenster des Restaurants hatte David das Landungsmanöver beobachtet. Er saß allein an einem Tisch. Sein Bier war schon warm.

Eine hübsche Blondine kam herein, so etwa vierzig und ein wenig mollig. Zielstrebig ging sie zu seinem Tisch, nickte ihm zu, setzte sich. *»Sdrasdwuitje Towarisch«,* sagte sie dann leise. Es folgte das Codewort, und dann stellte sie sich vor. »Hauptmann Tamara Belusowa, und herzliche Grüße von Igor«, sagte sie.

David zündete sich eine Zigarette an, bestellte für die Mollige einen Kaffee, sah sich um. Alles harmlose Leute in dem Lokal, soweit er es beurteilen konnte.

»Wie geht es weiter, Hauptmann?« fragte er vorsichtig.

»Ich erzähle Ihnen alles heute abend«, sagte der Hauptmann und verzog das Gesicht. Der Kaffee war zu heiß.

»Wo werden Sie wohnen?« fragte David beiläufig.

»In Ihrer Wohnung«, sagte der Hauptmann.

Die Welt ist wirklich voll von Überraschungen für einen Geheimagenten.

David war beileibe nicht prüde. Trotzdem überraschte ihn die Selbstverständlichkeit, mit der die Genossin Belusowa seine Wohnung in Beschlag nahm, wie ungeniert sie sich vor ihm auszog, dann halbnackt ins Badezimmer ging. Ohne die Tür zu schließen. Nachdenklich betrachtete er das Doppelbett. Er hatte sich immer vorgestellt, daß einmal Missis Cooper darin liegen würde. Jetzt lag das Nachthemd des Hauptmanns Belusowa darauf. Im Badezimmer rauschte die Wasserspülung der Toilette. Nach einer Weile kam sie heraus, sie trug jetzt eine Art Abendmantel. Er registrierte es mit Erleichterung.

»Haben Sie etwas zu trinken?« fragte die Genossin Hauptmann.

Er hatte. Dann saßen sie in seinem Wohnzimmer vor einer Flasche Krim-Sekt. »Kommen wir zur Sache«, sagte der Hauptmann.

In der nächsten halben Stunde erfuhr Oberleutnant Goldmann seinen neuen Auftrag.

Zielperson war ein Österreicher namens Jellinek, vierzig Jahre alt, ein Sur-place-Angestellter bei der israelischen Botschaft in Wien. Er war dort eine Art Hausmeister, hatte für die Sauberkeit des Gebäudes zu sorgen, für den Garten, machte auch Botengänge. Er war also kein Geheimnisträger, hatte aber doch Zugang in die einzelnen Büros der Botschaft, und mit seiner Hilfe wollte man Mini-Abhörgeräte installieren, die vielgerühmten »Wanzen«.

Genaugenommen war Franz Jellinek Sache der Tamara Belusowa. Aber er war verheiratet, seine Frau Ilse war Verkäuferin in einem Schuhgeschäft. Die Ehe war kinderlos. In altbewährter Manier sollte sich Thomas Fallmann als »Schauspieler« um die Schuhverkäuferin Ilse kümmern, damit es die Frau Hauptmann mit Jellinek leichter hatte.

Keine besonders aufregende Sache also.

»Wir fangen morgen an«, sagte die Genossin Hauptmann. »Sie werden sich bei Ilse Jellinek Schuhe kaufen, die dann nicht passen und umgetauscht werden müssen. Sie haben's leicht, ich muß mir für den Jellinek noch was ausdenken.«

Die Flasche Krim-Sekt war jetzt leer.

Ein wenig verwundert fragte David, ob sich denn die Genossin Belusowa vorerst in Wien nicht ein wenig akklimatisieren wollte, vor Arbeitsbeginn. Wie es üblich war. Das wäre nicht nötig, erklärte sie, sie wäre schon öfter in Wien gewesen und kenne die Szene. Dann gähnte sie und ging ins Bett. Als sie ihr Nachthemd anzog, beobachtete er sie verstohlen. Nicht übel. Dann ging er sich die Zähne putzen. Als er ins Bett schlüpfte, schlief sie schon fest. Oder sie tat zumindest so.

Am nächsten Morgen war die Genossin Hauptmann ganz Hausfrau. Sie machte sich mit der Küche vertraut und bestand darauf, das Frühstück zuzubereiten. Da weder Milch noch Gebäck vorhanden war, schickte sie David einkaufen. Er brachte alles Gewünschte nach etwa zwanzig Minuten, ein Lebensmittelgeschäft war ja ganz in der Nähe.

In diesen zwanzig Minuten hatte Tamara Kaffee gekocht, und es roch angenehm in der Küche. In diesen zwanzig Minuten hatte sie aber auch einen erbsengroßen Gegenstand in den Telefonhörer plaziert. Das konnte David Goldmann alias Thomas Fallmann natürlich nicht wissen.

Gespannt lauschte Oberst Bogdanow den Geräuschen des Tonbands. Zuerst das Wählen einer Telefonnummer – die Techniker hatten anhand der Impulse die Nummer bereits identifiziert. Neun-null-null-neun-sieben-zwei-drei. Das war die Vorwahl von Tel Aviv, Israel. Dann eine fünfstellige Nummer, dann dreimal das Freizeichen, dann eine Männerstimme: »Hallo?« Dann die Stimme Goldmanns; der Oberst verstand nur »Shalom«. Die beiden unterhielten sich etwa eine halbe Minute auf hebräisch. Bogdanow verstand kein Wort. Aber das war ja kein Problem. Der Oberst ließ das Band zurücklaufen und telefonierte dann mit der Abteilung für Fremdsprachen und Übersetzungen.

Nach einer halben Stunde hatte Bogdanow die Übersetzung schriftlich auf seinem Schreibtisch. Er las:

Hallo . . .?

Shalom, lieber Freund. Hast du mit dem Chef gesprochen?

Ja. Du sollst alles so machen wie immer. Keine Eigenmächtigkeiten.

Okay. Hör zu, ich sehe jetzt schon klar. Man will unsere Außenstelle hier verwanzen.

Das hat der Chef auch vermutet. Wie lange werdet ihr brauchen?

Hängt von der Genossin ab. Soll ich es verzögern?

Nichts sollst du, keine Eigenmächtigkeiten! Der Chef fliegt morgen nach Wien. Du bleibst nur mit mir in Verbindung. Verstehst du? Nur mit mir!

Verstehe! Ich melde mich jetzt täglich.

Übertreib es nicht. Und sei vorsichtig.

Bin ich. Also dann . . . Shalom.

Shalom.

Oberst Bogdanow lächelte böse. Dann ließ er sich beim General anmelden. »In einer sehr dringenden Sache«, sagte er zur Sekretärin.

Der General hatte ihm aufmerksam zugehört, dann die Akte gelesen. Er war sehr ernst. *»Smertj«*, sagte er dann. »Tod dem Verräter.«

Der Oberst nickte zustimmend. Er schlug vor, den Oberleutnant Goldmann nach Moskau zu berufen, unter irgendeinem Vorwand. Dann sollte er vor ein Gericht gestellt werden. Der General war damit nicht einverstanden. »Womöglich riecht er den Braten und springt ab«, gab er zu bedenken. »Er wird in Wien liquidiert. Und du, Genosse Oberst, wirst das veranlassen.«

In Wien hatte es die letzten Wochen ständig geregnet, und Peters Hausmeister fragte neugierig, woher der Herr Brucker denn diese schöne Sonnenbräune habe.

»Urlaub in Tunesien«, log der und hatte es dann eilig, den nächsten neugierigen Fragen auszuweichen. Er müsse dringend zu seiner Bank, sagte er.

Dort erhielt er vom Schalterbeamten seine Kontoauszüge und freute sich über eine Überweisung von zwanzigtausend US-Dollar von einem schweizerischen Buchverlag. *Verlagsgruppe Kürzli-Meier* las er, *Honorarabrechnung für 1981.* Der Dollar notierte etwas über sechzehn Schilling, und Peter ließ sich den stolzen Betrag auf sein Sparbuch überweisen. Dann fuhr er in das Büro des Ministerialrats Roßmanek.

Der Empfang war frostig, aber Peter spielte seine Rolle als reuiger Sünder ausgezeichnet. Jeder komme eben manchmal auf dumme Gedanken, und der Herr Ministerialrat möge doch so lieb sein und das Ganze vergessen, die Papiere vernichten. Der Herr Ministerialrat war so lieb. Die Erleichterung war ihm anzusehen, und er wurde freundlicher. Auch er wollte die Ursache von Peters Sonnenbräune wissen und erfuhr, wie schön und erholsam ein Urlaub in Tunesien sei. Die Verabschiedung war fast herzlich, und man wünschte einander alles Gute.

Der Chef einer Staatspolizei hat es nicht leicht, schon gar nicht in diesem ständig als »Agententummelplatz« bezeichneten Wien. Ministerialrat Roßmanek war wirklich froh, diese absurde und unangenehme Angelegenheit mit Bruckers Erpressung los zu sein. Aber schon gab es neue Sorgen: Rosemarie Maschke war spurlos verschwunden, und er hätte gern gewußt, ob sie weiterhin irgendwo für den KGB tätig war oder eventuell die Fronten gewechselt hatte. Schließlich war sie österreichische Staatsbürgerin.

Kriminalmajor Heller bekam also den Auftrag, nach dem Verbleib Igolkas zu forschen. Auch ihm war ihr Verhalten völlig unverständlich, war sie doch während der ganzen Stapo-Aktion um Kravtschenko und Cooper verläßlich gewesen, in ihrer Berichterstattung präzise und wahrheitsgetreu. Als er ihre Mietwohnung in der Brandstätte amtlich öffnen ließ und Nachschau hielt, schloß er sogar einen Unfall oder ein Verbrechen nicht aus. Aber nichts in der leeren Wohnung deutete darauf hin, und auf die neugierigen Fragen des Hausmeisters wußte auch Jo Heller keine Antworten.

Ihre Eltern in Floridsdorf wußten auch nichts von ihr, wie immer.

Sie hatte nur telefonisch mitgeteilt, daß sie wieder ins Ausland fahre und es ihr gutgehe. Das war alles. Lediglich die Kriminalbeamtin Dorothea Wimmer erfuhr bei ihren Nachforschungen, daß Rosemarie sich bei ihrem Friseur verabschiedet hatte, schon vor drei Wochen. Sie bliebe länger weg, wahrscheinlich für immer, hatte sie dem Figaro erzählt. Und bezahlt hatte sie mit D-Mark, weil sie kein österreichisches Geld mehr hatte.

Jo Hellers Verhältnis zu Brucker war wieder normal, so wie früher. Man traf sich ab und zu, und erfreut erfuhr Jo, daß deutsche Touristinnen in Tunis gar nicht prüde wären. Die beiden plauderten auch über Igolkas Verschwinden, und natürlich wußte der Alte auch nichts über sie. Wie sollte er auch?

Der Ministerialrat nahm die negativen Berichte bezüglich des Verbleibs der Maschke widerwillig zur Kenntnis. Aber was sollte er machen? An einem der nächsten Tage gab er seinem Major eine Aufforderung des Landesgerichts, Stellung zu nehmen. Ein Rechtsanwalt hatte im Namen seiner Klientin Beschwerde gegen Heller erhoben. Das Geständnis eines Häftlings namens Susanne Weber war durch Anwendung seelischer Grausamkeiten zustande gekommen, hieß es in der Akte. Der zuständige Untersuchungsrichter wollte von dem Kriminalmajor eine Rechtfertigung. Nur mühsam erinnerte sich der an die damalige Szene in der Rauschgiftabteilung des Sicherheitsbüros. »Was ist das eigentlich genau, seelische Grausamkeit?« fragte er. Der Ministerialrat wußte es auch nicht.

Eine Woche lang ließ Jo Heller diese Gerichtsakte liegen. Dann hatte er eine Idee. Er tippte auf ihre Rückseite folgenden Text: »Dem Gefertigten ist unbekannt, was mit dem Ausdruck seelische Grausamkeit gemeint ist. Es wird daher gebeten, eine genaue Definition dieses Begriffs anher bekanntzugeben, wonach dem gegenständlichen Auftrag unverzüglich entsprochen werden wird.« Darunter setzte er seine Unterschrift.

Vom polizeilichen Standpunkt gesehen erwies sich in den nächsten Wochen und Monaten diese Idee des Kriminalmajors als ausgesprochen klug. Es kam nämlich keine Antwort. Offenbar war es den rechtskundigen Herren bei Gericht zu mühselig oder auch zu riskant, hier eine verbindliche Stellungnahme abzugeben.

In diesen trüben Herbsttagen des Jahres 1981 gab es für die österreichische Staatspolizei allerhand zu bewältigen. Ein Anschlag auf die jüdische Synagoge durch die PLO erforderte zwei Tote. Niki Lauda fuhr wieder Formel-1-Rennen, und es galt, jugendliche Demonstranten zu registrieren. Zu tun gab es auch, weil Österreichs Fußballnationalelf in Bulgarien 0:0 spielte und sich damit für die Weltmeisterschaft in Spanien qualifizierte. Es gab deshalb anonyme Bombendrohungen. Darüber hinaus waren noch einige Staatsbesuche in Wien zu überwachen.

Trotzdem versäumte Ministerialrat Roßmanek keine der zahlreichen Diplomatenpartys, das gehörte zu seinen Pflichten. Bei einem Empfang in der sowjetischen Botschaft anläßlich des 64. Jahrestages der Oktoberrevolution wurde ihm der neue Kulturattaché vorgestellt, der Botschaftsrat Wladimir Tolstoj. Auf seine höflichen Fragen, ob er mit dem weltberühmten russischen Dichter Lew Tolstoj verwandt sei, lächelte der Kulturattaché nur bedauernd. Das wäre wohl nur eine Namensgleichheit, meinte er. Sie plauderten dann über Lew Tolstojs bekannteste Werke, über *Krieg und Frieden, Anna Karenina, Der lebende Leichnam* und so weiter. Später dann über moderne Literatur, wobei der Ministerialrat erwähnte, er trage sich mit dem Gedanken, seine eigenen Memoiren zu schreiben. Das interessierte Tolstoj sehr, und er wollte wissen, ob der Herr Ministerialrat denn da nicht mit seinen Dienstpflichten betreffend Geheimhaltung in Konflikt komme. »Das ist ja eben das Problem«, seufzte der Ministerialrat hinterhältig, worauf man das Thema wechselte und von wichtigeren Dingen sprach. Über das Wetter, über Fußball und über Eishockey.

Der neue Kulturattaché der US-Botschaft hieß Christopher Hundling und machte einige Tage nach dem Oktoberrevolutions-Gedenktag seinen Antrittsbesuch bei dem Ministerialrat. Er war von Budapest nach Wien versetzt worden und erzählte begeistert von der allgemeinen Tendenz der Ungarn, den Eisernen Vorhang aufzuweichen. Und von der historischen Pflicht des neutralen, aber doch westlich orientierten Österreich, die westlichen Kulturgüter in das benachbarte Ungarn zu tragen. Wo doch die Ungarn so interessiert an westlicher Kunst und Kultur seien. Insbesondere für Radio und Fernsehen öffneten sich hier ungeahnte Möglichkeiten. Der Ministerialrat stimmte höflich zu. Mister Hundling erwies sich als genauer Kenner österreichischer Verhältnisse, sogar die bevorzugte Whiskysorte des Ministerialrats kannte er. Und er hoffte, in absehbarer Zeit auch das Silberne Verdienstabzeichen der Polizeisportvereinigung Wien zu bekommen. Der Ministerialrat hielt dies für durchaus möglich.

Vor der Wohnungstür des Thomas Fallmann türmten sich Prospekte und Werbeschriften, der Herr war offensichtlich verreist. Der Hausverwalter wunderte sich zunehmend, denn auch die Bezahlung der Betriebskosten war ausständig. Sonst war dieser Untermieter doch immer ein pünktlicher Zahler. Auch war eine stattliche Telefonrechnung zu begleichen, und das Telegrafenamt drohte mit Abschaltung des Anschlusses.

Nach drei Wochen verständigte der Hausverwalter das zuständige Polizeiwachzimmer. Es konnte schließlich etwas passiert sein. Die Wohnung wurde amtlich geöffnet.

Man fand Fallmann im Bett liegend, mit einer Schußwunde in der rechten Schläfe, eine Pistole in der Hand. Es gab zwar keinen Abschiedsbrief, aber nach allen Spuren zu urteilen, war Selbstmord anzunehmen.

Der untersuchende Kriminalbeamte des Kommissariats fand keine Verwandten, die er hätte verständigen können. Bei der Nachprüfung im Meldeamt stellte er fest, daß dieser Fallmann nach amtlicher Eintragung ja schon vor zwei Jahren bei einem Verkehrsunfall ums Leben gekommen war. Verwirrt berichtete er seinen Vorgesetzten und war sehr froh, als nach längeren Telefonaten die Staatspolizei den mysteriösen Fall übernahm. Er übergab die Akte einem Beamten der Stapo, der auch noch eine Menge Fragen an ihn hatte. Der Staatspolizist war Major Heller.

Am Sonntag, den 13. Dezember 1981, bekam Sonja in den frühen Morgenstunden ihr Baby, einen gesunden Jungen. Auch mit der Mutter war alles in Ordnung. Natürlich war auch Peter Brucker in der Klinik gewesen, um seinen ersten Enkel zu begrüßen. Alle waren glücklich.

Der frischgebackene Vater wollte das Geld gar nicht annehmen, das ihm der frischgebackene Großvater zusteckte, aber die Mutter war da nicht so zimperlich. »Nimm es nur«, sagte sie, »sonst fährt er wieder in der Welt herum und verplempert es mit leichten Mädchen. Ein ordentlicher Opa soll zu Hause bleiben und sich um seine Enkelkinder kümmern.« Dagegen gab es natürlich keinen Widerspruch.

Abends saß Peter dann in seinem Stammcafé und las die Tageszeitungen. Er las von der Ausrufung des Kriegsrechts in Polen und einem Literatenkongreß in Ost-Berlin zum Thema »Frieden in Europa«. Plötzlich fiel ihm ein, daß er auf den Tag genau vor einem Jahr auch hier gesessen hatte. An demselben Tisch, mit einem Glas Wein vor der Nase und mit Mordgedanken. Allerhand hatte sich ereignet in diesem

Jahr. Peter kam wieder ins Sinnieren. Er bestellte noch ein Glas Wein. Der Wein schmeckte herb, wie er es gerne hatte.

Am Nebentisch saßen junge Leute und unterhielten sich über eine neue LP und neue Singles, was immer das auch war. Im Lokal hatte sich also nichts geändert in diesem Jahr. Auch die Kellnerin war noch dieselbe. Sie brachte den Wein, und wie immer sah er ihr lächelnd nach, wenn sie wegging. Ein wenig dicker war sie geworden, fiel ihm auf. Um die Hüften und auch am Po.